ロス・クラシコス
Los Clásicos
6

ウリョーアの館

Los pazos de Ulloa

エミリア・パルド=バサン
Emilia Pardo Bazán

大楠栄三=訳

現代企画室

ウリョーアの館

エミリア・パルド＝バサン

大楠栄三＝訳

ロス・クラシコス 6
企画・監修＝寺尾隆吉
協力＝セルバンテス文化センター（東京）

本書は、スペイン文化省書籍図書館総局の助成金を得て出版されるものです。

Los pazos de Ulloa
Emilia Pardo Bazán

Traducido por OGUSU Eizo

Instituto Cervantes
GOBIERNO DE ESPAÑA
MINISTERIO DE EDUCACIÓN, CULTURA Y DEPORTE
SECRETARÍA DE ESTADO DE CULTURA

目次

【凡例】

一　「　」は登場人物の発話に用いる。

二　《　》は登場人物の内面の声と祈りに用いる。

三　〈　〉は原文中のイタリックの言葉（ガリシア語やそれを模した言葉、ガリシア地方独特の表現、紋切り型の表現、卑俗な表現、間違った表現、子ども特有の言い回しなど）に用いる。

四　〔　〕は訳者が付した注であることを示す。

第一部

第一章

騎乗者は、なんとか馬を押しとどめようと、力いっぱい手綱にしがみつき、なだめすかしてみた。だが、その毛深いやせ馬はしたたかに坂を下りつづける。疾駆《ギャロップ》ほど乱れ狂った足取りではないものの、乗り手の腸をねじ曲げるには十分な、豚のような小走り《トロット》で。サンティアゴからオレンセへ向かう街道にあるその峠は、実に傾斜がきつい。行きかう旅人らがしばしば、この勾配はどう見ても何々度以上ある、法律違反だとか、こんなところに街道を通すのは、この辺りに別荘を持つ政治家のためか、はたまた何か重大な選挙といった思惑が絡んでいるにちがいないと技師たちも疑ったはずだとか、頭を振り振り、陰口をたたくほどだった。

騎乗者の顔には、リンパ性体質の人によく見られる、唐辛子というより苺に似た赤味がさしていた。少年のようにきゃしゃで顎ひげもないため、あるいは子どもに見えたかもしれない。だが、この憶測は、彼がまとう聖職者の服に目を留めたとたん、跡形もなく消え去った。駄馬の巻き上げる黄色い土埃にまみれてはいたが、若者の服はゆったりと大ざっぱに裁断された、黒無地のウール仕立て。つまり、司祭が俗世で身に付けるものにほかならなかったからだ。粗い手綱をつかんでいたせいで擦れてはいたが、手袋も同色の、見るからに真新しいもの。同じ黒色の山高帽を、馬の速歩《トロット》で跳ばされまいと、眉が隠れるほど深くかぶっていた。やぼったいフロックコートの首元からは、ビーズ珠で刺繍がほどこされた指一本分ほどの高さの白襟《ローマンカラー》がのぞいている。男はいかにも馬に乗り慣れていない風、鞍橋《くらぼね》にしがみ付き、脚を縮みこませ、今まさに振り落とされんばかりの格好だ。その顔には、こんなやせ馬ではなく、血気盛んすぎて手に負えない荒馬にでも乗っているかのような怯えが浮かんでいる。

　急勾配を過ぎると、駄馬はふだんの落ち着いた足取りにもどり、騎乗者はようやく荷鞍の上で背筋をのばすことができた。とてつもなく幅の広い鞍のせいで、もう少しで背骨がばらばらになるところだった。ほっと息をつき帽子を取ると、汗ばんだ額に午後の冷気を感じた。すでに傾いた日射しが木苺の茂みと生け垣を照らしている。上着が掛かった花崗岩の道標の傍らで、シャツ姿の土木人夫がひとり、側溝の縁に生えた雑草にけだるそうに鍬を打ち込んでいた。騎乗者は馬の手綱を引いた。すると、これまでの急坂で気力を使い果たしたのだろう、馬はすぐに歩みを止めた。気づいた人夫が顔を上げると、瞬間、その帽子のプレートがきらりと輝いた。

「申し訳ございませんが、ウリョーア侯爵さまのお屋敷まで、あとどのくらいあるのか教えていただけますか？」

「ウリョーアの館までかい？」と、人夫が問いに問いで返した。

「はい」

「館はあっちだ」人夫は腕を伸ばし、水平線の一点を指さしながらつぶやいた。「その馬がちゃんと走りゃ、残りの道なんかあっという間だ……まずはあの松林、見えるかい、あそこまで、この道を行かなきゃなんねぇ。それから左に曲がって、次に右の近道を下って石の十字架んとこまで行く……十字架に着きゃあ、もう道に迷いようがねぇ。館が目に飛びこんでくる。とんでもねえでっけぇ〈けんぞーぶつ〉だ……」

「いやその……距離で言ったら、あとどれくらいでしょうか？」司祭がもどかしげに訊いた。

人夫は日に焼けた頭をかしげながら、

「そうさねぇ、ひと口、ほんのひと口ってとこだ……」

それ以上説明するでもなく、人夫は鍬を何十キロもの重さがあるかのようにけだるく振り上げ、苦役に戻った。

〈ひと口〉とはいったい何レグア〔一レグア＝約五・五キロメートル〕のことなのかわからぬまま、旅人は答えをあきらめ、やせ馬に拍車をかけ先を急いだ。ほどなく、松林に差しかかった。暗い木立の中を、蛇のように曲がりくねった細い道が続いている。馬と男は足を踏み入れた。とは言え、小道は松林の奥深くに埋もれ、歩を進めることもままならない。しかし駄馬は、悪路に慣れたガリシア馬特有の資質を裏切ることなく、頭を垂れ蹄で地面を探りながら、荷車の轍や石ころ、不要に切り出され道に放って置かれた松の丸太を慎重にかわし、用心深く少しずつ歩を進めた。やがて、どうにか狭い難所を通り抜け、新しい松林とハリエニシダの山とのあいだに開けた、比較的広い小道に出た。ここまで、人の営みを示す耕された畑、キャベツ畑のひとつにも出くわさなかったのだが、突如、馬蹄の音がやんだ。それは、蹄が柔らかな絨毯

――この地方の慣習で、農民は自分のあばら家の前に落葉などの堆肥を広げていた――に沈み込んだ証だ。家の戸口で女が赤ん坊に乳を含ませている。男は馬を止めた。

「奥さん、ウリョーア侯爵のお屋敷へ行きたいのですが、この道であっていますか?」

「ええっと、まぁ……」

「それで……まだかなりの距離があるのでしょうか?」

女は眉を上げ、関心があるともないとも言えない目を向けながら、訛りのきつい曖昧な答えを返してきた。

「犬のひとっ走りってとこだね……」

「まいったなあ!」旅人は心の内でつぶやいた。犬がひとっ走りでどれくらい進むのか、皆目見当がつかない。が、馬にとってはけっこうな距離にちがいない。ともかく石の十字架にたどり着けば、ウリョーアの館が目に入るはず……まずは右手に近道を見つけないことには……標識は何もない。道はこの先、幅は広くなっているものの、樫の木立と実をつけたままの栗の木がまばらに生えた、山深くに入り込んでいく。両側には薄暗いヒースの茂みが絡みあい広がっている。騎乗者はなんとも言えない厭な気分に見舞われた。強盗に遭った旅人や人気のない場所で殺された人の話を思い起こしたのだ。眠気をもよおすほど平穏な都に生まれ育った人間が、自然の粗野で荘厳な孤独と初めて向かい合ったのだから、無理からぬことと言えよう。

「狼までうろついているなんて、まったくなんという地方《ところ》だろう!」暗澹たる思いで独りごちた。

ようやく、はるか右前方に、近道だと聞いた、山の境界を示す二重の石塀のあいだを細く下っている道を認めたときは、心底うれしかった。そして、つまずきもせず器用に進む駄馬の歩みに任せ、坂を下った。ところが突然、手が届きそうなほど間近に、ある物を認め、うろたえた。白く縁取りされた、黒い木の十字架が石塀に立て掛けてあったのだ。司祭はもちろん、こうした十字架が、人が非業の最期を遂げた場所を示すことを知っていた。そこで十字を切り、《天にましますわれらの父よ》と祈りはじめた。ところが、キツネか何かの匂いを嗅ぎつけたにちがいない。馬が両耳をぴんと立て軽く身震いするや、怯えたように速歩を始めた。おかげで彼は、またたく間に十字路にたどり着いた。そこには栗の巨木の枝葉を背に、石の十字架が立っていた。

ありきたりの石に荒く彫られた粗末な十字架は、一見ロマネスク様式に見えなくもなかった。が、実のところ、せいぜい百年ほど前の、彫刻家を志したどこかの石工が刻んだものにすぎない。にもかかわらず十字架は、自然の天蓋をなす見事な大木の下で日暮れの時を迎え、詩趣に富んだ美しさをたたえていた。落ち着きを取りもどした騎乗者は、敬虔な面持ちで帽子を脱ぎ、唱えはじめた――《主キリストよ、あなたを礼拝し賛美します。あなたは、尊い十字架をもって、世をあがなってくださいました》祈りながら、彼の視線はかなたにウリョーアの館を求めた。遠く谷の奥に見える、塔がそびえ立つあの方形の巨大な建物にちがいない。だが、そうやって眺めていられたのはほんの一時。ふいに、両耳をぴんと立てたかと思うと、やせ馬が恐怖にかられ、再び狂ったように駆け出したからだ。おかげで司祭はあやうく地面に口づけするところだった。馬が逃げ出したのも無理はない。間近で銃声が二発、鳴り響いたのだ。

騎乗者は恐怖で身が凍りつき、鞍橋に必死にしがみついた。銃を撃った者がどこに隠れているのか突きとめようと、茂みを探る勇気も出ない。しかし、彼の不安の種はたちどころに消えた。セッター犬が三四、続いて同数の男たちの一団が、十字架の背後の斜面を下ってきたからだ。猟犬がいるからには、その主人たちの銃は山の獣をねらうものにほかならない。

先頭に立つ猟師は年の頃、三十手前くらいか。背が高く顎ひげをたくわえ、顔も首も日焼けしていたが、はだけた胸と帽子を取った額から彼が意外にも色白だとわかる。広い胸板は頑強な体格を思わせ、そのたくましさは乳首のあいだに小島のように生えた縮れた胸毛が語っていた。両脚は分厚い皮のゲートルに覆われ、それを腿のところにバックルで留めている。右腿の付け根には、ぎゅうぎゅうに獲物が詰まった細縄袋をぶら下げ、左肩には今風の二連銃を掛けている。二番手の猟師は中年で、身分の低い使用人か小作人にちがいない。ゲートルをバックルで留めていないし、獲物を入れているのも貧相な麻袋だ。頭は丸刈りで、古びた雷管銃を縄で結わえている。ひげを剃った、干からびてひどく角張った顔には、ヨーロッパ人というよりインディアン特有の秘めた鋭さ、野生的な狡猾さが見てとれた。三人目の猟師に目をやったとき、騎乗者は驚いた。相手が聖職者だったからだ。どこで聖職者だとわかったのか？　男の剃髪によってではない。剃髪は灰色の、豚のような剛毛に覆われ、跡形もなかったからだ。男がひげを剃っていたからでもない。顎ひげは、青みがかった堅い根元を見るかぎり、一ヶ月は剃っていない様子だった。無論、聖職者の白襟など首に付けているはずもなく、服装も猟師仲間と変わりない。違うところと言えば、皺がより革が割れめくれ上がってはいるが、エナメルの乗馬ブーツを履いていたことくらいか。にもかかわらず、その男は、ふとした表情、身のこなしや姿勢、目つき、歩き方といったすべてにおいて、聖職者の匂いを漂わせていた。地獄の炎さえ消し去ることのできない、聖職を授かった者の印が深くしっかりと刻み込まれている。間違いない、この男は聖職者だ。

騎乗者は一団に近づき、これまでと同じ問いを繰り返した。

「お伺いしますが、ウリョーア侯爵さまのお屋敷へはこの道でよろしいのでしょうか?」

背の高い猟師が後ろのふたりを、親しげではあるがどこか威圧的に振り返り、声を上げた。

「なんという偶然! こんなところで余所者に出くわしたぞ…… おい、プリミティボ…… ついてるな。明日、このかたを迎えに、おまえをセブレの町までやるつもりだったんだ…… ウリョーアの主任司祭さま、これであなたも、教区教会の片付けを手伝ってくれる人ができたわけだ!」

まごまごしている騎乗者に、その猟師が問いかけた。

「あなたは私の伯父ラへから紹介を受けたかたですよね?」

「はい、礼拝堂付き司祭でございます……」聖職者はうれしそうに答え、馬から下りようとした。が、どうにも上手くいかず、主任司祭に手を貸してもらった。「では、貴方さまが……」相手と向き合いながら続けた。「侯爵さまでしょうか?」

「伯父はお元気ですか? あなた…… セブレから馬で……」答えをはぐらかして相手は応じた。一方、礼拝堂付き司祭は、好奇心あふれる顔で彼に見入った。男っぽく服を着くずし、軽く汗をかいた肌、銃を肩に斜めに掛け…… 間違いなく、侯爵はいい男だ。だが、このがっしりした体格の男は、ある種、猛々しい野性の匂いを発しており、その目は、先ほど彼を迎え入れたときの愛想の良さや気さくさとは対照的な、冷徹さを秘めていた。

司祭は、とにかく丁重に説明を尽くした。

「はい、旦那さま、おっしゃるとおり…… セブレ町で乗合馬車を下りたところで、この馬を宛がわれまして。それで付いていたのがご覧のようなひどい馬具で…… ラヘ氏はたいそうご壮健でいらして、相も変わらずご冗談がお好きです…… 石でさえ笑わずにはいられないでしょう…… お歳のわりにお若くていらっしゃいます…… 今日、こうして初めて旦那さまにお目にかかり、ラヘ氏が旦那さまのお父さまでないことが信じられないほど、まさに生き写しだと感動いたしております…… お嬢さま方もお元気で、とにかく楽しく、健やかにお過ごしで…… 坊ちゃんはセゴビアにいらして、良い知らせが届いております。そう、忘れないうちに……」

フロックコートの内ポケットをさぐり、きれいにアイロンがけして折りたたまれたハンカチ、小ぶりの〈祈祷書〉、最後に、ゴム紐で閉じた光沢のある黒の札入れを取り出した。そして、はさんであった書簡を引き抜き、侯爵に手渡す。走り回って足を痛め、疲労にあえでいた猟犬たちは、十字架の下に座りこんでいる。主任司祭は煙草を一本巻こうと、巻紙の角を唇の端にはさみ、爪で煙草の葉を刻んでいる。プリミティボは、銃床を地面に立て銃口にあごを休ませた格好で、黒い細目を新参者に釘付けにし、じろじろ探るように見ている。秋色深まる静寂のなか、ゆっくりと日が暮れていく…… ふいに、侯爵の高笑いが響いた。実に特徴的な、勢いと活力に満ちた、他者《ひと》の共感をそそるというよりむしろ独裁者の笑いだった。

「まったく」と、書簡をたたみながら声を上げた。「いつもながら冗談好きで愉快な人だ…… 説教し、私を改心させるために、聖人をこちらへ送ると書いてある…… まるで私が罪人だと言わんばかりに。主任司祭さま、どう思われますか？　罪など、ただの一度も犯しておりませんよね？」

「もちろん、もちろんですとも」主任司祭はくぐもったしわがれ声で言った。「この地では皆が、洗礼の時と変わらぬ無罪を護っておるのですから」

こう答えながら、主任司祭は野蛮人のようにぼうぼうと逆立った眉毛の向こうから、新参者を、まるで古参兵が未熟な新兵を吟味するように見つめていた。胸の内で、この少女めいた顔のすかした若司祭を深く蔑んでいたのだ。司祭らしいところは、金髪の眉をひそめたときの険しい表情と、地味な顔立ちくらいだ、と。

「ではあなたが、フリアン・アルバレスということですね？」侯爵が尋ねた。

「そうです。どうぞよろしくお願いいたします」

「館が見つからなかったのですか？」

「はい、苦労しておりました。この地の人はなかなかはっきりと疑念を晴らしてくれないと申しますか、つまり、その、正確な距離を教えてくれないもので。それで……」

「これでもう道に迷う心配はありません。もう一度馬にお乗りになりますか？」

「いいえ、とんでもございません」

「プリミティボ」侯爵が命じた。「馬の端綱《はづな》をひいて、ついて来い」

　侯爵は、後ろにつづく礼拝堂付き司祭と言葉を交わしながら、歩きはじめた。プリミティボは素直に侯爵の言い付けに従い、ふたりの後ろにつづき、主任司祭も紙マッチで煙草に火を灯したあと同じく後ろに付いた。猟師はそっと司祭に身を寄せ、つぶやいた。

「あの若造をどう思われますか？　とうてい敬う気になどなれんのですが？」

「嘆かわしいものだ……〈くだらん奴ら〉がどんどん叙階される時代だからな……司祭になったとたん、白襟に手袋、飾り立てたひだ襟……女みたいに身繕いばかりに気を配る。わたしが大司教だったら、司祭に手袋なぞ許すものか！」

第二章

　とっぷりと陽が落ちた頃、雑木林に出た。林の向こうにウリョーアの館の巨体がそびえている。人を圧する大きさはかろうじてわかるものの、館の輪郭や細部は闇にまぎれたまま。広大な建物にはひとつの明かりも灯っておらず、大きな表玄関は固く閉ざされていた。侯爵は玄関脇の小さなくぐり戸に向かった。すると時をおかず、体格のいい女がカンテラを手に姿をあらわした。一同、薄暗い通路をとおり、土間で、天井が石造ヴォールトの地下室のような所に入る。壁面に段々に積まれた樽からして、酒蔵にちがいない。そこを通り抜けるや、赤々と燃えるかまどの炎に照らされただだっ広い台所に出た。かまどでは、昔風な言い方で半山ほどの薪と、太い樫の丸太が燃えさかり、ときおり小枝をくべては火がかき立てられていた。かまどから高くのびる煙突口には、何本もの豚の腸詰め《チョリソ》と血の腸詰め《モルシーリャ》がぶら下がり、それに申しわけ程度に生ハム《ハモン》が彩りを添えている。かまどの両脇にはベンチがひとつずつ置かれており、そこは鉄鎖の鉤先に引っ掛けられた黒鍋が、おのれの不感症の鉄腹を炎の接吻に差し出し煮立つ音を聞きながら、体を温めるのに絶好の席となっていた。

　一行が台所に足を踏み入れたとき、鉄鍋の傍らに老婆がうずくまっているかに見えた。が、それはフリアン・アルバレスにとって一瞬のこと――麻糸のようにごわごわで、絡まり合った白髪を前にたらし、炎の照り返しで顔を赤くした老婆は、人がやって来たとわかるや、その歳から考えられない素早さで立ち上がり、「おやすみなんし」と控えめな哀れっぽい口調でつぶやくと、影のように消えた。どこへ立ち去ったのか誰も気づかないほどの早さだった。侯爵は若い女に向き合った。

「卑しい女どもをここに入れるな、と言っておかなかったか？」

女はカンテラをかまどの柱に掛けながら悪びれもせず答えた。

「悪いことはしてません……栗の皮むきを手伝ってもらっていただけです」

プリミティボがふたりのあいだに入り、主人の怒りに輪をかけたほど語気を荒げ、高圧的に娘を叱責しなかったなら、侯爵はおそらく屋敷をたたき壊していたにちがいない。

「ここでくっちゃべっておったんだろう……飯の支度をせんか。いつになったら、わしらは飯にありつけるんだ、さっさとやらんか。しっかりせえ」

台所の隅に、使い古して黒ずんだ樫の食卓があり、ぶどう酒と油で汚れた安っぽいクロスが掛かっている。プリミティボは銃を片隅に放り出すと、卓上に獲物袋の中身をあけた――鷓鴣《しゃこ》の雛が二羽に兎が一羽。息絶えた兎は、毛が血糊で汚れ虚ろな目をしている。娘は戦利品を脇に押しやると、合金の皿と古いどっしりした銀のスプーンやナイフ、フォークを並べはじめた。次に、食卓の真ん中に大きな丸パンと、それと同じくらい大きな、ぶどう酒が入った片手壺を置いた。それから、急いでいくつかの土鍋の蓋を取ってはかき回し、食器棚から巨大なスープ鉢を取り出した。すると再び、侯爵の怒声が飛んだ。

「犬たちはどうするんだ？　犬たちは？」

　犬たちが、まるで誰よりも先に食事にありつく権利があるとばかりに、真っ暗な片隅から駆け寄ってきた。疲れを忘れたかのようにしきりに尻尾を振り、鼻をくんくんさせ、あくびをして空腹を訴えている。フリアンはふと猟犬の数が増えたような気がした。先ほどまで三匹だったはずの犬が、今は四匹になっている。しかし、群れがかまどの炎の放つ強い光の輪の中に入ったとき、犬だと思った一匹が、実は、三歳か四歳くらいの幼子だと気づいた。子どもの栗色っぽい丈の長い上着と白い麻のズボンが、遠目には、セッター犬の二色の毛と見分けがつかなかった。まして、その子が犬たちと同胞のように馴れ親しみ、じゃれ合っていたからだ。プリミティボと娘は、鉄鍋からもっとも美味しそうな分厚い肉塊をすくい上げては、犬たちそれぞれの木製の小桶にご馳走を盛っていく。その作業を見守っていた侯爵は、見ているだけでは飽き足らず、みずから鉄製のスプーンで煮汁の底をさぐり、分厚い豚の肉片を三つ見つけ出すと、小桶に分けてやった。犬たちはおあずけの状態で、食べてよいかと問いかけたり、ねだるような声を途切れ途切れに上げている。プリミティボの一声に間髪を入れず、犬たちは口を桶に突っ込む。続いてあてて顎を動かす音と貪欲に舌を鳴らす音が聞こえてきた。幼子はといえば、セッター犬の脚のあいだを這いずり回っては、まだ空腹が満たされず本能むき出しの犬たちから睨みつけられ、歯をむいて脅す唸り声を向けられていた。そのうち、男の子は雌犬チュラの桶に浮かんでいた肉の切れ端に目をつけ、奪おうと手を伸ばした。犬は振り向きざま、獰猛に子どもに噛みつく。幸い上着の袖を噛まれただけだったが、子は色を失い泣きじゃくりながら若い女のスカートのあいだに飛び込んだ。女はようやく人間たちにスープをよそいはじめたところだった。手袋を外そうとしていたフリアンは、幼子を哀れに思い、しゃがんで抱き上げ、顔をのぞいた。垢にまみれ、怯えて涙でぐしゃぐしゃではあるが、この世でもっとも愛らしい天使のようだ。

「かわいそうに」やさしく話しかけた。「犬に噛まれたのかい？　血は出なかった？　どこが痛いのかな、教えてくれるかい？　泣かなくていいよ、いま犬を叱ってあげるからね。ろくでもない、悪い犬だ！」

司祭は自分の言葉が侯爵の癇に障ったことに気づいた。侯爵が顔をゆがめ、眉をひそめている。フリアンからいきなり男の子を奪い取ると、自分の膝上に座らせた。子どもの両手に触り、噛まれて怪我をしていないか確かめる。そして上着が破れただけだとわかると、嘲笑を浴びせた。

「役者だな！」声を上げた。「チュラはおまえに触れてさえいないじゃないか。おまえはどうして、あいつにちょっかいを出すんだ？　いまに尻を半分かじられ、大泣きすることになるぞ。ほら泣き止んで、にっこり笑ってみろ！　勇気のあるやつはどこだ？」

侯爵はこう言いながら、ぶどう酒を満たしたグラスを子どもに差し出した。幼子は躊躇なくグラスを手に取ると、一気に飲み干す。侯爵は喝采を送る。

「すごいな！　肝っ玉のすわった坊主に乾杯だ！」

「いや、こいつは……　大したもんだ」と、ウリョーアの主任司祭がつぶやいた。

「そんなにぶどう酒を飲ませては、子どもには毒なのでは？」フリアンは異をとなえた。グラス一杯など彼でも飲み干せないだろう。

「毒ですって！　神さまがどんな毒をお与えになると！」侯爵はどこか高慢な口調で言い返した。「もう三杯も飲ませればわかる……試してみましょうか？」

「あっという間に飲み干して、はい終わり」主任司祭が断言した。

「そんな、旦那さま……その子は命を落とすかも……ぶどう酒は幼い子に毒だと聞いたことがあります……この子はただお腹が空いているだけなのでしょう」

「サベル、こいつに飯を」と、侯爵は召使いに居丈高に命じた。犬の一件を黙って身じろぎもせず見ていた女が、鉢になみなみとスープをよそうと、子どもはそれをかまどの端に持って行き、落ち着いた様子で食べはじめた。

食卓では一同が、むさぼり食べていた。とろりとコクのあるスープにつづき、豚肉やその他の具がたっぷり入った煮込み《コシード》が出た。この時期、煮込み料理は欠かせないものだが、さすがに山に持って行きようがない。そこで、狩りに出た日の夕食はこれに決まっていた。塩漬け豚のせいで乾きはじめた喉が、大皿に盛られた豚の腸詰め《チョリソ》と目玉焼きでさらにからからになった。侯爵がプリミティボを肘でつついた。

「ぶどう酒を二、三本持って来てくれ……一八五九年ものを」

そうして、フリアンのほうを振り向き、恩着せがましく言った。

「この地で産する最高のトスタード〔甘いリベイロ・ワイン〕を味わっていただきましょう……モレンデ家のものです。秘訣があるようで、ぶどうの味わいを残したまま、しかも甘すぎず、最良のシェリー酒に負けない出来なのです……年を経るほど味が良くなる。しかも、他の醸造所のように砂糖みたいな甘さにはならない」

「あれは、えも言われぬ味わいですな」と主任司祭が、皿に残った卵の黄身をパンで拭って口に運びながら賛同を示した。

「わたくしは」フリアンがおずおずと申し出た。「ぶどう酒のことはあまりわかりません…… まず水しか口にしませんので」

主任司祭が剛毛の眉の下から、同情とも侮蔑とも取れる目で見つめているのに気づき、彼は言い直した。

「つまり…… 特別な日にコーヒーといっしょにアニス酒をいただくのは嫌いではございません」

「聖書にぶどう酒は心を愉快にするとある…… 飲めぬ者、人にあらず」主任司祭が格言めいた口調で言い放った。

酒蔵にトスタードを取りに行ったプリミティボが、両手に一本ずつ、埃とくもの巣にまみれた瓶を持って現れた。コルク抜きがなかったため、ナイフで栓をこじ開け、直ぐさま〈特別に〉持って来た小さめのグラスを満たした。プリミティボはまったく遠慮なく杯を重ね、主任司祭と主人に軽口をたたいている。

他方、サベルはといえば、夕餉が長引き、アルコールが男たちの頭に回るにつれ、より馴れ馴れしく振舞い、食卓に寄りかかりながら笑って猥談に応じていた。猟師たちの食後の雑談に慣れていないフリアンには、目を伏せてしまうような話題だったのだが。実際、フリアンは目を伏せていた。ただそれは、耳に入ってくる猥談のせいばかりではなく、サベルが視界に入らないようにするためでもあった。豊満で色艶のよい娘であったにもかかわらず、いや逆にそういう娘だったからこそ、初めて会ったときから彼女に好感を持てずにいたのだ。素直そうな潤んだ碧眼に、薔薇色の頬、左右に束ねた栗毛は巻き貝のようにカールして腰の下まで垂れ、サベルをこの上なく美しい娘に見せている。それは突き出た頬骨、狭すぎる額、上を向いた大きい官能的な鼻といった彼女の難点を覆い隠すほど美しかった。フリアンは、サベルを見まいとして幼子に目を向ける。子どもは、愛嬌のある目で彼のほうをちらちら見ては次第に強気になり、礼拝堂付き司祭ににじり寄って来た。やがて膝のあいだに入り込むや、そこに居座り、無邪気な顔でフリアンをにこにこ見上げながら、彼の胴着を引っ張り、媚びるようにささやいた。

「おいらにちょうだい?」

「何が欲しいのでしょう?」フリアンが訊いた。

「何が欲しいかですって? 決まってる」と侯爵が陽気に応じた。「ぶどう酒。そのトスタードです」

「ちゅうちゅう吸ってみな!」主任司祭が声をかけた。

ぶどう酒がなみなみと入ったグラスを子どもに渡そうかどうか、フリアンが躊躇しているあいだに、侯爵がはな垂れ小僧を宙に持ち上げた。こんなに顔が汚れていなければ、本当に可愛らしい子にちがいない。サベルに似ていたが、濁りのない快活な空色の瞳、豊かな巻き毛、とくにその整った顔立ちは彼女をはるかに凌いでいる。浅黒く、ところどころくぼんだ彼の小さな両手が、トパーズ色のぶどう酒へ伸びた。侯爵はグラスをその子の口に近づけては、子どもがそれをつかんだと喜んだ瞬間に遠ざけ、しばらくからかっていた。そのうち子どもは、どうにかグラスをつかみ取ると、あっという間に中身を飲み干し、唇をなめ回した。

「こいつは飲み方を知らないな！」主任司祭が声を上げた。

「とんでもない！」侯爵が請け合った。「百戦錬磨の酒飲みだ！　もう一杯やるだろう、ペルーチョ？」

天使の瞳が再びきらりと光った。幼い酒の神《バッカス》は赤ら顔で、古典的な形の小さな鼻を膨らませ、無邪気に催促した。主任司祭はふざけて左目で目配せし、もう一杯注いでやった。子どもはそれを両手で取ると、またもや、あっという間に最後の一滴まで飲み干した。と、突然声を上げ、げらげらと笑いはじめた。酒の神らしい陽気な笑い声が止まないうちに、今度はたちまち真っ青になり、侯爵の胸元にがっくりと頭を落とした。

「ご覧なさい」フリアンが心配そうに声を上げた。「お酒を飲むには幼すぎるんです。体をこわしますよ。ぶどう酒など子どもに飲ませてはいけないんです」

「何をおっしゃる」と、プリミティボが口をはさんだ。「こいつは生まれながらの飲み助でさぁ。飲めねぇはずはない。一杯だろうと二杯だろうと！　見ててごらんなせぇ」

いきなり男の子を抱き上げ、冷たい水に濡らした自分の指をそのこめかみに当てた。ペルーチョは瞼を開き、驚いた顔で周囲を見回し、顔を赤らめた。

「どうだ？」プリミティボが子どもに尋ねた。「もうちょびっとやりたいか？」

ペルーチョは瓶のほうを振り返ると、反射的に首を横に振り、巻き毛を揺らした。だがプリミティボは、容易く引き下がる男ではない。ズボンのポケットを探り、銅貨を一枚取り出した。

「それはちょっと……」と主任司祭がつぶやいた。

「乱暴はよせ、プリミティボ」と、神妙に、だが、どこか面白そうに侯爵が言った。

「神よ、聖母マリアよ、どうかお救いください！」フリアンは嘆願した。「この子は、死んでしまいます！　子どもを酔っ払わせてどうするんですか。それは罪です。他の罪と同様、れっきとした大罪です。こんな場に立ち会うなど私にはできない！」

怒りで熱くなったフリアンは、温和で内気という生まれつきの気質を脇に押しやり、立ち上がって止めようとした。同時にプリミティボもペルーチョを抱きかかえたまま立ち上がると、礼拝堂付き司祭に冷たく陰険なまなざしを向けた。頑固者がいきなり興奮する相手に見せる、蔑みに満ちたまなざしだ。続いて、子どもの手に先ほどの銅貨を握らせるや、まだ三分の一ほど残っている瓶の栓を抜き、子どもの口に突っ込んだ。そして、すべての液体がペルーチョの胃の中に流れ込むまで瓶を傾けつづけたのだ。口から瓶を外された子どもは、瞼を閉じ、腕を力なくだらりとたらした。色を失うどころか死人と見まがうほど血の気のない顔色をしている。もしプリミティボが支えていなければ、食卓にぐったりと崩れ落ちたことだろう。侯爵は、少しばかり真顔になり、冷水で子どもの額や手首を濡らした。サベルが近づいてきて侯爵を手伝ったが、大した効果はなかった。今度こそペルーチョはへべれけになってしまったのだ。

「まるっきりの酔っ払いだ」と主任司祭がつぶやいた。

「ぐでんぐでんだな」と侯爵が継いだ。「すぐにベッドへ運んでやれ。一晩眠れば、明日にはレタスのようにしゃっきりしているさ。大したことはない」

子どもはサベルに抱きかかえられて行ったが、その両脚は母親の動きに合わせ力なく揺れていた。夕餉は騒々しく始まり、静かに終わった。プリミティボは口数が減り、フリアンにいたっては完全に口を閉ざしたままだった。各自が部屋に引き取る時間になった頃、サベルが三本芯の石油ランプを手に再び現れた。上階につづく広々とした石階段をランプで照らしながら上り、次に、勾配のきついらせん階段を塔へと上がって行った。フリアンに宛がわれたのは、ランプの灯だけでは心もとないほど大きな部屋で、部屋のほとんどは闇に埋もれたまま、シーツの白さだけが際立っている。侯爵は扉口で就寝の挨拶をすると、急にあらたまり、言い添えた。

「明日になれば荷物が届きます……セブレまで取りに行かせますので……では、ごゆっくりお休みください。私はウリョーアの主任司祭を送り出してきます……少しばかり酒がすぎたようで……、帰り道、石塀のところで眠り込んで一晩過ごすなんてことにならなければいいが！」

ひとりになりようやく落ち着いたフリアンは、シャツと胴着のあいだから、縁にスパンコールで刺繍が施された聖母カルメンの肖像画を取り出し、サベルが机に置いたランプに立て掛けた。床にひざまずき、《アヴェ、マリア、恵みに満ちたかた、主はあなたとともにおられます。……アーメン》と、ロザリオの祈りを半分ほど、指折り数えながら十回ずつ唱えた。しかし、くたくたに疲れ果てた身体が、厚手のしゃっきりとしたシーツの誘惑に抗えず、栄唱――《願わくは、聖父と聖子と聖霊とに栄えあらんことを……》も、使徒信経――《われは、天地の創造主、全能の父なる天主を信じ、またその御ひとり子、われらの主イエス・キリスト……》も、主の祈り――《天にましますわれらの父よ、願わくは、御名の尊まれんことを……》も省略してしまった。慎みだけは忘れず、服を丁寧に一枚ずつ脱いだそばから椅子の上にたたんでいった。最後、ベッドに入る前にランプを消した。すると脳裏に、その日起きたすべての出来事がうごめきはじめた。もう少しで地面に口づけさせられるところだった駄馬のこと、恐れおののいた黒い十字架のこと、何よりも夕餉における一連の騒動、酔いつぶれた子ども……わずかの間に知り合った人びとの顔が浮かんできた。色気たっぷりのサベル、横柄なプリミティボ、酒と狩りが大好きなウリョーアの主任司祭、猫かわいがりされている犬たち、そして侯爵……フリアンは侯爵についてラヘ氏が言っていたことを思い出した――「甥に会われたら、彼が何の取り柄もない男だとおわかりになるでしょう……山村で生まれ育った人間が、長じてなお山村を離れずにいたらどうなるか。品位を落とし、精神的に貧しい、粗暴な人間になってしまうものです」

ラヘ氏のそうした手厳しい評が記憶によみがえった瞬間、礼拝堂付き司祭は、悔恨の念にとらわれ、妙に気が重くなり、どうにもならない不安を感じた。いったい誰がおまえに、軽率に人を裁くよう教えたのか？　自分はここにミサをおこない、侯爵を手伝って館を管理するためにやって来たのであって、主人の行動や性格の是非を判じるために来たのではない……まずは……眠ることだ……

第三章

フリアンが目覚めたとき、部屋はすでに穏やかな秋の黄金色の陽光に満たされていた。服を身に着けながら、彼は注意深く部屋を見回した。梁がむき出しになった、だだっ広い部屋。三つの窓から陽が射し込み、窓の両側には作り付けの大きな石のベンチがある。窓にはガラスの代わりに、封じ糊で紙片が接ぎ当てられている。家具はとくに豪華でも多いわけでもなかったが、部屋の隅々にいたるまで最後の住人、つまり、侯爵家の前の礼拝堂付き司祭であり、今回ウリョーア村の主任司祭となった者の日々の生活の痕跡が残されていた。床には踏みつけられた煙草の吸い殻、隅には履けなくなった二足の長靴、机には一箱の弾薬、石のベンチの片側には細々した狩猟道具に加え、鶉のかご、鳥用のわな、犬の首輪、なめしが足りず悪臭を放つ兎の皮が積み上がっている。これらの遺物にくわえ、梁からは蜘蛛の白い糸が垂れ下がり、部屋のいたるところに埃が、まるで大昔から部屋の主だったかのようにどっしりと腰を据えていた。

フリアンは前任者の怠慢の跡をじっと見つめた。彼を責めるつもりも、豚呼ばわりするつもりもなかった。だが、これほど汚れた粗末な部屋を見ていると、とにかく入念に掃除をしたいという思いが頭をもたげてくる。フリアンは魂に求めるのと同じく、日常生活においても清らかでありたいと願っていた。

修道女のごとくあらゆることを憂慮し、汚れなき乙女のように取り澄ました態度で美徳を主張しては些細なことで大騒ぎするといった、むやみに上品ぶる人たちの類に属していたのだ。母親のスカートから手を離したのは神学校にいたときだけ、というほど母親べったりで育ち、人生については宗教書に書いてあることぐらいしか知らない。神学校では仲間から〈聖フリアン〉と呼ばれ、彼に足りないのはその聖人の片手に止まる小鳩くらいなもの、とからかわれたほどだ。司祭の召命を受けたのが何歳のときだったか定かではないが、おそらくラ ヘ家の家政婦で敬虔な女性として通っていた母親が、幼少より彼を徐々に教会のほうへ仕向けたせいだろう。そして彼も喜んで母親にされるがまま身を任せたのだ。確かなのは、幼いときからミサごっこをして遊び、長じて遊びが現実になるまで歩みを止めなかったということ。禁欲を守るのは彼にとって造作なく、抑制しているという自覚さえほとんどなかった。おかげで汚れを知らぬまま育った。道徳家が指摘するように、罪は一度犯したあとに自制するより、一度も犯さずにいるほうが楽なのだろう。フリアンが司祭になりえたのは、彼が懸命に懇願した神の恩寵のおかげばかりでなく、彼自身の虚弱なリンパ性／神経性気質のせいとも言える。要するに彼は、まったくもって女性的な、情熱も反抗心も抱いたことのない、とにかく優しい、まさに立葵の花のように物腰柔らかで穏やかな気性だったのだ。ただし、女性にはしばしば見受けられるが、時折、何の前触れもなく激しく興奮することがあった。女性はふだん男よりか弱い存在だが、いったん危機的状況に置かれ激昂するや、男以上の力強さを発揮するものなのだ。フリアンは、清潔第一に身だしなみを整える習慣――すべての服にラベンダーの香をたきしめ、かぐわしい青リンゴを靴下のあいだにはさみ込んでいた母親から受け継いだ――のおかげで、神学校では〈お坊ちゃん〉として有名になった。彼が始終手や顔を洗ってばかりいることが知られてからは、なおさらである。実際、彼は評判どおりの人間で、慎み深くあれ、という教えが歯止めをかけなかったら、手や顔ばかりかあらゆる部分を同じように清め、ますます身体を清潔に保とうと心を砕いたことだろう。

昨日、街道の土埃にまみれ館に到着し、今日が館で初めての日だということを考えると、早速、水でざっと顔を洗わねばと思った。しかし今のウリョーア村の主任司祭は、洗面道具など贅沢品だと見なしていたにちがいない。部屋でフリアンの目に入ったのは、ブリキのたらいだけ。しかも洗面台と呼べる物は窓辺のベンチしかない。水差しもタオルも、石鹸も桶もない。シャツ一枚でたらいの前に立ってみたが、どうしていいかわからず呆然とするばかり。結局、洗面など不可能だと悟ったフリアンは、せめて空気を浴びて身を清めようと窓を開けた。

視界に飛び込んできた光景は彼を魅了した。谷間に位置する館の前からゆるやかに上る斜面に、実りの時を迎えた肥沃な耕地が広がっている。ぶどう畑、栗林、刈り取りを待つ、もしくは刈り取りの終わったとうもろこし畑、うっそうと茂る樫林が山の頂まで階段状に延びており、灰色の山裾は日射しを受け、ぼんやりと白味がかっている。塔の足下に目を移すと、館の庭は黄色く縁取りされた緑の絨毯のようだ。その中心にはめ込まれた大鏡は、貯水池の水面にちがいない。フリアンは、たっぷりと酸素を含んだ、命をよみがえらせてくれる空気を肺いっぱいに吸い込んだ。前夜、由緒ある巨大な屋敷を前に抱いた漠然とした恐れや、そのあと目撃した住人たちの振舞いを、いくらかでも忘れさせてくれる気がしたのだ。そのとき背後から、再び恐怖がしのび寄ってくるかのような、そろそろと近づくかすかな足音が聞こえてきた。振り返ると、サベルが片方の手に、湯気の立つチョコレートの小さなカップを載せた小皿を、もう一方の手に合金の盆を持って立っている。盆の上には、冷たい水の入った壷、その口にはしっかりたたんだ厚手のナプキンが掛かっていた。両手を彼に向かって差し出した娘は、袖を肘までまくり上げ、乾燥した髪はぼさぼさに乱れたままだ。ベッドから出たばかりにちがいない。色白の肌が、陽の光に照らされ血の気がかよい、よりみずみずしく見える。フリアンは慌てて上着をはおり、釘を刺した。

「次からは部屋に入る前に二回ノックをお願いします……折よく起きていたので良かったものの、まだ床に入っていたら……もしくは服を着ている最中ということもありえますから」

サベルは取り澄ました様子で司祭をじっと見つめ、口を開いた。

「失礼しました、神父さま……気がつかなくて……気づかない者には何も見えていないのと同じ、と言いますから」

「そうですね……ところで、チョコレートをいただく前に、ミサを挙げたいのですが」

「今日は無理でしょうね。礼拝堂の鍵はウリョーアの主任司祭がお持ちで、何時までお休みになっていらっしゃるかわかりませんから。鍵を取りに行ける者がいるかどうかも……」

フリアンは嘆息を飲み込んだ。もう二日もミサを挙げていない！　実は、司祭になってからというもの、ますます宗教心が篤くなっていた。厳かな叙任式で感動もあらたに初めてミサを捧げる新米の司祭と変わりない情熱を感じるのだ。ミサの際には、些細な動作にも完璧を目指し、聖体を高く掲げるときには身を震わせ、聖体を拝領するときには感極まった表情を浮かべ、式のあいだ中、一心不乱に祈るよう努めている……のだが、いやはや仕様がない……

「チョコレートはそちらへお願いします」とサベルに指示した。

若い女が言われたとおりにチョコレートを運ぶあいだ、フリアンは視線を天井から床に下ろし、咳払いをした。そして、自分の思いを控え目に伝える手段がないかと思案しつつ、遠回しに尋ねた。

「主任司祭さまがこの部屋でお休みにならなくなって、ずいぶん経つのでしょうか？」

「いいえ、それほどでも……ウリョーアの教区教会に移られたのは二週間ほど前のことですから」

「そうですか……なるほど……だから少しばかり……汚れているわけですね。どうでしょう？　床をはいたり……梁にはたきを掛けたりしては」

サベルは肩をすくめた。

「主任司祭さまは一度も部屋をはくようお命じにならなかったもので」

「率直に言って、きれいな部屋を嫌う人はいないと思いますが」

「ええ、神父さま、もちろん……ご心配なく、あたしがぴかぴかにします」

サベルがあまりにも素直に応じたので、フリアンは埋め合わせに少しばかり優しい言葉をかけた。

「あのあと、子どもは？」と訊いた。「昨日のことで、体調をくずしていませんか？」

「大丈夫です……天使のようにぐっすり眠って、今朝はもう、庭を走り回ってます。ほら、ご覧になれます？　あそこです」

フリアンが手をかざしながら開いている窓から外を見ると、陽光の下、帽子もかぶらず貯水池に石を投げ入れて遊んでいるペルーチョが目に入った。

「それはよかった。けれどサベル、一年間起きなかったことが、ある日突然起こる、と言いますから」礼拝堂付き司祭は注意をうながすような厳しい口調で言った。「子どもに酒を飲ますのを許してはなりません。大人にとっても非常に良くない習慣です。あの子のようなあどけない子どもにとっては推して知るべし！　どうしてまたプリミティボがあんなに酒を飲ますのを放っておくのですか？　それを止めるのはあなたの義務ですよ」

サベルの碧眼がフリアンをじっと見つめていたが、その瞳に、言われたことを飲み込めた、もしくは納得したといった光を見出すのは不可能だった。ようやく彼女がゆっくりと口を開いた。

「あたしにどうしろと……父がやることに逆らうわけにはいきません」

フリアンは呆気にとられ、一瞬言葉を失った。つまり、幼子を酔っ払わせたのは実の祖父だったということか！　あまりの驚きにその場を取りつくろうことも、とがめることもできず、彼は動揺を隠そうとカップを口に運んだ。用は済んだとばかりに、おもむろに部屋を出て行こうとするサベルの背中に、礼拝堂付き司祭は問いを投げかけた。

「侯爵さまはもう起きていらっしゃいますか？」

「ええ、神父さま……庭か納屋におられるはずです」

「そちらまで案内していただけますか？」フリアンは立ち上がり、たたんだままのナプキンで慌てて口をぬぐいながら頼んだ。

侯爵はなかなか見つからず、礼拝堂付き司祭とガイド役の女は庭中を探し回った。かつて、その広大な平地には、フランスからわが国にもたらされた対称性と幾何学性を重んじる造園術にもとづき樹木が配置され、入念に手入れされていたにちがいない。だが、その痕跡はもうほとんど残っていなかった。銀梅花を使って地面に描き出されていた一家の紋章は、今では複雑に絡み合った柘植の茂みにすぎない。ウリョーアの高名な一族の紋章の、人を惹きつける狼や松、銃眼胸壁の付いた塔、円形の浮き彫りなど、本来の記章を見出すことは、どんなに目のいい人にも不可能だったろう。しかし全体を見渡すと、芸術性を意識して手が加えられた庭であることはおぼろげながらわかった。貯水池の石縁は壊れかけ、縁を飾っていた花崗岩の大玉は草地に転がっている。苔むして緑がかった玉は、まるで人気のない戦場にうち捨てられた巨大な砲弾のごとく、あちこちに散らばっていた。泥が溜まった貯水池もぬかるんだ水たまりにしか見えず、庭がどれほどの年月放置されたままであるかを物語っていた。庭の東屋や田舎風のベンチは、今では雑草の生い茂る片隅と化し、菜園にいたってはとうもろこしの種床へと変貌をとげている。ただ庭の端に沿って、過去の栄光をなおも顕示するかのように、厳選された品種の薔薇が、棘のある枝を上へ上へと好き放題に伸ばし、その向かいに植わったプラムや梨の木の梢にもう少しで口づけするまでに育っている。このような偉大な過去の残滓の中を、ウリョーア家の末裔が、両手をポケットに突っ込み、退屈そうに口笛を吹きながらのんびりと歩いていた。フリアンの登場は彼にとって、絶好の暇つぶし。主人は司祭と連れ立って、なんと素晴らしい日だろう、と口々に讃えながら、庭を隅々まで案内して回った。その後、侯爵の広大な所領の北端となる、雑木林と樫林にまで足を延ばした。フリアンは両の目を皿のようにしてあちこちを眺める。農業技術のあらゆる知識を即座に吸収し、土壌の質や木立の生育に関する侯爵の説明を理解できるよう、しっかり目を見開いて回った。ところが、神学校での修道生活やサンティアゴ・デ・コンポステーラでの都会生活に慣れ親しんだ彼には、自然はなかなか打ち解けがたいもの。深い茂み、ざらざらとした幹の活力、豊潤な果樹、鋭く爽やかな外気……こういった、自然の中に脈打つ生命の激しさを前にした彼は、怖じ気づいてしまいそうだった。肩をすくめ申し訳なさそうに、フリアンは告げた。

「実のところ、旦那さま……こういった田舎のことは、まるきり存じ上げないもので」

「では、屋敷を案内しましょう」ウリョーア氏は建物を指し、「この地方でもっとも大きい屋敷です」と得意げに胸を張った。

ふたりは巨大な館のほうへ歩みを戻した。庭に面した扉から入り、石造アーチが立ち並ぶ回廊を通り抜け、大小の部屋を横切った。どの部屋も家具はがたつき、窓ガラスは抜けたままで、壁は湿気で色あせ崩れかかっていた。床板も同様、無慈悲な木食虫の害を免れることはできなかったようだ。彼らは少々小ぶりの、窓に格子の入った部屋の前で足を止めた。天井の黒ずんだ梁までずいぶん高さのある、古めかしい部屋だ。ニスを塗っていない栗の木の巨大な書架に目を奪われる。書架にはガラスの代わりに太い針金の網がはめ込まれていた。この陰気な部屋には、書き机がひとつあり、その上に、動物の角を利用したインク壷、古ぼけた革のデスクマット、何本ものガチョウの羽、封じ糊の空箱が並んでいた。

半開きの書棚から、膨大な量の書類の束や公正証書の原本がのぞいている。さらに床にはもちろん、子牛革張りの二脚の椅子、書き机、格子窓の台にいたるまで、古く黄色に変色し、虫に食われぼろぼろになり、しわの寄った書類や紙束が散乱している。大量の文書は湿気たような悪臭を放ち、喉を不快にさせた。ウリョーア侯爵は扉口の敷居で立ち止まり、もったいぶった口ぶりで言った。

「館の文書保管室です」

侯爵は革の椅子から書類を除けると、興奮した口調で説明を始めた。すべてが取り散らかっていますが――わざわざ聞くまでもなかった――、ご覧のような惨憺たる状況になったのは、私の父の管理人を務めていたベナンシオ師と、今のウリョーアの主任司祭が怠慢だったせい、彼らの罪深い手によって保管室は、フリアン、あなたが目にしている状況に陥ってしまったのです……

「このまま手をこまねいていて良いはずがありません」と礼拝堂付き司祭は応じた。「重要な書類がこのように放って置かれるなんて！　無くなってしまったら大変です」

「おっしゃるとおり！　おかげで、これまでどれほどの損害を被ったことか。いったいどうなっているのか、見たくもありませんが……ご覧のとおりのありさま。ひどいものだ！　なんという損失！　どうか……足下の書類をちゃんと見てください！　あなたが靴で踏んづけている、それです！」

フリアンは吃驚して飛びのいた。侯爵が屈んで床から拾い上げたのは、薄っぺらい、緑の革装丁本で、丸い鉛の印章がぶら下がっている。フリアンがうやうやしく手に取り開いてみると、上質皮紙の扉に立派な紋章の細密画がくっきりと描かれており、経過した歳月にもかかわらず、鮮やか色彩を保っている。

「貴族証明書です！」主人が重々しげに告げた。

そっと触れながら、フリアンはたたんだハンカチで丁寧に証明書の黴を拭き取りはじめた。幼少より母親に高貴な家柄を崇めるよう教えられてきたフリアンにとって、赤インクの文字に、金色の細密画が描かれた羊皮紙はまさに敬うべきもの。みずから靴底で踏みつけてしまった羊皮紙を、心から不憫に思った。主人は神妙な顔つきで、書き机に両手を組んで肘をつき、顎をもたせ掛けている。そのときフリアンの脳裏に、ラ ヘ氏の別の言葉が思い起こされた――《甥の屋敷はどこもかしこも散らかっているにちがいあるまい……少しでも整理していただけるなら、慈善を施すことに値するでしょう》実のところ、自分はさほど文書に明るいわけではない。だが、腰を落ち着け、誠意を持って事に当たれば……

「旦那さま」と声を発した。「これらの文書を本来あるべき形に整理してはいかがでしょう？　貴方さまとわたくしとで、どうにかやれないことはないのでは。まずは新しい文書と古いものを分けてみましょう。傷みがひどいものは、写しを取ってはいかがですか。破れた箇所は透明紙で注意して貼りつけ……」

この計画を主人は大絶賛し、ふたりは翌朝から仕事に取りかかることを決めた。ところが残念なことに、翌日プリミティボが近隣のとうもろこし畑で、嬉々として熟した実を平らげている、鶫鳩の一群を見つけてきた。そこで侯爵はカービン銃を肩に掛け、文書との戦いは礼拝堂付き司祭に任せることにした、永久に、アーメン。

第四章

そして礼拝堂付き司祭は文書の山を相手に、毎朝三時間から四時間、孤軍奮闘した。まず書類を振って埃をはらい、掌で伸ばすことから始めた。ばらばらになった証書は、巻煙草の紙で貼り合わせた。そのうち自分がウリョーアの屋敷そのものの埃をはらい、糊付けし、整頓しているかのような錯覚にとらわれた。彼の手に掛かり屋敷が銀のようにぴかぴかになる気がしてきたのだ。この作業、一見簡単そうだが、清潔好きの司祭にとっては不愉快千万。黴臭い湿気は彼の息を詰まらせた。人の記憶のはるか昔から床に放って置かれた紙の塊を持ち上げると、ときにその半分が、疲れを知らない鼠の小さな歯の仕業で、ぼろぼろとくずれ落ちた。木食虫は、一斉に舞い上がる埃のように、羽をばたつかせ服の中に入り込んでくる。密かな隠れ家にまで探索を受けたゴキブリたちは、怒り、もしくは怯えからか分別をなくし這い出てくる。司祭は、ぞっとしながらも、靴のかかとで踏みつぶすしかない。もちろんその時は、ゴキブリの胴体が無残につぶれる〈グシャ!〉という身の毛のよだつ音を聞かなくてすむよう、両耳をふさいだわけだが。より利口な蜘蛛は、訳のわからない戦略的な本能に駆られ、尋常でない長さの脚で身体を支え、水膨れした腹を揺らしつつ、速やかに暗い片隅に逃げ込んでいく。こういった汚らわしい虫の中で、フリアンがもっともぞっとしたのは、おそらく、見るからに体温が低そうな黒いミミズか草鞋虫の一種だ。紙の束の下にじっと丸まっており、知らずに触ってしまうと、溶けてべたつく氷の塊のような感触がする。

しかし、ときに果断に、ときに根気よく作業に当たったフリアンは、ついにわずらわしい害虫どもとの戦に勝利を収めた。そして空いた棚に文書を並べていったわけだが、整理したおかげで奇跡的にも以前の半分のスペースで済み、これまでどうやっても入りきらなかった書類をしまうことができるようになった。発掘した三、四枚の、鉛の印章がぶら下がった貴族証明書は別に取り分け、きれいな布に包んで保管した。これですべて片づいたかに思われたが、まだ棚がひとつ残っていた。その棚にフリアンは、何冊かの古書、金色で縁取りされた暗色の背表紙が並んでいるのを認めた。ウリョーア家の先祖、今世紀初頭に生きたウリョーア氏の蔵書だ。フリアンは手を伸ばし無作為に一冊を抜き出し、開いた扉に目を留める……『アンリヤッド』フランス詩、スペイン語韻文訳、作者ヴォルテール……フリアンは口をきっと結び目線を下げたまま、元の場所に本を戻した。心が傷ついたとき、あるいは衝撃を受けたときいつもする仕草だ。彼は寛容の精神にまったく欠けているというわけではない。しかし、ヴォルテール〔一六九四～一七七八年〕に対してであれば、みずから進んでゴキブリにしたのと同じ扱いをしただろう。ただ、実際のところは有害図書の宣告を下し、本の背のはたき掛けを断固拒否、というだけに留めたのだが。おかげで、あらゆる場所を追い立てられた木食虫や草鞋虫、蜘蛛たちは、皮肉な笑みを浮かべるアルーエ〔ヴォルテールの本名〕と、彼の宿敵、一八一六年頃からその場で穏やかに休んでいた感傷的なジャン＝ジャック〔ルソー、一七一二～七八年〕の陰に避難することができた。

文書保管室の清掃は、このように朝飯前というわけにいかなかった。ところが、分類作業はさらなる苦業だった。さあ、ここだ！と文書が指図してくれるものと考えていたフリアンは、出だしこそ果敢に取りかかったが、作業は混乱をきわめ、端のわからない糸玉、たぐる糸のない迷宮《ラビュリントス》と化した。果てしない大海原を導いてくれる灯台さえない。貴族の特権台帳も財務表も何もないのだ。見つかったのは、手垢でよごれ煙草臭がしみついた二冊の帳簿のみ。そこには前任者ウリョーア村の主任司祭によって、館の借り方や借地人の氏名が記されていた。余白には前任者にしか理解できない印、あるいは解読不能な文字で、彼らの支払い収支勘定――ある者には×印、他の者には✓印や参照符号が付されている。わずかだが、〈支払なし〉〈支払予定〉〈支払中〉〈支払済〉といった記述も見受けられる。いったい×印や✓印は何を意味しているのだろう？ 計り知れない神秘だ。同じ頁に支出と収入が併記されており、ここに誰それが支払い不能の債務者として現れるかと思えば、同じ人物が二行下に日当の債権者と記されている……フリアンが主任司祭の帳簿から引き出すことができたのは、ひどい偏頭痛ぐらいなものだった。その前のベナンシオ師に関しては、師の記憶力を賛美するしかない。主任司祭の上をいった師は、みずからの長きにわたる管理を証するものを何ひとつ、収支の痕跡さえ残していなかったのだから。

こうした混迷きわまる状況ではあったが、方向づけをするくらいは可能だろうとの思いで、フリアンは作業に挑んだ。古い書体やミミズが這ったような筆跡の飾り文字を判読しようと目を凝らした。せめて、館の三つか四つの主な賃貸収入源を明確にしようと試みたのだ。その結果、これほど微々たる金額、これほどわずかのライ麦や小麦を徴収するのに、こんなにも支離滅裂な法的手続きと手間のかかる証書が必要となることに、驚きを隠せなかった。長期借地契約と第三者借地契約、地代の割当て、利子支払い、地代、相続人限定、持参金証書、十分の一税〔教会税〕、王室税、遅滞による些細な訴訟、遺産分割に関する重大な訴訟……迷宮の中で、彼は迷子になった。ばらばらでぼろぼろの文書の山を一歩進むごとに、彼はますます訳のわからない道に迷い込んでいった。経年のためいちじるしく劣化した証書を丈夫な白い紙の書類入れにはさむ、といった作業は、もはや彼にとって造作もないことだった。だが、それら腹立たしい文書を修復するのと、それを理解するのでは、まるで話が違った。専門知識と経験のない者に理解できる代物ではなかったのだ。フリアンは落胆し、ありのままを侯爵に告げた。

「旦那さま、にっちもさっちも参りません……この件は誰かお詳しいかた、つまり弁護士にお願いしたほうが良いかと」

「なるほど、そう、私もそうしたほうがいいことは前からうすうすわかっていましたが……確かに何か手を考えないと。文書類はどうしようもない状態にちがいありませんから……実際、ご覧になっていかがでしたか？　賭けてもいい、さんざんな状態でしょう？」

侯爵は、どんな些細なことであれ自身の問題に触れるときに帯びる、激しくも陰気な口調で応じた。一方、そう話しているあいだも、チュラに鈴つきの首輪を取り付け、鶉狩りに出かける準備の手を休めることはない。

「仰るとおりです、旦那さま」と、フリアンは小声で応じた……「このままで良いわけがございません、決して……ですから、こうしたことに慣れたおかたでしたら、埃を一吹きするがごとく、あっという間に片を付けてしまうはずです…… どなたであれ、なるべく早く来ていただいたほうがよろしいかと。証書がこんな状況では、当然手に入るものも得られませんので」

実のところ、フリアンが文書保管室に抱いた印象は、館全体に対して抱いたものとまったく変わらなかった ―― 荒廃、そう、覆いかぶさるように迫る荒廃、過去に栄華をきわめたが、現在では急速に崩壊しつつある、といった印象だ。フリアンの危惧は論理的な証拠にもとづいたものではなかった。だがもし、侯爵家のいくつかの前史を紐解いたなら、その危惧は確信に変わったことだろう。

ドン・ペドロ・モスコソ＝デ＝カブレイラ・イ・パルド＝デ＝ラ＝ラへは、まだ幼い頃に父を亡くした。こうした不幸が起きなければ、彼はおそらく大学に進学していただろう。というのも、父方のモスコソ家は、〈ヴォルテール氏〉を読み親しんだほどのフランスびいきの百科全書派《アンシクロペディスト》で、フリーメイソンの会員でもあった祖父の代から、古い文化を尊ぶ家系。その伝統は当時絶えかけていたものの、モスコソ家の跡取りを大学の講義室に送りだすのに十分なほどには息づいていたからだ。対して母方のパルド＝デ＝ラ＝ラへ家は、〈死んだ博士より生きたろば〉といった公理を重んじる一族で、ウリョーアの屋敷からそう遠くない領地の邸宅で暮らしていた。ドン・ペドロの母が未亡人となったとき、ラへ家の嫡男はサンティアゴ・デ・コンポステーラの高貴な娘と婚姻を結び、あちらに居を定めようとしていた。そこで次男ドン・ガブリエルがウリョーアの館に赴き、姉に寄り添って、彼の言によれば、面倒をみることになった。しかし実際は、口さがない人びとが言うとおり、亡くなった義兄の実入りを意のままにするためだった。ただし、ドン・ガブリエルがみずから表立って、館の指揮を執ったのはわずかの間にすぎない。彼は還俗した修道士、お人好しのベナンシオ師を見つけてきて、館の管理に当たらせたからだ。半ば生来のぼんくらとも言えるベナンシオ師は、修道会廃止〔一八三五年〕以来すっかりぼけてしまっていたのだが、その師を隠れみのに、彼は後見人として甥の財産を好きなように動かせるようにしたのだ。抜け目のないドン・ガブリエルは、つづいて姉と遺産分割をおこない、彼女が嫡出子として相続した遺産の大半を巧みに奪い取った。こうした件に関しまったく無能だった哀れな未亡人は、黙って遺産の放棄に同意するしかなかった。ただ夫人は、下品なまでに欲深く貯蓄する才には長けており、どこか子どもじみた軽率なやり方ではあったが、手にしたお金をオンス〔約二一七デシグラム〕金貨、それもプレミアつきのきわめて古い金貨に替えて蓄えていった。モスコソ家の収益で、ベナンシオ師の震える指のあいだから、後見人の屈強な掌へこぼれ落ちなかったものはごくわずかにすぎない。それでも、いったん未亡人ドニャ・ミカエラの掌にたどり着いた収益は、例外なくオンス金貨、それもコインの表にかつらを被った国王像が刻まれた金貨となって、秘密の隠し場所――この辺りでは、その場所にまつわる伝説がまことしやかにささやかれていた――へ収められた。一方、姉がこうしてせっせと蓄財に勤しんでいるあいだ、ドン・ガブリエルは彼女の息子を自分そっくりに育てようと努めた。甥を、祭りや狩猟、田舎風の宴、無害とは到底言えない娯楽場にまで同行させ、村人たちの口を借りれば、美しい白鷓鴣〔乙女〕狩りの手ほどきをしたのだ。叔父は、ラヘ家の例にもれず食後に下品な冗談を言うような男ではあったが、陽気で活力に満ち果敢で、野外での活動にたけており、そんな彼を、甥は敬い慕うようになった。つまり叔父は、その地方で敬意を受ける封建領主の典型であり、彼のおかげでウリョーア家の相続人は、人を侮蔑し、力を乱用することを学んだというわけだ。さて、叔父と甥がいつものように連れ立って館から五、六レグアほど離れたところまでお楽しみに出掛けた（召使いと厩舎番も同行させた）ある日のこと、午後四時頃であろうか、館の入口が残らず開け放たれていた昼下がり、突然屋敷に、泥棒の一味、覆面を付けた、もしくは炭で顔を汚した二十人ほどの男たちが乱入した。女中は手を縛られ、さるぐつわを噛まされ、ベナンシオ師はうつ伏せにされた。次に男たちは、ドニャ・ミカエラを取巻くと、オンス金貨の隠し場所を教えるよう凄んだ。夫人が教えるのを拒むと、何度か平手打ちを食らわせ、ナイフの先で彼女の頬を刻みはじめ、その傍らで油を熱して、足に油を掛けてやろうかと脅した。腕と胸を傷だらけにされたところで、夫人はようやく慈悲を乞い、例の隠し場所がとてつもない大きさの櫃の下にあることを白状した。そこは周囲と同じ床板を使って巧妙に隠されており、その上、意のままに板を上げ下げできる仕掛けになっていた。泥棒たちは美しいオンス金貨をかき集め、手近にあった銀細工も奪い取ると、六時頃、完全に日が暮れる前に館から引き上げた。男たちが立ち去るのを、どこぞの農夫か労働者が目にしたということだが、彼にいったい何ができただろう？　相手は二十人、それも猟銃、拳銃、らっぱ銃といった武器を携えていたのだから。

ベナンシオ師は、小馬鹿にするように足で小突かれたり殴られたりしただけだった。だが、そのとき覚えた恐怖は、一週間後、師が来世へ旅立つ際の十分すぎる餞となった。夫人のほうは、彼ほど早急に旅立つことはなかったが、結局体調が恢復しないまま、数ヶ月後、漿液の溢出による卒中が原因で、事件前より巧妙に隠した穴にオンス金貨を貯め込むことはかなわなくなった。この強盗事件は、その地方で長いあいだ人びとの話題に上り、奇妙な噂が流れた――犯行に及んだのは、本物の盗賊ではなく、この辺りの皆が見知っている裕福な者たち、中には役人や昔からのウリョーア家の関係者も含まれていた、だからこそ、館から男たちがいなくなる時間や、ドニャ・ミカエラがたいそう高価な金貨をこつこつ蓄えているといった館の者しか知らない情報に通じていた、というのだ。真相はどうあれ、官憲は事件の実行犯を挙げるにいたらなかった。このようにしてまたたく間に、ドン・ペドロの親族は叔父のガブリエルだけになってしまった。叔父はベナンシオ師の代わりに、盗人を前にしても恐怖で命尽きたりすることのない偉大な猟師兼がさつな聖職者を見つけ出してきた。また、以前から叔父と甥が狩猟に出るときの手伝いをしていたプリミティボ――密猟と射撃の名手で、十レグア周囲で一番美しい娘の父親――とその娘が、ドニャ・ミカエラの死を契機に、館に住みついた。娘は女中として、父親は…… 今ではその仕事に合った呼び名がないが、昔の王宮で使っていた勢子頭という肩書きで。ドン・ガブリエルは、館におけるプリミティボの影響力に真の脅威を嗅ぎ取り、この父娘に分をわきまえさせようと躍起だった。だが、姉の死から三、四年後、ドン・ガブリエルも命にかかわる痛風の発作に見舞われた。すると機を見計らったように、すでに噂には上がっていたが、ドン・ガブリエルがセブレ町の看守の娘と密かに結婚しているという話が広まった。そのため、郷士ドン・ガブリエルは、不本意ながらも館を離れ、町に移るしかなかった。そこで、町にいた正妻との息子三人に全財産を贈与する――甥のドン・ペドロには時計ひとつさえ遺さない――という遺書をしたためた。そのあと痛風が心臓にいたり、しぶしぶではあっただろうが、天に召されていった。こうしてモスコソ家の末裔は完全に主のみ、つまり天涯孤独のドン・ペドロただひとりとなった。

なんとかやっていけるだけの二、三の収入源があったにもかかわらず、ウリョーアの館は、ここまで述べてきた数々の変遷、手練手管やつまみ食いのせいで、患部のあちこちから大量に出血し瀕死の状態だった。フリアンの推測どおり、破産していたのだ。もつれた網のように零細な土地に細分化されたガリシア地方の所有地の場合、少しでも管理を怠ったり失敗しただけで、地方随一の財産でさえその基盤が蝕まれてしまう。ウリョーアの館が土地を抵当に入れたのは、ちょっとした借金とその利子の支払いが遅れたことがきっかけで、抵当に入れた土地も大したものではなかった。だが、抵当は癌のようなもの。ひとつの細胞が蝕まれると、見る間に身体中に広がってしまう。先ほど述べた借金の支払いにせまられたとき、主人ドン・ペドロは、母親がオンス金貨を蓄えていたであろう新たな隠し場所を探し回った。だが、徒労に終わった。母親は、強盗にあってから貯金などしなかったのか、もしくは、誰も見つけられないほど巧妙な場所に隠したのだろう。

ウリョーア家の土地が借金の抵当に入っていることを確認したフリアンは、悲嘆にくれた。仕える貴族に対して礼拝堂付き司祭が当たり前に抱く強い愛着を、善良な彼も感じはじめていたのだ。しかし、彼をさらに当惑させたのは、証書の中に遺産分割に関する訴訟書類を見つけたとき。それはなんと、ドン・ペドロの父であるドン・アルベルト・モスコソが……ウリョーア侯爵に対して申し立てた訴訟だった。

そろそろ皆さんにお話しする頃合いだろう。フリアンが館の文書保管室でゴキブリ退治に勤しんでいた、一八六六年から一八六七年にかけての冬、法律上正真正銘の、つまり「貴人年鑑《ギア・デ・フォラステロ》」に名を連ねるウリョーア侯爵は、首都マドリードのカステリャーナ通りを馬車に乗って悠々散策していた。自分が相続証書を受けるために兵役免除税やら称号税やらを几帳面に支払った侯爵の爵位を、親族のひとりがガリシア地方の片隅で無償で享受していることなど知る由もなく。実は、正式のウリョーア侯爵である彼は、スペインの第一級の大公で、一つの公爵に、三つの侯爵、それに少なくとも二つの伯爵の称号を有していたため、マドリードでは（トランプのエースが、ジャックをないものとするように）ただ単に公爵として知られていた。ウリョーア侯爵という、ポルトガルの寒村カブレイラの著名な家柄に端を発する称号のほうが、公爵よりよほど古く、高貴な人びとからの評価も高かったにもかかわらず……つまり、ウリョーアの館の領地が傍系の親族の手に渡った際、侯爵の爵位は法律にのっとり男系親族に受け継がれたわけである。ところが、貴族の位が男系の親族に継承されることなど知るよしもない地元の村人たちは、ウリョーアの館の持ち主は当然、ウリョーア侯爵だと信じ込んでおり、偉大な屋敷に住まう主人たちを昔からの慣習どおり「侯爵」と呼んだ。無論、館の主人たちがこれを否定することはなかった。彼らは慣習という法にのっとり侯爵となったのだ。ドン・ペドロは山間の道で、丁重に帽子を取った農夫から「侯爵閣下に幸あらんことを！」と小声で挨拶を受けるとき、虚栄心がくすぐられ心地よかった。そこで、山に響きわたる声で応えるのだ――「よき午後を！」

第五章

栄えある文書保管室を整理してフリアンが手に入れたものと言えば、頭痛と足冷えくらいか。彼とてみずからを奮い立たせ、館の現況に関する見識を存分に活かし、管理人としての責務を果たしたいのはやまやまだった。ところが、どうにも巧く事が運ばない。何をやっても、その都度、田畑や法律について経験が乏しいことを思い知らされるばかり。そこでまず、館がどのように成り立っているのか、その仕組みを理解しようと努めてみた。家畜や馬の小舎を見学に行き、栽培されている作物について理解を深めようとしたのだ。穀倉から、パン焼窯、高床式の倉《オレオ》、脱穀場、酒蔵、納屋にいたる館の隅から隅まで、どんな場所へも労を惜しまず足を運んだ。そこで、これは何のためのものか、あれは何に役立つのか、費用はいくらかかり、いくらで売りさばいているのか、と訊いて回った。しかし、すべては骨折り損のくたびれもうけ。あらゆる場所で職権の乱用やでたらめな管理のにおいを嗅ぎつけながらも、猜疑心や機転の持ち合わせのないフリアンには、それを指摘し手を打つ術がなかったのだ。他方、フリアンのこうした探索に、主人が付き添うこともなかった。祭りに狩猟、セブレ町や山間の所領に住む人びとへの訪問……これだけで主人は手一杯だった。そこで、フリアンの案内役はプリミティボとなった。結論から言えば、彼ほど何事にも悲観的な案内役はいない、ということがわかった。フリアンが何らかの改革を提案するたびに、猟師は肩をすくめ、それは無理だと首を横に振る。無駄を省こうといくら説いても、館を巧く運営するには不可欠のものだと言って譲らない。フリアンがどんなに熱意を燃やし事にあたっても、取るに足りない問題が次から次へのしかかってきて、彼が有益な改革をすすめるのを妨げたのだ。また、彼が一番気になったのは、プリミティボが上辺からはわからないが、実のところ強大な権力を有していることだった。館の使用人だけでなく、小作人、日雇い農夫、小舎の家畜さえもプリミティボに従属し、彼の言いなりになっているように見えた。主人には敬意を込めておもねるような、礼拝堂付き司祭には軽蔑と無関心が半々といった彼らの挨拶が、プリミティボに対しては絶対的な服従へと変貌した。ただし、人びとが彼への服従をはっきりと口にするわけではない。皆が条件反射のように、睫のない小さく冷徹な目で時折示される彼の意思に従うだけ。召使いであり執事とも取れる曖昧な地位から、絶対的な独裁者のごとく命令をくだす男を前に、フリアンは度々屈辱をおぼえた。また、自分のどんな些細な振舞いも表情の変化も見逃さない、プリミティボの詮索するような一瞥――うるわしい農婦から目をそらし無関心を装う、慎み深い司祭の弱点を探ろうとしていたのは間違いない――が、たえず重く彼の心にのしかかった。プリミティボの人生哲学とはおそらく、〈悪癖なき者この世におらず〉であり、フリアンもこの諺の例外ではないと信じ込んでいたのだ。

冬が深まるにつれ、礼拝堂付き司祭は田園の生活に慣れていった。新鮮で澄んだ空気のおかげで食欲は増し、以前ほど熱狂的な信仰を感じることがなくなった。代わりに人間味のある慈悲心が生まれ、身辺で目にするあらゆるものに関心が向くようになってきた。とくに子どもと動物に対して本能的にほとばしるほどの慈しみが湧いてくる。中でも、実の祖父の手で泥酔させられた少年ペルーチョのことは日々不憫でならなかった。いつも中庭で泥まみれになって転げ回ったり、家畜小舎で糞に埋もれ仔牛と遊んだり、乳牛の乳首をくわえ温かい乳を吸ったり、雌ろば用の飼い葉桶で眠ったりしているのを見るにつけ、心を痛めた。そこで冬の長い夜を、少年にアルファベットやキリスト教要理、数字を教えるのに当てることにした。授業の場は広い食卓、サベルが太い丸太をくべたかまどの炎のほど近くに場所を確保した。膝に子どもを乗せ、三本芯の石油ランプの灯火の下、初級読本を指さしながら、知の基本となる単調な発音「bとaでバ、bとeでベ、bとiでビ……」をくりかえし唱え、辛抱強くその子を教え導いた。が、子どものほうは、さかんに大あくびをしたり、変な顔をして笑わせてみせたり、泣き真似をしたり、捕らえられた椋鳥のように甲高い声を出したり。頑なに勉強から身を護ろうと、想像しうるあらゆる手段を用いた――足をばたばたさせたり、ぶうぶう文句をつけたり、顔を隠したり、先生が少しでも油断すると膝から抜け出しどこかの隅に隠れたり、温かい厩舎に庇護を求めたりしたのだ。

寒さの厳しい折、台所はもっぱら女たちに占有され、彼女たちの談話室となった。中には山羊毛の粗布をかぶり、靴も履かず身を丸くして不安げに入ってくる女もいたが、たいてい誰もが心地よい炎に身を寄せるや、ふうっと安堵のため息を漏らした。腰のあたりから紡錘と亜麻玉を取り出し、手を暖めたあと糸を紡ぐ女。ポケットから取り出した栗を、かまどの燠で焼く女。はじめは小声でひそひそと話していても、そのうち誰もが、鵲のようにしゃべりだす。そして、その小さな宮廷で女王を務めたのがサベルだった。かまどの炎で顔を赤くし、袖をたくし上げ、目を潤ませ、皆からお世辞を言われては、鍋に鉄製の大杓子をつっこみ、女たちの鉢を煮汁で満たしてやる。すると受け取った女は、仲間の輪から姿を消し、台所の隅っこやベンチに引きこもる。間を置かず、がつがつ口を動かしたり、火傷するほど熱い煮汁をフーフーと冷ましたり、スプーンをなめ回したりする音が聞こえてきた。女たちに飲み物を注ぐのにサベルが休む暇もない夜や、女たちがひっきりなしに入ってきて食事をとっては、後から来た者に場所をゆずり立ち去っていく、といった夜もあった。館の台所に、ウリョーアの教区民全員が安食堂のごとく列をなしていたのは間違いなかった。女たちは帰り際に決まってサベルを脇に呼び寄せたが、その瞬間、もし礼拝堂付き司祭がやんちゃな生徒に気を取られていなかったなら、気づいたはずだ——豚の脂身やパン、〈豚の前脚の塩漬け〉が一切れすばやく女の胴着にくすね盗られたり、もしくは、煙突口にぶら下がっている腸詰めが手品のような早技で切り取られ、スカートの内ポケットにしまい込まれるのに。井戸端会議に最後まで居残る女、つまりサベルがもっとも長いこと親密に話し込む相手は、フリアンが館に到着した夜にちらっと目にした、梳いた亜麻くずのようなもじゃもじゃ頭の老女であった。横から見ると、真っ白な眉毛がほくろに生えた剛毛のように顔面から突き出ている。髪の白さと陽焼けした顔の黒さに加え、炎が照らし出すのは、見る者が嫌悪をもよおすほど喉を変形させている巨大な〈甲状腺腫〉である。老婆のこの醜さに圧倒されない者はいない。体格の良い健やかなサベルと老婆が言葉を交わすシーンを目にした芸術家は、想像力を刺激され、聖アントニオスが誘惑を受ける場面を描いた絵画——汚らわしい魔女と官能的で美しい、ただし山羊の蹄と化した足を持つ若い女が登場する——を連想したことだろう。

理由はわからない。だがフリアンは、女たちの井戸端会議、とくにサベルが自分に馴れ馴れしく接してくることが不愉快だった。彼女は食卓の引き出しにしまってあるナイフやカップ、どうしても必要な何かを取ると言っては、彼にもたれ掛かってきたからだ。田舎娘に熱く潤いをおびた青い瞳で凝視されると、礼拝堂付き司祭はなんとも言えない居心地の悪さをおぼえた。そう、彼女の父親――物陰からじっと彼の顔をうかがうプリミティボに気づき、ぎくりとさせられることも多々あった――を目前にしたときとまったく同じ心地になるのだ。自分の懸念が何にもとづくものかわからなかったが、フリアンには彼らが何かを企んでいる気がした。プリミティボは陰気な性格で、時折、唐突に獣のような笑い声を上げることはあっても、それ以外は滅多に、ブロンズ色の顔からいかなる感情も読み取ることはできなかった。にもかかわらずフリアンは、猟師が密かに自分に対し敵愾心を抱いていると確信していた。厳密には、敵愾心と言うほどのものではない。むしろ見張りや待ち伏せ、獲物が罠にかかるのをじっくり待っているような気配。獲物が憎いわけではないが、早めに狩っておくに越したことはないとでも思っている風と言おうか、ひと言で表現するのは難しい態度だった。そんなわけでフリアンは、男の子に勉強を教えるとき、自室に逃げ込むことにした。半ば引きずるようにして、日々男の子をそこに連れて行ったのだ。そうこうしているうちに、冬が過ぎ、〈へっつい〉の炎にさほど魅力を感じない季節となった。

天使の子は自室に連れてきてみると、台所で見ていた以上に汚れていた。顔は指先ぐらいの厚さの垢で覆われ、頭髪には、泥やら小石やら、あらゆる訳のわからないものが層をなして積もっている。そこでフリアンは、水差しとタオル、石鹸を用意すると子どもをつかまえ、無理矢理たらいのところまで引きずって行って、まず顔を洗ってやった。いたずらっぽい小顔を洗ったあとのたらいの水といったら！　マリアさまよ！　まさしく灰汁、濃く濁った灰汁と化したのだ。髪は、オイルとクリームを塗って水を大量に掛けてから、目の粗いくしを使って未開の密林を開拓せざるをえなかった。ところが、作業が進むにつれ、男の子の容貌の美しさが現れ出てきた。まさに古の彫刻家が刻み、太陽と風によってつや出しされた作品。汚れの落ちた巻き毛は、愛の天使《キューピッド》の髪のように芸術的に波うち、初めてあらわになった金色がかった栗色が、作品そのものと見事に調和している。神はなんと美しい人形を創造なさったことか！

毎日、金切り声を上げようがどうしようが意に介さず、フリアンは授業の前に子どもを洗った。人の肉体にいだく畏怖の念から身体を洗うのは思いとどまったが、本当のところ、その必要は十二分にあった。洗ってやるうちに子どもは、フリアンの温厚さにつけ込み、先生として敬うどころか次第に度を超えて馴れ馴れしく接するようになった。あげくの果てには、部屋にある物で小悪魔の手を逃れられたものは何ひとつないというありさま。ペルーチョはしょっちゅうやる気をなくしては、哀れな司祭の希望をことごとく絶っていったのだ。掌いっぱいにインクを付け、読本に押しつける。羽ペンの羽枝を引き抜き、そのペン先で、ガラス瓶に閉じ込めた蠅を狩る。紙を細長く引き裂いたり、紙でとんがり頭巾を作ったり。インクを乾かす砂にいたっては、机の上にぶちまけ、山や丘を作ったかと思うと、いきなり指を突っ込んで天変地異を引き起こし大はしゃぎする、といった具合に。その上、フリアンのたんすの引き出しをひっくり返し、ベッドで飛び跳ねてシーツをぐしゃぐしゃにしたり。ある日など、先生の長靴いっぱいに火の付いたマッチを放り込み燃やしてしまう、ということまでやってのけた。

しかしフリアンは、こうしたいたずらさえも、悪童のことを多少なりとも理解してあげる契機になるのでは、という望みのもと、目をつぶった。ところが、良かれと思ってはじめた自室での授業が、彼をさらに不快にさせる別の事態をまねき、以前にもまして事をややこしくした。というのも、サベルが頻繁に彼の部屋を訪れるようになったのだ。何かと口実を見つけては部屋に上がってきた。ホットチョコレートの盆を片付け忘れたとか、タオルを〈とっかえ忘れた〉とか。その上、用が済んだ後々まで彼の部屋でぼうっとしていたり、まったく散らかっていないのに楽しそうに何か片付けようとしたり、とにかくかなりの時間、彼の部屋に居座った。ゆったりと心地よさそうに窓辺に寄りかかりくつろぐ様子は、まるでフリアンとの親密さを周囲に見せつけているようにも思えた。だがもちろん、そんな馴れ馴れしい振舞いを、以前よりいっそう警戒心を強めたフリアンが許すはずもない。

ある朝、いつもの時間に、サベルが司祭の洗面用に水差しを持って入ってきた。水差しを受け取るとき相手を一瞥したフリアンは、娘が胴着にペチコートだけ、しかもブラウスの鈕は半分はずれたままで、髪はほどけ、足も脚もあらわになっていることに目を留めた。いつも靴や靴下をきちんと履き、台所仕事しかしていない、それも小作人や近所のおかみさん連中にほとんど手伝ってもらってばかりのサベルの足や脚は、陽焼けもせず真っ白なまま、しなやかで美しかった。フリアンは後ずさりする。その拍子に、手に持った水差しが揺れ、中の水が少し床にこぼれ落ちた。

「サベル、きちんと服を着なさい」羞恥のあまりくぐもった声でつぶやいた。「これから二度と、そんな格好で水を持って来ないように……それは人前に出る格好ではありません」

「髪をとかしていたときに、呼ばれた気がしたもので……」注意を受けた娘は顔色ひとつ変えず、胸元を手で隠すこともなく、平然と答えた。

「たとえ呼ばれたとしても、そんな服装で来るのは、宜しくありません…… 呼ばれたときに髪をとかしていたなら、次から、クリストボか家畜番の娘…… 誰か他の人に持ってこさせなさい……」

こう注意すると彼は、サベルの姿が目に入らないよう背を向けた。そして彼女のほうは、のろのろと部屋を出て行った。

この件を境に、フリアンは娘を有害で下品な獣であるかのように避けた。ただ、娘が悪しき目的のために、だらしなく淫らな格好をしていたと判じるのは、あまりにも思いやりに欠けた見方かもしれない。フリアンは、彼女のぶしつけな振舞いを無教養のせいだと思ってあげたかった。ところが、娘は再び彼の厚意を裏切るようなことをする。厳しく叱責してから日も浅いある午後、フリアンが心穏やかにルイス＝デ＝グラナダ師〔一五〇四～八八年〕の『罪人の導き』を読みふけっていたとき、サベルが入ってきたのがわかった。顔を上げずにいると、部屋で何かを片付けている気配が。すると突然、人が倒れ、家具か何かに身体をぶつけたかのような音が響いた。振り返ると、娘はベッドの端に横になり、苦痛のうめき声をあげ、ひどくあえいでいる。急に〈胸苦しく〉なったかのように。そのさまに動揺しながらも気の毒に思ったフリアンは、タオルに水を含ませ彼女のこめかみを濡らしてあげようと駆けつけた。苦しむ病人の上にかがみ込もうとした瞬間、人生経験わずかで、猜疑心の持ち合わせもない彼にも、これが何かの発作などではなく、正真正銘、恥知らずな悪ふざけだとわかった。フリアンは頭に血が上り、突如、怒りで分別を失った（彼のリンパが鞭打たれることなどめったにないのだが）。そして入口を指さし、大声で命じた。

「今すぐここを出て行き、わたくしの眼前から姿を消しなさい。それとも力尽くで放り出しましょうか？　二度とこの部屋に足を踏み入れないように……今後、わたくしが必要なものは、すべて、クリストボに持ってこさせなさい……直ちに消え失せろ！」

娘はひどく当てが外れたかのようにうつむき、不機嫌そうに部屋を出て行った。残されたフリアンは興奮のあまり身体が震えていた。ふだん穏やかな人間が、怒ってかっとなったときの症状だが、彼の場合、上腹部に肉体的な痛みをおぼえたほどだ。ただ、彼が腹を立てていたのは自分自身に対してだった――間違いなく自分は言い過ぎた、あの女には、訓戒を熱く垂れるべきだったのだ。司祭としての責務は、教え、正し、赦すことであって、蔑みの言葉ではなく、文書保管室の虫けらのように人を踏みつけることではないのだから。サベルも他のだれそれと同じ人間、イエス・キリストが流した血によって贖われた魂を有しているのに。とはいえ、あんな恥知らずな振舞いを目の当たりにし、いったい誰が冷静にものを考え、言葉を慎むことなどできよう？　自分はスコラ学者が〈最初の中の最初《プリモ・プリミス》〉と呼ぶ、避けようもない宿命的な心の動きに従ったまで――このように礼拝堂付き司祭は自分を慰めた。いずれにせよ、あのよこしまな、雌牛ほどの羞恥心さえ持ち合わせていない女と共生しなければならないとは、なんという不運。こういった女性がいるとは？　フリアンは自分の母親のことを思い起こしていた。たいそう慎み深く、いつも伏し目がちで、とても優しく穏やかな声音で話し、ハウスコートの鈕を喉元まできっちり掛け、その上から皺ひとつないつるりとした黒の絹ショールを羽織り、いかなるときも節度に欠けることはなかった。それに対し、まったくなんという女性！　この世にはなんて女性がいるものだ！

忌まわしい事件以後、フリアンは自分で部屋を掃除し、洗面用の水も自分で汲んでこなければならなくなった。クリストボも他の女中も彼の指図など聞く耳を持たなかったし、彼にしても部屋の戸口でサベルの影すら見たくなかったからだ。またその事件以来、プリミティボがもはや何のためらいもなく、自分を脅すようにじっと見つめ、宣戦布告とも解せる視線で値踏みするようになったことに、フリアンはたいそう驚き、違和感をおぼえた。自分が屋敷の招かれざる客となったことは、疑いない。だが、いったいなぜそうなってしまったのか？　ルイス＝デ＝グラナダ師の『罪人の導き』や、聖ヨハネ・クリュソストモス〔三四四〜四〇八年〕の『聖職についての六つの講話』の読書を中断し、時折そのことに思いをめぐらす。しかし、こうした取るに足りない出来事に意気消沈し、自分はウリョーアの館で何の役にも立たないのでは、などと思いわずらっているうちに、またいつの間にか神秘主義の世界に没頭するのだった。

第六章

近隣教区の司祭の中で、ナヤ村のドン・エウヘニオほどフリアンと気が合う者はいない。ウリョーア村の主任司祭とも頻繁に顔を合わせたが、大の酒好き、狩猟好きな司祭に、彼は好感を持てなかった。同じく、ウリョーアの主任司祭のほうもフリアンに〈女男〉とあだ名を付け、苦々しく思っているようだった。というのも、ウリョーアの主任司祭にとって、男が陥る最悪の堕落こそがぶどう酒ではなく水を飲み、香りのついた石鹸で身体を洗い、爪を切ることだったからだ。聖職者の場合、こうした罪は聖職売買にも比肩しうる、と主任司祭はぶつぶつぼやいた——「女女しい、あまりに女女しい振舞いだ」聖職者にとって本物の美徳とは、荒削りで無骨な、垢抜けないものとして人前に現れるもの、司祭といえども、〈それ《イッ・》自体によって《ファクト》〉男としての尊大さをなくしていいものではなく、男は一レグア離れたところまで雄々しい匂いを放つ存在であるべきだ、を持論とする彼としては当然だろう。とはいえフリアンは、近隣の他の教区司祭ともそれほどうまくいっていたわけではない。気まずい思いをしないために、教会の儀式に呼ばれても、式典が終わるやいなや辞去する、つまり、儀式に付きものの昼食会への招待を決して受けないのを常としていた。ところが、ナヤ村の〈守護聖人の祭日〉をともに祝おうと、ドン・エウヘニオから礼儀正しく陽気に誘われたときには、〈喜んで〉と快く招待を受けた。

　約束どおり祭りの前日、ドン・ペドロは馬に乗って行くよう勧めたが、わずか一レグア半の距離、それにとても美しい午後ですし！　と断り、徒歩でナヤ村へ向かった。日没には間があったため、時折立ち止まっては風景を満喫し、杖をつきつき歩を進める。ナヤ村の集落を見下ろす丘までたどり着くのに、それほど時間はかからなかった。ちょうど守護聖人の行事が始まる合図の踊りの最中で、村人たちがガイタ〔バグパイプ〕に大太鼓、小太鼓の音に合わせ踊る様子が、陽気に揺れるライ麦の〈藁束〉の炎に照らし出されていた。踊り手たちは少しすると、歌ったり、狂ったように〈合いの手〉を入れたりしながら司祭館のほうへ移動しはじめ、フリアンも彼らと一緒に下っていった。

　司祭は塀の入口にいた。上着の袖をまくり上げ、手にぶどう酒を満たした取っ手付きの水差しを持ち、その横では召使いが盆にグラスを並べている。踊りの集団が足を止めた。青いコーデュロイの服を着たガイタ奏者は、疲れたように皮袋《フォル》をしぼませ、指管《プンテイロ》を低音用の管《ロンコン》を飾る赤い房の上に垂らし、絹のスカーフで額の汗をぬぐった。燃えあがる藁と司祭の家に灯る明かりの下で、ガイタ奏者の整った容貌、それも栗色のもみあげのせいでより颯爽とした美しい顔が、際立って見える。ぶどう酒を渡されると、その田舎楽士は丁重に礼を述べた――「教区司祭さまと仲間たちの健康を祝って乾杯！」飲み干したあとも、手の甲で口を拭いながら、さらに礼を尽くした――「教区司祭さまが、これからの二十年も、ご壮健でありますよう」これを機に、堅苦しい挨拶は抜きで、酒が酌み交わされた。

　ナヤの教区司祭は広々とした司祭館に住んでいた。が、その日の司祭館は祭りの準備で喧騒をきわめ、彼は館の食料貯蔵庫や酒蔵、薪置き場や菜園が次々と掠奪を受け、空になっていく様と勇猛果敢に向き合っていた。若く快活なドン・エウヘニオは、魂の指導者というより、いたずら好きな腕白小僧と言ったほうがしっくりくる。ただしそうした子どもっぽい外見の裏には、人を惹きつける並外れた能力と実生活に関する知識が隠されていた。寛容で人付き合いが良いことから、彼には司祭仲間の内にひとりの敵もおらず、皆に無害な〈小僧〉と評されていたのだ。

香りのよい温かなチョコレートを小さなカップで供されたあと、フリアンには司祭館で最高のベッドと部屋が用意された。翌朝、ようやく空が白みはじめた頃、フリアンは、夜明けの曲を華やかに奏ではじめたガイタの音色とともに目覚めた。ふたりの司祭は連れ立って、荘厳ミサに向け準備が済んでいた祭壇の飾り付けを確かめに行った。フリアンはわけても敬虔な思いで確認を怠らなかった。それはもちろん、ナヤの守護聖人が彼自身、すなわち、まさに中央祭壇にお座します幸多き聖フリアンだったからだ。聖フリアン像は、汚れを知らぬ小さな顔に恍惚の微笑を浮かべ、外衣に短めのズボンをはき、右手に白い鳩を載せ、左手をシャツのひだにそっと添えていた。堂内の椅子が片付けられ、質素な彫像とねじれた大ろうそく、粗末な陶器の花瓶につつましい田舎の花が飾られただけの教会は、フリアンの内に柔らかな信仰心を呼び起こした。おかげで彼は、精神の堅さがほぐれ、これまでより人に優しくなれる気がした。近隣の司祭たちが到着しはじめ、草の絨毯がしかれた表中庭《アトリウム》で、ガイタ奏者が楽器を入念に調律する音が聞こえてきた。教会堂内では、床石に散りばめられた茴香《ウイキョウ》が、入場してくる人びとに踏みしだかれ、すがすがしい田園の香りを放っている。聖フリアン像が中央祭壇から下ろされ、聖体行列の準備が進む。狭い身廊に早くも群衆があふれ、その頭上で十字架と旗が揺れている。祭りの衣装に身をつつみ、絹のスカーフを頭に〈かぶと飾り〉のように巻いた若者たちが、担ぎ台持ちを買って出る。聖フリアン像は表中庭を二周し、身廊正面でいったん立ち止まったあと、再度堂内に入ってきた。聖像は担ぎ台に載ったまま、中央祭壇脇の、豪奢な装飾を施し深紅のダマスク織りの古布でおおわれた台に〈押し上げ〉られる。ミサは、他の行事と同じく面白さ半分、田舎臭さ半分といった調子で始まった。十二人以上もの司祭たちが声を張り上げ合唱する。ガタの来た香炉が古びた細鎖の響きを残しながら身廊の空を切って往来し、濃密な薫香煙を放っていく。綿花のような煙に包まれ、〈入祭唱〉の音程のずれも、聖職者の荒れた喉が発するしわがれ声も和らいで聞こえる。ガイタ奏者は自身の技量を惜しみなく発揮しはじめる。最初は、楽器本体から外した指管《プンテイロ》を、クラリネットのように吹いていた。続いてすべての音色が必要になると、指管を皮袋《フォル》にはめ込み、聖餅《ホスチア》が掲げられるのに合わせ、荘厳な国王行進曲を演奏した。聖体拝領後には、最近流行の軽快な民族舞踊曲を奏でた。ミサが終わったあとも、玄関ホールで先ほどの舞踊曲をくりかえし演奏した。すると、それまで堂内で一時間の長きにわたり行儀よく振舞っていた若い男女の一群が、その埋め合わせか、思い思いに踊りはじめた。光あふれる表中庭で踊る男女たち…… 踏みしだかれた茴香と蒲の葉が床に散らばった堂内を、大ろうそくの灯を押しのけ玄関口や窓から濁流のごとく入り込んでくる陽光が照らし出す…… 息を切らしながらも満足げに言葉を交わす司祭たち…… 身ぎれいにめかし込んだ聖フリアン像は担ぎ台の上でにこにこ顔、まるでメヌエットを踊り出すかのように一方の脚を自慢げに宙に投げ出している…… その右の掌に止まっている汚れなき小鳩は、今まさに翼を開かんとしている――すべてが陽気で、天上のための儀式とは到底思えない。宗教儀式に付きものの厳かな悲哀などいっさい感じられないのだ。フリアンは祝福された聖人と同じ幼少にもどったかのような気がして、満足感で胸がいっぱいになった。そこで、ドン・エウヘニオに付き添われ空気を吸いに外に出たところ、踊り手たちの輪の中にいるサベルの姿が目に入った。彼女は日曜日の華やかな装いで、ガイタの音に合わせ他の娘たちと踊っている。それを見たフリアンは、祭りの感興に水を差された気がした。

その頃、ナヤ村の司祭館はまさに地獄の台所（そんな場所があるとするなら）と化していた。ドン・エウヘニオの叔母とふたりの従妹――若さあふれるみずみずしい娘たちだったため、ふだん教区司祭は司祭館に住まわすのを望まなかった――、当惑した小鳩のようにうろうろし泣いてばかりでまるで使い物にならない老いた家政婦、その老家政婦とまったく正反対の怖めず臆せずタイプの家政婦が勢ぞろいしていたのだ。この臆せずタイプの女はセブレ町の司祭の家政婦で、若い頃にはサンティアゴ・デ・コンポステーラの司教座聖堂参事会員に仕えたことがあるとか。バターを攪拌したり、若鶏をローストすることにかけてその地方で彼女の右に出る者はいないと言われるほど名の知れた腕前だった。少しばかり口ひげが濃く、豊満な乳房で、りりしい顔つきの、このたくましい女料理人は、前夜やって来て数時間の間に司祭館をひっくり返すほどの激震を与えた――まず館内を、怒っているかのような勢いでほうき掛けし、続いて屋根裏に古い家具を運び上げると、やおら何種類もの大量の煮込み料理に取りかかったのだ。まず豚の肩肉とヒヨコ豆《ガルバンソ》を水にひたし、料理長に任ぜられた将軍よろしく、教区民からの寄進物があふれんばかりに詰まった食料貯蔵庫の視察におもむき、すばやく中を一瞥した――子山羊、雛鳥、鰻、鱒、小鳩、ぶどう酒の入った深鍋、脂身、蜂蜜、鷓鴣、野兎、兎、腸詰め《チョリソ》、血の腸詰め《モルシーリャ》。食料の状況を確認した料理長は、部隊に作戦にかかるよう命じた。老婆たちは鶏の羽をむしり、娘たちは両手鍋と片手鍋、それにフライパンを金のように輝くまで磨き上げる。体格の良い村の若者ふたり（といっても、ひとりは箸にも棒にもかからない愚か者だったが）は、家畜の皮をはいだり、狩りの獲物をきれいにする作業に取りかかった。

もしフランドル派の画家――家庭の物質的日常を月並みに描いた絵画に芸術の詩情を吹きこんだ――がその場に居あわせたなら、この台所のたいそうな光景を目前にどんなに喜んだことだろう。薪の炎が両手鍋の輝く丸底を美しくなで回し、家政婦の太い腕は下味をつけて焼かれるのを待つばかりの、むっちりとした肉の塊のように赤みを帯びている。娘たちは、妖精と縛られたサテュロスのように、先ほどの愚か者と戯れ、頬を真っ赤にして男のシャツの中に大量の米粒やピーマンを押し込んでいる！　しばらくして、ガイタ奏者と仲間の楽士たちが〈軽い朝飯〉、その地方で〈ろば殺し〉と呼ばれる、去勢山羊の腸、肝臓、肺臓を煮込んだ料理を求めてやって来たとき、まったく、なんとフランドル派にふさわしい光景が繰り広げられたことか！　彼らは冗談を言い合ったり笑い合ったりしながら、誰もが健康的な食欲を発揮し、口いっぱいに食べ物を頬張り、腹をぱんぱんにし、ぶどうの搾り汁《モスト》のグラスを注いだそばから空にしていった。

ただ、これほどの料理も、司祭館の応接間に用意された、詩人ホメロスが『イリアス』や『オデュッセイア』で歌い上げた祝宴に較べたら、どれほどの価値があろう？　ふだん使っているテーブルに、五、六個の籠を並べ置き、その上に同数の台を載せて大テーブルが設えられた。その上に染みひとつない刺繍クロスを二枚掛け、年代ものの赤ぶどう酒をなみなみとたたえた大壺が置かれる。部屋の隅には、大壺と張り合うかのように、同じ液体に満たされた幸せな深鍋が出番を待っている。食器は、錫のものから上薬をかけた陶器までさまざまだが、中でも、本物の〈タラベラ焼〉の器が素晴らしい。それは今はやりの、土鍋について訳のわからない蘊蓄を傾ける収集家たちを、狂喜させる代物だ。このように準備が整った豪勢なテーブルに、神父たちが、互いに何度も挨拶をくりかえし、礼を尽くしながら席に着いていく。その際、皆が上席を執拗に譲り合い、結局、ロイロ村の肥満症の主席司祭——本来、周辺の聖職者の中で年齢からしても位階からしても、もっとも尊敬されるべき人物であったのだが、ぎゅうぎゅう詰めの参列者で息苦しくなるという理由でミサには参加しなかった——と、ドン・エウヘニオが名門ウリョーア家に敬意を払いフリアンが上席に座ることになった。

おずおずと上席に座ったフリアンであったが、食事が始まると彼の戸惑いはますます大きくなった。その地方の新参者であった上に、これまで祭日に残って昼食を取るのをずっと固辞してきたため、皆の注目の的となったのだ。テーブルには彼を威圧するように十五人もの教区司祭が居並び、一般信徒もおよそ八人に及ぶ。それら世俗の人間は、セブレ町の医者、〈公証人、判事、リミオソ家の子息、ボアン村の司祭の甥、それに、あの著名な地方領袖《カシーケ》である。〈外防《バルバカーナ》〉というあだ名で知られたこの男は、当時政権にあった穏健派政党を支持することで選挙区を掌握していた。敵対する〈いかさま師《トランペータ》〉と呼ばれる領袖——自由主義連合《ウニオン・リベラル》の庇護を受け、よって聖職者たちから良く思われていない——の影響をほとんど無きものとしていたのだ。つまるところその場には、ウリョーア侯爵を除いたその地方の華が居並んでいたわけで、当の侯爵もデザートが供される頃にはやって来るにちがいなかった。ラードで炒めたパンが浮かぶどっしりと重いスープが、巨大な平鍋に盛られた腸詰めとヒヨコ豆、輪切りのゆで卵とともに出され、テーブルを回り、皆が黙ったまま――時折、どこかの司祭が料理人の腕前をたたえる言葉を発したが――懸命に口を動かした。その中、接待役の司祭は、どの招待客の食が進んでいないか、さりげなく観察しては、他に料理らしいものはありませんから、今出されているスープや煮込み《コシード》をどうかもっとお召し上がりください、と勧めて回る。この言葉を鵜呑みにし、主《あるじ》の勧めを受けないのは礼儀に反すると思ったフリアンは、勧められるがままにスープと煮込みをお代わりした。ところが、そのあとも料理が次から次へと列をなして出てくる。それを目にしたフリアンが恐怖をおぼえたのは想像に難くない。なんと、ナヤの守護聖人にちなんだ二十六皿もの伝統料理が供されたのだから。だが、驚くなかれ、主席司祭管区内では、たとえばロイロ村など、ナヤ村など足元にも及ばないほどたくさんの料理を出すところもあるのだ。

女料理人はあらかじめ決まった数の料理を用意するのに、フランス料理で用いられるまやかしに頼ったりはしなかった。つまり、料理名を新しくしてみたり、うやうやしく掛け布で隠したり、見かけ倒しの添え物で飾ったりして料理をごまかすことなど決してなかった。決して！　その気高い地方の料理は、神よ、ありがたいことに、おフランス起源のソースもドレッシングも使われておらず、どれもこれも、煮込みのように素朴で野趣あふれる古典的なものだった。二十六種の料理？　心配ご無用。そのくらいはお手の物――鶏肉のロースト、鶏肉のフライ、鶏肉の黄身ソース煮、鶏肉のシチュー、鶏肉とエンドウ豆の煮込み、鶏肉と同じくタマネギ、ジャガイモ、玉子の煮込み。同じ調理法を、牛肉から豚肉、魚、子山羊にまで応用すればいい。頭を悩ますことなく、誰でも二十六皿のバラエティ豊かな料理を提供できるはずだ。

もしフランス人のコックが魔術によってその場に姿をあらわし、二皿目の主菜を五、六種類に限定したり、重い料理を軽いものに替えたり、野菜に名誉ある地位を授けようとむきになってフランス風〈メニュ〉作りに奮闘したとしよう。すぐさま女料理人は、そんな仲間のことを小馬鹿にしたにちがいない。野菜ですって！　セブレ町の司祭の家政婦は、尻を振って大笑いしただろう。守護聖人の祭日に野菜を！まさか。野菜は豚の餌でしょう。

胸焼けしそうなほど満腹になったフリアンには、招待客たちが手渡しで際限なく回してくる大皿料理を手で断る力しか残っていなかった。もうそれほど彼に注目する人がいなかったのは幸い。これも、会話が盛り上がっていたおかげだ。セブレの町医者は、短気で議論好きの痩せぎす。公証人は赤ら顔でひげもじゃの大男。ふたりはそろって笑い話をしたり、逸話を持ち出したりしている。ボアン村の司祭の甥は法学部の学生なのだが、筋金入りの女たらしで、女性の話を持ち出しては、モレンデ家の娘たちがいかに可愛らしいか、セブレ町のパン屋の娘（その辺りで名の知れた）がどれほど魅力的か、としきりに彼女たちを賞賛していた。司祭たちは、初めはそういった会話に参加するのを控えていた。それはフリアンがうつむいていたためで、時折、何人かが彼を盗み見ては、会話が聞こえていないふりをした。しかし、そんな慎みも長続きはしなかった。ぶどう酒の壺が次々に空き、大皿に盛られた料理が減ってくるにつれ、誰も黙っていることができなくなり、火花のごとく冗談を飛ばしはじめたのだ。

マクシモ・フンカルという名の、サンティアゴ・デ・コンポステーラ大学を出たての医者が、しばしば遠回しに政治に関する皮肉を口にしていたが、次第に熱を帯び、当時、県の改革派たちを憂慮させていた深刻な疑惑について毒舌を吐き出した。それはパトロシニオ尼〔一八〇九〜九一年〕の宮廷における策略と影響力に関するものだった。そのうち二、三人の司祭が騒ぎだすと、領袖バルバカーナがいかめしい顔で長くたっぷりと蓄えた顎ひげをフンカルに向かって突き出し、相手を見下しながら誰もが認める事実を突きつけた――「これっぽっちも知らんことをぺちゃくちゃしゃべる輩が多いですな」それを聞いた医者は烈火のごとく怒り、反撃に出た――「今に王宮から聖職者が掃き出される日がやって来るぞ。それこそ世紀の大刷新だ、おまえたちネオ・カトリック主義者はせいぜい頭領イスカリオテのユダ〔カンディド・ノセダル、一八二一〜八五年〕に告げ口にでも行けばいいさ」

幸運にも、若医者がこの忌まわしい予言を口にしたとき、大多数の教区司祭はちょうど神学論争に引き込まれていた。守護聖人の祝宴に欠かせない余興なのだ。悪態には悪態で返すのを常とする司祭たちも、論争に熱中し、医者の話に気を留める者などいない。いかついウリョーア村の主任司祭も、口論好きのボアン村の司祭も、ロイロ村の主席司祭さえも、誰ひとりとして。とくに主席司祭は、大変耳が遠いにもかかわらず、右手の人差し指を主の怒りを請うかのように高く空に向かって掲げながら、大声で政治論争に審判を下す人物だったが、意に介する素振りさえ見せなかった。ライス・プディングとシナモン、砂糖の載った大皿が回され、トスタードのグラスが次々と空になっていく頃には、議論もたけなわ、スコラ論理学のラテン語用語がいたるところから漏れ聞こえてきた――論証、命題、否定命題、三段論法。

「〈大前提を否定する〉……」

「〈小前提を証明する〉……」

「おいおい…… ボアン村、何をこそこそやってるんだ？ 神の恩寵を蔑むことになるぞ……」

「どうか、そちらこそご用心を…… このままの論調で進まれますと、われわれは自由意志を失うことになります」

「セブレ町、おまえさんこそどうかしておる。異端となったペラギウス〔三六〇～四二五年〕と運命をともにするつもりか！」

「わしは地の果てまで聖アウグスティヌス〔三五四～四三〇年〕にしがみついて行く」

「その命題は〈単一項目として別個に〉なら間違ってないのでしょうが、見方を変えたら通用しません」

「では、おまえさんが望むだけ典拠を示してやろうじゃないか。そちらはどうだい。大した典拠を示せないんじゃないか？」

「これは教会の、初期の公会議の時代からの共通認識です」

「ちくしょう《クオニアム》、それは賛否両論分かれる点だ！ 公会議だ、女会議だ、と言われたところでわしは驚かされん」

「トマス・アクィナス〔一二二五～七四年〕より該博だとおっしゃりたいのか？」

「おまえさんこそ、教会の父アウグスティヌスに楯突く気か？」

「この点に関して私を論駁することなど、どなたもおできにならない！　皆さま、恩寵とは……」

「白黒つけようじゃないか！　おまえさんの主張は形式から言って異端！　紛う方なきペラギウス主義だ！」

「あなたに何がおわかりか、何がおわかりだと言うのか……何を非難していらっしゃるのか、私にもわかるようにお示しいただきたい……」

「主席司祭さまにご意見をうかがおう……主席司祭さまならわしの主張に同意してくださるはず、賭けてもいい」

主席司祭は神学の知識の深さより、年齢によって尊ばれた人物だった。それでも、司祭がどうにか体を起こすと、先ほどまでのすさまじい騒ぎは少しばかり鎮まった。主席司祭は両手を耳の裏にあてがい、可能なかぎりその論争に決着をつけてやろうとの意気込みで、血潮が噴き出さんばかりに顔を紅潮させている。ところがそこで、皆の気が削がれる出来事が起きた。ウリョーア家の主人がセッター犬二匹を引き連れ、部屋に入ってきたのだ。首輪の鈴が鳴り、主人の登場を歓喜の音で包んだ。約束どおり、食後酒を一杯引っかけにやってきたのだ。立ったまま、本当に一杯だけ飲んだ。鷓鴣の群れが山で待っている、というのがその理由だった。

一同、ウリョーア家の主人を丁重に迎え、挨拶に近づけない者たちは代わりにチュラとトルコを歓待した。犬たちはテーブルを回り、頭を各人の膝の上に置いては、こちらで皿をなめ、あちらでスポンジケーキを平らげた。突然、リミオソ家の子息が意を決したかのように立ち上がり、ウリョーア家の主人に付き添って猟に出てくると言った。リミオソの館を離れるときには、まず例外なく猟銃を肩に掛け獲物袋を腰につけて出かける子息は、そのときも猟に必要なものをすべて持参していたのだ。

ふたりの郷士が出て行ったとき、神の恩寵について議論する熱はすでに冷めてしまっていた。医者は小声で公証人に、当時、巷ではやっていた〈ごたごた《ベレン》〉と呼ばれる、政治を風刺するソネットをいくつか朗唱しはじめた。公証人は、政治を淫靡で辛辣に揶揄した詩行を医者が強調するたびに、我が意を得たりと誉めそやす。テーブルは散らかり放題、クロスはソースで汚れ、赤ぶどう酒の血痕に染まっている。床にはきれい好きとは言い難い客たちが投げ捨てた骨が山となり、すべてが宴の終わりを示していた。フリアンは席を立つためなら何でもしただろう。物質的なものをことさら嫌悪するフリアンは、果てしなく供される飲食に苦しみ、うんざりしていたからだ。しかし食後の雰囲気に水を差すわけにもいかない。まして今、一同が煙草を吹かしながら、その地方の著名人たちについて陰口をたたく喜びに浸っているのだから。ウリョーア家の主人について、鷓鴣を〈射止める〉腕の良さが話題に上がったかと思えば、フリアンにはどうしてか皆目見当がつかなかったが、唐突にサベルの話が出た。今朝、皆も踊り手たちの輪の中に彼女を認めていたのだ。もっぱら彼女の容姿が褒めそやされたのだが、何人かはまるでフリアンにも関係する会話であるかのように、彼に手を振ったり目配せしたりする。礼拝堂付き司祭はいつものように視線を落とし、ナプキンを折る振りをしていた。すると不意に、自制しがたい怒りが烈火のごとく湧いてきた。咳払いすると、彼は周囲を見渡し、テーブルの誰もが黙ってしまうほどとげとげしい言葉を投げつけた。場の雰囲気が一気に白け、もはや潮時と見たドン・エウヘニオは、テーブルを立ち、外で涼もうとフリアンを果樹園に誘った。何人かの司祭は、最後の聖務〈終祷〉に行くと言って席を立った。次に、医者、公証人、判事、バルバカーナが姿を消し、彼らと一緒に夜までトランプに興じる司祭たちがそれに続いた。

ナヤ村の教区司祭とフリアンが果樹園に向かうとき通り抜けた台所では、召使いや司祭の従妹、料理人や楽士がぶどう酒の壷を次々に空けながら、すさまじい騒ぎを繰り広げており、宴は日が暮れても続きそうなにぎわいだ。一方、ふたりが逃れた果樹園は、春らしい詩的な静穏につつまれ、涼風が梨と桜桃《さくらんぼ》の今季最後の花びらを揺らし、無花果のたくましい葉を撫でていた。無花果の葉が陰を落とすカミツレ草の柔らかな斜面に、司祭はふたりして体を横たえた。ドン・エウヘニオは、しつこく付きまとう季節はずれの蠅から身を守ろうと、格子柄の木綿のハンカチを取り出し、顔をおおった。フリアンの内では怒りがまだ治まりきらず、燠のように燃えつづけている。とはいえ、自分の短気を悔やむ思いもあり、これからはもっと辛抱強くあらねば、と意を決した。ただ、考えても考えても……

「少し〈うつらうつら〉してはいかがですか?」とナヤの教区司祭が、うなだれて物思いに沈むフリアンに声をかけた。

「いえ、眠くはありません。わたくしはお詫びしたくて、エウヘニオさま、食後の席であのように怒りをあらわにしてしまって、申し訳ございません…… 自分でも時折…… 少しばかり激しく反応しすぎるという自覚はあるのですが…… どうにも腹に据えかねる会話というものがありまして。わたくしの立場に立ってくだされば、ご理解いただけると思います」

「わたしがあなたの立場なら…… でも、わたしだって絶えず従妹のことでからかわれるのですよ……でも、我慢しなければ。皆、悪気でおっしゃっているわけじゃなく、少々からかって楽しみたいだけなのですから」

「もちろん、冗談で済むものもありますが…… わたくしには、貞節や純潔にかかわることは聖職者にとってデリケートな問題だと思われます。相手への配慮からそういった冗談に堪えていたら、恥知らずにもそういったことを実際におこなう人間だと、世間は考えるかもしれません。そう考える人が…… 聖職者のことを言っているわけではありません、聖職者を侮辱するつもりはありませんから。ただ、世俗の人間の中には、実際にそう考える者がいないとも限らないのでは……?」

ナヤの司祭は相手の発言に納得したかのようにうなずいた。だが同時に、歯並びの悪さをあらわにしたその微笑みは、彼が、フリアンのあまりにも厳格な意見に少しばかり冷ややかな抵抗を感じているのを示していた。

「世の中をありのまま受け入れる覚悟が必要なのでは」と、ドン・エウヘニオは哲学者めいた言葉を並べた……「他人の口を封じることなどできましょうか? 皆が好きなことを口にし、好きなように人をからかうのですから…… 正しき人間であることが重要なのであって、心にやましいところさえないなら……」

「いや、そんなことは。お待ちください」と、熱くなったフリアンが反論した。「わたくしたちは善人であるべきばかりか、善人に見えることを義務づけられています。さらに言うなら、聖職者においてはなおさら、悪しき手本や醜聞は罪そのものより望ましくないのでは。エウヘニオさまも、よくわかっていらっしゃるでしょう。そう、教区司祭として信者の魂の救済に当たっていらっしゃる貴方は、わたくしよりよくご存じのはずです」

「つまらないからかいを、まるで皆があなたのことを言っているかのように真に受け、騒ぎ立てるのですね…… 世の中を生きていくには、嘲笑にじっと耐えることも必要なのではありませんか？ 今のような生き方はお勧めしません、毎日いらいらして過ごすことになりますよ」

フリアンは何か考えながら、しかめ面で地面に転がっていた木の棒を拾い、草に刺してたわむれていた。ふと顔を上げ尋ねた。

「エウヘニオさま、わたくしたち、友人ですよね？」

「もちろんです、これからもずっと」と、ナヤの教区司祭は優しくもきっぱりとした口調で答えた。

「では率直に、告解室にいるのと同じくらい、正直におっしゃってください。このあたりで……〈あのこと〉が噂されているのでは？」

「何のことが？」

「わたくしが…… あの娘と…… 何か関係があるとか？ いかがですか？ わたくしのことを信じていただけますね。必要とあらば、神に誓ってもかまいません。わたくしはあの女のことを、不快に思いこそすれ。第一、屋敷に住みはじめてから、顔も五、六回しか見たことがないのです」

「顔は見てもよろしいのでは。薔薇のようになめらかな肌の……どうか落ち着いて。あなたとサベルの関係を本気で疑っている者など、誰もいないと思いますよ。たしかに侯爵は、それほど知的な方ではないかもしれません。そして娘のほうも、好きなだけ同じ身分の者と楽しむことでしょう。今日、ガイタの演奏に合わせ踊っていたように。しかし、だからといって、相手の面前で、館の礼拝堂付き司祭と浮気するなどという、ずうずうしい真似はしますまい……侯爵だって、そこまで間抜けではないはずです」

フリアンは、草地に座るというよりひざまずいた格好になり、両目をいっぱいに見開き振り向いた。

「えっ……旦那さま……旦那さまと何の関係があるのですか？」

それを聞いた瞬間、ナヤの教区司祭は、蜖に刺されたわけでもないだろうに、跳び起き、声を上げて笑い出した。その意味を解したフリアンは、新たな問いを投げかけた。

「ということは、あの子ども……ペルーチョは……」

ドン・エウヘニオはもう一度陽気な笑い声を上げた。格子柄のハンカチで目頭を拭かねばならないほど大笑いしていた。

「どうか気を悪くなさらぬよう……」笑いと涙が混じったような声でつぶやいた。「笑ったからといって……一度笑い出すと、堪えきれないたちなもので。いつぞやは体調を崩したほど……これ……これは、人にくすぐられたようなもの……笑う気はないのですが……」

笑いの発作が治まったところで、言葉を足した。

「いつもあなたのことを、わが教区の守護聖人フリアンと同じ純真な方だと思っていました……が、薬も過ぎれば毒となる……屋敷に住みながら、ふたりの関係をご存じないなんて！　それとも気づかないふりをなさっていたのでは？」

「誓って、まったく何も、これっぽっちも疑ったことさえありません。それを知っていながら、何日も館に居残るわたくしだとお思いですか？　わたくしが館に滞在していれば、ふたりの内縁関係を正当化することになるじゃありませんか？　しかし……それは確かですか？」

「えっ……まだ信じていらっしゃらない？　もしや、あなたは目が見えないのでは？　お気づきにならなかったと？　どうか思い返してみてください」

「わたくしに知りようがありましょうか！　疑ってもみませんでした！　ということは、あの男の子は……かわいそうに！　わたくしはあの子のことが不憫でなりません……館で獣のように育てられている……自分の子のことを愛しく思わない親がいるなんて？」

「それほどのことではありません……教会の裏で、つまり非嫡出の子として生まれた子どもは、皆あんなものです……まあ、ここそこで噂されていることに耳を傾けてごらんなさい……誰もが好き勝手なことを言うでしょうが……あの娘はカスタネットのように明るい性格で、村祭りでは誰もが彼女に何かおごらずにはいられないほどの人気者。ドーナッツをご馳走する男もいれば、シナモン入り蒸留酒《レツリ》をおごる男もいる。ある男はダンスに誘い、別の男はぎゅっと抱きしめてくる……あの娘についてはさまざまな色恋が取り沙汰されています……あなたは今日、ミサでガイタを吹いていた男がわかりますか？」

「もみあげのある、伊達男ですか？」

「まさに。〈雄鳥〉というあだ名で呼ばれて、彼女に道々付きまとっているとか……　さまざまな物語があるのですよ！」

そのとき、果樹園の土塀の向こうから歓声が沸き、するどい笑い声が響いてきた。

「わたしの従妹たちです……」とドン・エウヘニオが続けた。「踊りに行くのでしょう。いま十字路でガイタを吹いていますから。あなたも少し観に行きませんか？　気分が晴れますよ……　中では、祈ったり、トランプに興じたり、いろいろです……　わたしは食後には決して祈りを捧げないもので」

「では、踊りのほうへ」それまで物思いにふけっていたフリアンが口を開いた。

「石の十字架の足下に腰を下ろすとしましょう」

第七章

フリアンはこれほど重大なことに気づかなかった自分の鈍さを悔やみながら、由緒ある屋敷への帰途についた。鳩のように心が純粋なのはいいが、悪党たちがはびこるこの世においては、蛇のように抜け目なく生きることも必要なのだ……もはや館に住みつづけるわけにはいかない……しかし、ミサの謝礼しか稼ぎのない自分は、家に戻っても母のお荷物になるだけ。第一、気さくに接してくれている主人ドン・ペドロのもとを、いきなり立ち去るというのはいかがなものだろう？ ウリョーアの屋敷はどうなってしまうことか？ 屋敷を立て直そうと懸命に身を捧げる者が必要とされているのに？ それはそうだが、カトリックの聖職者としての責務はどうなる？

こうしたことを思い悩みながらとうもろこし畑を横切っていたところ、ふと、畑の端に生えたカミツレと忍冬《すいかずら》の心地よい香りが漂ってきた。穏やかな夜気につつまれ、フリアンは初めて、田舎の甘美な平和を、母なる自然が戦いに疲れたわれわれの精神にもたらす安らぎを享受した。見上げると、暗い空が果てしなく広がっている。

「神のみぞ知る！」と彼はつぶやき、狭い街路だらけの都に帰り、行く先々で人と顔を会わさなければならない生活を思い浮かべ、ため息をついた。

そしてまた、遠くから聞こえる犬の吠え声に導かれるように歩みを進める。館の巨体がもう間近に見えてきた。脇のくぐり戸は開いているだろう。フリアンがその戸口からわずか数歩のところまで来たとき、血も凍るような叫びが二度、三度と響いた。手負いの獣が発するような言葉にならない叫声が上がり、それに続いて子どもの泣きわめく声が聞こえてきた。

礼拝堂付き司祭は、大急ぎで深い闇に包まれた通路と酒蔵を通り、あっという間に台所にたどり着いた。カンテラのくすんだ明かりが照らし出す光景をまえに、彼は驚愕し、扉口で固まった。床に横たわり絶望の咆哮を上げるサベル。その彼女をドン・ペドロが、怒りに我を忘れ銃尾で打ち据えている。部屋の隅ではペルーチョが、目を拳でこすりながら泣きじゃくっている。フリアンは夢中でふたりのあいだに割って入り、侯爵に大声で呼びかけた。

「ドン・ペドロさま!…… ドン・ペドロさま!」

館の主はフリアンのほうを見ると、猟銃の銃身を握ったままじっと動かなかった。怒りで顔面は蒼白、唇と手はわなわなと震え、息も荒い。みずからの狂乱を弁解するわけでも、犠牲となった女を助けるでもなく、かすれ声で途切れ途切れに命じた。

「雌犬…… いまわしい…… 雌犬め…… いますぐ夕食の支度をしないなら、絞め殺してやるぞ! さっさと立て…… それとも銃で起こしてやろうか!」

サベルは苦痛のうめき声を切れ切れにもらしつつ、礼拝堂付き司祭の手を借り立ち上がった。数時間前、教会の表中庭《アトリウム》と石の十字架の傍らで踊っているのをフリアンが見かけたときと同じ晴れ着のままだったが、その上等な布地の〈黒い前掛け〉は土で汚れてしまっている。緋色のショールは両肩からずれ落ち、銀線細工の長いイヤリングの片方は銃尾で押しつぶされ、女のうなじにめり込み、そこから血がぽたぽた垂れている。頬に赤くにじんだ五つの痣が、この、物怖じしない踊り好きの女がどれほど殴られたのかを、ありありと物語っていた。

「夕食は、と俺は訊いているんだ!」ドン・ペドロは乱暴にくりかえした。

何も応えず、もはやうめき声を上げることもなく、女は子どもがしゃくりあげている部屋の隅に歩いて行く。そして子を両腕に取り、強く抱きしめた。天使は鼻水とよだれまみれになりながら、なおも泣きつづける。するとドン・ペドロが近づき、先ほどとは違う声音で尋ねた。

「どうした? ペルーチョに何かあったのか?」

主人が子どもの額に手を当てると、湿っている。掌についていたのは果たして、血だった。ドン・ペドロは子から手を放すと、拳を握りしめ悪態をついた。もしフリアンがその日の午後ドン・エウヘニオから話を聞いておらず、目前の男が自分の子を傷つけてしまった父親だとわからなかったら、悪態のすさまじさに震え上がったことだろう。父親としての本能が突如よみがえったのか、自身を罵倒しながら、子どもの巻き毛をかき分け、水で濡らしたハンカチを傷口に当てて、なんとも言えないほど慎重にそれを結んでいる。

「傷の具合を見てやれ……」と、サベルのほうを向きながら声を上げた。「それと夕食をさっさとつくれ…… それとも俺が教えてやろうか！ 村の祭りで腰をくねらせ、どんな風に時間をつぶしていたのか、おまえに教えてやろうか！」

視線を床に落とし黙ったまま、サベルは身じろぎもしない。右手で左肩をさするだけだ。打ち据えられた箇所が痛むにちがいない。力をふりしぼり消え入りそうに哀れな声で、彼女は主人の顔を見ずに言葉を発した。

「夕食の支度をする人を他にお探しください…… 館にいてくれる人を…… あたしは出て行きます、出て行くと言ったら出て行きます、絶対に出て行きます……」

女は至極当然の権利を主張するかのように、抑揚のない調子で執拗にくりかえした。

「何だと？ このあばずれが」

「出て行きます、帰ります…… あたしの貧相な小舎に…… いったい、誰があたしをここに連れて来たって言うの！」

娘はこう口にすると、身も世もないほどに泣き出した。侯爵は、怒りのあまり歯ぎしりしながら、猟銃を手元に引き寄せ、またもやひどい野蛮なことをしでかしそうに見えた。そのとき別の人物が舞台に登場。暗闇から現れたのはプリミティボだった。おそらく少し前から人知れずそこにいたのだろう。彼が姿を現すと、サベルは態度を急変させ、体を震わせながら口を引き結び、涙をこらえた。

「旦那さまのおっしゃったことが聞こえんかったか？」父は娘に穏やかな口調で尋ねた。

「聞こえ…… ました、お…… 父…… さん、聞こえ…… ました」娘は嗚咽を堪えながら、たどたどしく答えた。

「聞こえたのなら、さっさと夕食の支度にかかれ。手伝いのできる娘がいないか、わしが見てきてやる。外にいたサビアに、火を起こしてもらえるだろうて」

サベルはもう口答えをしなかった。袖をまくると、掛かっていたフライパンを下ろす。そのとき仲間の呪文で呼び出されたのか、ざんばら白髪の老婆が台所の脇から入ってきた。シーツのように大きな前掛けに薪をかかえている。侯爵の手にはまだ猟銃が握りしめられていたが、プリミティボがそれを丁重に受け取り、いつもの場所に置いた。子どもをなだめすかしていたフリアンだったが、その場を収める行動に出るときが来たと考え、ドン・ペドロに声をかけた。

「侯爵さま……少しばかり外の空気にあたってはいかがですか？　心地よい夜気を浴びながら……庭園を散歩しましょう」

そう誘いかける一方、心の内では意を固めていた。

《庭園で旦那さまに言おう、わたくしもお暇しますと……こんな生活もこんな館も、わたくし向きではない》

ふたりは庭に出た。聞こえる音といえば、池の蛙のけろけろという鳴き声のみ、木立の葉一枚そよがない穏やかな夜だった。礼拝堂付き司祭は勇気をふりしぼり切り出した。夜の闇は言い難いことを口にするとき、たいそう勇気をくれるものなのだ。

「侯爵さま、申し訳ございませんが、お伝えしたいことがありまして……」

ふいに侯爵が振り返り、口を開いた。

「わかっています……無駄な説教は必要ありません。あなたに、自分を抑えきれなくなった瞬間を見られてしまった……女に手を上げるなどもってのほか、と人は言います。が……率直に言って、ドン・フリアン、女次第ってこともあるのでは……女の中には、とんでもない女がいて、畜生……この世に忍耐強い聖ヨブが生まれ変わられたなら、彼さえ堪忍袋の緒が切れてしまうような真似をしやがって！　悔やまれるのは、坊主に当たって怪我をさせたことだ」

「そのことをお伝えしたかったのではなく……」とフリアンは口ごもった。「ただわたくしに、思うさまを話してほしいとお望みでしたら、わたくしの義務でもありますので、申し上げます。相手が誰であれ手荒く扱うのは宜しくございません……まして夕食が遅れたというだけでは……」

「夕食が遅れただけだって！」不意に、主人が声を荒げた。「遅れただけ、と！　一日中山にいて冷たい昼食しか取っていないというのに、家に着いていつまで経っても温かい食事にありつけないとは。そんなこと、我慢できる奴などいるものか。にもかかわらず、あのあばずれは、踊るより他にやることがないかのように……！　ご覧になったでしょう？　一日中ナヤ村で、恥ずかしげもなく踊り狂うのを？　村からの帰り道も、男に送られてきたのをお気づきになったでしょう？　なんてことだ……！　ああいったたぐいの娘たちが、女だけで帰ってくるとお思いですか？　ハハハ！　この目で見たんだ。あなたに断言してもいいが、もし私に後悔があるとすれば、これから当分のあいだ踊れないように、あの女の脚を叩き折ってやらなかったことさ！」

思いもよらず侯爵の激しい嫉妬を見せつけられた礼拝堂付き司祭は、どう答えたものかと黙っていた。しばらくの後、今こそ喉元につかえていることを伝える好機とばかり、思い切って切り出した。

「侯爵さま」小声で続ける。「勝手ながら、お話しさせていただきます……貴方さまほどの身分のかたが、召使いのすることを気にかけるなど、そんな卑しいことをなさるべきではありません……世間には口さがない人もいますので、旦那さまがあの娘と関係があると考えるやもしれません……わたくしが申しているのは〈考えるやもしれない〉と！　皆がそう勘ぐっているようで……そんなわけで……つまり……世間から内縁関係にあると見なされているキリスト教徒の屋敷に、わたくしは留まるわけにはまいりません……屋敷に滞在することで、そうした不道徳な振る舞いを正当化し、共犯となることを、わたくしたち聖職者はきつく禁じられております。誠に申し訳ございませんが、侯爵さま、いまだかつて、これほどの屈辱を味わったことはございません」

侯爵は、ポケットに両手を突っ込んだまま、立ち止まった。

「ぐだ《レリア》、ぐだ《レリア》と……」とガリシア語でぶつぶつ言った。「若さや精力という点も考慮してもらわねば……説教はうんざりだ、無理なことを求められても困る。くそっ！　つまるところ、皆同じ人間じゃないか」

「そう、わたくしも罪人です」フリアンが答えた。「ただし、この件に関してははっきりさせておきたいのです。旦那さまに寝食やらもろもろをお世話になっているからこそ、真実をお伝えしなければなりません。侯爵さま、率直に伺います。このように堕落した生活をなさっていて心が痛むことはございませんか？　階級も生まれもまったく異なる卑しい者と！　しがない料理女などと！」

ふたりは歩きつづけ、庭が終わる森との境界までたどり着いた。

「さらにひどいことに、下劣なあばずれときてる！」侯爵がしばらくの沈黙を破って叫んだ。

「聞いてください……」と、栗の木に寄り掛かりながら言葉を続けた。「あの女にプリミティボ、忌まわしい魔女サビアとその娘たち、孫たち——私の屋敷を混乱に陥らせている悪党の一群、それにあいつらをかばう村人をひとり残らず、首根っこをこうつかんで（彼は栗の枝を一本つかみ、ぼきぼきと折りながら）、ここから葬ってやるべきだったんだ。私のものをくすね、私を生きたまま喰い尽くそうとしていやがる……なのに、あのあばずれときたら私を毛嫌いし、それどころか、どこぞの作男と、それも麦打ちの仕事にありつこうと裸足で脱穀場にやって来るような男と、嬉々として駆け落ちするかもしれないと考えると、あの女の頭を蛇のように叩きつぶさずにはいられなくなる！」

フリアンは呆然と、罪深き生活の憐れな告白に耳を傾け、誘惑の網を張りめぐらす悪魔の巧妙さに驚きを覚えていた。

「では、旦那さまは……」言葉を選びながら尋ねた。「ご自身であのことに気づいて、ご存じでおられた……」

「気づかないはずがないでしょう？　あの恥知らずが私から逃げようとしているのがわからないほど、私だって愚かじゃない。日々捕まえていなければ、あちこち跳ね回って逃げる野兎のような女なんですから。あの女は、農夫の男たちと戯れているだけで、若者とうわさ話や伝言のやりとりをしてくれる魔女と一緒にいるだけでご機嫌！　嫌われ者の私は、いつ何どき、毒を盛られるやもしれない」

「侯爵さま、なんと！」礼拝堂付き司祭は、いかにも有益なアドバイスをするかのように続けた。「そんなことでお悩みとは！　女をくびにすれば良いのです、それですべて片がつきます。簡単なことではありませんか？」

両人とも目が暗闇に慣れてきて、フリアンにも侯爵が首を振るばかりか、顔をしかめるのがわかった。

「言うのはたやすい……」侯爵がくぐもった声で話しはじめた。

「言うは易く行うは難し、と言うように……それを実行に移すや、別の難題が持ち上がる。あの天敵を追い出したら、食事の支度をしたり、私に仕える者がひとりもいなくなる。娘の父親……あなたは信じられますか？　あの父親は、この辺の娘たちひとり残らずに、自分の娘がくびになり、その代わりに館に仕えようものなら、おまえたち、背後から散弾を撃ち込んでやる……と脅しをかけているんです。あいつが口だけの男でないことは皆が知っています。いつぞやは、私がサベルの腕をつかんで屋敷から追い出したところ、その夜のうちに残りふたりの召使いが暇を申し出てきた。プリミティボは仮病を使い、おかげで私は一週間、食事のため村の司祭館へ通い、自分でベッドを整えなければならなかった……結局、私がサベルに、お願いだ、戻って来てくれ、と頼み込まざるをえない状況に追い込まれた……わかりませんか、私たちは奴らにかなわない。奴らの周りには取り巻き連中がいて、黙って言われるがまま動く。こんな辺鄙な土地で、私が銅貨一枚でも蓄えていると？　とんでもない！　ここの教区中の者が私の勘定で生活していやがるんですから。家《うち》で収穫したぶどう酒を飲み、家の穀物で雌鶏を飼い、家の山と雑木林で切ってきた薪をかまどにくべ、家の高床式の倉《オレオ》のおかげでパンを食べていやがる。小作料の支払いが遅れることなんてしょっちゅう、催促したところでまともに支払われたためしがない。乳牛を七頭も八頭も飼っていても、私が飲む牛乳は掌に満たないほどわずかなものだ。家畜小舎にはたくさんの去勢牛や仔牛が飼われているが、我が家の土地を耕すためにくびきを掛けられたことなど一度もない。私の金で購入しておきながら、分益小作契約とやらで貸し出されたまま。その後、収支報告を受けたこともない」

「では、別の執事を立ててはいかがですか？」

「また、また！　言うのは簡単ですが！　結果はふたつにひとつ。プリミティボの人形がやって来て……結局、私たちの状況は変わらない、あるいはプリミティボがそいつの腹に一発お見舞いする……実を言えば、プリミティボは執事ではありません……いや、執事以上に質《たち》が悪い。周囲の者はおろか、主人である私までも支配しているのだから。第一、あいつを執事の職に任じた覚えなどまったくないというのに……ここでは執事は、ずっと礼拝堂付き司祭が務めてきました……あのプリミティボはろくに字も読めず書けもしないのだから。ただ、狡猾さにかけては並ぶ者なし。叔父ガブリエルの時代にはや、何においても彼なしでは回らなかった……聞いてください、実際、あの男が館から手を引いたら、まったく何もできなくなる……狩猟については言うまでもない、あいつにかなう者などいやしない。プリミティボがいなくなったら、私は手足をもぎ取られたも同然……だが、狩猟以外のことに関しても同様……あなたの前任者、いまのウリョーアの主任司祭もあいつなしでは何もできなかった。あなただって、館の管理をするためにいらしたわけですが、率直におっしゃってください、これまでの間、あなたひとりでもやれたと思いますか？」

「正直に申しますと、思いませんでした」フリアンは謙虚に告白した。「しかし、時がたてば……そのうちに……」

「ハッ！　あなたの言うことに従う土地の人間などいるものか、鼻であしらわれるだけです。あなたは人のいい、あまりにも正直な人ですからね。ここで必要とされるのは、あいつらのいんちきを察知できる、あいつらにまさる悪知恵の回る男なんです」

礼拝堂付き司祭にとってかなり意気消沈する指摘だったが、的を射ていると認めざるをえなかった。この指摘に触発された彼は、ほとんど勝ち目のない戦いに果敢に挑むべく、すべての才知を動員し頭をひねってみた。結局、引き出せたのは、次のような誰にでも思いつく案だったが。

「ところで、侯爵さま……少しばかり都会に出られてはいかがですか？　おそらくそれが、窮地から抜け出す最良の方策なのでは？　旦那さまのようなお方が、この険しい山間から一歩も動かず、一年中我慢していらっしゃるとは、わたくしには驚きです……退屈なさりませんか？」

侯爵は、見るべきものは何もなかったにもかかわらず、地面を凝視していた。礼拝堂付き司祭の思いつきに不意をつかれたわけではないようだ。

「ここを出て行く！」侯爵は大きな声を上げた。「それで一体どこへ行けっていうんです？　少なくともここでは、良くも悪しくも、地域の王でいられる……叔父ガブリエルが私に何度となく言ったものだ――都会では、しかるべき身分の者と靴職人の見分けもつかない……突き錐を操って金を稼ぎ、靴職人が百万長者になり紳士らの上に立つ、それも、父から子へ代々紳士だった者の上でのさばっている……

私は自身の土地を踏みしめながら、その気になればいつでも気兼ねなく切り倒すことのできる樹木の中を散歩するのに慣れてしまっているからな」

「しかし結局のところ、旦那さま、ここを支配しているのはプリミティボではありませんか！」

「そりゃそうだが……プリミティボは、頭にくることがあったら、好きなだけ蹴り飛ばすことができる、それで判事に訴えられることもない……まあ、実際にそうするかどうかは別として、したければいつでもできるという思いで、落ち着いてベッドに横になれるわけだ。今日銃尾で打たれたことを、サベルが司直に訴え出るとお思いか？」

こうした野蛮な論理を前に当惑しつつ、フリアンは続けた。

「旦那さま、この土地を一生離れるように、申し上げているわけではありません……ほんの一時期、この土地から出て、都会の生活が合うかどうか試してみては、と……旦那さまが一定期間ここを離れたなら、サベルが同じ階級の男と結婚し、旦那さまのほうも身分に見合ったお方、正当な妻を見つけることも難しくないでしょう。誰であれ過ちは犯すもの、主がおっしゃったように肉体は弱いものです。だからこそ、人間がひとりきりでいるのはよくない、堕落するからです。ドン・ペドロ殿、このことをよくご存じだった主がおっしゃったように、結婚するほうが情欲に身を焦がすよりもよいのです。旦那さま、ご結婚なさってはいかがですか？」祈るように手を合わせ、強く訴えた。「可憐で貞節なお嬢さんはたくさんいらっしゃいますよ！」

もう少し外が明るければ、ウリョーア侯爵の目が輝いたのがフリアンにもわかっただろう。

「私が前に同じことを考えたことがないとでもお思いか？　私が毎晩、自分とそっくりの、あばずれの子ではない、館の名を引き継ぐ……　私が死んだあとすべてを相続する……　そして、私と同じ〈ペドロ・モスコソ〉を名のる男の子を夢見たことがないと？」

こう言いながら侯爵は、自分の筋骨たくましい胴と男らしい胸をたたいてみせた。まるでそこから、待ち焦がれた相続人が、健やかに、大人に成長した姿で飛び出てくるかのように。これは脈があると感じたフリアンは、この方向に主人を促そうと思った。が、そのとき突然、戦慄が走った。背中のほうから、微かな物音、擦れるような音、獣が茂みを通り抜ける音がしたからだ。

「何でしょう？」振り返りながら声を上げた。「狐がうろついているようです」

侯爵が彼の腕を引っ張った。

「プリミティボだ」小声で、怒りのあまりどもりながら……「少し前からプリミティボが私たちの様子をうかがい、盗み聞きしていたのだろう……　これはまずい……　とんだへまをしてしまった……　神よ、天国の聖人たちよ、どうかご慈悲を！　もはや私も堪忍袋の緒が切れた。こんな生活をつづけるくらいなら、監獄に入ったほうがましだ！」

第八章

頬にうっすらと生えた金色のひげをカミソリで剃りながら、フリアンは計画を練った――ひげ剃りと洗面をすませたら、聖フランチェスコの馬〔徒歩のこと〕でセブレ町まで行こう……町に着いたら司祭館に行き、司祭に温かいチョコレートを一杯いただきながら、オレンセからサンティアゴへ向かう乗合馬車が通る十二時まで待たせてもらう……車内か屋上前部の席が空いていなければ辛いことになるな。旅行カバンの準備はできている……セブレ町に着いたら、下男に頼んで館まで取りに行ってもらおう。このように旅の手順を確認しながら、外の心地よい景色に目をやり、物思いにふけった。庭と眠ったような貯水池、密生し陽の射さない雑木林、緑の映える牧草ともろこし畑、山々、澄みきった天空……と視線を移すうちに、彼の魂はその甘美な孤独と静寂の虜になっていく。どれも自分の好みに合うものばかり、一生をここで過ごしたかった。いや、とんでもない、ここで一生を過ごすことなどありえない！　神は私たちを御意向にしたがってお導きになるのだから……ちがう、神ではない、サベルの姿をまとった罪こそが、自分をこの天国から追放するのだ……こうしたことを考え動揺した彼は、二度も頬を切ってしまった……そのとき、いきなり肩を叩かれ、もう少しで三つ目の傷を負うところだった。

振り返った、そこには…… いったい誰がドン・ペドロだとわかっただろう、こんなに変貌した彼を？ きちんとひげを剃り、ただし顎ひげを短くしたわけではなく、芳しいオイルで艶を出し、ふんわりと整え、全身から石鹸と清潔な服の香りをさせている。混紡の背広に、白い畝織りのベストを合わせ、青色の山高帽をかぶり、コートを手にしたウリョーア氏はまさに別人、礼儀も教養も以前に比べ二十倍はまさる男性に見える。フリアンは一瞬にしてすべてを理解した…… そして、体内の血が喜びに躍った。

「旦那さま……！」

「さあ、さっさと済ませて、急がねばなりません…… サンティアゴまで私に付いて来てください。乗合馬車に乗るには、セブレ町に正午前に着かねば」

「本当にいらっしゃるのですか？ なんという偶然！ わたくしも今日発とうと、荷造りをしたところです。神の祝福あれ！ いえ、ですが、ご不在のあいだ、わたくしがここに残ったほうがよろしいのでは……」

「そんなことはない！ ひとりで行っても、面白くないだろう。私は伯父マノロを驚かし、従妹たちのことを知りたいと思っているんです。まだ彼女たちが鼻水を垂らしていた頃に会ったきりですから…… 今くじけたら、これから十年はその気にならないでしょう。雌馬に鞍を、雌ろばに荷鞍を付けておくよう、プリミティボに命じました」

そのとき戸口から顔がのぞいたが、それはフリアンに、何か良からぬことが起きたと予感させる顔つきだった。おそらく侯爵もおなじ思いを抱いたのだろう。彼のほうから気忙しく尋ねた。

「何が起きたんだ？」

「雌馬には」と、まったく声の調子を変えずにプリミティボが答えた。「乗れんです」

「どうしてまた？　理由を聞かせてもらえるかね？」

「テッテツがひとつも付いとらんので」猟師は平然と理由を述べた。

「ふざけるな！」侯爵が目から火を噴くような大声を上げた。「今ごろそんなことを言いやがって！　蹄鉄を打ち付けておくのは、おまえの仕事ではないのか？　それとも、私に毎日馬を蹄鉄工のところに連れて行けというのか？」

「旦那さまが今日お出かけになると知らんかったもんで……」

「旦那さま」フリアンが口をはさんだ。「わたくしは歩いて行きますので。もともと散歩を楽しむつもりでいましたから。どうぞ雌ろばをお使いください」

「雌ろばもおらんです」猟師は瞬きをするでも、ブロンズ色の顔の筋肉ひとつを動かすでもなく否定した。

「何……いない……雌……ろばが？」両の拳を握りしめながら、ドン・ペドロは一音一音噛みしめるように発した。「いない……いないだと？　なんだと……面と向かって、もう一度言ってみろ」

ブロンズ色の男は、顔色も変えず、あっさりと繰り返した。

「雌ろばはおらんです」

「そんなわけはないだろう！　いるはずだ、他に三頭も。いないなら、誓って言うが、おまえたちを四つん這いにさせてまたがり、俺をセブレ町まで連れて行ってもらうぞ！」

プリミティボは戸口の柱に寄り掛かったまま、何も答えなかった。

「結構な話だ。それで、どうしてまた雌ろばがいないんだ？」

「昨日、放牧から戻ってきたとき、二箇所刺されとるのを世話してる若造が見つけたんで…… 旦那さま、自身でご覧になっちゃいかがですか？」

ドン・ペドロは呪いの言葉を吐きながら、階段を二段ずつ下りていった。プリミティボとフリアンがあとに続く。厩舎では、牧童を務める、瘰癧《るいれき》を病んだ間抜け顔の若造が、猟師の言うとおりだとうなずいた。小舎の奥をのぞくと、暗闇の中憐れな獣が両耳を垂らし、今にも光を失いそうな目で震えているのが見えた。傷口の血が、尻から蹄まで黒い筋となってこびりついている。フリアンは、蜘蛛の巣だらけの薄暗い小舎で、まるで犯罪現場に立ち会ったかのような心持ちだった。一方、侯爵は、それを見てしばし唖然としていたが、突如牧童の髪を引っつかんだかと思うと、乱暴に揺すりながら怒鳴った。

「今度、家畜を傷つけられるようなことがあったら…… わかっているな…… どうなるか…… わかったな……」

若造は泰然としたプリミティボに苦しげな視線を投げかけながら、仔牛のような泣き声を上げはじめた。ドン・ペドロはプリミティボを振り返り、命じた。

「今すぐ私とドン・フリアンの旅行カバンを取ってこい…… 急げ…… セブレ町まで歩いて行きましょう…… 急げば馬車に間に合う」

猟師は淡々と落ち着いた様子で従い、旅行カバンを降ろしてきた。だが、それを自分の両肩に担ぐ代わりにふたりの作男に一個ずつ渡し、手短に命じた。

「旦那さまと一緒に行くんだ」

侯爵は驚き、勢子を疑り深い目で見つめた。これまでプリミティボが自分に付き従う機会を逃したことは一度もなかった。そのため、いきなり他人《ひと》に譲ったのが奇妙に思われたのだ。ドン・ペドロの脳裏にかすかな疑念がよぎる。プリミティボはそれに勘づいたのか、その場を取り繕うように付け足した。

「わしはレンダスの雑木林の間伐に立ち会わんといかんもんで……栗林が密生しすぎて、陽当たりが悪いもんで……伐採人らは先にあちらに行っておるんですが、わしが行かんことには何も進まんもんで……」

主人は、おおかた敗北を悟ったプリミティボが雑木林に行くことで面目を保とうとしているのだろうと考え、肩をすくめた。ただ、相手を熟知していた彼は、プリミティボにいかなる仕返しの機会も与えぬほど徹底的に今回の負けを認めさせるためには、だめ押しが必要だと考えた。そこで、大声で厳しく命じようと口を開きかけた――《付いてこい》――だが何やら虫の知らせを感じ、声に出すのは思いとどまった。《ちきしょう！　放っておこう。いくら邪魔したくても、まさか行く手を阻むことはないだろう……もし、おれに刃向かえると考えているなら……》

ドン・ペドロは、猟師のぜい肉の削げ落ちた面貌に探るような視線を向けた。とぼけてごまかしているが、筋肉の引きつるさまに彼の邪念が見て取れる。

《この狐野郎は何を企んでやがる？》主人は危惧した。《何ごともなく、行かせてもらえるとは思えないが…… しかし、もし楯突くつもりなら！ 目にもの見せてやる》

ドン・ペドロは自室に駆け上がると、肩に猟銃を担いで戻ってきた。旅先まで武器を持って行こうとする主人を驚きの目で見つめていたフリアンは、ふと自分も忘れ物をしていたことに気づき、台所に向かった。

「サベル！」大声で呼んだ。「サベル！ 子どもはどこですか？ お別れのキスをしたいのですが」

サベルはいったん台所を出て行くと、スカートにしがみつく子どもを連れ、戻ってきた。男の子はお気に入りの場所、乳牛の飼い葉桶に隠れているところを見つかったのだろう。いたずら坊主の巻き毛に牧草や野草が絡んでいる。本当になんと愛らしい。頭の傷に当てた包帯までもが愛の天使《キューピッド》を思わせる。フリアンは子どもを宙に持ち上げ、両頬にキスをした。

「サベル、時には洗ってあげなさい…… 午前中の手が空いたときにでも……」

「さっさと発ちましょう、さあ……」侯爵は、まるで女と子どものそばに寄るのを恐れるかのように戸口からフリアンをせき立てた。「時間がない…… 馬車が出てしまいますよ」

サベルが逃げ出すアエネーアス〔ウェルギリウス『アエネーイス』の主人公、自分を熱愛する女王ディードを残して旅立つ〕を引き留めたかったのかどうかわからないが、少なくともそんな素振りはまるで見せない。いつもと変わらぬ様子で深鍋とかまどの五徳のほうへ向かった。ドン・ペドロは、あれほどフリアンをせき立てたにもかかわらず、戸口のところでしばし立ち止まっている —— 女に引き止めて欲しいとひそかに願っていたのではないか。結局、肩をすくめると、先に出て、ぶどう畑のあいだの十字路へとつづく小道を歩きはじめた。起伏のある道だが、視界は開けているため、主人は何の障害もなく左右を見渡し、すべての動きを察知することができる。猟師としての彼の鋭い視線に捕らわれずには、野兎一羽たりとも跳ねることはかなわない。ラへ家の人びとはどんな顔をするだろうとか、雲行きが怪しいから雨が降るかもしれないとか、フリアンと言葉を交わしながらも、侯爵は周囲のいかなる動きも見逃すまいと目を光らせていた。はるか遠く、ぶどう畑を囲む塀の後ろに、男の頭がかいま見えた気がして、一瞬歩みを止める。しかし、その距離では確証が持てず、今しばらく注意して見守ることにした。

ふたりは、十字路より手前にあるレンダスの雑木林に近づいた。そこからは木々がうっそうと茂っており、警戒も困難をきわめる。雑木林に沿って歩き、聖なるシンボルの足下まで来たが、心配するようなものは何も目に入らない。そこから引き続き、さらに険しく狭い道に分け入っていく。茂みの中から、栗の木を間伐する斧の音と、伐採人たちのへい！　へい！　というかけ声がこだましてくる。しかし、その先に進むと、辺りは完全な静寂に包まれた。空には巻き雲がむくむくと立ち上り、わずかに射し込む陽光がぼんやりと紫がかっていて、嵐の到来を告げていた。フリアンは、間もなくたどり着く木の十字架が犯罪の舞台を示している、という人の気を重くさせる話を思い起こし、ドン・ペドロに尋ねた。

「旦那さま……？」

「どうしました？」侯爵は口をほとんど開けず小声で答えた。

「この近くで人が殺されたというのは、本当でしょうか？　あの木の十字架のところで。旦那さま、どうしてまた？　報復か何かだったのですか？」

「祭りの帰りの、酔っぱらい同士のけんかですよ」ドン・ペドロは素っ気なく答え、目をしっかりと見開いて藪を探った。

ふたりの上に影を投げかけている十字架の下で、フリアンはいつものように《天にましますわれらの父よ……》と小声で祈りはじめた。そのとき、主人はフリアンのかかとを踏まんばかりにぴたりと彼の真後ろに付いていた（荷物を運ぶ作男ふたりは、できるだけ早くセブレ町に着いて居酒屋で一杯やりたいとばかりに、ずっと先を行っていた）。まさにその瞬間、葉か草が擦れ合う音がした。意図的に道を外れ林の中を進む人がすり抜けるときに立てる音、鋭敏な聴覚の、本物の猟師にしか聞き取れない音だった。が、主人は微かながらもはっきりとその音を聞き分けた。そして、葉陰に銃口を見つけ出したのだ。銃口は彼の胸ではなく、前を行くフリアンの背中に絶妙に狙いを定めている。まず的を外すことはないだろう。ドン・ペドロははっと息をのみ、一瞬体をこわばらせた。しかし、それはほんの一秒、おそらく一秒もかからなかったかもしれない。彼が気を取り直し、銃を面前に構え、茂みに隠れた敵に逆に狙いを定めるまでの時間は、測ることもできないほどあっという間だった。相手が発砲したなら、その弾は相手を裁く自分の弾と行き違うことになる。その状況は少しのあいだ続いた。敵同士が向かい合い、相手の力を推し量った。結果、より聡明なほうが譲り、姿を現すことになった。つまり、侯爵の耳に、フリアンを狙っていた銃が下ろされ、枝葉がこすれる音が聞こえてきた。続いて雑木林からひょっこり姿を現したのはプリミティボ。古びてはいるが精確な銃を、縄に縛りつけぶら下げている。フリアンは慌てて祈りの終わりの文句――《天のいと高き所には神に栄光、地には善意の人に平和あれ》を唱え、丁重に尋ねた。

「これはこれは……結局、セブレ町までわたくしたちに付き添ってくださるのですか？」

「はあ」と答えたプリミティボの相貌は、これまでになくブロンズ像そのものだった。「レンダスでの件が済んだんで、ここからセブレまで伐木せんとならん木があるか見てこようと思ったもんで」

「プリミティボ、銃を貸してくれ」ドン・ペドロが命じた。「その辺りから、まるで私を愚弄しているように鶉の鳴き声がするんだが、銃に弾を込め忘れてしまった」

言うが早いかプリミティボから銃を取り、適当に狙いを定め発砲した。近くの樫木の枝葉が飛び散ったが、鶉は一羽も落ちてこなかった。

「しくじった！」主人はたいそう悔しそうに大声で愚痴った。だが、心中ではこうつぶやいていた――《銃弾じゃない、散弾だ……司祭の体に小粒の鉛玉を撃ち込もうとしやがった……そりゃそうだ！　銃弾だと目立つし、まして訴えられでもしたら厄介なことになるからな。まぎれもない、ずる賢い狐だ》

そして再び、声を大にして命じる。

「プリミティボ、弾は込めるな。今日は、猟は休みだ。雨になりそうだから、急がなければ……先に立って、セブレまでの近道を教えてくれ」

「旦那さまは道をご存じないんでしたっけね？」

「知ってはいるが、ぼんやりしていると、時々迷ってしまうのでね」

第九章

もう二度も呼び鈴が鳴り響いたのに、召使いたちは応じる気配がない。そこでラヘ家の娘たちは、こんなに早い時間に礼を尽くすべき人は来ないだろうと考え、本人たちみずから、髪もとかさずガウンにスリッパという淑女らしからぬ格好で階下に降り、玄関のドアを開けた。ところが、眼前に立っていたのはたくましい青年で、思わず面食らってしまう。当の青年は彼女たちに気さくに尋ねた。

「このなかに私のことがわかる人はいますか？」

娘たちは一斉に逃げ出したい衝動に駆られた。だが、三女の、見たところ彼女たちの中で一番美貌に恵まれない二十歳くらいの娘が小声で答えた。

「きっと、ペルーチョ・モスコソ従兄《にい》さんでしょう」

「ご名答！」ドン・ペドロは大きな声を上げた。「家族で一番賢いのは、この娘《こ》だ！」

両手を広げ前に進み出て、彼女を抱きしめようとした。ところが、彼女は身体をかわし、洗面を済ませオーデコロンを振りかけたばかりの冷たく小さな手を彼に差し出した。そのあとすぐ中に入り、大きな声を上げる。

「お父さま！　お父さま！　ペルーチョ従兄さんがいらっしゃったわよ！」

象のような足音が聞こえ、床が揺れた……ラへ氏が応接室に続く空間をみずからの巨体でいっぱいにしながら姿を現した。ドン・ペドロはその伯父と抱擁する。と、彼は伯父にほとんど宙吊りにされるようにして応接室へ連れて行かれた。フリアンは、従兄の不意の登場を台無しにしないよう、それまでドアの後ろに隠れていたのだが、微笑みを浮かべ隠れ場所から出てきた。するとお嬢さん方から、ずいぶん太ったわね、などとひどくからかわれたため、自分の母親を求めてどうにか廊下へ抜け出した。

ふたり並ぶと、ラへ氏と血のつながった甥は驚くほど似ていた。そびえるように高い背、広い肩幅、がっしりとした骨格、どちらも毛の太いたっぷりとした顎ひげをたくわえている。ただし、甥は、野外を歩き回り体を動かすことで鍛えられ、ティタン神のように調和のとれた体格をしていたが、伯父のほうははち切れそうに肥り、多血症気味。屋内の生活を余儀なくされ、血と肉があり余っているのが見た目にも明らかで、その肉体を持て余している様子だ。肥満と言うまでには至っていないが、肉が体全体からはみ出している感は否めない。足は小型船ほど、手は大工の木槌のよう。外出着を身にまとうと窒息しそうになり、狭い部屋には到底入りきらない。劇場で座席につけばあえぎ、ミサの際には自分の席だけでは足らず両側の人を肘で突いてしまう。封建時代、山間に生きた戦士の血を引く由緒正しき一族であるにもかかわらず、都会の恥ずべき怠惰な――何も生産せず、何も教えず、何も学ばない者は、何の役にも立たぬまま、無為に日々を過ごすだけの――生活の中で、いかに哀れに退化してしまったことか。なんと痛ましい！　パルド＝デ＝ラ＝ラへ家の生粋の主人が、もし十五世紀に生を受けていたなら、十九世紀の考古学者や歴史学者にとって興味深い研究素材となっただろうに。

甥の風采の良さに驚きながら陽気に話しかけてくる伯父に、ドン・ペドロもすぐさま親しみを覚えた。

「おお！ いい男になって！ こんなにたくましい体格で、何をしようというんだね？ わしより男っぽくなりおって……おまえは小さい頃から、亡くなった母君よりガブリエルやわしに似ていたからな……お父上とも、まるで似てないな……モスコソ家の血もカブレイラ家の血も出なかった。おまえはどこから見てもパルド家の人間だ。もう従妹たちから抱擁を受けたかね？ おまえたち、従兄になんと言うんだ？」

「抱擁の挨拶ではありませんが、礼を尽くすべき相手として私を迎えてくれました……この娘を抱擁しようとしたところ、代わりにしなやかな手を差し出されたんです」

「なんて娘たちだろう！ ずいぶんともったいぶって！ さあ、おまえたち、従兄に抱擁の挨拶をなさい」

父の命令に応じ最初に進み出たのは長女。ドン・ペドロは彼女を抱きしめたとき、腕の内の美しい肉体の豊満さに強い印象を受けた。素晴らしい女だ、長女は！

「私の記憶違いじゃなければ、君はリタですね？」微笑みながら訊いた。「私は名前を覚えるのが苦手で、君たちを取り違えるかもしれません」

「リタです、よろしく」従妹は相手と同じくらい愛想よく答えた。「こちらがマノリータで、この子がカルメン、あの子がヌチャ……」

「ちょっと……ひとりずつ……抱擁するごとに名前を教えてください」

ふたりの従妹が従兄に抱擁という貢ぎ物を納めに近づいてきて、陽気に自己紹介した。

「あたしがマノリータ、どうぞよろしく」

「あたしは、カルメン、何なりとご用命を」

三女だけは、まるで親愛に満ちた儀式を逃れたいかのように、向こうのダマスク織りのカーテンのひだのあいだに隠れている。しかし、そんな小細工は何の役にも立たない。むしろ、従兄はその内気な態度に刺激され、声を上げた。

「ドニャ・ウチャ、ええっと……どんな名前だったかな?……さあ、忘れずに、私に抱擁してくれないと……」

「わたしの名はマルセリーナよ……でも、この人たち、わたしをマルセリヌチャとかヌチャャって呼ぶの……」

決心がつかないのか、彼女はなおも赤いカーテンの陰に逃げ込んだまま、白い綿布の整髪用ケープの首元で両手を交差させている。まだ三つ編みに編まれていない髪が、白いケープにインクで書いたような二本の長い縦縞をつけていた。そのとき、出し抜けに父親に押し出され、三女は従兄の胸に飛び込んだ。顔中真っ赤にして、仕方なくしかるべき抱擁を受ける。その上、顎ひげでこすられ、娘は侯爵の胸に顔を埋めざるをえなくなってしまった。

このように打ち解けあったあと、ラヘ家の主人と甥は、今回の来訪に関し欠かすことのできない話、すなわち、その理由やその他諸々の出来事について会話を交わした。だが、甥は相手の好奇心を満たすほどには、不意の来訪の理由を明かさなかった——まあ……〈楽しみたい〉と思いまして……年がら年じゅう田舎に独りでいると飽きますから…… 気分転換をしたく…… 伯父も執拗には訊かず、ただ胸中でこう考えていた ――《じきにフリアンが〈すべて〉明らかにしてくれるだろう》

そして巨大な両手をすり合わせながら、ある思いに笑みを浮かべた。それはずっと前から思い描いてはいたのだが、今回ほど明確に実現の可能性を見出したことのない思いだった。あの娘たちに、ウリョーアの従兄以上の夫を望みうるだろうか！ 自分の娘を良家に〈嫁がせる〉ことを願う父親の数多くの例の中で、その意志においてドン・マヌエル・パルドほど激しく、そのやり方において彼ほど慎重な父親はいないだろう。なぜなら、旧家の郷士である彼は、娘たちを結婚させたいと熱く願いつつも、（表面的には気安い人間であるかのように装っていたが、その裏には）由緒ある血脈を受け継ぐ者として、強い自尊心を秘めていたからだ。子を結婚させたがる親たちがよく使う陳腐な策など、わが家には失敬千万。したがって、娘たちの付き合いや教育の仕方にまで、極めて厳格かつ慎重に当たっていた。娘たちには幽閉同然の世間から孤立した生活を強要し、めったに公の行事に連れ出すこともなかった。ラヘ家の娘たちは（ドン・マヌエルは考えていた）もちろん結婚すべきだ、これほど高貴な家系の幼子を立派に接ぎ木できる幹を見つけなければ、神の摂理に反するからな。しかし、だからといって、どこかの馬の骨、町に駐屯している軍の中尉やら、布を測って成功した商人やら、脈を取る医者やらと結婚させるくらいなら、一生独身のほうがまし。そんな輩と結婚するなど、神よ、恥ずべき冒瀆だ。ラヘ家の娘は、同等の品格ある男にだけ、結婚を承諾すべきなのだ。こう考えるドン・マヌエルが、庶民の成金を罠にかけるなど言語道断、と軽蔑するのは当然である。そこで、音楽劇《サルスエラ》『王冠のダイヤモンド』におけるサンドバル侯爵のごとく、甥が義理の息子になるよう、ただちに、手中にあるものを総動員して当たることに決めたのだ。

従妹たちも父親と同じ考えを抱いていたのだろうか？　確かなのは、従兄が腰を下ろしドン・マヌエルと会話を始めるや、娘たちは各自応接室をうまく抜け出し、髪を整えたり、来客用の部屋や選りすぐりの食器を準備したりしはじめたということ。従兄はラヘ宅に宿泊するという話になり、宿屋に荷物を取りに人が遣られた。

昼食は大変にぎやかなものとなった。ドン・ペドロとラヘ家の娘たちとのあいだに、たちどころにある種の親密な関係が生まれたのだ。それは教会法で禁じられてはいるが、特赦によって結婚が許される親族間に特有の親密さ、とでも言おうか。兄妹や姉弟のあいだとは異なる、少しばかりきわどい対立の――互いに言い寄り言い寄られ、といった気の利いた駆け引きの芽生えをうかがわせる――妙味を含んだ親密さだった。食事中のテーブルでは、冗談や曖昧な言葉、冷やかしが頻繁に飛び交ったが、それは男女間により真剣な戦いが起きる前触れだったのだ。

「従兄さん、あたしの隣に座っていながら水も注いでくれないなんて、びっくり」

「田舎者は礼儀に疎いもので。こんなに先生たちがいらっしゃるのですから、どうか少しずつ教育をお願いできますか」

「大食いね、誰がお代わりしていいと言ったの？」

「あまりにも料理が美味しくて、もしかして君が作ったのかな」

「まさか、ご冗談を！　料理人が作ったの。あなたのために料理なんてしないわ。残念でした」

「従妹よ、この卵黄菓子《ジエマ》を私にくれませんか」

「甘党さん、あたしの皿から盗らないで。上げないわよ。あちらにお菓子を盛った大皿があるでしょう」

「絶対に盗ってやる。君が油断したすきに……」

「絶対ダメと言ったでしょう」

従妹は席を立ち、焼き菓子《メレンゲ》やりんごの残りを盗られないよう、自分の皿を手に駆け出す。そんな従妹を、従兄はテーブルの周囲を追い回した。お戯れは、この世でもっとも滑稽な小劇であるかのような、大げさな笑いに包まれた。このトーナメントの進行役はリタとマノリータ、年上のふたりだった。ヌチャとカルメンは、打ち解けてはいるものの節度をわきまえ、おふざけを見て笑いながらも、それに積極的に参加することはなかった。ただし、彼女らふたりのあいだにも違いがあり、末娘カルメンの顔には絶えず物憂げな、何か心配ごとに捕らわれているような表情がうかがえた。対し、ヌチャの顔からは、温和な中にも、生まれつきの生真面目さが強く感じられた。

ドン・ペドロは満ち足りた気持ちだった。実は、ここに来るのを決意したとき、従妹たちがあまりにも格式ばったり、めかし込んだ女性だったらどうしよう、と内心怖じ気づいていたのだ。これまで容易く射止められないほど美しい〈白鷓鴣〉クラスの、良家の女性と正式に付き合ったことのない自分は、きっと持て余すにちがいない、と。ところが、従妹たちから気安い歓迎を受け、すぐに平静を取りもどした。ふだんどおり身体の隅々まで血が通いはじめ、勢いに乗った彼は、誰のもとにハンカチを落とそうかと思案しながら、従妹たちひとりひとりを観察していった。末娘は、黒髪に白い肌、背が高くほっそりとした体型で、誰が見てもとびきりの美人であるのは間違いない。しかし、ロマンチックな性向と縁遠いドン・ペドロにとって、彼女の隠しようもない激しい気性と目の下の青い隈は、魅力を減じるものに映った。三女ヌチャについて言えば、末娘にかなり似ていたものの、彼女のように美しいわけではなかった。ほどよい大きさの目は、桑の実のように黒い瞳で、軽く斜視を患っていたせいで、きわめてぼんやりした、よく言えば慎み深い雰囲気を醸し出していた。背も高くなく、こぢんまりとした口を除けば、容貌もさほど整ったという感じがしない。大地のちりから等しく形作られたわれわれ人間の体であるが、少なくともその分量やしなやかさに注目する者にとって、つまるところヌチャの肉体は、魅力的とは言い難かった。次女のマノリータは下のふたりとまるで別のタイプ。人の気を惹くみずみずしい肉体とたいそう優雅な雰囲気をたたえつつも、ある種の欠点を伴っていた。それは大多数の者から見れば女性の完璧さに色を添えるものだが、他の者たち、たとえばドン・ペドロには嫌悪を感じさせた。具体的に言うと、女性特有の魅力に男性的特徴が混ざり合っていた点——上唇の上の薄ひげが口ひげになりかけていたり、髪が耳の上からあごに沿って伸び、柔らかな後れ毛というより大胆な頬ひげのように見えた点だった。唯一けちを付けることができないのは長女、リタだ。従兄を何より魅了したのは、彼女の美しい顔ではない。完璧に均整のとれた胴体と手足、丸みを帯びた大きな尻にふくよかな乳房——将来たくさんの子を産み育てる母親になることを約束する、力強く優美な曲線を描く彼女の身体だった。モスコソ家の嫡男を宿すのに、これ以上ふさわしい器があろうか！　モスコソの名を受け継ぐ相続人を接ぎ木するのに、なんと見事な台木であることか！　侯爵がこのたくましい雌に期待したのは、五感の快楽ではなく、将来、数多くの男の子孫を産み落としてくれること。それは、肥沃な土地を前にした農民が、そこに咲き乱れる小花に心を奪われることなく、夏の終わりにその土地からどれだけ収穫できるか、漠然と計算する思いに似ていた。

めかし込んだ娘たちとの昼食が終わり、皆で応接室に移った。そこでドン・ペドロは数々の不可思議なものを見せられた。立体鏡《ステレオスコープ》や写真のアルバムなど、当時、とてもおしゃれで珍しいとされた品々だ。リタとマノリータは従兄に自分たちのポートレートを見せた。写真の中のふたりは、椅子や柱にもたれかかる、その頃の写真家が好んで要求した古典的ポーズで写っている。一方ヌチャは、小ぶりのアルバムを開いてドン・ペドロの前に差し出し、熱く尋ねた。

「彼が誰かわかりますか?」

年の頃は十六歳くらい、丸刈りで砲術アカデミーの制服を着込んでいる。丸刈りの男がきれいな三編みのお嬢さんに似ることのできる範囲であったが、ヌチャとカルメンにそっくりだ。

「わたしの子どもです」ヌチャが真剣な面持ちできっぱりと言った。

「君の子ども?」

他の姉妹たちが大笑いし、合点のいったドン・ペドロが声を上げた。

「ああ! わかりました。君たちの弟であり私の従弟、ラ へ家の嫡男ガブリエリーニョだ」

「ご名答。他に誰がいるものですか。ヌチャは弟のことをとりわけ愛していて、いつも我が子と呼ぶの」

ヌチャはドン・ペドロの答えに満足すると、身をかがめポートレートに口づけした。とても優しい口づけだったため、遠いセゴビアの町で、おそらく苛酷な新人いびり《ノバターダ》を堪え忍んでいる哀れな学生も、頬と心に何か甘く温かいものを感じたにちがいない。

寂しげなカルメンは、楽しんでいる姉たちを横目に応接室からそっと抜け出し、その後二度と顔を見せなかった。姉たちは、応接室で従兄に見せるものがなくなると、屋根裏部屋から薪置き場まで家中を案内して回った。それは今でもサンティアゴ・デ・コンポステーラの旧市街に多く残る、由緒ある広々とした、だが、老朽した邸宅のひとつだった。もし田舎にあるウリョーアの屋敷を弟に喩えたなら、このコンポステーラの邸宅はまさしく都会の兄と言ったところだろう。邸宅の風格ある正面には、最近はやりのガラスのバルコニーが設えられ、調和を乱していた。それは、改築が大好きという金のかかる趣味を持つドン・マヌエル・パルド＝デ＝ラ＝ラへの発案によるものだった。古色蒼然としたたたずまいの邸宅から見れば文法的破格とも言えるそのバルコニーは、実のところ、パルド家の娘たちの絶好の気晴らしの場となっていた。好みの枝に止まる鳥のように、彼女たちはいつもそこにいた——そこで手仕事をし、鉢や木箱でちょっとした植物を栽培し、そこに金糸雀《カナリア》や鶸《ひわ》の鳥かごを掛けていた。しかしおそらく、ガラスのバルコニーの用途はこれだけではなかっただろう。確かに言えるのは、カルメンがそこから顔を出し通りに視線を送っていたこと、それも姉たちがやって来たのに気づかないほど夢中になって通りを見つめていたということだ。ヌチャに服を引っ張られて、振り返ったカルメンは、ふだん青白い両頬を、微かに赤く染めている。ヌチャがカルメンの耳もとで興奮した調子で話しかけると、カルメンはいつものように心細げに黙ったまま、ガラスの入った手すりから離れた。リタは従兄に細かなことまで際限なく説明しつづける。

「ここから素晴らしい街路が見えるでしょう…… あれがプレグントイロ〔道を尋ねる巡礼者が絶えない〕通りで、いつもたくさんの人で賑わっているの…… あっちは大聖堂《カテドラル》の塔よ…… まだ大聖堂に行ったことがないですって？ ということは本当に、聖ヤコブに使徒信条を祈ったこともないのね。まるでユダヤ教徒じゃない？」と、長女は瞳からぎらぎらと挑発的な光をまき散らしながら大声を上げた。「それじゃ、あたしがあなたを、あそこに連れて行ってあげないといけないわけね。聖ヤコブにお目にかかって、強く抱擁させていただけるように…… もしかして、まだ倶楽部《カシノ》にも行ったことがない？ アラメダ庭園にも？ 大学にも？ あなた、何も見たことがないじゃないの！」

「見たことがないんです…… このとおりの田舎者ですから…… 昨日着いたときには、とうに日が暮れていたもので。宿で横になっただけで終わってしまいました」

「どうしてまっすぐこちらに来なかったの、薄情者ね？」

「夜中に皆さんをお騒がせしたくなくて。山の出だからといって、それほど礼儀にうといわけじゃありません」

「では、今日はサンティアゴの有名な場所を見に行かないと…… 散歩をさぼっちゃだめよ…… とってもきれいな女の子たちがいますからね」

「それについては、すでに知っていますよ。わざわざアラメダ庭園まで足を運ばなくとも」と、従兄はリタに視線を送りながら答えた。その視線をリタは、傍目にもわかるほど大胆に受け取り、遠慮なく投げ返したのだった。

第十章

そして実際、サンティアゴの数々の名所に案内されたウリョーア侯爵だったが、大した印象を抱くことはなかった。どこもまったく自分の趣味に合わない。それどころか当てが外れ、がっかりした。これは田舎に住み慣れ、都会へのイメージを膨らませすぎた人によくあることだ。彼は思った――通りは細いうえにくねくねとしていて、石畳できちんと舗装されているわけでもない……そのせいで路面がぬかるんでいるし、壁面も湿った感じで、建物も古く黒ずんでいる……市街地は狭いうえ、商売は衰退気味、公共の場もほとんどいつも人気《ひとけ》がない。そして、彼の見解は正しかった。もっとも、教養のある人が古都を訪れ惹きつけられるもの、建造物や遺跡の内に秘められた、偉大なる記憶や永遠なる芸術といったものを、ドン・ペドロがギリシャ語かラテン語程度しか解さなかったせいでもある。苔むした石が何だ！　おれには館の石で十分だ。彼のように古くさい見識を持つ田舎貴族が、野蛮で破壊的な民主派と同じ考えを持つとは、驚きである。オレンセの町を知っており、幼い頃サンティアゴに住んだこともある侯爵だったが、近代都市とはどうあるべきか、彼なりに考え、空想を膨らませていたのだ――広い街路、きっちりと均整のとれた建物、すべてが新しくぴかぴかで衛生的な都市、いったい文明はみずからの僕《しもべ》にこれ以上の何を提供できようか？　確かに、サンティアゴには二、三の広々とした建物がある、大聖堂、市庁舎、サン・マルティン・ピナリオ修道院……　しかし、これらの建物の内部は、侯爵からすると、理由もなく過大評価されたものに占められている。例を挙げるなら、大聖堂の栄光の門！　門を飾る聖人たちの彫像のひどさはどうだろう！　聖女たちなどやせこけてとても人には見えない！　柱頭の彫りの雑なことと言ったら！　宗教的建造物の〈意味〉を探っている研究者が、栄光の門は崇高なる詩と深遠なる象徴性を内に含むことを、ドン・ペドロに説く仕事に就いたなら、見ものだろう。象徴性！　訳のわからない専門用語を使いやがって！　栄光の門はとにかく、ひどい。彫像だって、まるでふるいの目を通して見たように、輪郭がぼんやりしているじゃないか。きっと大昔の、あの時代の芸術はまだまだお粗末だったにちがいない。結局、サンティアゴ中を回ったなかで侯爵が芸術と認めた創造物は、きわめて最近の作品、従妹のリタだけだった。

聖体の祝日〔五月下旬～六月下旬〕が近づき、人びとが午後に着飾って、アラメダ庭園の並木道をぶらぶら散歩するようになると、眠そうな大学都市にも少しばかり活気がでてきた。散歩道ではカルメンとヌチャが前を歩き、リタとマノリータが従兄に伴われそれに続いた。父親は、どこかの年配者と言葉を交わしながら、彼女たちの背後を固める。サンティアゴ・デ・コンポステーラには他所よりも、古い都市に似つかわしい高齢者が多く見られ、父親はそうした大勢の人びととの会話を楽しんだのだ。マノリータの傍らには頻繁に、きっちりとアイロンのかかった服を着込んだしゃちこばった感じの若者が、滑稽なほど優雅さを気取り近寄ってきた。ドン・ビクトル・デ＝ラ＝フォルモセーダという名の、大学で法学を勉強する学生だった。山間で代々続く高貴な家の出で、無視するには惜しいほどの財産を有するファルモセーダ家の子息とあって、ドン・マヌエル・パルドは彼が娘たちに近づくのをうれしそうに見ていた。ただ、ラヘ家のお嬢さん方の周囲をぶんぶん飛び回る蠅は彼一匹だけではない。ドン・ペドロはすぐさま気づいた。ビリャル通りの曲がりくねった薄暗いアーケード、もしくはアラメダ庭園やエラドゥーラ道の緑の中を散歩していると、いつもひとりの若者が彼らの後を付けてくることを。長髪のぼさぼさ頭で、古くさいグレーの外套に身を包んだその男は、まるで娘たちの影のように、振り返ると必ず目の端に留まった。そしてまたドン・ペドロは、その永遠に付きまとう影法師のごとき男が通りの円柱の後ろや樹木のあいだから姿を現すや、末娘カルメンの物憂げで隈のできた顔がぱっと明るくなり、打ちひしがれていた目が輝くのを見逃さなかった。反して、父親ドン・マヌエルと三女ヌチャは苦虫をかみつぶしたような、心配そうな表情を浮かべた。

獲物の手がかりを得たドン・ペドロは、狩りの名手としての名に恥じない見張りを続けた。そうしているうちに、散策にやって来る大勢の学生や暇な男たちの中に、ヌチャに思いを寄せる者がひとりもいないことを確信した。仮にいたとしても、彼女のほうが気にかけず、ひたすら散歩に専念したことだろう。ヌチャは人前に出ると、その歳からは想像できないほど落ち着いて見えた。対して、姉マノリータは、たえずフォルモセーダ家の子息にこびを売っていた。長女リタはいつも生き生きと挑発的で、従兄に対してより快活に振る舞ったが、他の男性に対しても同様の態度を取った。彼女の崇拝者たちが向けてくる視線や口説き文句に、リタが嬉々として一瞥を返すのを、ドン・ペドロは見逃さなかった。そのため、ウリョーア侯爵は頭を悩ませた。おそらく彼は、自分が快活な女性に惹きつけられやすいタイプだとわかっていたのだろう。だからこそ、そうしたタイプの女性に対し過剰なまでに厳しい意見を持ち、心の内で毒づいてしまうのかもしれない。

フリアンは侯爵と隣り合った部屋で寝起きしていた。叙階されて以来、邸宅における階級が上がっていたのだ。母親は変わらず女中頭の仕事を担っていたが、息子は主人たちと一緒に食事をとり、上等の寝室を宛がわれていた。要するに、彼はラへ家一族とまったく同等というわけではなかった――庇護する側と庇護される側という立場は容易に乗り越えられるものではない――が、彼の処遇は親愛に満ちた丁重なものだったのだ。夜になると、侯爵は自室に引きこもるまえにフリアンの寝室を訪れ、煙草を吹かしながら歓談した。ふたりの会話はもちろん毎晩同じ話題、つまりふたりの計画をめぐるものだった。ドン・ペドロは自分ながら驚いていることがふたつある、と言った。ひとつは自分がウリョーアの館から外に出る決心をしたこと、もうひとつは以前あんなに実現不可能だと思えた〈妻帯する〉という意思を自分が固めたこと。このことからもわかるように、ドン・ペドロは、自身の行動や変化が何より重要かつ優先すべき話題だと見なす利己主義者にありがちな欠点を持ち、その上、自分より身分の低い、もしくは自分に従属する者を身近にはべらせ、自分の話をし、たしかに重要な変化だと認めてもらうのを必要とする人間だったのだ。

フリアンのほうも、ドン・ペドロの話に満足していた。画策した従兄妹同士の結婚が、ぶどうの蔓が楡の支柱に絡まるのにも似た、自然な良縁だと思っていたからだ。同類の家族がひとつになることほど望ましいことはない。両家は同等の階級で、彼らは不釣り合いというほど年齢も離れていない。つまり、これ以上幸せな結婚はないわけだ。これでやっと侯爵の魂が、淫らな愛人という人の姿をまとった悪魔の鉤爪から解放される。ただ、フリアンが唯一残念に思っていたのは、ドン・ペドロが目をつけた相手が長女のリタだったこと。もちろん、侯爵のキリスト教的決心が台無しになるのをおそれ、あえてそのことには触れなかったが。

「リタは素晴らしい女だ……」と、ドン・ペドロは心の内を打ち明けた。「林檎のように健康そうだ。生まれてくる子どももきっと、彼女の良い体格を受け継ぐだろう。サベルの子、ペルーチョよりずっと強い子になるにちがいない」

何もこんな時に思い出さなくても！ フリアンは込み入った生理学的な話になるのを避けようと、慌てて答えた。

「パルドの血筋は、おかげさまで、皆とてもお健やかでいらっしゃいますから……」

ところがある晩、ドン・ペドロは内緒話を急転させた。自分の軽はずみな発言が主人の計画を頓挫させるようなことがあっては重大な責任を負わなければならなくなる、とつねづね恐れていたフリアンにとって、きわめて厄介な領域に入り込んだ。

「ちょっといいかい？」ドン・ペドロがそれとなく本題に入った。「どうもリタは、少しばかり軽薄な感じがするんだが？ 散歩のときも絶えず自分が見られている、見られていないとか、声をかけられる、声をかけられないとかを気にかけ、楽しんでいる気がする…… 誓ってもいい、雄牛のようにピカドール

〈闘牛の槍刺し役〉に突かれたいとでも思っているにちがいない」

「突かれたい？」そうした下品な表現にまったく疎い礼拝堂付き司祭はくりかえした。

「そう…… つまり、気を惹きたいと思っているのでは…… 目に入った男の誰にでもそんな態度を取るというのは、結婚相手として冗談ですまないからな」

「旦那さま、おっしゃるとおり。女性にとってもっとも大切な資質は、貞淑と慎みです。ただ、外見に惑わされてはなりません。リタお嬢さまは、率直で陽気な性格でいらっしゃるだけで……」

フリアンは語尾を濁しながら、その時はなんとか言い繕ったのだが、数日後の夜、本当のことを〈吐く〉よう、ドン・ペドロに詰め寄られることになった。

「ドン・フリアン、あなたと私のあいだで、隠しごとは止そう…… 私は結婚するなら、相手が誰で、どんな女なのか、少なくとも知っておきたい…… ウリョーアの田舎から出てきたからといって、いきなり〈野兎の代わりに猫〉をあてがわれ、世間の笑いものになってはかなわない。〈火避けて水に陥る〉なんて言われるのがオチだからな。何も知らないとは言わせない。この家で育ったからには、あなたは生まれたときから私の従妹たちのことをよく知っているはず。リタ…… リタはあなたより年上でしたよね？」

「はい、旦那さま」と、年齢を明かすことになんら良心の呵責を覚えないフリアンが答えた…… 「リタお嬢さまは今年、二十七歳か二十八歳におなりでしょう…… その下が、マノリータお嬢さまとマルセリーナお嬢さま。おふたりは年子で…… 二十三歳と二十二歳…… というのも、亡くなられましたが、リタお嬢さまとマノリータお嬢さまのあいだに、男の子がふたりいらっしゃいましたから…… その下が二十歳のカルメンお嬢さま……それから、もう十七か十八歳におなりになるガブリエル坊ちゃま。奥さまはお体が弱く、坊ちゃまがお生まれになってからというもの、産後の肥立ちがとてもお悪かったもので、これ以上子どもを授かることはないと、皆が思いました。結局、坊ちゃまのご誕生から数ヶ月でお亡くなりになったのです」

「だとしたら、あなたはリタのことをよく知っているわけだ。さあ、観念して」

「旦那さま、実のところ……わたくしがこの家で育ったのは事実ですが、ご主人たちと懇意にしていたわけではございません。階級が異なりますので……まして、大変慎み深い母は、わたくしがお嬢さま方と一緒に遊んだりするのを決して許しませんでした……礼節に欠けると言って……おわかりでしょう！ガブリエル坊ちゃまとは、たしかに、いくらかお付き合いがありましたが、お嬢さま方とは……廊下で顔を合わせた際に、おはようございます、お休みなさいと、ご挨拶していた程度。その後、わたくしは神学校に出ましたので……」

「何を言う！おとぎ話をしてくれと言ってるんじゃない。うんざりするほど娘たちのことを聞かされたのだろう？娘たちのことを知るのに、母君がいるだけで十分なはず。図星でしょう？赤くなりましたね……いいぞ！よし！ここまで来て、あなた、母君からとりとめもない話を聞かされたことなどないと、どんな顔をして言えますかね……！」

フリアンは青くなった。話を聞かされていたかだって！聞かされていないはずがない！ラヘ家で鍵を預かるほど高徳の女中頭ではあったが、彼がウリョーアからサンティアゴに戻ってからというもの、母は息子とふたりきりになるや、もろもろの事情、立派な聖職者にしか話せない事情について彼に語る誘惑に、一分たりとも屈せずにはいられなかった…… 無論、母ロサリオは、近所の嫉妬深いおかみさんたちにしゃべるようなことはしなかった。当然である。なんと言っても、ドン・マヌエル・パルドのおかげで日々の糧を得ているのだから。しかし、威厳ある、助言をする立場の方々、たとえば司教座聖堂参事会員で彼女の聴罪師を務めるドン・ビセンテや、今やこの地でもっとも高位の職階まで昇りつめた、愛する息子フリアンを前に、主《あるじ》やお嬢さん方の言動について、彼女なりに判断をくだす喜びを禁じるなど、いったい誰ができようか？ 一家の振る舞いを引き合いに出し、自分が〈本物の奥さま〉ならそんなこと決してしないでしょうが、と前置きして、みずからの慎み深さをひけらかした上で、主やお嬢さん方の振る舞いのいくつかを優しくとがめる…… それを聞いた〈畏敬されるべき司祭の方々〉が、彼女の思慮深さを大仰に賞賛し、ご指摘はもっともだと彼女に賛同してくださるのを耳にする喜びを禁じることなど、いったい誰ができようか？ フリアンが聞かされていたかだって、もちろんだ！ だが、彼が母の話を聞くことと、それを彼が他言することは別問題である。カルメンお嬢さまは父親にどんなに反対されようと、貧乏医学生と結婚すると言って頑としてゆずらない、なんて話を人に明かすことなどできようか？村の蹄鉄工の息子という、取るに足りない男でありながら（パルド家の高貴な血筋に対する侮辱にほかならない！）…… スカートにまとわりつく子犬のように、カルメンお嬢さまのあとをどこにでも付いてきて、お嬢さまの評判を危うくする気狂い者…… それも、間違いなく物質主義者で、秘密結社《フリーメーソン》に入っているとまで噂される男と結婚したいなんて。他方、マノリータお嬢さまは、ドン・ビクトル・デ＝ラ＝フォルモセーダが自分に求婚するよう、九日間の祈りを続けている……その上、彼が頻繁に足を運ぶ家の娘たちを嫌いになるよう仕向けるため、ドン・ビクトル宛に匿名の手紙を書いたりまでしているのを、誰に漏らすことができよう？　何より、リタお嬢さまの〈あの件〉について、たとえ軽くでも触れようものなら？　悪意ある人の耳に入ったら、お嬢さまの名誉が傷つくことだってありうる。話すくらいなら舌を抜かれたほうがましだ。

「旦那さま……」小声で話し出した。「わたくしが思いますに、お嬢さま方は皆、とてもよい娘さんで、欠点など一切ございません。ただ、もし欠点を知っていたとしても、わたくしとしましては、それを明るみに出すことは控えたいと存じます……一家に対する感謝の気持ちがわたくしに……たとえて申しますと……猿ぐつわを噛ませておりますので……」

話すうちに自分がますます泥沼にはまり込んでいくのに気づき、フリアンは言いよどんだ。

「どうか旦那さま、誤解なさらないで……わたくしは説明下手ですので、どうぞ安易に結論を引き出さないでください」

「つまり」侯爵は礼拝堂付き司祭をじっと見つめながら尋ねた。「あなたは彼女たちに非難すべき点が一切ないとおっしゃるわけで？　わかりました。あなたは、〈四人とも〉非の打ち所のない……完璧なご令嬢だ……私と結婚するのにふさわしいと考えているのですね？　そうですよね？」

フリアンは答えるまえにじっと考えた。

「旦那さまがそれほどわたくしに、心に秘めているすべてを明かすよう強要なさるのでしたら……率直に申しまして、お嬢さま方は各自それなりにとても好感の持てる娘さんですが、ひとり選ばざるをえないのでしたら、仕方ございません…… わたくしはマルセリーナお嬢さまをお勧めします」

「なんと！ あの少しやぶにらみ…… で、やせっぽちの…… 長所は髪がきれいで性格がいいくらいの」

「旦那さま、宝石でございます」

「他の娘たちと、どう違うというのだ?」

「この世にふたりといらっしゃらない方です。ガブリエルお坊ちゃまが幼くして母君を亡くされたときは、傍目にもほほえましく思われるほど真剣に弟さまのお世話をなさいました。おふたりはそれほど歳に違いはないにもかかわらず、本当の母親でもできないほどに…… 昼も夜もたえず幼い弟さまを抱っこしておられ、息子と呼びかけるその様子は、風俗喜劇《サイネテ》のように滑稽だと言われたものです。おそらく抱っこした弟さまの体重のせいで、お疲れになったのでしょう…… 他の方々よりお体が弱くなってしまわれました。弟さまが砲術学校に行かれたときは、体調を崩されたほどです。そういうわけで、お気づきのように、顔色がお悪いのです。しかし旦那さま、あの方はまさに天使です。いつもご姉妹に適切な助言をしていらっしゃいます……」

「姉妹たちが助言を必要としている証しだな」と、ドン・ペドロは邪推した。

「なんとっ！ うかつに何も申し上げられませんね…… ご存じのように、良いものには、さらにその上に良いものがあるわけですが、マルセリーナお嬢さまは完璧な方だと断言しても差し支えありません。こうした完璧さを備えた方は滅多にいらっしゃいません。旦那さま、マルセリーナお嬢さまに目を向けていらしたら、たえず告解にいらっしゃり、聖体を拝領なさっていることにお気づきになるでしょう。他の人を感化なさるほど、たいそう信心深い方なのです」

ドン・ペドロは少しのあいだ考え込んでいた。そのあと、信仰の篤い女性はとてもいい、信仰心は〈良き女性〉に不可欠の要素だ、と明言した。

「信心深いということは、だ」と言葉を継いだ。「これで、どうやったらあの娘を困らせることができるか、わかったぞ」

フリアンが駆け引きというより良き意図にもとづき、ドン・ペドロにヌチャを候補として推した会話は、ただちに次のような状況を生み出した。それ以来、従兄は彼女の前で頻繁に冗談を、それも愉快とは言えない度が過ぎた冗談を口にするようになったのだ。指先でつぼみをこじ開けようとする子どものように、彼女が断固拒絶するほど品のない冗談をわざと言ったり、無遠慮な、なれなれしい態度を取って彼女の魂の表皮を引っ掻いては、ヌチャを赤面させ楽しんだり。だが、こうした戯れは、彼女だけでなく、礼拝堂付き司祭をも苦しめる結果となった。彼にとって食後のおしゃべりの時間が、長い責め苦の時になったのだ。ラヘ家の主の古くからの慣習として、ドン・マヌエルは食後にまるで美しくも芳しくもない事柄を話題にし、自分の逸話や物語を披露していたのだが、これに加え、従兄が始終下品なことを言って従妹をからかうようになったからだ。フリアンは哀れにも、皿をじっと見つめたまま、金色の眉を険しくひそめ、苦汁をなめるしかない。彼にしてみれば、たとえおふざけであっても、無垢で貞節な花をしおれさすなど、忌むべき冒瀆にほかならない。フリアンは、母親がヌチャについてもらした話と、自分自身で目にした彼女の振る舞いをもとに、お嬢さまに宗教的な敬意を、それも尊い聖像を納めた礼拝堂に対するのと変わらない敬意を抱いているというのに！　フリアンには、皆がお嬢さまを呼ぶときに使う愛称ヌチャは、人というより犬にふさわしい名前に思え、彼女をその縮小辞で呼ぶことなど決してなかった。そういうわけで、ドン・ペドロがうかつにもあまりにきわどい冗談を彼女に向けたときなどは、礼拝堂付き司祭はマルセリーナお嬢さまの隣に席を取り、その慰めになるよう、汚れなき聖なること、たとえば、六日間の祈りや教会の儀式について話しかけた。そしてもちろん、ヌチャのほうも熱心に彼の話に耳を傾けてくれたのだった。

　侯爵は、自分を惹きつけるリタの魅力に苛立たしさを覚えながらも、なかなか打ち負かすことができずにいた。だが、彼の感覚に及ぼすリタの支配力が強まれば強まるほど、都会の女が田舎者に抱かせてしまう本能的な不信感のようなものが募ってきた。田舎者はよく、都会の女性の洗練された、男の気を引く仕草を退廃と取り違えてしまうものだ。実際リタは、侯爵の言葉を借りるなら、〈彼が疑わざるをえない〉ような、大胆な態度を見せた。ときに遠慮なく節度を欠いた振る舞いを！　自分を誘惑する、それもあからさまに罠にかけるような仕草を！　まして、男からの褒め言葉にあれほど得意満面の顔で応えるなんて！

　純真な魚のように不用心でお人好しの農夫が、都会でどんな事件に遭遇し、どんなぺてんに引っかかったか――田舎者は都会に出るにあたり、これを聞かされてやって来る。そのため田舎者は都会で、不安のあまり周囲をきょろきょろ見回し、店では盗難におびえ、誰も信用することができない。眠っている間に財布をくすね取られやしないかと、宿屋でおちおち眠ってもいられないのだ。もちろん単なる農夫とウリョーアの主人とでは立場に違いはある。だが、これこそがサンティアゴにおけるドン・ペドロの精神状態だった。ウリョーアの自分の巣窟で、プリミティボに支配され、無礼にもサベルに裏切られても、あそこで彼の自己愛が傷つくことはなかった。しかしコンポステーラで、狡猾な従妹に雄牛のように〈あしらわれて〉しまったら……どこかの娘と気晴らしをするのと、妻をめとるのとでは、まるで別なのだから。著名なモスコソを名乗り、嫡子を産みその名を不滅のものとする女は、鏡のように汚れなき人間でなければ……よって、夫以外の男性と恋愛関係、たとえどんなに貞淑で正当な付き合いであっても、そういった関係を結んだ女性は、ドン・ペドロにとって汚れなきの範疇に入らなかった。街角や散歩道で、ちらっと男に視線を向けることさえ重大な罪に思えたのだ。ドン・ペドロは夫婦の名誉を、スペイン黄金世紀の劇作家カルデロン＝デ＝ラ＝バルカ〔一六〇〇～八一年〕のごとく純スペイン的に、つまり、夫にはたいそう寛容で、妻には容赦ないものとして捉えていたのだ。リタに何らかの色恋沙汰があったのは、人がなんと言おうと、確かだ……カルメンとマノリータは言わずもがな、憶測するまでもない、見ての通りだ。それにしても、リタには何が……

ドン・ペドロには、サンティアゴにひとりの親友もいなかった。散歩道や伯父宅、あるいは倶楽部《カシノ》でできた知人が数人いるだけ。その倶楽部に彼は、暇をもてあます良きスペイン人らしく朝晩通っていたのだが、そこで従妹リタとのことをひどくからかわれることになった。また、カルメンが医学生に対して抱く道ならぬ恋、彼女が求愛者を自宅の真向かいに立たせ、バルコニーからその様子をいつもうかがっていることについても。そうした中、ウリョーアの主人は、リタを話題に出すときの皆の声のトーンやアクセントに、油断することなく絶えず耳をそばだてていた。結果、皮肉な言い方が少しばかり気になったことが、二、三度あった。彼の勘違いではないだろう。小さな都市では、どんな些細な出来事でも見逃されたり、人びとの記憶から消え去ったりすることはないのだから。人びとは永遠に同じことを話題にし、小事には尾ひれがつき、大事は壮大なスケールの話に化ける。そんな都市では、時に女性は、名誉より先に名声を汚されてしまう。わずかばかりの軽率な振る舞いが曲解され、何年にもわたって非難されたあげく、本人は生娘のまま墓に赴くことになるのだ。さらに悪いことに、ラヘ家の娘たちは、旧家の出だったり、貴族としてのうぬぼれが強い父親が、娘たちを尊厳というベールで包んでおくことにこだわったり、彼女たち自身が見目うるわしい乙女だったりしたせいで、サンティアゴで相当な嫉みと中傷の的となっていた。高慢ちきだと呼ばれ、そうでなければ、媚びを売っていると決めつけられた。

倶楽部には、くたびれた家具に混じって、時代後れのグッタペルカ地のソファーが堂々と置かれていた。読書室の華と目されたソファーであるが、別名は中傷家たちによる裁きの場。というのも、そのソファーには、この世でもっとも切れ味の鋭いはさみ三人が一堂に会したからだ。入念な素描に値する三人組ではあるが、とにかくその中に、〈悪識〉の師匠として抜きん出たひとりがいる。大昔の歴史についてどんな瑣事でも知らないことはないと自負する識者よろしく、この若者はサンティアゴの旧市街に住まう二十から三十ほどの名家について何なりと語ってみせましょう、と豪語していた——各家にどれくらい収入があり、何を食べ、何を話し、何を考えているかまで、寸分たがわず。その男が、真面目くさった顔でたいそうもったいぶりながら言った。

「昨日、ラヘ家で食卓に供された主菜は、コロッケと肉の煮込みの二種類です。サラダはカリフラワー、デザートには修道女お手製のマルメロの砂糖煮が出されました」

つまらないことではあるが、その真偽が検証され、彼の言ったことが純然たる事実だと判明したのだ。この情報通の男が、うたぐり深いウリョーアの主人が抱く懸念にさらに油を注ぐこととなった。懸念をかき立てるのには、二、三の、文字どおり解釈すれば何の悪意も含まないが、深読みすると多くのことを意味しうる言葉で十分だった。その男は、リタの愛嬌のあるところや美しい顔、均整のとれた身体を褒め称えたあと、何気なく言い添えたのだ。

「第一級の娘さんです……だからこそ、この地で結婚相手を見つけるのは、なかなか難しいでしょう。リタのような女性は、余所者の中から伴侶を見つけるものです」

第十一章

一ヶ月も前からドン・マヌエル・パルドは胸の内でつぶやいていた――《いつになったらあの若造は心を決め、リタに求婚するつもりなのか？》

甥がリタに求婚することは、一時も疑わなかった。邸宅における侯爵は、暗黙の内に認められたリタのフィアンセ、という扱いだったからだ。ラヘ家の友人らはあからさまに婚姻が近いといった話を交わし、召使いたちは早くも台所で婚礼の心付けがいくらになるかと勘定した。妹たちは、寝室に引き上げると、リタを質問攻めにし困らせた。笑い声が途絶える日はなく、従兄とともに親愛の笑顔に満ちた時を過ごしていた。若い娘たちの陽気な笑い声が、古ぼけた邸宅をにぎやかな鳥小屋に変えたのだ。

ある日の午後、侯爵がうとうとしていると、部屋のドアが平手で、騒々しくノックされた。ドアを開けると、リタだった。ブラウス姿で、髪を絹のスカーフで粋な男風にしばり、美しい喉元をさらしている。右手に大きな羽ぼうきを振りまわし、見目うるわしい召使いといった出で立ち。それを見た侯爵は嫌悪するどころか血が激しくたぎるのを感じた。息を切らし満面の笑みを浮かべた娘は、まるで目や口、両頬から炎を放っているように輝いて見える。

「ペルーチョ？　ペルチョン？」

「リティーニャ？　リトーナ？」と、ドン・ペドロは目で相手をむさぼりながら同じく愛称で応えた。

「妹たちが来て、と……あたしたち、屋根裏の片付けで手が離せないの。祖父の時代のあらゆる代物が置かれているのよ。あそこにはすごいお宝もあるみたい」

「しかし、私が何の役に立ちます？　まさか掃き掃除を命じられるわけではありませんよね」

「あたしたちの気分次第ね。さあ来て、怠け者の眠たがり屋さん」

急な傾斜の階段を上ったところにある屋根裏部屋は、三つの大きな天窓から陽光が射し込み、それほど暗くはなかった。ただ、とにかく天井が低い。ドン・ペドロはまっすぐ立っていられず、娘たちでさえ、少し油断すると屋根の骨組みに勢いよく頭をぶつけてしまう。屋根裏に保管されていたのは、お払い箱になった無数のがらくただ。往時には、パルド＝デ＝ラ＝ラへ家代々において絢爛豪華な仰々しい行事に役立ったものの、今では、埃と衣蛾の友となり、騒がしい娘たち（時折屋根裏を物色に行き、往年の宝物を探り当てては、今の流行に合わせ手を加えていた）の訪問を心待ちにするだけ。そこでは朽ち果てていくのみの骨董品だが、二、三世紀前のガリシア貴族の慣習や活動に関する歴史的記述をも可能にする品々だった――彩色され金色に塗られた棒が突き出た椅子輿の残骸、サンティアゴの街頭にまだ灯りがともっていなかった時代に談話会《テルトゥリア》から戻る奥様方を従者が照らしたランタン、アンダルシーア地方ロンダの貴族乗馬クラブの制服、ビーズで刺繍された薄織りのヘアネットと小さなハンドバッグ、華やかな花柄の浮出し刺繍をあしらった上着、今では流行遅れとなった透かし編みの絹のストッキング、房飾りのついたスカート、錆だらけの鉄の短剣、絹地に〈歌姫〉が滑稽な曲を歌い上げますとか道化が愉快な〈寸劇〉を演じますとか印字された劇の公演広告。すべてが、他の同じようながらくたとごちゃ混ぜになって、千レグア離れた所からでも嗅ぎ分けられる古臭い外套の匂いを発していた。しかしそうしたものの中で、もっとも象徴的で意味深い装身具は、第一に、秘密結社《フリーメーソン》の備品——メダルと三角定規、木槌とエプロン。フランスびいきで結社の最高位三十三階級にあった祖父の遺物である。次は、深紅の美しいジャケット（袖口と首周りに大佐の記章が銀糸で刺繍されている）。こちらはドン・マヌエル・パルドの祖母の遺品だ。祖母は王妃マリア・ルイサ〔カルロス四世妃、一七五一～一八一九年〕のおかげで定着した当時の慣習にならい、乗馬の際、両脚を左右にひろげてまたがるために、夫の軍服を身に着けたのだ。

「素晴らしい場所をご紹介くださり、ありがとう」と、ドン・ペドロは椅子から身動きできずいら立ちながら、埃にまみれ息苦しげに皮肉を言った。

「だからこそ、ここに連れて来たかったのよ」と、リタとマノリータがはしゃいで手を叩きながら答えた。「やりたくても、あとを追いかけてきて、あたしたちにひどいことをしたりできないでしょう。これで、あたしたちの天下ね。短剣と胴衣にお着替えさせてあげましょう。お待ちあそばせ」

「仮装する気などさらさらないのですが」

「ほんの一分、あなたがどんな風になるのか、見たいだけなの」

「笑い物になるような格好はしない、と言っているんです」

「いやなんて言っても無駄よ。あたしたち、そうしたくてたまらないんですもの」

「頭を下げることになっても知らないぞ。私に近づいた奴は後悔するにちがいない」

「いったい何ができるって言うの、自惚れ屋さん？」

「今にわかりますよ」

この意味ありげな物言いに従妹たちは怖じ気づいたのだろうか。ひとまずは、従兄にたわいない悪ふざけをしたり、はたきを掛けたりするだけでお茶を濁した。続いて皆で、屋根裏の片付けに取り掛かる。マノリータが屈強な腕で不要品を運び出し、それをリタが分別、次にヌチャが揺すって埃を払い、丁寧にたたみ直した。カルメンは、ほとんど片付けに参加しない。まして、おふざけには言わずもがな。二、三度、屋根裏から抜け出したようだったが、おそらくガラスのバルコニーに行き、外をうかがっていたにちがいない。姉たちはそんな妹に当てこすりを言った。

「お天気はどうでした、カルムーチャ？　雨、それとも晴れかしら？」

「通りはたくさんの人でしょう？　ねえ、教えてちょうだいよ」

「この子はいつも上の空ね」

埃を払い終えるにしたがい、娘たちは衣類の試着を始めた。男勝りの体格のマノリータには、大佐の軍服がぴったり。祖母の淡緑色の絹ガウンをはおったリタは、見る者をうっとりさせる。カルメンはといえば、いやいやながら風変わりな三本の羽飾り、流行った当時、〈三つの力〉と呼ばれた飾りを頭に付けただけ。ヌチャには、絹レースの黒いベール《マンティーリャ》を試着する役が回ってきた。こうしたことをしている内に陽が傾き、蜘蛛の巣だらけの屋根裏は薄暗く、互いの姿がほとんど見えなくなった。薄闇は娘たちの企みにとって好都合。絶好の機会に乗じて、気づかれないよう上のふたりがドン・ペドロに近寄る。リタが彼の頭に三角帽子をかぶせると同時に、マノリータは彼の肩に、青や黄色の花飾りが付いた雉鳩色の胴衣を投げかけた。

そんなつまらないいたずらから、大騒ぎが巻き起こる。報復を忘れていないことを知らしめようと意を決したドン・ペドロが、四つん這い（天井が低いため、それより他に仕様がなかった）になり、従妹たちを追いかけはじめたのだ。彼女たちは、鼠のような甲高い声を上げ、そこここに散らかっている家具やがらくたにぶつかりながら、従兄の報復を逃れようと入口の狭い隠れ場所を探し回る。リタは、椅子輿の残骸とぼろぼろの整理だんすの後ろに身を隠したが、勇気のない下のふたりはひたすら逃げ回るのみ。一方、次女マノリータは、しばし従兄の視界をさえぎってやろうと思いつき、彼の頭にショールをかぶせた。その隙に、生まれながらにして暴動の首謀者たるリタは、まんまと逃げおおせた。ドン・ペドロはといえば、ショールをずたずたに引き裂き闇から抜け出るや、またたく間に逃亡者を追って扉に跳びつき、階段を駆け降りた。

数段ずつ跳び越しながら、廊下に降り立つ。俊敏な害獣を追う猟師の本能に導かれるまま、美しい獲物が慌ててすばしこく逃げ回る足音をたよりに、薄暗い廊下を手探りで歩を進めた。廊下の曲がり角で獲物に追いつく。抵抗は、笑い声をともなった優しいもの。予告していた罰を科そうと意を固めていたドン・ペドロだったが、実際に科したのは、リタの耳の傍らに長々と音を立てておこなった罰。彼はこれで犠牲者はもう抵抗しないだろうと考えた。だが、その淫らな期待ははずれたようだ。リタはわずかばかりの休戦の隙をついて再度逃げ出し、次のように挑発したからだ。

「今度はもう捕まえられないでしょう、腰抜けさん?」

火に油を注がれた侯爵は、おふざけの危険性など気にもかけず、従妹のあとを追った。が、彼女の姿はすでに廊下の闇に消えていた。それは家の中を不規則に、くねくねと伸びた廊下で、思いも寄らない箇所で横に曲がったり、時に出来の悪いソーセージのように狭くなったりしている。もちろん、その廊下を熟知するリタが、優位に立った。しかし、侯爵は扉がきしむ音を聞き漏らさなかった。ここは安全、と考え、誰かの寝室に逃げ込んだ証しだ。だが、ドン・ペドロは聖域を重んじる気分ではなかった。リタが逃げ込んだと思った扉を押す。向こうに何らかの障害物があるのか、扉は開かない。しかし、ドン・ペドロの拳は脆弱な防御をたやすく打ち破った。とたん、二、三脚の椅子が大音響とともに床に崩れ落ちる。彼は真っ暗な部屋に足を踏み入れ、家具につまずかないよう、本能的に手を前に伸ばす。暗闇で何かがうごめくのを感じる。宙を探ると、手が女性の身体に触れた。再度罰を科そうと彼は、無言のままその身体を腕の中に抱きしめた。おっ! 先ほどと違う断固たる抵抗。これまでにない必死の悪あがき。到底抱きしめることなど許さない、鋼のような両手。抱擁させまいと身もだえる強ばった身体。と同時に、間違いようのない、深い悲嘆の叫声と、それに混じり、二、三度、息絶え絶えに助けを求める声がした……なんだこれは! さっきとは全然違うじゃないか、待てよ……熱中するあまり気が高ぶってはいたが、侯爵は何事か理解した……珍しいことに彼は当惑し、娘を解放した。

「ヌチーニャ、泣かないでくれ……声を静めて……手を放したでしょう、もう何もしませんから……

ちょっと待って」

彼は大慌てでポケットを探ってマッチを擦り、あたりを見回し、枝付き燭台のろうそくに火を灯した
……解放されたヌチャはもう声を上げなかったが、身構えたまま。侯爵は再度謝罪し、彼女を慰めた。

「ヌチャ、そんな子どもみたいに……赦してください……すみません、君だとは思わなかったんです」

すすり泣きを堪えながら、ヌチャが訴えた。

「相手が誰であろうと……未婚の女性に対し、こんな乱暴はしないものです」

「でも、君のお姉さんが最初に私を挑発したんですよ……それを受けた私に文句を言われても……わかりました、とにかくもうしませんから。そんなに怒らないで。伯父さんに、なんと言われることか？

まだ泣いているんですか？　本当に神経が繊細なんですね。どれ、顔を見せてご覧」

燭台を掲げ、ヌチャの顔を照らした。怒りの形相で顔は真っ赤、その頬をつたって涙がゆっくりとすべり落ちた。瞳にろうそくの光が当たると、微かに笑みを浮かべ、ハンカチで涙を拭った。

「でも、いったい誰が君に触れたりするでしょう！　小さな猛獣みたいでしたよ！　いざというときには、すごい一撃を食らわせるのですね！　驚きだ！」

「出て行ってください」と、真面目な顔つきに戻りヌチャが命じた。「ここはわたしの部屋です。あなたがここにいるのは、節度ある振る舞いとは思えません」

侯爵は、出て行こうと足を踏み出したが、すぐに振り返り尋ねた。

「友人のままですよね？　仲直りしましょう？」

「わかりました。もう二度と、こんなひどいことをしないと約束するなら」と、ヌチャが簡潔に、凛として答えた。

「またやったら、私はどうなりますか?」田舎の郷士は陽気に尋ねた。「一撃で私は倒されてしまいますね」

「そんな、まさか……それほどの力は、わたしにはありません。腕力以外で対抗します」

「何でしょう?」

「お父さまにはっきり申し上げます。これまでお父さまの脳裏をかすめもしなかった事柄に、今後注意を払うように、と。私たちは結婚前の身ですから、兄でもないあなたがここで寝起きするのは、正しいことではない、と。お父さまに過ちを指摘するなど、出過ぎたおこないだということは重々承知しています。でも、お父さまが過ちにお気づきにならず、あなたが今日のような悪ふざけをする人だと、お察しにならないのであれば……お父さまがご自身でお気づきになれば、わたしが告げ口などしなくとも、当然同じようにお考えになるはずです。わたしはお父さまに助言できるような人間ではありませんから」

「なんと! まるで生死に係わる問題のような……話し方ですね!」

「まさに、そのとおりだと思いますけど」

つっけんどんな返答を受け、侯爵はすごすごと退散した。そして夕食時、彼の気を惹こうとするリタに目もくれず、自分の殻に閉じこもったまま口をつぐんでいた。ヌチャはといえば、確かに少し感じは違ったが、いつも通り落ち着いて親切に、料理の出し方や何か足りないものはないかと気を配っていた。その晩、侯爵はフリアンを寝かせず、深夜まで長々と話をした。翌日からフリアンはひと休み。一方ドン・ペドロは、頻繁に外出し、倶楽部《カシノ》で中傷家たちによる裁きの場の傍らに陣取った。彼はそこで無駄に時間を過ごしたわけではない。彼にとって重要な事柄について情報を得ようとしていたのだ。例えば、伯父の財産の現状について。サンティアゴでは、彼が密かに疑っていたことが噂に上っていた。ドン・マヌエル・パルドは長子ガブリエルへの遺産を五分の三に割増しで遺贈することを決めており、この割増分に生得権と限嗣相続の分を合わせると、長子ガブリエルがラヘ家のほぼ全財産を持ち去ることになる。そのため、従妹たちには独身をまもったひとりの伯母、ドニャ・マルセリーナの遺産しか当てがない。その伯母はヌチャの名親であり、オレンセの巣で鼠のように暮らしながら、卑しく金を貯めている、との噂だった。こうした情報を得たドン・ペドロはさらに考え込み、それからまた数夜にわたってフリアンを眠らせなかった。そしてついに、最終的な決断を下したのだ。

ある朝甥が、顔や振る舞いから何か重要なことを伝えに来たと一目でわかる、なんとも形容しがたい雰囲気をたたえ書斎に入ってきたとき、ドン・マヌエル・パルドは喜びに身震いした。かねてより、ドン・マヌエルは、姉妹が多い家で苦労するのは長女を片付けること、あとは数珠の珠が糸の端に近いほうからこぼれ落ちるように自分から巣立っていく、と聞いていたからだ。つまり、リタさえ嫁がせれば、残りはお茶の子さいさい。マノリータは、高慢ちきなフォルモセーダ家の子息が最後には引き受けてくれるだろう。カルメンは、馬鹿げた思いさえ消し去ってしまえば、美人だから良い嫁ぎ先に事欠くことはない。そしてヌチャは……ヌチャなら家に置いておいても良かろう。見事に切り盛りしてくれるからな。まして、名親ドニャ・マルセリーナの推定相続人であるからには、わざわざ結婚して庇護を求めることもない。夫が見つからなければ、ガブリエルと暮らせばいい。砲術学校を卒業したら、ラへ家の嫡男にふさわしく、このサンティアゴに腰を据えてくれるだろうから。こうした心地よい想像にひたりながらドン・マヌエルは、甥の言葉からしたたる白露を一滴も漏らすまいと耳を傾けた……しかし、聞こえてきたのは銃声のように耳をつんざく凶報だった。

「伯父さん、どうしてそんなに驚いていらっしゃるのでしょう?」ドン・ペドロは心中で年老いた郷士の仰天ぶりと苦悩を楽しみながら、白々しく訊いた。「何か困ったことでも? ヌチャに恋人がいるとか?」

ドン・マヌエルは反論を数え切れないほど並べはじめた(ただし、本心は明かすべきでないと、黙っていた)。あの娘は結婚するには若すぎる……体が弱いし……あげくに、たいして別嬪でない、とまで言い張った。それに妙味を添えるかのように、だが、わりとあからさまに、リタがどんなに美しいか、そんな娘を選ばない男は趣味が悪い、とまで暗にほのめかした。甥の肩や膝をぽんぽん叩いたり、彼をからかってみたりして、まるで子どもに玩具を選ぶ手引きをするように助言を与えた。続いて、そういった話題にふさわしい笑い話をいくつかガリシア語で披露したあと、最後に宣告したのだ——婚姻の折、他の娘たちには持参金を幾らか持たせるつもりだが、ヌチャは……伯母の遺産を相続するのだから……つまるところ、〈実際〉、このご時世だし……そのあと侯爵に向き直り、尋ねた。

「それで、虫も殺さない顔をしたヌチャ本人はなんと?」

「そこのところはどうか、伯父さんから訊いていただけますか……彼女にはまだ大した話はしていません……！　好意があるかどうか目で合図したりする歳ではありませんからね」

続く二週の間、ラへ家でどんな波風が立ったことか！　父親との個別の面談、姉妹同士のひそひそ話、深夜や早朝のおしゃべり、扉の激しい開け閉め、人目を避けての号泣（拳のように腫れ上がった目が物語っていた）、体調不良による食事中の退席、思慮深い友人への相談、それを、好奇心をかき立てられたお節介な女中頭が足音をひそめカーテンに隠れ盗み聞きする──一家の重大事にともない、芝居の中で起きるようなこうした小事が繰り広げられた。その上、地方では壁に耳あり。従兄がラへ家の姉妹のあいだに引き起こした〈スキャンダル〉をめぐって、またたく間にさまざまな陰口がサンティアゴ中に広がった。リタが妹を、自分から許婚をこそ泥みたいに奪ったと口汚くののしったとか……ヌチャにバルコニーからちらちら顔を出すのをとがめられたカルメンが、長女に加勢したとか……リタとカルメンは当然非難された。だが、またヌチャに対しても、ずるい偽善者だと責める声が上がった。さらに、父親についても、ドン・マヌエルが全幅の信頼を寄せる友人に次のように漏らした、という噂が広まった（つまり、その友人は内輪の者全員にそれを触れ回ったわけだ）──「甥がいずれの娘も連れずにこの家を出て行くなど、まかりならん。その甥がヌチャを欲しいと言う以上、やるしかない」今では食事中も姉妹たちは一切言葉を交わさない、と断言する者もいた。この情報は、散歩道をリタとカルメンのふたりが前を歩き、その後ろを従兄がドン・マヌエルとヌチャと一緒に歩くのを目撃されたことで裏付けられた。そのときヌチャは、頭を垂れ遠慮がちに、まるで恥じ入っているかのように見えたそうだ。世間の声は、リタが（彼女自身の言によると）一時のあいだマルセリーナ伯母に同伴するためオレンセへ発ち、ドン・ペドロが結婚直前の婚約者同士がひとつ屋根の下で暮らすのは慎みに欠けるという理由で宿屋に移ってからというもの、より一層騒がしくなっていった。

婚姻は、教皇による特免が下りた八月末に執りおこなわれた。よって、それまでのしばらくは、儀式に欠かせない祝い事や祝いの品の受け取りがつづいた。結納の品々、友人や親族からの贈り物、皆に配るための飾り付けた甘菓子の箱、リネン類一式、マドリードから送られてきた巨大な箱に入った〈ウエディングドレス〉。婚礼の二、三日前、セゴビアから届いた小箱の中には、ケースが一個。ケースには、とてもシンプルな金の指輪が入っており、カード代わりの上質紙に次のように記されていた――《忘れえぬ姉マルセリーナへ、誰よりもあなたを愛する弟ガブリエルより》新婦は自分の〈子〉から届いた贈り物を見て涙ぐみ、指輪を左手の小指にはめた。後に、その指に、教会で新郎と契りを結んだ別の指輪が加わった。

ふたりは、日暮れどき、ひっそりとした教区教会で式を挙げた。花嫁は、豪華な絹の厚地畝織りの黒いドレスに、絹レースのマンティーリャをかぶり、ダイヤの装身具を身に付けた。ふたりが教会から戻ると、邸宅で、家族と親しい友人たちだけの軽い宴が催された。それはスペインの昔風の軽食で、シロップ漬けの果物、シャーベット、ホットチョコレート、シェリー酒、スポンジケーキ、さまざまな種類の甘菓子――これらすべてが銀製の立派な盆の上に、たいそう仰々しくもったいぶって並べられていた。テーブルを飾っていたのは生花ではなく、〈ケーキ〉の上のリボン製の薔薇や松の実クッキーなどの飾り菓子。二本の枝付き燭台（棺台のろうそく差しのように背の高い）に灯されたろうそくが、食堂を荘厳な雰囲気で包む。厳粛な婚姻の秘蹟に立ち会ったばかりの、かしこまった招待客たちは、まるで葬儀に参列しているかのようにスプーンが皿に当たる音にさえ気をつかい、小声でささやき合う。まさにその光景は、死刑囚たちの最後の晩餐さながら。そこで、ネメシオ・アングロ神父――とても上品で気さくな聖職者で、ドン・マヌエルの古くからの友人であり、談話会の仲間でもある、さきほど祝福を授け婚姻を取り結んだ当事者――は、宴を少しは盛り上げようと、節度を外さない程度に陽気な調子で二、三、おめでたいことを口にした。だが、神父の努力は列席者のあまりに堅苦しい雰囲気を前に砕け散った。皆が、よく言われるように〈激しく動揺〉していたのだ。フォルモセーダ家の子息も例外ではない。おそらく、〈隣人のひげが剃られるのを見たら、自分のひげを湿らせておけ〉という諺でも思い起こしていたのだろう。フリアンはといえば、みずから熱望した候補者が勝利を収めたというのに、何か良からぬことが起きるのではという予感が心にもやのように広がり、妙に気が重かった。

花嫁は強ばった表情ながら、列席者ひとりひとりにかいがいしく飲み物や軽食を勧めて回った。緊張のあまり二、三回シェリー酒《パハレーテ》をこぼし、ヌチャの右側というお気に入りの席に座っていたドン・ネメシオ神父にかかってしまったのだが。一方花婿は、男の列席者たちと会話を交わし、テーブルを立つ際には面々に葉巻の詰まったシガーケースを回し、上質の葉巻を配った。誰も、これから起きる重大な出来事に触れはしなかった。まして、花嫁をからかい赤面させるような冗談を口にすることも。ただ、男性の招待客の中には退席の際、意地悪く〈おやすみなさい〉と強調して挨拶する者がいたし、婦人や娘たちは花嫁と派手に別れのキスをしながら、その耳もとで甲高い声で言った――「さようなら、〈奥さま《セニョーラ》〉……もうあなたは奥さまなの、〈お嬢さん《セニョリータ》〉とは呼べないのよ……」彼女たちは作り笑いを浮かべ、そんな月並みな挨拶をしながら、今のヌチャの姿を記憶に刻むかのようにじっと見つめた。皆が部屋をあとにすると、ドン・マヌエル・パルドは娘に近づき、分厚い胸に彼女を抱き寄せ、額に優しく口づけした。ラヘ氏は実に感動していた。娘を結婚させるのは初めてで、父親としての思いで胸が一杯だったのだ。ヌチャの手を取り、女中頭ロサリオが掲げる食堂のテーブルにあった五枝付き燭台の一本で足下を照らされながら、新婚用の部屋へ娘を連れて行くあいだ、どうにも語る言葉が見つからない。熱くなった目頭がわずかに湿る、と同時に、誇りと喜びの笑みで口元がゆるむ。部屋の敷居のところまで来て、やっと声に出すことができた。

「今は亡きおまえの母親に、今日のおまえを見せてやることができたなら！」

寝室の鏡台には、枝付き燭台（それは食堂のものに負けないほどそびえ立つ気品あるものだった）が置かれ、ろうそくが二本灯っていた。小説に出てくる官能的な小部屋に付きものの、古典的な陶器のランプシェードによる演出など思いつきもしなかったのだろう。他に照明はなく、寝室は新婚らしさというより宗教的な神秘に満たされていた。とくに、初夜を迎える寝台の形状が、礼拝堂や祈祷室を思い起こさせた。その上、寝台を囲む、金の房飾りが付いた深紅のダマスク織りカーテンは、まさに教会の壁掛けそのもの。手編みのレースに縁取られた糊のきいた純白のシーツも、教会の祭壇布と見まがうほどの汚れなき滑らかさだった。父親が「愛する娘、ヌチーニャ、さようなら」とつぶやき退室しようとすると、花嫁はその右手を取り、熱でかさかさになった唇で慎ましやかに口づけした。そして娘は独り残った。身体が木の葉のようにカタカタと震え、神経が張りつめ、〈戦慄〉が何度も全身を走った。それは説明のつく自覚的な恐れからではない。なんとも表現しがたい聖なる畏れにおののいたのだろう。彼女には、その寝室――人を威圧するような静寂が支配し、ろうそくの灯が高みで厳かに燃える――が、ほんの二時間前にひざまずいていた教会堂に思えたのだ……婚姻のときと同様、彼女は床にひざまずく。すると、黒檀と象牙でできた古いキリスト像が、寝台頭部の暗闇に、祭壇の厳かな天蓋のごときカーテンに包まれ浮かんで見えてきた。彼女の唇がいつもの夜の祈りを唱えはじめた――《天にましますわれらの父よ、願わくば母の御魂の……》廊下から大きな足音が、真新しいブーツの擦れる音とともに聞こえ、扉が開いた。

第二部

第十二章

婚礼のパンの残りがまだ堅くならない頃、ドン・ペドロはフリアンと今後について話し合った。その結果、ふたりは、礼拝堂付き司祭が至急主人たちに先んじてウリョーアの館へ戻り、夫婦が移り住むまでのあいだに、どうしても必要な対策を取り、巣窟のごとき屋敷を洗練された住処にしておくことで合意した。だが、ひと度フリアンがその任務を快諾するや、主人は彼に託したことを後悔、とまではいかないものの、いくらか逡巡して言った。

「おわかりでしょうが」と注意をうながしたのだ。「あちらでは、とにかく度胸がすべて……プリミティボは性根のくさった、あなたをはるかに凌ぐ男ですから……」

「神の思し召し次第です。いくら彼でも、わたくしを殺しまではしないでしょう」

「またそんな甘いことを……」ウリョーアの主人はその瞬間、はっきりと耳にした心の声にせき立てられ、言い募った。「以前、あなたにプリミティボがどんな奴か忠告したでしょう、いかなる暴挙にも出る人間なのです……あちらから望んで、あるいは出会い頭に残虐な行為に及ぶことはないと思いますが、逆恨みするあまり分別を失ったときには……いや、とはいえ……」

ある人物がどんな性格なのか、ドン・ペドロがそれを嗅ぎ取る鋭さを見せたのは初めてではない。ただ、今日の社会において、生まれながらにして、あるいは富や権力によって特権的地位を占める人に要求されるモラルやデリカシーといった観念に欠ける彼には、その資質が役立つことはなかった。

主人は忠告を続けた。

「プリミティボが野蛮人だと言っているわけではない……だが、間違いなく、ずる賢く、抜け目のない無法者、目的に向かって突っ走る男です……畜生！　これまで嫌になるほど思い知らされたからな……サンティアゴに発った日を覚えていますか……あの日、もしあいつが、私たちを引き留めようと本気で一発撃っていたなら……賭けてもいい、あなたの命も私の命もなかった」

それを聞き身震いしたフリアンの頬からは、赤みが引いていた。英雄などという柄でないことが、すぐに顔に出る質《たち》なのだ。逆に、礼拝堂付き司祭が怯えるのを目にしたドン・ペドロは、無上の喜びにひたった。彼の気質に嗜虐的な側面があったことは否定できない。おそらく、田舎の粗野な生活によって強まったのだろう。

「賭けてもいいが」笑いながら言った。「街道の十字架のところを通るとき、あなたは祈りを捧げるにちがいない」

「そうしないとは申しませんが」と、フリアンは気を取り直し答えた。「だからといって館に戻るのを断ったりいたしません。わたくしの義務でございますから、神の御心にしたがい、そうするのは当然……〈ライオンは人がうわさするほどいつも獰猛なわけではない〉と申しますので」

「まあ、プリミティボのほうも、いま首をつっこむのはまずいと考えているだろう」

少しのあいだフリアンは唇を引き結んでいたが、やがて思い切ったように口を開いた。

「旦那さま、きっぱりと心をお決めになってはいかがでしょう！　あの男をお役御免にするのです、旦那さま、是非！」

「またそんなことを……　確かに、分をわきまえさせる必要はある……　だが、お払い箱というのは……　犬たちはどうする？　狩りは？　使用人やその他すべての、奴の言うことしか聞かない連中はどうする？　ひとり合点してもらっては困る。プリミティボなしでは、館を管理することなどできない……　なんなら試しに、何か館の問題の解決に取り組んでみるといい……　プリミティボが寝ながらでも解決できることが……　いや、それ以前に、もしあなたがプリミティボを玄関から追い出したとしても、いつの間にか窓から戻ってきているだろう。どうかわかって欲しい、これが紛れもない事実なのだと。畜生！　プリミティボがどういう男か、私が知らないとでも！」

フリアンは小声で訊いた。

「では……　他の者たちは……　いかがしましょうか……？」

「他の者たちについては……　お好きなようにやってくださってかまいません……　あなたに全権をゆだねましょう」

全権とは、まことに光栄だが！　全権をどう行使するか、有益な知恵を授けていただければもっと良かったのに！　絶対的権力を委譲されたフリアンが心の底で感じていたのは、恥知らずの愛人と私生児に対する一種の同情だった。特に後者に対して。いったいあの哀れな少年が、母親の不品行にどんな罪があるというのか？　いつも思ってはいたが、どんな事情があるにしろ、実の父親が所有する家からその息子を追い出すなんて、あまりにも酷だ。こんな嫌な役目を、誰が請け負うものか。もしこの件に、旦那さまの永遠の救済と、自分が〈婚礼の招待客たちの宣告に抗して〉〈マルセリーナお嬢さま〉と呼びつづけている方の、ひとまずの心の平穏が係っているのでなければ。

幾ばくかの不安を抱きながら、フリアンは再び館につづく谷の前に広がる、狼のうろつく陰鬱な地を横切る。猟師がセブレ町で待っていてくれたため、館までの道中はふたりになった。その際、プリミティボは彼に従順な態度を見せ、敬意さえ示してくれた。そこで、フリアンのほうも少しずつ不信を振り払い、狐だってもう噛みつく気をなくしたのだ、とすっかり猟師のことを信じはじめた。彼は、ドン・ペドロと逆で、机上の抽象的な問題に関しては正しい選択ができるのだが、相手の人となりといった現実的な判断を誤ってしまうタイプだったのだ。たしかに、プリミティボの平然とした表情からは、恨みも怒りもまったく読み取れない。言葉少なで、にこりともしないのは昔からだが、この道中では天候不順に触れ、雨ばかり続くため、とうもろこしの収穫も粒取りも、ぶどう摘みといった大切な農作業も、なかなか例年どおり進めることができないと話してくれた。実際、道は水浸しで、至るところに水たまりができている。その日の午前中も雨が降ったため、松のきらきらと輝く緑の尖った葉先から水滴がすべり落ち、ふたりの帽子にはじけ散る。警戒を解きはじめたフリアンは、なんとも純粋な喜びに精神が満たされていくのを感じ、湧きだしてくる神への篤い思いから街道脇の十字架に頭《こうべ》を垂れた。

《神よ、ありがとうございます》心の中で感謝の祈りを捧げた。《おかげさまで正しき、あなたにも喜んでいただけるような行いを果たすことができました。一年前、館でわたくしが目の当たりにしたのは、背徳に醜聞、それに卑猥といったあらゆる悪しき情念でした。しかし今や、キリスト教徒の夫婦、すなわち、あなたによって神聖化された家族という美徳をたずさえ、ここに戻って来ることがかないました。聖なる行いのためあなたが遣わされた僕こそ、このわたくしでございます…… 神よ、お礼申し上げます》

そのとき、彼の独白は激しい吠え声に妨げられた。侯爵の猟犬が、勢子頭を迎えに来たのだ。切り取られた尻尾をしきりに振りながら、真っ赤な口の中を大きく見せ、狂ったように喜びを示す犬たちを、プリミティボが干からびた手で撫でてやる。犬にはこの上なく優しい。つづいて、犬のあとからやって来た孫の顔に、愛情のこもった一撃をお見舞いした。フリアンは子どもにキスしようと思ったが、そうする前に逃げられてしまった。父親に捨て去られた子を目の前にし、礼拝堂付き司祭の胸中に、忘れかけていた哀れみと呵責が再びよぎった。サベルは、いつも通り、台所の鍋に囲まれていたが、村の老婆や若い女たち、サビアとその累々つながる子孫といった昔からの取り巻きはひとりも見当たらない。完璧に片付けられ、すべてが清潔で平穏な台所に、彼女が独りたたずんでいた。どんな口うるさい一言居士であれ、とがめる点など一切見つからなかったにちがいない。礼拝堂付き司祭は、自分の不在のあいだにこれほど変わった家を前にして、途方に暮れた。と同時に、生まれつきの気弱な性格から、自分が戻ってきたことでその秩序が乱れてしまうのではないか、と危惧した。夕食時、彼はさらに驚かされることになる。プリミティボが、上等の手袋より柔らかな物腰で、半年間に館で起きたことを話してくれたのだ——雌牛が子どもを生んだこと、着手した工事や徴収できた地代のこと。このように父親がフリアンに一目置くようになった一方で、娘も彼にかいがいしく謙虚に尽くしてくれた。それはまるで、家畜が主人に撫でて欲しいとすり寄る、しつこいほどべたべたした態度だった。こうした心尽くしの歓待に、フリアンはどんな顔をしていいのかわからなかった。

翌日、フリアンが委ねられた全権と全能力を駆使し、サベルとペルーチョに家父長制にもとづく――「創世記」中、アブラハムがイサクを産んだ妻サラに強いられ、奴隷女ハガルとその子イスマエルを追放したように――荒野への移住を命じた際には、彼らの態度も変わるだろうと予想していた。だが、なんと驚くべき奇跡！　その時でさえプリミティボの従順な態度に変わりはなかった。

「ご主人夫妻はサンティアゴから、あちらの料理人をお連れになりますので……」と、フリアンが言い訳がましく追放の理由を切り出すと……

「もちろん……」と、プリミティボはきわめて当然といった顔で応じた。「〈まち〉では料理の仕方も違うんでしょうなあ……ご夫妻もあっちの味に口が慣れてらっしゃるんなら……ちょうどいい。あんたさまにお願いして、誰か料理する人間を連れて来てくださるよう、侯爵さまに手紙を書いてもらえんかと思ってたんで」

「あなたがわたくしに？」と、フリアンは呆気にとられ大きな声を出してしまった。

「はい、そのとおりで……実は、娘が結婚したいと言い出しましてぇ……」

「サベルが？」

「さようで。サベルが結婚の支度を始めたもんで……相手は、ナヤ村のガイタ奏者、〈雄鳥〉と呼ばれる男なんですが……娘が結婚の祝福を受けたらすぐさま、男の家に移り住むと言ってきかんもんで……」

フリアンはあまりの喜びに息が詰まりそうになった。サベルの結婚をはじめ、彼らの変貌に、神が御手を下されていることがはっきりと感じられたからだ。そう考えざるをえない。サベルが結婚し、館を離れるなんて！　危険は遠のき、万事あるべき姿になる！　これで救済も確実だ！　善良なる神にいま一度、ささいな人間には動かすことすら不可能に思われた、前途に立ちはだかる障害物を取り除いてくださった神に、フリアンは礼を述べた……喜びが顔からあふれんばかりに湧き上がるのを感じた彼は、プリミティボに顔を見られてはきまりが悪いと、ごまかすように早口で話しはじめた。猟師にお祝いの言葉を、サベルには、結婚後の新たな環境できっと幸福な日々が訪れるでしょう、と伝えた。そして、その夜すぐ侯爵に、良き知らせを書き送った。

穏やかな日々が続いた。サベルは従順で、プリミティボは愛想がよく、ペルーチョは姿を見せず、台所には人影がない。ただ、地所と農園の管理に関しては、フリアンはある種の静かな抵抗を感じ取っていた。この分野においては、まったくもって数センチも計画を前に進めることができないのだ。プリミティボは相変わらず、表向きは責任ある正当な管理人として、裏では独裁者という地位を享受していた。フリアンは自分に委ねられた全権が実質、まったく何の役にも立たないと悟らずにはいられなかった。それどころか、猟師が館周辺でふるっていた影響力の及ぶ範囲が前より広がり、今や地域全域に及んでいることをはっきりと確認できた。執事と話をするために、折に触れ、セブレ、カストロドルナ、ボアン、さらにもっと遠い村々からも人びとが足を運んできたからだ。それも、へつらうような丁重な態度で…… プリミティボの許しがなければ、四レグア四方の畑の藁一本動かせない、と思わせるほどの影響力。彼と争う力など到底フリアンにはなく、もちろん、そんなつもりもなかった。サベルがウリョーア家に及ぼすところだった由々しき損害に較べれば、プリミティボの悪しき管理が引き起こす損失など取るに足りない。娘という不用な札を捨てるのが最重要課題なのだから、父親についてはおいおい……

ところが、娘はなかなか出て行かなかった。きっと出て行くはずだ！ 出て行かないなどありえようか？ フリアンの脳裏に疑念がよぎることはあったが、それでも、決して見誤りようのない結婚の徴を目の当たりにし、安心した。というのもある夜、藁置き場の近くで、サベルと見目うるわしいガイタ奏者が、とても模範的とは言えない、甘い会話を楽しんでいるところに出くわしたからだ。赤面したフリアンであったが、これは言わば、祭壇で婚礼を上げる前段階だと思い、見て見ぬ振りをした。こうして悪しき女に対する勝利を確信した彼は、執事については妥協することにしたのだ。まして執事がフリアンの指示を拒んだり、何かでフリアンに反対したりしないうちはなおさらである。礼拝堂付き司祭がプリミティボに職権の乱用をとがめたり、計画を練り、改革を進める必要があると主張したりするたびに、執事は賛同してくれたのだ。それればかりか、実現に向け道をならし、方法の手ほどきまでしてくれた（少なくとも、口頭ではそうだった）。ただ、計画を実行に移す段になると話は別。決まって、思いもよらぬ困難や遅れが生じた ―― 今日んとこは無理でっしょうが…… おそらく明日には…… やる気がない奴ってぇのは、困りもんで。プリミティボはフリアンに慰めの言葉をかけてくれた。

「言うは易く行うは難し、ということですかなあ……」

プリミティボを葬るか、それとも彼に無条件で投降するか。礼拝堂付き司祭は、自分にこの二つ以外の選択肢は残っていないことがわかっていた。悩んだフリアンは、それを相談しようとある日、ナヤ村の司祭ドン・エウヘニオのもとを訪ねていった。いつも思慮深い助言をし、励ましてくれるからだ。ところがそのとき、ドン・エウヘニオはこの辺のような僻地で購読できる数少ない新聞で政治に関する驚くべきニュースを目にし、動揺を隠せない状況だった――スペイン艦隊がクーデターを起こし〔一八六八年九月十八日〕、女王イサベル二世〔在位一八三三〜七〇年〕が退位をせまられ今やフランスに亡命、臨時政府が樹立された…… コルドバ近郊のアルコレア橋で熾烈な戦闘が勃発し、反乱軍が勝利〔一八六八年九月二十八日〕をおさめ、軍は反乱支持に回った…… なんてことだ！ ドン・エウヘニオは興奮のあまり、確実な情報を得るため即刻サンティアゴに発たねば、と半ば狂ったように口にし、うろうろと歩き回っている。ロイロ村の主席司祭さまやボアン村の主任司祭さまはなんとおっしゃるだろうか！ 同じ穏健派支持の地方領袖《カシーケ》バルバカーナはどうだろう？ バルバカーナは当てが外れたな。長年の宿敵トランペータは、自由主義連合《ウニオン・リベラル》の仲間だから、バルバカーナを押しのけ、未来永劫、我が世の春を謳歌することになるぞ、アーメン。地方をも巻き込んだこうした騒動のなか、ナヤ村の主任司祭が、フリアンの苦悩に耳を傾けることなど到底かなわなかった。

第十三章

義父や義妹たちとの生活を送るうちに、ドン・ペドロは自分のねぐらが恋しくなった。大司教座のある大きな都に順応できなかったのだ。苔むした高い壁面に狭いアーケード、それに陰気な玄関と薄暗い階段の建物が彼を息苦しくさせた。まるで独房か地下牢だ。雨が二、三滴降ろうものなら皆が屋内に駆け込み、通りにはまたたく間にシルクハットや巨大な傘が繁殖し陰鬱な光景を生み出す。こんな場所に住むことにほとほと嫌気がさしていた。樋を伝う雨水、あるいは敷石のくぼみでパチャパチャと跳ねる雨音のシンフォニーが絶え間なく聞こえ、落ち着かない。こうした嫌悪感を振り払うには、二つの手段しかなかった。義父と議論するか、もしくは倶楽部《カシノ》でしばらく賭けに興じるか。そして、これらの手段が間をおかず彼にもたらしたのは、倦怠ではない。真の倦怠とは、高度に洗練された知性を持つ享楽主義者だけが患う精神疾患だからだ。自分が周囲の誰よりも劣っているとひそかに確信するにつれ、彼の心の内では次第にいら立ちと怒りが募っていった。義父ドン・マヌエルは、長年サンティアゴに住むことで、うわべだけにしろ教養だったり、町での社交術だったりを身につけ甥に勝っていた。さらに、みずからの出生と家柄を誇りに思うという至極もっともな心情——そのおかげで〈凡庸な人間〉（彼のお気に入りの言葉）

にならずに済んだ――においても、甥を凌いでいた。食後のひとときに、親しい友人たちを相手に、慎みに欠けるというほどでないにせよ、聴衆の胃の平穏を乱すには十分のエピソードを延々と披露する揺るぎない日課を除くなら、たしかにドン・マヌエルは、礼儀正しい好人物と目されていた。例えば喪主を務めたり、祖国の友・経済協会の会合に出席したり、聖体行列で旗持をしたり、県知事から執務室に呼ばれ意見を求められたりしていたのだ。最近では田舎での隠居暮らしを望んでいるが、それも社会のあらゆる慣習から解き放たれ、ネクタイもせず気ままに歩き回ったり、生まれながらの本能がおもむくまま生活したりすることへの憧れからだけではない。実は、近頃流行りだした繊細な趣味――庭を持ち、果樹を栽培し、日曜大工にいそしみたいという思いが手伝ってのこと。なかでも大工仕事は、気晴らしに最高で、町中より田舎でのほうが安く上がったのだ。つまり、ラヘ家の家系から受け継いだ生来の粗暴さなど、亡き妻の上品な作法と娘たちに絶えず寄り添われるうちに、角が取れてしまったのだろう。どんなに無骨な男でも、垢抜けした気立てのよい五人の女性にかかれば、文明化されてしまうものなのだ。この点こそ義父が、実年齢では娘婿より一世代前に属するにもかかわらず、進歩的な考え方ができた理由だった。

実はドン・マヌエルも、当初は娘婿を文明化しようと試みた。だがそれは徒労に終わった。そればかりか、逆効果を招いてしまった。ドン・ペドロの自尊心を刺激して、彼にすべての軛から逃れたいという思いを強く抱かせてしまったのだ。ラヘ家の主人は甥に、ウリョーアの館をたたんでサンティアゴに居を定め、ウリョーアには気晴らしと地所管理のため夏のあいだだけ訪れることにしてはどうだ、と自分の希望を伝えた。ただ、娘婿にそう助言する際、ウリョーア一族の古ぼけた巣窟で起きていることはすべて聞き及んでいる、とほのめかすのを忘れなかった。こうした押しつけがましい、人を監視するような態度(義父としては無理からぬことだ)が、ドン・ペドロをいら立たせたのは言うまでもない。彼に言わせれば、おれは他人《ひと》からの押しつけや他人に操られてありがたがる男じゃない、のだ。

「そんなわけで」と、ある日妻を前に言い渡した。「さっさとここから退散するぞ。大人になってこのかた、おれは人にあれこれ命令されたことなどない。黙っていたのは、他人の家に居候させてもらっていたからだ」

居候生活のおかげで、彼のいら立ちは募る一方。ラへ家で目にするものすべてが、彼を不快にさせ、難癖をつけずにいられなくした。それがたとえどんなにきらびやかで気品あるものであっても――銀製トレーに枝付き燭台、年代物の高価な家具、町の名士たちとの交際が示す社会的地位、夜トランプ《トレシージョ》を楽しみに訪れる司教座聖堂参事会員と格式ばった人びとからなる上品な談話会《テルトゥリア》、ときに至らないところもあるが、決して礼を失することも出しゃばることもない従順な召使いたち――、あらゆるものがドン・ペドロには、乱雑な自分の屋敷とそこでのがさつな生活――テーブルクロスなしの食事、ガラスの入っていない窓、召使いや作男とのなれあった付き合い――を嘲笑しているかに思えた。彼に芽生えたのは、健康的な対抗意識ではない。唾棄すべき嫉妬としかめっ面の弟、いら立ちだったのだ。そんなドン・ペドロの心を唯一慰めてくれたのは、義妹カルメンの愚かな恋愛沙汰である。倶楽部で、相手の医学生の軽率さや末娘の恥知らずな振る舞いが話に出るたびに、もみ手をしながら、興味津々と聞き耳を立てた。義父はせいぜい、カッカすればいい! ダマスク織りの椅子や高価な絨毯があれば、他人の口に戸を立てられるってわけじゃないんだ。

ドン・ペドロと伯父の言葉の応酬は次第に激しさを増していき、やがて政治論争がこの火に油を注ぐ形となった。政治問題は、信奉する思想などなく、論理より印象でものを言う人間を何よりたきつける話題なのだ。侯爵はまさに、これに当てはまったと言わざるをえない。伯父ドン・マヌエルにしても、ことさら政治に対し嗅覚が鋭かったわけではないが、年齢から正統穏健派の政党にプラトニックな共感を覚え、日々新聞を読むことで、今後の行く末を察知していた。ただ、政権を託された穏健派ゴンサレス・ブラボ〔一八一一〜七一年〕の期待外れの失策と、その結果としての女王イサベル二世の亡命は、あまりにも彼の意に反する流れだった。よって、彼の気分を害したいがために、甥がことさら革命派の肩を持ち、当時の低俗な新聞が喧伝していた、退位した女王に関する扇情的なニュースをくりかえし話題にしては、女王の醜聞をまるで福音書の真理であるかのように信じる素振りを見せたとき、かっとして、もう少しで窒息しそうになった。伯父は巨大な両手を天に掲げながら、とげのある言い方で熱く攻勢に転じた。

「田舎者は」と反撃ののろしを上げる。「どんなでたらめも鵜呑みにする……読みが浅いと言おうか、残念ながら見識が足らんのだ……おまえたち自身だけの視点から、すべてを見てしまう……（こんなたいそう仰々しい言い方をドン・マヌエルはどこかの新聞の社説で学んだにちがいなかった）経験にもとづいた、賢明な判断を下さねばならんというのに」

「田舎の者は脳味噌が足りないとでもお考えですか……？　田舎者でも、それなりに眼識があり、あなた方の目に入らないことが見えているってことがあるかもしれませんよ……（そのとき甥は、ガラスのバルコニーに釘付けになっている従妹カルメンのことをほのめかしていた）伯父さま、どこであろうと、指をしゃぶってぼんやりしているばかりの輩はいるものです……もちろん、いますとも！」

ふたりの議論の矛先は次第に個人的なことへ向かい、かつ攻撃的様相を呈してきた。議論が始まるのは大抵、食後のひととき。コーヒーカップを受け皿に乱暴に置く音が響く。怒りに震えるドン・マヌエルはアニス酒を口に持っていこうとしてこぼしてしまう。伯父と甥は必要以上に声のボリュームを上げ、そのうち収拾がつかないほどの怒号や険しい言葉が飛び交うようになる。やがて、とげとげしい静寂、つまり沈黙したまま敵意むき出しの時間が流れる。娘たちは互いに顔を見合わせ、ヌチャはうつむいたままパンくずを丸めたり、皆のナプキンをゆっくりと折り畳み、止めリングに通したりしている。そうこうするうちに、突如ドン・ペドロが立ち上がり、椅子を乱暴に後ろにはね飛ばすと、力強い足取りで床を揺らしながら倶楽部（そこではトランプ遊びが昼夜の別なくおこわれていた）へ逃れる。

その倶楽部も、彼にとって居心地のよい場所ではなかった。大学町コンポステーラでは、人に無知な奴だと見なされることを住人はとかく嫌がり、そういった知的雰囲気がドン・ペドロを息苦しくさせた。ウリョーアの主人は、自分が単語を正しく綴ることもかなわず、頻繁に話題に上る諸々の〈学問〉にも疎い、とばれたら、どんなにからかわれ、いかに笑い者になるか、十分承知していた。年中鼻をすすり、咳をしている羊皮紙臭い大学教授や、とくに放蕩学生——大学図書館や倶楽部の読書室で親しんだ現代作家に刺激を受け頭脳を熱くし、ぼろぼろのブーツを履いた輩——より下に見られるなど、ウリョーアの館の主として自尊心が許さなかった。コンポステーラでの生活は、館の主の頭脳にあまりにも激しい運動を強いる一方、身体にとっては座っている時間のほうが長く、あまりにも緩慢すぎた。気晴らしと運動が足りないせいで、血の気ばかりが多くなる。そのため彼の肌は、狂おしいほど外気を求め、陽光や雨のシャワーを浴び、山査子《サンザシ》やハリエニシダの棘に刺されることを切望した…… 山の大気を胸一杯に吸い込みたいと要求したのだ！

その上、都会では、他の社会階層の者たちと区別ない扱いを受けた ―― これが彼には耐えがたかった。あの封建的な屋敷ではどんな時も、唯一無二の特別な存在だった自分が、その他大勢と同等に見なされることに慣れなかったのだ。サンティアゴで自分はいったい何者なのか？ ドン・ペドロ・モスコソ、それだけ。実際は、それでさえもなく、単なるラヘ氏の娘婿、ヌチャ・パルドの夫にすぎない。唯一のようすがであったはずの侯爵の爵位さえ、サンティアゴの悪口三人組のひとり、狡猾な老いぼれのせいで、塩が水に溶けるがごとくついえてしまった。この年寄りは、カミソリのように鋭い驚異的な記憶力の持ち主で、たいそうな年齢も合わさって、昔のことを調べ明らかにする役を任されていた。同様に、われわれがすでに会ったことのある（サンティアゴに住まう名家について収入から食事まで知らないことはないと豪語する）若者には、現在のことを調査する役が宛がわれていた。ひとりが町の年代記作家で、もうひとりが町の分析家だったわけである。年代記作家の老人は、カブレイラ家とモスコソ家の真の系譜を延々とたどり、他ならぬウリョーアの爵位が、なんとか公爵というスペインの大公…… に属しており、それ以外ありえないことを詳細にわたって解き明かした。機を見て「貴人年鑑《ギア・デ・フォラステロ》」を掲げ、それが偽らざる事実だと周囲に証明してみせたのだ。こうして解明が進むと、当然ながらドン・ペドロとラヘ氏は世間の笑い草になった。ラヘ氏などは、娘に贈ったシーツ一式に侯爵夫人の冠を刺繡させたとの非難を受けたのだ。悪気のない誤りにすぎなかったのだが、先の分析家の若者が調査を進め、それらのシーツがどこで、いかに刺繡されたか、ウリョーア家の〈小盾〉や侯爵の王冠飾りを刺繡するのにいったいいくらかかったか、まで特定された。

我慢の限界を超えたドン・ペドロは、厳しい冬がまだ終わらない、天候不順で底冷えのする三月の末、ついにウリョーアに発つことを決心した。セブレ町行きの乗合馬車は早朝サンティアゴを出る。馬車の姿さえおぼろで冷え込みの厳しい明け方、ヌチャは窮屈な馬車の隅にうずくまり、しきりにハンカチで涙を拭っていた。それを見た夫は、優しさに欠ける質問をする。

「まるでおれと来たくないみたいだな?」

「そんなこと!」若い妻は顔を上げ、笑みを浮かべながら答えた。「お父さまや…… お姉さん、妹と別れるのですもの、当然でしょ」

「姉妹たちの方は」と、夫はつぶやく。「おまえが戻ってくるよう、嘆願書を書くつもりはないようだがな」

ヌチャは口をつぐんだ。動き出した馬車はくぼみにはまるたび跳ね上がり、御者がしわがれ声で馬たちをけしかける。図体の大きい四輪馬車は、道のいい街道に出ると滑らかに走りはじめた。やがて、ヌチャが口を開き、夫に館の様子を尋ねる。彼のほうもその話題が気に入ったと見え、自分が生まれ育った地方がいかに美しく、健康に良いかを大げさに誇張して答えた。古い屋敷を古城のように褒めそやし、そこで人がいかに快適で、自由な生活が送れるか、口をきわめて讃えた。

「疑っているかもしれないが」と、鈴の音やガラスがかちかち鳴る音に負けないよう、声を張り上げて妻に言った。「あっちには垢抜けした者は誰もいない、なんて思うなよ……館の周囲に住まう人びとは由緒正しい家柄の者ばかり。とても愛想のいいモレンデ家の娘たち、非の打ち所のない紳士ラモン・リミオソ……ナヤ村の主任司祭だってお越しくださる……もちろん、ウリョーア村の司祭も、おれの押しで主任司祭になれたんだからな。あいつは狩猟に連れて行く犬同様、おれの言いなりだ……吠えろだの、獲物をくわえて来いだの命じたことはないが、おれがその気になれば……まあ、見るがいいさ！ あっちでおれは、それなりの人物で、皆おれの言いなりなんだぞ」

馬車がセブレ町に近づき、みずからの支配地域に入るにつれて、ドン・ペドロはなおいっそう陽気で饒舌になった。栗林やハリエニシダの生えた未開地を指さしながら、嬉しそうに声を上げる。

「館の土地だ……ウリョーア家の貸し地だ！ この辺りの野兎で、おれの土地の草を食まずに太った奴は一羽もいない」

セブレ町に入ると、彼は満悦の表情を見せた。宿屋の前にプリミティボとフリアンが待ち構えていたからだ。前者は金属の仮面を付けたかのように、謎めいた険しい顔つき。後者は優しい微笑みに満ちた顔をしている。ヌチャはプリミティボにつづきフリアンにも同じく丁重に挨拶した。荷物が降ろされると、プリミティボは前に進み出て、ドン・ペドロに彼の愛馬、艶やかな栗毛の、見るからに活力あふれる雄馬を差し出した。馬に乗ろうとした主人は、そのときふと、ヌチャに宛がわれたらばに目をやった。それは背が高く癖のある、御しにくいらばだった。しかも真ん中に出っ張りのある幅広の鞍、いかにも乗る人を支えるというよりすべり落とすのに適した鞍が付けてある。

「どうして妻に雌ろばを連れて来なかったんだ？」と、ドン・ペドロは片足を鐙に乗せ片手で雌馬のたてがみをつかんだまま、またがるのを一瞬ためらい、猟師をいぶかしげに見ながら訊いた。

問われたプリミティボはぶつぶつと、雌ろばは脚を引きずっておりとか、結節腫ができていてとか、理由を並べる……

「町には他にろばがいないとでも言うのか？　どうだ？　おれにそんな言い訳をするんじゃない。ろば十頭だって探す暇はあっただろう」

ドン・ペドロはそう言うと、妻のほうを振り返り、良心の痛みを軽くするかのように彼女に問いかけた。

「おまえ、怖くないか？　らばに乗るのに慣れてないだろう。こうした鞍に乗ったことはあるのか？　鞍に座っていられるか？」

ヌチャは、右手で服の裾を持ち上げ、もう一方の手に小さな旅行バッグをつかんだまま、迷っている様子。しばらくして、ささやいた。

「鞍に座ることは、できると思います……昨年、湯治に行った際、これまで見たこともないさまざまなタイプの鞍に乗りましたから……ただ、今は……」

服の裾を持っていた手を放すと、夫に近づき、彼の首に腕を回して、まるで初めて彼を抱擁するかのようにその胸元に顔を隠した。そして先ほど言いかけてためらった言葉を、甘くひっそりとささやく。驚愕の色が浮かぶや、侯爵の顔は嬉々として誇らしげに輝き、勝利に高揚し歓喜あふれるものへと変わった。そして、いたわるように優しく妻を抱きしめると、大声で宣言した。

「たとえこの近辺に温和しいろばがいないとしても、あるいは、天の神だけがそんなろばをお持ちで貸そうとなさらないとしても、ペドロ・モスコソの名誉にかけ、おまえのために探し出すと誓う。待っていてくれ、少しでいいから待っていてくれ……いや、宿屋に入って休んでいればいい……妻にベンチか、椅子を頼むぞ……待っていておくれ、ヌチーニャ、飛んで戻ってくるから。プリミティボ、おれと一緒に来い。ヌチャ、温かくしていろよ」

飛んでではなかったが、半時間後、ドン・ペドロは息を切らして戻ってきた。彼が端綱を引いて連れて来たのは、小振りで太鼓腹の雌ろばで、しっかりとした鞍がついており、いかにも御しやすく、安定感のある感じだ。それは他ならぬセブレ町の判事夫人が所有するろばだった。ドン・ペドロは妻を腕に抱きかかえ、荷鞍に載せると、スカートを丁寧に整えてやった。

第十四章

ドン・ペドロは礼拝堂付き司祭とふたりだけで内密に話ができそうな隙を見つけると、フリアンの顔を見ないまま訊いた。

「それで……〈あいつ〉は？　まだここにいるのか？　着いたときは姿が見えなかったが」

フリアンが眉をひそめると、主人は畳みかけて言った。

「いるんだろ、やっぱり……百ペソ賭けてもいい、おれたちが到着する前にあいつをなんとかする方法が見つからなかったのだろう」

「旦那さま、実のところ……」フリアンは、かなり苦り切った表情で言葉をつづけた。「なんとご説明したらよいか……初めは簡単そうに思えたのですが、次第に面倒なことになりまして……娘はナヤ村のガイタ奏者と結婚すると、プリミティボは何度も断言しているのですが……」

「そいつのことは知っている」と、ドン・ペドロが暗い顔でぼそぼそと応じた。

「それでわたくしは……当然、プリミティボの言うことを信じまして。その上実際、ガイタ奏者とサベルが……付き合っている……と得心がいく現場にも出くわしまして」

「そういったことはすべて、ご自分で裏付けを取られたのでしょうね?」侯爵は皮肉めいた言い方で尋ねた。

「旦那さま、わたくしは……こうしたことにはあまりお役に立てませんが、ただのお人好しとして欺されたりせぬよう、情報を集めました……そこここで訊いて回ったところ、皆口々にふたりが結婚の運びだと言っておりました。ナヤ村の主任司祭エウヘニオさままでも、若者が結婚に必要な書類を求めてやって来た、とおっしゃったくらいですから。どうやら面倒な書類や厄介ごとがいろいろあるらしく、そのせいでまだ結婚まで至っていないというわけで」

黙って聞いていたドン・ペドロだったが、ここでいきなり口を開いた。

「やはり、あなたは汚れなき聖人。あいつらがそういったやり方でおれにたてついてくるとはな」

「旦那さま、実際、もし本当にわたくしを欺そうとしたのなら……悪知恵にもほどがあります。サベルなどは、ガイタ奏者と結婚できないなら悲しみのあまり死んでしまうみたいな騒ぎようでしたし……あれが演技なら驚きです。二週間前、エウヘニオさまのお宅にまで押しかけ、ひざまずいて泣きながら、お願いですから、どうか一刻も早く結婚できるよう手はずを整えてください、その日はわたくしの人生においてもっとも幸せな日になるでしょうから、と頼み込んだそうで。エウヘニオさまに伺った話ですが、あの方は作り話などおっしゃいませんので」

「あの牝狐め! なんてやつだ!」と主人はつぶやき、憤慨の面持ちで部屋中をぐるぐる回りはじめた。

しかし、しばらくして気が収まったのか、再び口を開いた。

「おれにはまったく驚くようなことじゃないし、もちろん、エウヘニオ師が嘘をついていらっしゃるわけでもない。ただ……やはりあなたは……おめでたい、お人好しです。というのも今問題なのは、サベルではないからです、わかりますか? 問題なのは、その父親、プリミティボのほうです。あなたは、彼女の父親にまんまと欺されてしまった。あの……女、娘のほうは館から逃げ出したくて、うずうずしているはず。しかし、そんなことをしようものなら、プリミティボに殺されかねないってわけだ」

「わたくしにもそんな気がして参りました……旦那さま、確かにそんな気が」

主人は蔑むように肩をすくめ、言った。

「気づくのが少しばかり遅かったようで……まあ、ともかく、この件は私に任せてください……それ以外は……どうでしょう?」

「皆が、子羊のように……温和しく従順で……何においても、わたくしに真っ向から抵抗する者はひとりもおりませんでした」

「つまりそれは、裏で、好き放題やっていたということですよ……本当にあなたという人は、ドン・フリアン、あなたには時に、親鳩が子鳩の口に入れる離乳食でも食べさせてあげたくなります」

フリアンは胸に刺さるものがあったのか、自嘲気味に応じた。

「旦那さまのおっしゃることはごもっともです。ここでは、プリミティボがうんと言わない限り何ごとが進みません。一年前に旦那さまがご指摘なさったとおりでございます。その上、ある時期から人びとは彼に、恐怖とは申しませんが、たいそう畏れを抱いているようなのです。革命が起き、政治情勢が混沌とし、日々重大ニュースがとどくなか、プリミティボは、わたくしが思いますに、そうした混乱に乗じこの辺りで手先を募っているようでして…… これはエウヘニオさまから伺ったのですが、以前からプリミティボは、自分が高利で金を貸している者たちを大勢服従させている、とのことでした」

黙って話を聞いていたドン・ペドロは、しばらくして顔を上げると口を開いた。

「セブレ町で妻のために私が、雌ろばを探してきたことは覚えてますよね?」

「もちろんでございます!」

「実は、判事の奥さんは…… 遠慮なく笑ってくれてかまわないが…… 私がプリミティボと一緒に行ったから、貸すのを承諾してくれたのです。そうでなければ……」

この出来事は侯爵のプライドを相当傷つけたにちがいなく、フリアンはなんと応じていいのかわからなかった。話し終えたドン・ペドロは、フリアンの肩に手を置いた。

「私を祝ってくれないのですか? ということは、もしやお気づきではない?」と、セブレ町に着いたとき彼が見せたのと同じように、瞳をきらきら輝かせながら大きな声で尋ねた。

フリアンは何のことか皆目わからなかった。そこで主人は、よだれでも垂らさんばかりに嬉々として説明しはじめた。十月、栗の実る時期に…… この世にモスコソ家の男の子、本物の正統なる跡継ぎがやって来る…… 太陽のごとく美しい男の子が。

「もしかすると、娘さんかもしれませんよ?」くりかえしお祝いを述べた後、フリアンが言った。

「それはありえない!」と、侯爵は心の底からフリアンの危惧を退けた。礼拝堂付き司祭は笑い出し、主人は否定しつづける。

「冗談でもそんなことは言わないでくれ、ドン・フリアン……冗談じゃない。男の子でなけりゃいけないんだ。そうでないと、産まれてくる子の首を捻ってしまうことになる。前もってヌチャにはよくよく頼んである、絶対に男の子以外産むなよ、と。もしヌチャが私の言うことを聞かなかったら、あいつの肋骨の一本でも折りかねない。ただ神が私に、そんなひどい仕打ちをなさることはないだろう。我が家で男子の跡取りが絶えたことは一度もなかったのだから。モスコソの父がモスコソの男子を育てる、これが鉄則。文書保管室で埃にまみれていらっしゃったとき、そのことにお気づきになりませんでしたか？もっともあなたは、私が今話すまで、妻のことにもお気づきにならなかったくらいですからね」

それは本当だった。ただ気づかなかっただけではない。ごく自然に起こりうることであるのに、考えもしなかった。ヌチャを崇める気持ち、それが彼女と接しているうちに日ごとに高まっていたせいか、この世の他の女性に起きる生理学的な現象が彼女にも起きるなどとは、露ほども疑わなかった。ヌチャの外見もまた、彼が子どもっぽい初な思い込みをしたのも無理からぬ、と思わせるものがある。彼女のぼんやりとした、まるで内面世界を見つめているかのような双眸に浮かぶ、底抜けのあどけなさは、結婚後も微塵も汚れていなかったからだ。頬は少しふっくらしたが、ちょっとしたことで恥ずかしそうに真っ赤に染まるのは相変わらず。生娘から妻になり、わずかに変わったことと言えば、より慎み深くなった点だろうか。慎み深くありたいとみずから意識し、自分を律しているとでも言おうか。もともと生まれながらにして慎み深い彼女だが、その慎みが美徳の域まで極まったと言おうか。そんなヌチャが、がさつな冗談や下品な言葉を聞かされ、耳を汚されたかのようなときに見せる、高貴なまでに凛とした態度……大胆な思いを抱いたりせぬよう彼女自身がマントのようにまとう、鉄壁の盾のごとき生まれつきの威厳……どんな些細な親切に対しても、心からの丁重な言葉で謝意を示す人柄の良さ……彼女の全身からあふれる、まるで穏やかな日暮れどきを思わせる静謐さ――ヌチャのこうした美徳に、フリアンは飽くことなく感嘆していた。まだその額から少女のような純真さが消え去ってはいない。が、意志の強い堂々とした将来の姿をすでにかいま見せている。フリアンには、ヌチャが聖書に描かれている理想の妻に思えた。まさに旧約聖書に謳われる〈すぐれた婦人〉の見本ではないか。時をへて彼女の愛らしさは険しさへと変わり、三つ編みにした黒髪には銀色の白髪が混じることだろう。しかし、彼女の純真な額が罪によって汚されることも、そこに良心の呵責から皺が刻まれることも決してない。穏やかな春のような今の彼女は、なんと風味豊かな成熟を約束していることか！　こう思い至ったフリアンは、主人の妻選びにおいてみずからが果たした役割に内心鼻を高くした。

だからと言って、恩に着せるつもりはない。ただ、しみじみと満足し、独りごちるのだった――神がたいそうお喜びになる、社会の、調和の取れた発展に欠かせない礎を築くのに貢献できた。礎、それはキリスト教徒の夫婦。教会はこの聖なる契りを介して、人びとの精神的かつ物質的要求に、驚くべき知恵を駆使して、精神的なものによって物質的なものを聖化することで応えようとする。よって、本来ならば婚姻という神聖なる制度は――フリアンは考えていた――猥褻な行為や感情、愚かで熱く奔放な生活、雉鳩の鳴き声で声を荒げ燃え上がる愛のささやきとは相容れないものである。そのため、ドン・ペドロが妻に対し、慈しみとは言い難い傍若無人の振る舞いを見せるとき、無垢な貞節と慎ましやかな品位を汚されたヌチャが、ひどく苦しんでいるように礼拝堂付き司祭には思えた。伏し目がちに赤面し、黙りこくるだけのヌチャだったが、その態度は、慎み深くあるべき夫婦関係に相応しくない、奔放な振る舞いをする夫への、無言の抗議に見えた。したがって、フリアンが、夫のそうした振る舞いを、例えば食事の席で目にしたとき、彼はあさっての方を向きそしらぬ顔を決め込んだり、わざとコップを掲げ水を飲んでみたり、近くでにおいを嗅ぎ回っている犬たちを呼び可愛がってみたりした。

見て見ぬふりをするフリアンの胸中に、ある種の疑念（あまりにかすかな疑念であるためまたたく間に消えてしまうのだが）が湧いてきた。ヌチャがどんなに完璧な妻であったとしても、彼女の資質と美徳は、むしろもっと価値のある天使に近い身分、高価な宝石のごとき処女の純潔を守ることのできる身分に彼女を招いていたのではないか。実際フリアンは母親から、ヌチャが時折、修道女の生活に心を寄せているようなことを口にしたり、自分はどうして修道院に入らなかったのかと後悔したりしている、と聞いたことがあった。ひとりの男性の妻としてこれほど優れたヌチャである。イエス・キリストのより良き妻になれたにちがいない。神と清らかな婚姻を結ぶことによって、彼女の肉体の純潔は汚れなきまま咲きつづける。彼女自身、この世に蔓延する苦難との闘いから永遠に庇護されただろうに。

この世の闘いに思い至ったフリアンは、サベルのことを思い起こした。サベルが屋敷に居座りつづける限り、正妻たるヌチャの平穏を乱す危険因子が存在することは疑いようがない。差し迫った危険は感じていなかったものの、フリアンはこの先のことを考えると、一抹の不安を覚えずにいられなかった。刺《いら》草《くさ》や木蔦が崩れた塀に絡みつくように、非合法な家族が由緒正しき旧家に根付いているとは、なんと恐ろしい！　しばしば礼拝堂付き司祭は、ほうきを手に強く、徹底的に掃いて、館内から悪しき輩を掃き出したいという衝動に駆られた。しかし、今日こそ叩き出してやると意を固めるたびに、自分自身のこと以外まるで眼中にない主人の落ち着き払った態度と、執事の取りつく島もない消極的抵抗に阻まれた。その上、フリアンの掃除を、ますます邪魔する出来事が起きてしまった。サンティアゴから連れて来た料理女が、やれ台所のどこに何があるのかわからない、やれ薪がよく燃えない、やれ煙が……と何かと難癖をつけ、機嫌を損ねたのだ。するとよく気がつくサベルがはせ参じ、彼女の手伝いを始める。数日後、田舎生活に飽き飽きした料理女は、ろくに挨拶もせず出て行ってしまった。結果、サベルが料理女のポストを引き継いだ。といっても、そのために何らかの手続きが取られたわけではない。前任者の手放したフライパンの取っ手を、サベルがつかんだだけの話だ。フリアンには、料理人の交代にともなう旧体制への回帰に抗議する余地さえなかった。ただし、愛人一族がその時期、これまでになく謙虚に振る舞っていたのは事実だ。プリミティボはまったく姿を見せず、用事があるときに呼ばれて初めて現れる、といった具合。サベルも、料理をかまどに掛け、皿洗い女中に給仕を任せるや姿を消した。子どもに至っては、消えていなくなったかのようだった。

にもかかわらず、礼拝堂付き司祭の不安は日ごとに募っていった。もしヌチャが知ってしまったら！　思いも寄らないときに知ってしまうことだってありうる。困ったことに、新妻はあらゆることを知っておきたいとばかりに、人目につかない、まして猟犬さえもやり過ごすような場所まで、館中をくまなく見て回ることに熱中していた——屋根裏部屋にはじまり、酒蔵、ぶどうの圧搾場、鳩小屋、高床式の倉《オレオ》、穀倉《トゥリャ》、犬舎、豚小舎、鶏舎、家畜小舎、そして飼料倉庫《エルベイロ》までも。フリアンはこうした場所のどこかで何かの拍子にいきなり、恐るべき秘密がヌチャに露見してしまうのでは、とびくびくしていた。だが、女主人がみずからの領分を熱心に見て回るという大事な行動に、どうして反対できよう？　まして若奥さまが歩き回ることで、館の隅々まで明るい雰囲気に満たされ、清潔と整頓が心掛けられるようになったのだから。彼女が来るとわかるや、訪問先はほうきで掃かれ、埃が宙をくるくると舞い踊った。蜘蛛の巣だらけで何十年も前から日も射さなかった粗末な隠れ家に、突然、陽光が射し込んだのだ。

フリアンは、不幸な出来事をできる限り回避しようと周囲に目を配り、ヌチャの探索に付き添った。そして実際、ヌチャが鶏舎で羽の生えそろっていない雛鳥を見つけたとき、彼の介入は功を奏した。この件は、じっくりお話しするに値しよう。

ヌチャは祝福された館の鶏舎で、雌鳥が一度も卵を産まない、産んでいたとしても殻の欠片さえ見当たらないことに気づいた。ドン・ペドロによると、飼育場では餌用に間違いなく年に相当量《フェラード》のライ麦とトウもろこしが費やされているとのこと。にもかかわらず、雌鳥たちは運に見放されたのか、まったく何も産まない。かと言って鳴かないわけではなく、時にコッコッと激しい鳴き声を上げるのが聞こえる。雌鳥が卵を産もうとしている証しにほかならない。みずからの繁殖力を誇るかのような勝利の鳴き声につづいて、抱卵する雌鳥のコッコッという優しい鳴き声が聞こえてくる。そこで見に行くと、巣にはほのかな温かみが感じられ、藁が卵形にくぼんでいるのがはっきり見て取れる……ところが、何もない。

ちっぽけなオムレツ《トルティーリャ》をこしらえる卵さえないのだ。ヌチャは警戒を強めた。そしてある日、産卵を知らせる鳴き声にいつもより素早く駆けつけた。すると鶏舎の奥で、地面に身を伏せ、子鼠のように身を隠そうとしている、年端もいかない男の子が目に入った。巣の敷き藁から裸足の足だけがのぞいている。ヌチャが足を引っ張ると、胴体が、胴体に続いて両手が出てきた。そして、その両手には屋敷の女主人の食欲をそそる料理、ゆるゆるのオムレツができ上がっていた。男の子は慌てたのか、かすめ取ったばかりの卵を割ってしまい、溶き卵になっていたのだ。

「このいたずらっ子！」と、ヌチャは男の子の手をつかみ、飼育場の明るみに連れ出しながら声を上げた。「しっかりお灸を据えてあげる、さあ、いらっしゃい！　これで卵を盗み食いしていたのがどこの狐かわかったわ。今日は真っ赤になるほどお尻をひっぱたいてあげないと」

小さな盗人は手足をばたつかせた。てっきり絶望のあまり泣きじゃくっているのかと思いきや（ヌチャは可哀想になった）、やっとのことで子どもの手をどけて顔をのぞいてみると、何のことはない。男の子はしたり顔で大笑いしているではないか。ヌチャは、ぼろをまとった男の子が目を見張るほど可愛い顔をしているのに気づいた。一方、この場面を目前におろおろしていたフリアンは、前に進み出て、ヌチャから男の子を奪い取ろうとする。

だが、「ドン・フリアン、わたしに任せてください……」と彼女が嘆願した。「なんて可愛い子でしょう！　なんてきれいな髪！　それに、なんて美しい瞳かしら！　誰の子ですか？」

神を畏れる司祭ではあるが、フリアンはこの時ほど嘘をついてしまいたいと思ったことはない。だが、口をついて出てきたのは……

「ええっ……と」と喉に何か詰まったかのような、たどたどしい言葉。「サベルの、最近料理をしてくれている女の子どもだと……」

「召使いの？　でも……あの娘は結婚しているのですか？」

フリアンはますますうろたえた。今度は渋柿が喉につかえたような口ぶりで。

「いいえ、奥さま、結婚しておりません……ご存じのように……残念ながら……このあたりの田舎娘たちは……慎みに欠けるものが多く……人は弱いものですので……」

ヌチャは子どもの手をつかんだまま、鶏舎の隣にある飼育場のベンチに腰を下ろし、その顔をじっくり見ようとした。子どものほうは、捕らわれた野兎のように跳び跳ね、両手両腕を使って顔を隠そうと懸命だ。見えているのは彼の、藁くずや乾いた土埃が絡みついた、熟した栗の実と同じ濃い栗色のくしゃくしゃの縮れ毛と、黄金色に日焼けした首や首筋だけだ。

「フリアン、銅貨を一枚お持ちですか？」

「はい、奥さま」

「いたずら小僧《ラパシーニョ》さん、はいどうぞ……これで怖くないでしょう」

そのまじないはてきめんだった。子どもは手を伸ばすと、硬貨を素早く胸元にしまった。これでやっとヌチャは、目鼻立ちの整った、両頬にえくぼの浮かぶ、愛嬌たっぷりの丸顔を目にすることができた。燭台やランプを支える愛の天使像のようだ。いたずら好きの天使の笑顔が、その美しい自然の創造物に彩りを添えている。ヌチャは衝動的にその両頬にキスをした。

「なんて可愛いんでしょう！　神の恵みのあらんことを！　お名前は何ですか？」

「ペルーチョ」と、腕白坊主はまるで屈託なく答えた。

「わたしの夫と同じ名前だわ！」奥さまは嬉しそうに声を上げた。「きっと夫が名付け親なのでしょう？　そうでしょう？」

「そのとおり、旦那さまが代父でございます」と、フリアンは慌てて答えた。とにかく、子どもの口を、笑みを浮かべ、愛の天使《キューピッド》のようにふっくらとした唇をふさいでしまいたかった。だが、それができない彼は、会話を危険な領域から引き離そうと努めた。

「どうしておまえは卵を盗ったりしたんだい？　教えてくれたら、もう一枚銅貨をあげよう」

「売るんだ」ペルーチョは簡潔に告白した。

「そう、売る。立派な商売人だ……それで誰に売るんだい？」

「この辺りの、〈まち〉に行く小母さんたちに……」

「で、いくらもらえるんだい、教えておくれ？」

「いちダス、いち銅貨」

「では」と、そこでヌチャが優しく言葉をかけた。「これからはわたしに卵を売ってくれますか、同じ一銅貨をあげますから。こんなに可愛らしいあなたに腹を立てたり、叱ったりしたくありません。そうだわ！　わたしと友達になってくださいな。お友達の印にあなたにプレゼントをしないといけませんね。まず必要なのはズボンかしら…… どう見てもまともな格好とは言えないもの」

実際、男の子の薄汚れた黄麻布のズボンには大きなかぎ裂きや穴があり、そこからみずみずしく、はちきれんばかりの肌がのぞいていた。他に身を包むものといえばせいぜい泥と汚れだったが、それさえも、子どものしなやかな肌を覆い隠すに至っていない。

「可哀想に！」ヌチャはつぶやいた。「こんな格好をしているなんて信じられない！ 寒さで命を落としたりしないのかしら…… フリアン、この幼子イエスに服を着せなければ」

「本当に、良き幼子イエスですね！」と、フリアンは皮肉った。「この子は実は、悪の権化とも呼べる、神よお許しあれ！ 奥さま、同情なさってはなりません。尾長猿よりいたずらな小悪魔なんですから……この子に読み書きを教えるのにわたくしがどんなに苦労したか。その鼻面と脚を洗うようにしつけるのに…… 奥さま、縛って、どれほど強く言い聞かせても、この子にはまるで効果はありませんでした！ それに、こんな格好をしていながら、健康でぴんぴんしているんです。今年になって貯水池に二度も落ちていながら…… それも一度はもう少しで溺れるところだったというのに」

「フリアン、この歳の子にどうしろとおっしゃるの？ 大人のように行儀よくなどしていられるものですか。いたずら小僧さん、わたしといらっしゃい。せめて脚を隠せるよう、ズボンを繕ってみましょう…… 靴も履いていないの？ では、ポプラの丈夫な木靴を頼んであげないと…… 毎日石鹸で体を洗うよう、お母さんにしっかり注意しておいてあげますから。フリアン、この子にもう一度読み書きを教えていただけますか。それとも、学校にやったほうが良いかしら」

慈善活動を止めるようヌチャを説き伏せることのできる者は誰もいなかった。フリアンは、両者の接近が大惨事につながりはしないか、蜘蛛の糸にでもぶら下がっている心境だった。しかしながら、生来心持ちの優しいフリアンは、志あらたに、一度は成果が出なかった慈善事業に取り組むことにした。これこそ、ヌチャの美徳が最高に輝くおこないにちがいない。奥さまが、卑しい幹に芽吹いたあの不出来な若芽をお世話することは、神の摂理にほかならないと思えたのだ。対してヌチャはといえば、お気に入りの男の子との時間をとにかく楽しんだ。ペルーチョ独特の厚かましさも、どこかペテン師めいた本能も、卵や果物をどうにかしてかすめ取ろうとする熱心さも、硬貨を得ようとするがめつさも、ぶどう酒や美味しい料理に目がないところも、すべてが彼女には面白くて仕方がなかった。そこで、肌と精神を文明化することによって、その若木をまっすぐに育てようと心に誓った。礼拝堂付き司祭に言わせると、それはローマ人がやったような大事業になりますよ、とのことだったが。

第十五章

館に到着してからの数週間を、モスコソ夫妻は近隣の貴族へ儀礼訪問するのに費やした。ヌチャは小柄な雌ろばに、夫は栗毛の雌馬に乗り、フリアンは雌らばで夫妻に同行。侯爵のお気に入りの猟犬もいずれかが必ずお供に加わった。他に、日曜日用の盛装に、華やかな刺繍をほどこした帯を締め、新品のフェルト帽をかぶった若者がふたり、緑色の杖を手にぶらつかせながら随行した。主人たちが馬から降りるときに、鞍を〈支える〉役を担う従僕だ。

最初の訪問先は、セブレ町の判事夫人。その邸宅の扉を開けたのは素足の女中で、ヌチャがろばから降り、日傘の柄でスカートのフリルを整えているのを目にするや、怯えたように一目散に家の奥へ駆け込み、火事か泥棒を知らせるかのように叫んだ。

「奥さま…… 大変でございます！　お偉い方々が…… こちらにいらしております！」

突然のことにおろおろし慌てふためく女中に応える声は何もなかった。だが、数分後、判事みずから玄関の間に姿を現し、女中の不作法をくどくどと弁解した――今どきの娘をしつけるのはとてつもない大仕事でして…… 何千回と同じことを言っても、また同じことのくりかえしで…… まったくお客さんを満足にお迎えすることもできない…… そんな訳ですので…… こうつぶやきながら、階段を上る支えとなるよう、曲げた肘をヌチャに差し出した。ところが、階段はとても狭く、とうてい前を向いてふたり並んだまま上ることなどできない。そのためモスコソ夫人は、体をねじった格好で、二段先を行く善良な紳士の腕に指先でつかまりながら階段を上るという、この世でもっともたいそうな苦労を強いられた。応接間の扉の前に立った判事は、何かを探すように懸命にポケットをさぐりながら、小声でぶつぶつと独りごち、ため息を洩らした。そして突然、動物が敵を威嚇するような大声を上げた。

「ペパ…… ペパァァァァ！」

パタパタと音を立てながら駆けてきた素足の女中に、判事は説明を求めた。

「鍵はどうしたんだ？ 鍵をどこにやったんだ？」

ペパが鍵を素早く差し出すと、主人は怒ったときのしわがれ声から、いきなり甘ったるい優しい口調になり、扉を押し開けた。そして、ヌチャに声をかけた。

「どうかこちらへ、奥さま、こちらに…… どうか……」

応接間は真っ暗で、ヌチャはテーブルにつまずいた。すると、判事が慌てて再度声をかけた。

「どうかお掛けになってください、奥さま…… 失礼します……」

木製の鎧戸が開けられると、部屋にたっぷりの陽光が射し込み、ヌチャは初めて畝織りの青いソファーを認めることができた。他に、二脚一揃いの肘掛け椅子とマホガニーの丸テーブルがある。ソファーの足下には獰猛なベンガル虎が刺繍された明るいシナモン色の絨毯が敷かれている。判事は訪問客たちがくつろげるよう懸命に席を勧めた――ウリョーア侯爵には正面から光が当たるほうがよろしいか、それともガラス窓に背を向けてお掛けになったほうがよろしいか。そのうち、ふと驚いたように周囲を見回した。妻がなかなか来ないことが気になりはじめたのだ。なんとか会話を途切れさせないようにと努めていたが、その笑顔は次第に苦虫をかみつぶしたように引きつり、扉のほうを頻繁に振り返っては厳しい視線を向ける。するとやっと廊下から、糊付けされたペチコートの擦れる音が聞こえてきた。応接間に入ってきた判事夫人は息を切らし、着飾った全身から今まさに身繕いを終えたばかりという雰囲気を漂わせている。見事な肉体をコルセットに押し込むことには成功したが、絹の胴衣の下のほうのボタンまで留めるのは無理だったようだ。束髪のヘアーピースは慌てて付けたらしく、左耳のほうに傾き、イヤリングも片方だけ。靴を履く時間もなかったのか、夫人は縁飾りされた革製スリッパ《バブーシュ》を絹のスカートの華やかなフリルの中に隠そうと躍起になっている。

ヌチャは他人をあざ笑うような女性ではなかった。が、判事夫人（セブレ町では流行の先端をいく女で通っていた）のおめかしには笑いを堪えるのに必死。誰にも気づかれないようフリアンに目配せで夫人の胸元に輝くネックレスやロケット、ブローチを指し示しながら、そっと微笑みかけた。判事夫人はといえば、サンティアゴからやって来た新婚妻が身に着ける簡素なアクセサリーを食い入るように見つめ、頭の中の目録にメモしている。訪問は短時間で終わった。その日のうちにロイロ村の主席司祭への礼も〈果たし〉たいと考えた侯爵が、いとま乞いをしたからだ。ロイロ教区までセブレ町から少なくとも一レグアはある。入室したときと同じく形式張った厳かな別れが、司法当局とのあいだで繰り広げられた。判事は迎え入れたときと同じようにヌチャに腕を貸して玄関まで見送り、互いにいつでもいらしてくださいとか、何かお役に立つことがございましたらとか、うんざりするほど社交辞令を交わした。

ロイロ村へは山深くに入り込んだ、断崖と岩場だらけの小道を行かなければならなかった。ただ、主席司祭の管轄区に近づくにつれ歩きやすい道となり、その所領が見えてきた。昔は広大で豊かだったのだが、永代所有財産解放令〔一八三六年〕のせいで今ではほとんど無いに等しい。ただ、司祭館はかつての栄光の跡を残しており、まさに修道院といった外観だ。玄関口で馬を降りたウリョーア夫妻は、一歩なかに足を踏み入れるなり、ドーム型の広々とした石造天井から伝わる地下特有の冷気を感じた。堂内では人の声が、この世のものとは思えないほど厳かに反響する。上に目をやると、重要文化財と言えるほど見事な石の手すりにすがりながら、幅の広い階段を一対の巨体が下りてきた。ふたり並ぶとより大きく、奇怪に見える巨体が、後ろ脚で立った熊のごとくゆったりと左右に体を揺すりながら、どうにかこうにか降りてくる。主席司祭とその姉である。ふたりはそろってあえいでいた。まるで事故に遭った人が、もだえ苦しむかのように息を切らしている。二重あごならぬ三重あごで、頸筋には肉がぶよぶよと盛り上がっていた。その肉が聖人画の光輪のように、脂まみれの血が滞って暗紫色に変色した顔を包んでいるのだ。ふたりを後ろから見ると、主席司祭が剃髪を輝かせているのとまったく同じ箇所に、姉は、闘牛士が付けるのに似た灰色の巻き髪《シニヨン》を結っている。ヌチャは、先ほど訪問した判事の大仰な出迎えとその奥さんのおめかしによって愉快な気持ちになっていたのか、この時も人知れず笑みを洩らした。とくに、敬愛すべき姉弟がそろって耳が遠く、話をよく〈取り違える《キ・プロ・クオ》〉ことに気づいたときはなおさらだった。田舎らしい来客を厚くもてなす伝統にたがわず、また訪問客が好むと好まざるとに関わらず、姉弟は客を食堂に案内した。そこには軽食が用意されていたが、館の主たちが日々食事をとるテーブルを目にしたら、大理石さえも吹き出したにちがいない。なんとテーブルには、向かい合う席に切り込みが入っているではないか。一対の巨大な太鼓腹をゆったりと納められるよう作られているのだろう。

館への帰り道はその日の訪問のことで持ちきりで、冗談も飛び交いにぎやかなものとなった。フリアンまでもが平素の生真面目さや寛容さを忘れ、切り込みの入ったテーブルや、判事夫人が首や胸元にじゃらじゃらと輝かせていた安物のアクセサリーを話の種に笑う。皆が翌日にも予定されているお出かけを楽しみにしている様子だった。モレンデ家の姉妹とリミオソ家の主たちへの儀礼訪問も、きっと今日と同じく愉快なものになるだろう。

一行は翌朝早くに館を出た。午後が長い夏でなければとてもこなせない日程だったのだ。それでも、もしモレンデ家の姉妹が在宅だったら、こなすのは難しかったかもしれない。モレンデ家の屋敷に着いたとき、通りかかった藁束を担いだ娘に尋ねると、お嬢さま方はビラモルタ村の市に〈いかれとる〉、いつお戻りか神のみぞ知る、ときつい方言で教えてくれた。それを聞き、ヌチャはたいそう残念がった。姉妹は、以前ウリョーアの館まで彼女に会いに来てくれたことがあり、とても感じが良かった。その上、館の周囲には若い娘、つまり、忘れ難き姐や妹との陽気で遠慮のないおしゃべりを思い起こさせてくれる相手はモレンデ姉妹ぐらいしかいなかったからだ。娘に丁重な伝言を託し、次に一行はリミオソの館に向け山を上りはじめた。

それは山の周囲をぐるぐるとらせん状に上る険しい道だった。両側に青々と茂るぶどうの枝葉が、道をかき消すように上から迫っている。やがて山の頂に、夕陽を浴びて黄金に輝く、左に塔、右に天井が落ち崩れかけた鳩舎を従える、横長の大きな堂々とした建物が見えてきた。リミオソ家の屋敷である。この、岩山に築かれた昔の城砦は、小さな孤峰の切り立った北斜面に大鷹の巣のごとく張り付くように建っている。その孤峰の背後、遠い地平線には、レイロ山の峰が人の接近を拒まんばかりに荘厳ないでたちでそびえていた。近隣、いや、この地方全域で、リミオソ家ほど古く、由緒正しき貴族の家系はない。地元の農民たちが、郷士の屋敷にだけ付けられる〈館《パソ》〉や〈御殿《パラシオ》〉という尊称でもって、敬意を込めて呼ぶほどの家系なのだ。

　しかし、間近で見るリミオソの館は、まるで空き家だ。崩れかけた鳩舎から漂ってくるわびしさが、より一層、人の気配を奪っているのかもしれない。館のどこを見ても人の手が入った形跡がなく、打ち捨てられた廃墟といったたたずまい。小広場ほどもある中庭一面に刺草が生い茂り、窓にはガラスが入っていない。というより、もともとガラス用の窓枠などなかったのだ。今では窓の蝶番から外れた木板が、着古した服の切れ端のようにぶら下がっている。一階の錆だらけの鉄格子には、寄生植物が絡みつき、乾いて枯れかけた木蔦が石積み壁面のガタガタの目地づたいに這い上がり、花綱の飾りに見える。盗人の心配などないのだろう、玄関の扉は一杯に開け放たれたままだ。中庭に生い茂る雑草を踏みしだく、馬の蹄のくぐもった音に応えたのは、犬たちの喘息にかかったような吠え声だけだった。マスチフ犬一匹にセッター犬二匹が、訪問客に向かって突進してきて、歯をむき出してうなった。いや、もしかして犬たちは、わずかに残っている気力を振り絞っただけかもしれない。というのも、三匹とも、少し油断したら骨が皮を突き破ってしまいそうなほどやせ細っており、毛を逆立てた皮一枚しかまとっていなかったからだ。中でもマスチフ犬は、吠えることさえかなわない。吠えようとしても脚が震え、齢のせいで黄色く欠けた歯の隙間から舌をだらりと出したままだ。セッター犬は、何度も一緒に狩りに出たことのあるウリョーアの主人から声をかけられると、落ち着きを取り戻した。一方、マスチフ犬は今回の任務に生死をかけているかのようにうなりつづける。みずからの主人、リミオソ家の子息が姿を現したことで、ようやく静かになった。

この山間で、ガリシア地方の騎士であり大貴族の直系の末裔、その上、疲れを知らぬ猟師で、頑迷固陋の過激な伝統主義者を知らぬ者などいようか？　ラモンシーニョ・リミオソは当年とって二十六歳ほどだったが、口ひげも眉も髪も、顔立ちのどこを取っても、近寄りがたい物寂しさと威厳を放つ若者だった。それは、初対面の人がいくぶん滑稽に感じるほどで、彼が眉を弓形に曲げ悲しげな顔をすると、作家ケベード〔一五八〇～一六四五年〕の肖像画にどことなく似ている。そう思って観察すると、彼の痩せた首元が大声で、昔の飾り襟を要求しているように見えてくる。手に持った棒切れさえ、椀型のつばが付いた剣ではないかと錯覚する。ラモン・リミオソは——そのひょろ長い体躯を、すり切れた外套と膝ばかりかそこかしこに継ぎを当てたズボンに包んでどこへ姿を現そうと——貧相な身なりにもかかわらず、まごう方なき、村人たちの言を借りるなら〈生まれながらの〉紳士。他の奴らみたいな〈成り上がりの〉紳士ではなかった。

いかに紳士であるか、それは雌ろばから降りるヌチャに手を貸す姿を見れば、一目瞭然だった。腕を貸すのではなく、昔風に左手の二本指をごく自然に優雅に差し出し、ウリョーア夫人に右の掌を置くよう促したのだ。その後、メヌエットを踊るような気品ある足取りで、ふたりは屋敷の奥に進み、回廊につながる外階段を上りはじめた（威厳をたたえたその階段は虫に食われてぼろぼろ、いつ転げ落ちても不思議ではない、という危険をはらんでいた）。回廊の天井は正真正銘の透かし細工状態——瓦と梁の向こうに、碧天がビロードの無数の切れ端となって見えている。つばめの雛の可愛らしい鳴き声がしたが、つばめはリミオソ家の紋章の裏側という、もっとも安全な場所に巣をかけていたのだ。回廊の支柱それぞれの柱頭にも——湖を泳ぐ三匹の魚と十字架を支える一匹のライオンという図案の——紋章が刻まれていたが、その雑なことといったら驚くばかり。しかし、応接間の手前の間の状況はもっと酷い。床の板張りが、悠久の時を経て、老朽と木食虫に蝕まれ朽ち果てていたのだ。リミオソ家の財政は新しい床板を張るのに到底追いつかないのだろう、太い桁と梁の上に厚板が数枚、釘も打たずに渡し掛けてあるだけだ。この危険きわまる床の上を、リミオソの子息はヌチャに指を差し出したまま平然と歩いて行く。そのため彼女は、もっとしっかり支えて欲しいと声をかけることさえできない。足を置くごとに床板が持ち上がり、左右に揺れる。まして、その足下には蜘蛛の巣まみれの樽が並べられた酒蔵の、黒い谷底が広がっているのだ。一行はその深淵に架かる橋を、息を詰めて渡り終え、応接間にたどり着いた。あちこち床板が割れ、いたるところ虫に食われて細かい木屑を噴いてはいたが、応接間の床は少なくとも固定されている。

応接間に足を踏み入れたとき、ヌチャは驚きのあまり立ちすくんだ。部屋の一角に、壮麗な家具、貝殻や象牙のはめ込まれた飾り戸棚が、山積みの小麦に半ば埋もれるように置かれていたからだ。壁にはすすけた古い絵画が数枚掛かっており、それらの暗い絵には殉教した聖人のしなびた脚や馬の臀部、天使のふっくらとした頭部が浮かんでいる。小麦の山の手前には、コルドバ革で上張りされた貴賓用の壇が据えられており、今も変わらず見事な色彩と輝かしい金色を見せる。その貴賓壇の手前には、革張りの座面に彫刻の施された見事なスツールが数脚、半円形に配置されている。小麦と壇のあいだに、貧しい農夫たちが使う〈ターリョ〉という切り出したままの樫の丸太があったが、そこには青白く干からびた顔の老婆ふたりが座っていた。カルメル会の修道服をまとい、しゃんとした姿勢で腰を下ろし、なんと、糸を紡いでいるではないか！

モスコソ夫人は、村の女以外の者が糸を紡ぐなんて、小説や物語の中だけの話だと思い込んでいた。彼女が部屋に入ると、老婆たちはふたり同時に紡錘と糸巻き棒を操る手を休め、微動だにしなくなった。そのため、糸紡ぎの光景に衝撃を受けたヌチャの目に、ふたりの姿が、きっちりと折り目のついた修道服と相まって、ビザンチン様式の彫像のように映った。ふたりはリミオソの子息の父方の叔母だった。他ならぬ二体の彫像の命を受け、子息は以前にヌチャを表敬訪問していたのだ。屋敷には父親も住んでいたが、体が麻痺し病床に就いていたため、今では誰も彼を目にすることはない。彼の存在は、山間における神話や伝説となっていた。老婆はふたりして立ち上がると、ヌチャに向かって手を伸ばした。両者から寸分たがわず同時に手を差し出された彼女は、どちらに先に挨拶すべきか迷った。その瞬間両頬に、ひんやりとしたキス、唇ではなく、生命力のない肌が触れただけといったキスを受けた。次に彼女は両手を、肉がそげやせ細りミイラのようにしなびた手に引っ張られるのを感じた。貴賓壇のほうに招かれ、スツールを勧められているのだと察したヌチャは、勧められるがまま腰を下ろした。と、その途端、恐ろしいことに、椅子が壊れ、座面が沈むのに気づいた。ギシギシと音を立て抗うこともなく、スツールは左右に崩壊しはじめたのだ。身重の女の直感で、ヌチャはすっと立ち上がる。その途端、リミオソ家の栄光の最後の遺物は、もろくも床にくだけ落ちた、未来永劫……

雨漏りのする屋敷をあとにしたのは、もう日も暮れはじめた頃。誰もそのことを話題にしなかったし、おそらく誰も気づいていなかったのかもしれない、一行は道中、一言も口を利かなかった。この世から消え去っていくものを目の当たりにしたことで、皆が名状しがたい寂寥感に打ちひしがれていたのだ。

第十六章

モスコソ家の跡継ぎはもう間もなく、この世に生を受けるのだろう。ヌチャがせっせと休みなく針を動かし、人形の服みたいに可愛らしい産着を縫っている。これほど懸命に針仕事に励んでいたにもかかわらず、彼女が体調を崩すことはなかった。それどころか、出産に向け赤ん坊がこの世に近づいてくるその一歩一歩が、母親に恵みをもたらしているように見えた。太ったというわけではないが、板のように角ばり薄っぺらだった身体は、中身が詰まり、ゆったりと曲線を描いていた。頬は薔薇色に染まり（額とこめかみには、薄暗い雲のような妊婦特有の〈染み〉ができていたが）、黒髪はよりつややかに豊かに波打ち、瞳は輝きと潤いを帯び、唇は生き生きとした紅に染まっている。その上、声が落ち着いた響きのあるものになった。お腹が大きくなったといってもほんのわずかで、見苦しくなったわけではない。聖母マリアのエリザベト訪問を描いた絵画の主の御母に似た、優しい重みがその体に加わっただけ。ヌチャが子どもを守るかのように両手を広げ、お腹にあてがう姿は、愛情あふれる絵の聖母マリアそっくりに見えた。

子の誕生を心待ちにしていたこの時期、ドン・ペドロが妻に対して立派に振る舞ったことは認めざるをえない。山々や岩場をうろつく習慣を改め、午後には一日も欠かさず、健康のための散歩に妻を連れ出した。しかも、その散歩は日ごとに長くなっていった。ヌチャは、夫の腕にもたれかかり、ウリョーアの館がたたずむ谷間を歩き回り、疲れを覚えると石塀や山の斜面に腰を下ろし休んだ。ドン・ペドロは妻のどんな些細な望みにも応えた。時に、目についた野花だったり、たわわに実った山桃や木苺の枝だったりをプレゼントすることも。また、銃声を耳にするとヌチャが激しく震え、神経質に反応することから、主人は決して猟銃を持ち歩かなかったし、プリミティボが近隣で猟をするのも固く禁じた。まるで侯爵から堅い樹皮が少しずつ剥がれていき、彼の無骨で利己的な心が変容し、樹皮の裂け目に寄生した植物が小さな花を咲かせ、夫として、そして父としての優しい愛情が芽吹いたかのようだった。優秀な礼拝堂付き司祭が夢想した、完璧なキリスト教徒の夫婦でなかったとしても、必ずやそれに近い夫婦だったにちがいない。

フリアンは日々、主に感謝した。信心がよみがえったわけではない（一度も消え去ったことはないので）が、確かに再び高まり、燃え上がった。ヌチャにとっての重大な時が近づくにつれ、礼拝堂付き司祭はミサを終えたあとも、主に謝意を唱えながら長いあいだひざまずいているようになった。連祷とロザリオの祈りを前より長く唱えるようになり、日々の祈りにもいっそう気持ちと熱意を込めるよう心がけた。その上、二度も敬虔な〈九日間《ノベナ》の祈り〉に通った。一度目は聖母被昇天の祝日〔八月十五日〕に向け、もう一度は聖母誕生の祝日〔九月八日〕に向けてである。今こそ、聖母マリアを崇敬するのにふさわしい状況だと思えたのだ。というのも、フリアンの目には、一日、一日とヌチャが聖母マリアの生き写し——罪を負って懐胎した女性が似ることのできる範囲ではあるが——になっていくように映ったからだ。

十月のある午後の夕暮れ、フリアンは窓際の石のベンチに座り、ニエレンベルグ神父〔一五九五〜一六五八年〕の哲学書を読みふけっていた。すると慌てて階段を上ってくる足音が聞こえてきた。歩き方からして、ドン・ペドロだ。ウリョーアの主人の顔からは喜びが湧き出ている。

「何か変化があったのですか?」と、フリアンは本を放り出し尋ねた。

「おそらくは! 大急ぎで散歩から帰ってこないとならなかったほどだからな」

「セブレ町へ医者を呼びにやりましたか?」

「プリミティボが向かっている」

フリアンは顔をしかめた。

「心配することはない……あいつの後に、これから今すぐふたり、使いを出すから。私が行こうと思ったが、ヌチャが、私がいないと心もとないと言うもんだから」

「わたくしも、もしもの時のために、呼びに行ったほうがよろしいのでは」と、フリアンが申し出た。

「たとえ夜道を徒歩で行くことになっても……」

ドン・ペドロがあざけるように大きな笑い声を上げた。

「あなたが!」笑いつづけながら「ドン・フリアン、何を言い出すかと思えば!」

礼拝堂付き司祭は目を伏せ金色の眉をひそめた。自分のはおる司祭の平服《スータン》を一瞬恨めしく思ったのだ。これほど差し迫った状況なのに、服のせいで何の役にも立てない。その上、司祭といえども男性である以上、秘儀が進行中の部屋に足を踏み入れることもかなわない。出産に立ち会えるのはふたりの男性、夫と

〈もうひとり〉、プリミティボが探しに行った人体科学に精通する男のみ。その男によって、ヌチャの慎みが汚されてしまう……想像しただけで、フリアンは苦悩に責めさいなまれた。彼女の清純な身体が、解剖台に載せられた遺体と変わりなく、つまり、魂が抜け落ちた生命のない物質と同じに扱われてしまう……気持ちが萎え、気分が悪くなった。

「侯爵さま、何かご用がございましたら、お呼びください」と、消え入るような声で申し出る。

「わかった、ありがとう……ひとまず吉報を伝えたかっただけだ」

ドン・ペドロは、〈リベライナ〔オレンセ県のワインの産地の舞曲〕〉を口笛で吹きながら、急いで階下に降りていった。礼拝堂付き司祭は最初、固まったように立ち尽くした。しばらくして額に手をやると、わずかだが汗をかいている。壁に目を移すと、ぴかぴか光るボタンが付いた金属製額縁の肖像画が数枚掛かっている。その中のふたつを外す。母親の死後生まれ安産の守護聖人となった〈ラモン・ノナート〔一二〇四〜四〇年〕〉像と、イエスの遺体を膝で抱きしめる〈悲しみの聖母〉像だ。〈授乳する聖母〉と〈安産の聖母〉があったら良かったのかもしれないが、持ち合わせがなく、まして彼自身この瞬間までそういった聖母のご加護について思いが回らなかった。整理だんすの上に散らかるがらくたを片付け、二枚の肖像画を飾る。引き出しを開け、しまっておいた礼拝堂用のろうそくを二本取り出し、真鍮の燭台に立てる。これで〈小祭壇〉の完成だ。大ろうそくの黄色い炎が肖像画の飾りとガラスに反射するのを目にし、フリアンは口で言い表せないほど魂が安らぐのを感じた。希望を取り戻した司祭は、自責の念にかられる。このような状況下で自分を無用だと見なすなんて。無用者のわけがあろうか！　自分にはもっとも重要な欠かすことのできない役目、他でもない神のご加護を懇願する責務があるじゃないか。神への信仰心も新たに、フリアンはひざまずき、祈りを唱えはじめた。

祈りを遮るものが何もないまま、時間が過ぎていく。階下からはまだ何の知らせも届かない。十時になった頃、フリアンは膝がもはや我慢ならないほどピリピリするのを感じた。激しい疲労感が下肢に取りつき、意識がかすんでいく。気合いを入れ、震えながら立ち上がる。人が入ってきた、サベルだ。礼拝堂付き司祭は彼女を驚きの目で見た。部屋に出入りしなくなってずいぶんになる。

「旦那さまが、夕食に降りてきてください、とのことです」

「あなたのお父さんは帰って来られましたか？　医者は着いたのですか？」と、フリアンは急いたようにずっと気になっていたことを問いただした。

「いいえ、神父さま……ここからセブレ町まではひと口ほどありますから」

フリアンが食堂に降りると、侯爵が夕食をとっていた。食糧の配給で二時間ほどお預けを食った困窮者のような、恐るべき食欲だ。落ち着き払った侯爵にならおうとフリアンは椅子に座り、ナプキンを広げた。だが、そわそわとした気持ちを抑えきれず、尋ねた。「お嬢さんは？」

「ああ！……お察しのとおり、それほど順調に事が運んでいるわけじゃない」

「旦那さまが食事をなさっているあいだ、お嬢さんを何かお手伝いできることはありませんか？」

「いや。部屋には侍女のフィロメナが付いている。必要とあらば、サベルも手伝ってくれるだろう」

フリアンは何も応えなかった。侯爵に明かすべきでない思いが、ふいに心に浮かんだのだ。サベルが正当な妻に仕えるなんて、とんでもないことだ。とはいえ、夫がそういったことに考えが及ばないなら、いったい誰が進言などできようか？ もっとも、サベルもこの手のことについて経験がないわけじゃない、実際、役に立つかもしれない。フリアンは、侯爵が数時間前とは打って変わり、不機嫌でいらいらしているのに気づいた。少し逡巡したあと、礼拝堂付き司祭は意を決して尋ねた。

「それで…… 医者は間に合いそうですか？」

「間に合うかだって？」と、主人は食べ物を口に詰め込み、がつがつと怒ったようにかみ砕きながら答えた。「時間は十分すぎるほどあるさ！ 上品なお嬢さんってのはやたら繊細で、何かと厄介をかけやがる…… やれ、体が丈夫じゃないだの、なんだのと…… まったく、あいつの姉リタのような体だったらな……」

テーブルにグラスを打ちつけ、言い放った。

「町の女というのは面倒だ…… 飴菓子のようにきゃしゃにできている…… 発作だ、失神だ、と、はっきり言って、ひ弱すぎる…… ちきしょう、気取りやがって！ 幼いときから蝶よ花よと育てられたからだ！」

そして、テーブルをもう一回打ちつけると立ち上がり、フリアンをひとり残し食堂を出て行った。途方に暮れるフリアンだったが、すぐに、もう一度聖人たちと語り合うのが一番だと思いついた。部屋に上がると、ろうそくがまだ燃えている。礼拝堂付き司祭は再びひざまずき、また時が流れた。聞こえるのは栗林をひゅうひゅう吹き抜ける夜風と、近くの水車の堰の嗚咽するような水音のみ。フリアンは腿がこわばりくすぐったいような、寒さが骨身に染み頭が重いような気がして、二、三回ベッドのほうを見やった。だが、そのつど、階下で苦しんでいる哀れなヌチャのことを思い起こし、自分を踏みとどまらせた。誘惑に負けるなど恥だと思ったのだ。しかし、知らず瞼が閉じていき、眠気に酔ったかのごとく頭が胸元に落ちていく。少しだけ、と自分に誓いながら、服を着たままベッドに横になった。だが目覚めたとき、夜はすでに明けていた。

服を着たまま寝ているのに気づき、昨夜のことを思い返した。眠気に勝つこともできない情けない奴め、と心の内で自分をののしりつつ、モスコソ家の新しい一員がもうこの世に誕生した頃合いだと考えた。瞼をこすりこすり、まだ半分ぼうっとした状態で、だが急いで階下へ降りた。すると台所の入口で、思いがけない人と出くわした。セブレの町医者マクシモ・フンカルだ。褐色のウールのジャケットに、灰色の毛糸のマフラーを首に巻きつけ、拍車付きブーツを履いている。

「今いらしたのですか?」と、驚いた口調で礼拝堂付き司祭が尋ねた。

「そうなんです……プリミティボによると、昨夜、彼と他のふたりで何度も玄関をノックしたが、誰も開けてくれなかったとか……うちの女中は少しばかり耳が遠いのは事実ですが……といっても、きちんとノックしたなら……そんなわけで、夜明けまで連絡を受け取れなかったもので……もっとも、初産ですから……初産では、たいていの場合、戦いは長くかかるものです……とにかく、どういう状況か見てきましょう……」

ドン・ペドロの案内に従い、マクシモは鞭を手に拍車を鳴らしながら立ち去った。その姿は、先ほど彼が口にした戦いのイメージそのもの。誰もが彼のことを、みずからの軍配で勝利を決めに駆けつけた大将だと受け止めたにちがいない。その決然とした面もちは、たしかに周囲の者を安堵させた。しばらくして主人とともに食堂に顔を見せたマクシモは、熱いコーヒーを一杯頼んだ。慌てていたため朝食も取らずにやって来たのだ。温かいチョコレートが主人に出されたところで、医師は診断結果を伝えた――とにかく気長に構えることです、出産はまだしばらくかかるでしょうから。昨夜眠れず顔のむくんだドン・ペドロは、少しばかり仏頂面で、危険があるのかないのか、この点をとにかく確認しようとした。

「ご心配なく、旦那さま」とマクシモは、コーヒーにスプーンで砂糖をかき混ぜ、ラム酒を注ぎながら答えた。「何か厄介なことが起きたとしても、自分がここにおりますので……サベル、別に小さなグラスをたのむ」

もらったグラスにもラム酒を満たし、コーヒーが冷めるのを待つかたわら、ちびちびと口を付ける。その彼に侯爵は、葉巻の詰まったシガーケースを差し出した。

「では、有難く……」と、医者は上等なキューバ産葉巻に火を付けながら礼を言った。「今のところは、とにかく待つほかありません。今回が奥さまの初産である上に、お体がそれほど丈夫でいらっしゃらないときている……都会では女性たちに、健康にとても悪い教育がなされますから。太くなければいけない部分を無理に細くしようとコルセットで締め付けたり、室内に閉じこもっているせいで萎黄病《いおうびょう》や貧血症を患ったり、座っているだけの生活なのに食べてばかりで、血液の代わりにリンパ液を生み出してしまう……田舎の娘のほうが何千倍も、妊娠や出産という偉大な戦いに適した体をしています。結局のところ、その戦いを担うことこそが女性の真の役割なのですから」

彼はみずからの持論を開陳しつづけた。新着の大胆な科学的仮説にさえ通じていることを知らしめたいのだろう、衛生学的唯物論の知識をひけらかしてみたり、母なる自然の慈しみ深い営みを讃えてみたり。一見、頭の切れる若者で、かなりの書籍を読みこなし、患者の病気と戦う確固たる意志を持っているようだ。ただ、胆汁過多のせいで黄色っぽい顔色や、青白く乾ききった薄い唇は、彼がみずからの理想ほど健康を絵に描いた人物でないことを物語っていた。この衛生学の狂信者は、身をもって教えを広めるタイプではなかったわけだ。彼の体調がすぐれないのは、ラム酒とセブレ町のパン屋の（四人の衛生学者に、販売、あるいは贈呈できそうな健康に恵まれた）娘のせいにちがいないと噂されている。

ドン・ペドロは気むずかしい顔で葉巻を吹かしながら、医者の言葉を反芻していた。新進の科学知識の詰まった頭脳と、本を開いたこともない、言うなれば処女のような頭脳という両者の違いを考えるときわめて妙だが、医者の話はすべてにおいて彼が思っていたそのままだった。古くさい郷士も、女はまず第一に種の繁殖に適していなければならない、と考えていた。種の繁殖に適さない女など言語道断だと。彼の脳裏に義姉リタの頑健な胴がくっきりと浮かび、近親相姦を犯しかねないほどの異常な後悔の念を抱いた。また、ペルーチョが生まれた日、サベルがパン生地をこねていたことを思い出した。確か、これていたとうもろこしパン《ボロナ》が焼き上がる前に、赤ん坊は生まれたはず。泣きわめき、自分も他の者たちと同じ神の創造物である以上、食べ物を必要としている、と赤ん坊なりに訴えていた……この記憶をきっかけに、彼はきわめて重要なことに思い至った。

「マクシモ…… 妻は赤ん坊を育てられると思いますか？」

マクシモはラム酒をすすりながら笑い出した。

「ドン・ペドロさま、それは高望みというものです…… 育てるですって！ そうした崇高な務めを担うには、たいそう丈夫な身体に多血質が優勢であることが不可欠…… つまり、奥さまに育児は無理です」

「あいつがどうしても自分で育てたいと言うものだから」と、侯爵は吐き捨てるように言った。「どだい無理な話だとおれも重々わかってはいたんだが…… あいつがここまで体が弱いとは思ってもみなかった…… 何はともあれ、生まれてくる子が飢えに苦しむことのないよう、手を打たねば。カストロドルナ村まで行ってくる暇はありますか？ 借家人フェリペの、あの体格の良い娘をご存じで……？」

「もちろんです。雌牛さながらの！ 旦那さま、医者の眼力をお持ちですね…… 出産して二ヶ月ですから、ちょうど良い。ただ両親がこちらに来るのを許すかどうか。あの階層ではまっとうな家ですから、世間体が悪いと渋るかもしれません」

「訳のわからない話は結構！ いやな顔をしやがったら、三つ編みを引きずってでも連れてきてやる…… おれの借家人にいやとは言わせない。で、あそこまで行ってくる時間はあるのですか、ないのですか？」

「時間は、あります。もっと早く終わってほしいものですが、生まれる気配はありません」

主人が出かけると、マクシモはラム酒をもう一杯注ぎ足し、礼拝堂付き司祭に内輪話をはじめた ——

「自分がフェリペだったら…… ドン・ペドロにひとこと言わないと気が済まないだろう。いつになったらこうした主人方に、借家人は奴隷ではないと納得してもらえることか？　昨今ではスペインでも、革命だの自由だの人権だのと叫ばれているというのに……どちらを向いても、圧政や特権、封建制がはびこっている！　下層民が奴隷のように不当な境遇にあった、忌むべき時代とまったく変わりないじゃないか？　おまえの娘が必要だ。だから、おまえがなんと言おうと、サッと連れて行く。母乳が、乳母が必要なんだ。だから、乳牛のような娘を、サッといただいて帰る。おれの赤ん坊に母乳を上げたくないなどとぬかしやがったら、力ずくで上げさせてやる。気分を害してしまわれましたか。神父さんは社会問題についてきっと、自分と異なる考えをお持ちにちがいない」

「いいえ、気分を害してなどおりません」と、フリアンは穏やかな口調で返した。「逆に……あなたがあまりにも熱く語ってらしたので、それが可笑しくて笑い出しそうになっただけです。ただフェリペの娘にしてみれば、この館に乳母として仕える以上に恵まれた生活を望めるとお思いですか？　美味しいものを食べながら気楽に暮らせる、それに畑仕事をすることもない……ご想像ください」

「では、娘の自由は？　彼女の自由や人権を制約なさるおつもりか？　娘としては、あなたが挙げられたすべての恵を得るより、誇りある貧困のほうが幸せかもしれませんよ……借家人の娘だからといって、三つ編みを引きずってでもここに連れてくるというのは、度を超した振る舞いとはお思いになりませんか？　まあ、当然ながらあなたは、不当だとお考えにならないのでしょう。頭から法衣をまとっていらっしゃるからには、司祭としての意見しかお持ちになれない。つまり当然、封建制度と神権政治を擁護なさるわけです。当たりですよね？　否定できないでしょう」

「わたくしは政治的な考えは持ち合わせておりません」やんわりと答えたフリアンは、不意に思い出したかのように、言い添えた。「お嬢さまがどんな具合か、見てこられてはいかがですか？」

「まあ…… 今のところはまだ、自分が必要とされることはないでしょう。が、ちょっと見てきます。ラム酒を片付けさせないよう、頼みます。すぐに戻りますので」

ほどなくして戻ってきたマクシモは、グラスの前に陣取ると、政治談義を再開したそうだった。三度の食事よりも政論を戦わせるのが好きで、人に反論されたいと心の内で願っているような男なのだ。反論されると興奮して熱くなり、思いがけない論法を思いつく。まして、激論となり、大声で怒鳴り合ったりののしり合ったりしていると、よどんでいた胆汁がすらすらと流れ、消化と呼吸機能が増進し、体調がみるみる良くなる気がした。喉頭と脳の運動が肝臓を浄化してくれるものと信じていたのだ。健康維持のために議論を交わす、と言っても過言ではない。

「政治的な考えをお持ちでないと？　フリアン神父、ご冗談を…… 黒鳥のような司祭服を身にまとった方々は、例外なく、世の中の進行方向に背を向けて飛ばれるじゃありませんか。ごまかしはお止めください。どうしてもとおっしゃるのなら、試しにお訊きしてもよろしいですか。革命について、どうお考えですか？　信教の自由を支持なさいますか？　さあ、どうです。たとえば、フランシスコ・スネェル〔一八二六～九八年〕の掲げる連邦共和政に賛同なさいますか？」

「ドン・マクシモ、なんということをおっしゃる！　どうしてまたわたくしが、スネェルの主張に同意できるでしょうか？　国会での演説で〈神への戦〉をうそぶき、神を冒瀆するひどい言葉を吐いた医者ですよね？　結核の高名な医者であることは認めますが、神よ、どうか彼を教えお導きください！」

「はっきりおっしゃってください。ボアン村のサン・クレメンテ主任司祭と同じ意見をお持ちなのでは？　主任司祭によれば、スネェルをはじめとする共和主義者たちを、言葉で説得することなど不可能。らっぱ銃で一発撃ち込むか、木棒でひっぱたくかしない、とのことですが。どうお考えですか？」

「ボアン村の主任司祭さまは、興奮なさって、ついそんなことを口にされたのでしょう……聖職者といえども同じ人間ですので、議論中に腹を立て、時には声を荒げるなんてこともあります」

「自分もそう思います。同じ人間である以上、利己的な関心を抱くこともありうる。愚鈍なのを良いことに隣人を搾取し、無為徒食の生活を送りたいと考えることもあるかもしれない。教区の信者たちから贈られる若鶏や子山羊を食しながら、豪勢な日々を過ごすなんてことも可能なのですから……神父さまも否定なさらないでしょう」

「わたくしたちは皆罪人ですから、ドン・マクシモ」

「聖職者がさらなる悪事を働くこともあるのでは……おわかりでしょう……顔を赤くなさらないで」

「はい、否定しません。聖職者であっても、この世のあらゆる悪事に手を染める可能性はあります。もしわたくしたちが罪を犯さないという特権をいただいているとしたなら、司祭に叙階された時点で救済されたことになります。とすれば、これは悪い買い物ではないのでしょう。ただ厳密に申しますと、叙階はわたくしたち司祭に、他のキリスト教徒に較べ、より厳格な義務を課します。よって、わたくしたちが善人となるのは、二倍も困難なわけです。とくに、聖職者に叙階されると同時に歩みはじめなければならない、〈完徳の道〉が要求するような善人となるには、努力だけでは不十分。神の恩寵におすがりするしかありません。大変な道だとお思いになりませんか」

フリアンが心を開き、あまりにもあっさりとした口調で答えたため、医者は一瞬、毒気を抜かれた。

「司祭が皆、あなたのような方だったら、ドン・フリアン……」

「わたくしなどは徳のない、不出来な聖職者です。上辺にごまかされてはなりません」

「なんと！　他の司祭たちのほうが優れているとでもおっしゃりたいのですか……　革命をもってしても、奴らをつぶすことはかなわなかった……　近隣の司祭たちが最近、穏健派の悪党バルバカーナを喜ばせようと、どんな不正を働いたか、それらすべてが作り話とでもお思いですか……」

そうした経緯に疎いフリアンは、口をつぐんでいるしかない。

「信じられますか」と、相手の返答を待たず、医者は話を続けた。「バルバカーナは、〈片目《トゥエルト》〉と呼ばれるカストロドルナ村の男を配下に置いているんです。こいつはある晩、奥さんとその愛人をめった刺しにしたとかで、ポルトガルへ逃げたり戻ってきたりふらふらしている悪党で……　少し前に警吏に捕まったそうなんですが、バルバカーナが彼の釈放を要求し司祭たちと組んで暗躍した結果、保釈され、今ではその辺りをのうのうと散歩している……　そんなこんなで、いろいろなことが起きたにもかかわらず、この地では昔と変わりなく、自分ら自由主義者は忌まわしいバルバカーナに牛耳られている、というわけです」

「しかし」と、フリアンがようやく口を開き反論した。「耳にしたところでは、バルバカーナが議席を支配していないときは、別の、もっとむごい地方領袖《カシーケ》——哀れな農民たちを神業のようなペテンにかけ骨の髄まで吸い尽くすことから〈いかさま師《トランペータ》〉と呼ばれる――がこの選挙区を牛耳っているとか…… どっちもどっち、ではないでしょうか……」

「それは…… 一理あります…… が、少なくとも、ご承知のようにトランペータは、政府に対し反乱を企てたりしません…… しかし、バルバカーナは違う。あの領袖は絶対に始末しておかないと。国を戦禍に巻き込もうとする、県のカルロス支持派《カルリスタ》〔一八三三年のフェルナンド七世の没後、王位継承をめぐって、イザベル二世の中央政府に対立し、国王の弟ドン・カルロス、その息子カルロス・ルイス、その甥カルロス・マリアを代々支持して三回にわたって蜂起し内戦を引き起こした人びと〕評議会につながる男ですから…… もしやあなたは、王位継承をねらう幼子テルソ〔反カルロス支持派によって用いられたカルロス・マリアのあだ名、一八四八～一九〇九年〕の支持者ではありませんよね?」

「すでに申しましたとおり、政治的考えは持ち合わせておりません」

「議論したくないとおっしゃるのか」

「率直に申しまして、ドン・マクシモ、その通りです。可哀想なお嬢さまのことが心配で…… 何か起きやしないかと気がかりで堪らないのです。それにわたくしは、政治のことは本当にわかりません。お笑いにならないでください、まったくわからないのです。知っているのは、ミサを執り行うことだけ。実は、今日はまだ、捧げておりません。ミサをおこなってから朝食を取るため、胃が萎えてしまいそうで…… 今日のミサは、現在の難局を切り抜けられるよう挙げることにいたします。わたくしは……」どこか寂しげに付け加えた。「他には何も、お嬢さまの手助けができませんから」

フリアンは立ち去った。当時、数々の守護聖人の祝宴において、神学論争に取って代わり政治論争が司祭たちのもっぱらの余興となっていたにもかかわらず、それを嫌がる司祭がいるとは……驚きを隠せない医者だけが食堂に残された。フリアンは儀式の細部まで周到に注意を払いながらミサを捧げた。侍祭の打ち鳴らす小鐘の、澄んだはっきりとした音が人気のない古ぼけた礼拝堂に響く。堂外からは、庭木に止まる鳥のさえずりと、仕事に出る荷車が遠くでギーギーときしむ音――慈悲深い農村の心地よいざわめきが聞こえてきて、気持ちを静めてくれる。フリアンが今の状況に合わせ選んだのは、聖ラモン・ノナートに捧げるミサであった。司祭が《神よ、あなたさまの取りなしによって、われわれが罪の絆を引きちぎり、自由に、あなたさまに喜びを与えることができますように……》と祈りを口にしたとき、哀れな処女――この期におよんでも、礼拝堂付き司祭はヌチャを処女だと思い描いていた――を縛っていた苦痛の鎖が引き千切れ、ヌチャが解き放たれた、そして彼女が、この上なく幸せな、母性に満ちた晴れやかな顔を見せたような気がした。

ところがその後、屋敷に戻っても、苦痛の鎖が千切れたような徴候は見当たらない。重大事が起これば当然見受けられるはずの、召使いたちのばたばたとした行き来もなく、代わりに不穏な静寂が立ち込めている。主人もまだ戻ってきていない。カストロドルナ村は館から相当な距離があるので、無理もない。そんなわけで、主人抜きで昼食のテーブルに着かざるをえなかった。医者はもう議論を吹きかけようとはしない。彼は彼なりに、モスコソ家の跡継ぎがなかなか産まれてこないことが気になりはじめていたのだ。議論好きの衛生学者の名誉にかけて言っておかなければならないが、彼はみずからの職に誠実であろうとする人間であり、フリアンが司祭の職を尊重するのと同様、医者という職業に誇りを抱いていた。

その証拠に彼は、偏執的なまでに衛生に気を配り、健康――近代的な医学書によって広められた、シナイ山の神に取って代わる健康の女神ヒュギエイア――を礼賛していたのだ。不道徳は頸部リンパ節結核と同義語であり、義務は物質が酸素と完全に結合する酸化によく似た現象……だと主張するマクシモ・フンカルだったが、一方では、肝臓の管がかなり詰まっていることを口実に、自分にはある種の特例を許していた。

とにかく、モスコソ夫人の容体が深刻な状況になってきたことで、昼食のあいだマクシモは胸中、この世に存在するあらゆる悪、苦痛や病気、死と戦ってみせる、と闘争本能に目覚めていた。そのため、食事をとりながらも心ここにあらずといった体で、ラム酒もグラス二杯しか飲まない。フリアンはといえば、ほとんど何も口にできず、時折医者に質問を投げかけるばかり。

「ドン・マクシモ、あちらで何が起きているのでしょう?」

医者が低めの声で、医学用語を交えながら詳細を伝えると、神父は質問するのを止めた。夜が更けていく。マクシモは患者の部屋にほとんど籠もりきりになった。フリアンは孤独の中でもの寂しさを覚えた。そこで、部屋に上がってお手製祭壇にろうそくを灯し、聖人画に祈りをささげて待つことにしよう、と立ち上がった、その時……ドン・ペドロが竜巻のような猛烈な勢いで、食堂に入ってきた。その片手には、土色のたくましい娘、肉の城砦のごとき図体の、まさに雌牛さながらの娘の手がしっかりと握られていた。

第十七章

居合わせた者たちが息をのむなか、ウリョーア侯爵は体格のいい乳母を、みずからの雌馬の鞍の前橋にまたがせ戻ってきた。カストロドルナ村では馬もらばも見つからず、だからと言って乳母を歩かせるのはドン・ペドロが我慢ならなかったからだ。それにしても彼の雌馬は、現在のモスコソ家の当主と未来の当主の乳母というふたりの重みを必死に耐え、胴体を震わせながら走り抜いた大変な道程を、生涯忘れることはないだろう。乳母は、その分野の専門家マクシモ・フンカルがよくよく観察した後に太鼓判を押したほど、大河のようになみなみと乳をたたえた、頑強な大女だった。

跡取りがまだ産まれていないと知るや、ドン・ペドロはいきなり意気消沈した。もう間近だと思っていた出来事が、決して実現しないような気がしたのだ。だがすぐに気を取り直し、腹がぺこぺこだと夕食を要求、サベルを急かした。ふだん、食事の世話は侍女フィロメナがしたのだが、その日はとても取り込んでいたため、サベル本人が主人の夕食の給仕に当たった。その時のサベルはみずみずしく、これまでになく食欲をそそった。まくり上げた袖口から今が女の花盛りと言わんばかりの肌がのぞき、巻き毛は銅色に輝き、青い目には甘やかな官能をたたえている。彼女はまさに、目と鼻の先でひどい苦痛に耐え、半ば危篤状態の妻の対極にあった。侯爵がサベルを間近で見るのは久しぶりのこと。彼は見るというより、数分間じっくり品定めするように彼女を見つめた。そして、娘がイヤリングをしておらず、片側の耳がつぶれていることに気づき、思い出した。以前、自分が激しい嫉妬に駆られ、猟銃の銃尾で銀線細工のイヤリングを押しつぶし、それで女の耳が裂けてしまったことを。傷は完治していたが、その耳には耳たぶが二つぶら下がっている。

「お嬢さまは眠っていらっしゃるのですか?」と、フリアンが医者に訊いた。

「時折、痛みと痛みの合間に……実のところ、彼女がたびたびまどろんでしまうのが気に入りません。これでは段階的に前に進んでいくこともできず、もっと悪いことに、彼女自身が体力を失っていきます。ますます衰弱してしまう。ざっと計算して、四十八時間は食事をとっていない。なんでも彼女によると、ご主人に容体を知らせるずっと前から体調が悪く、何も食べられなかったそうですから……とにかく、まどろむという症状が良くない。言うなればそれは、眠気というより気絶に近いものだから」

ドン・ペドロはがっくりと肩を落とし、握りしめた拳に頭をもたせかけた。そして、

「おれには合点がいく」と強い口調で話しはじめた。「こうした症状は都会のもったいぶった環境で、あれこれ世話を焼かれて育ったお嬢さん方だけに起きるんだ……ここいらの田舎娘たちだったら、まどろんだり気絶したりしてみろ、自分から鍋半分のぶどう酒を飲み干して、鼻歌混じりに子を産み落とすだろうさ」

「ご主人、皆が、というわけではありません……田舎娘とはいえ、リンパ性、神経性気質の娘でしたら

衰弱する場合も……いくつか症例を見てきましたので……」

ドン・マクシモは立ち会った症例について詳細に語りはじめたが、医者としていわゆる新米だったため、大した数ではなかった。そして彼は、とにかく、ひたすら待つ派だった。最高の産科医とは待つことのできる医者なのだ。ただしある段階まで来たら、施術が一秒遅れるとすべてが台なしになることがある。こう断言しながら、ラム酒をちびちび味わった。

「サベル？」いきなりマクシモが声をかけた。

「何かご用ですか？　マクシモさん」とサベルが迅速に応じた。

「自分が持参した箱は、どちらでしょう？」

「お部屋に、ベッドの上です」

「ああ、わかりました」

すぐに何事か理解したドン・ペドロは、医者に視線を向けた。一方、皆目見当のつかないフリアンは、マクシモとサベルの会話のあとの深いしじまに恐れを覚えた。そこで遠回しに、その謎の箱に何が入っているのかと尋ねた。

「器具です」と、医者のそっけない返事。

「器具……何のための？」と訊き返しながら礼拝堂付き司祭は、頭皮に汗がにじみ出るのを感じた。

「もちろん、彼女を手術するための！　もしこの場に医師が複数居合わせたなら、彼らと相談し、あるいは、このまま成り行きに任せるという選択肢もあったでしょう。しかし、今は自分ひとりに、ここで起きるすべての責任がのしかかる。ぽっかりと口を開けたまま、手をこまねいているわけにはいかないんです。明け方に向かってますます衰弱が進み、はっきりとした出産の徴候が見られなかったら…… 決心しなければならない。礼拝堂付き司祭さまは、どうか、幸多き聖ラモン・ノナートにでも祈っていてください」

「祈ることであればもちろん」フリアンは無邪気に声を上げた。「昨日からずっと聖ラモンに祈っております！」

フリアンはただ、祈りを捧げていることを認めただけだったが、医者はそれを糸口に面白おかしい四方山話をはじめた。神への信仰と産科の学問が絶妙に混ざり合った、聖ラモンが主役を務める話だ。サンティアゴ・デ・コンポステーラの医院に勤めていた頃、自分の恩師は妊婦たちの病室に足を踏み入れ、聖ラモン・ノナートの肖像画が飾られ、妊婦の数だけ小ろうそくが灯されているのを目にすると、腹を立て怒鳴りだしたものだ ――「皆さん、私と聖人、どちらが邪魔者なのか、二者択一で選んでもらわねば困る…… 私がへまをしたら、私のせいだと、もちろん私を訴えますよね？ では、赤ん坊が無事産まれてきたら、どうでしょう。聖ラモンの奇跡のおかげだと、私でなく聖人を讃えるにちがいありませんから……」その他、分娩を楽にするため、芙蓉の花を水に浸したり、トルトーサの聖母像に触れたリボンを産婦のお腹に巻き付けたり、容体が悪くなったとき敬虔なお守りを用いたり、といった例を挙げ揶揄した。そのうちラム酒に誘われ眠気をもよおした医師は、おしゃべりを止めた。快適なベッドで熟睡してしまわぬよう、食堂のベンチに籠を枕にして横になった。主人に目を向けると、食卓の上で組んだ両腕に額をあずけ、シューシューと息の詰まったような音を立てている。あと少しでいびきに変わるのだろう、不意に睡魔に襲われたにちがいない。背の高い振り子時計が、ぐったりとした音色で深夜十二時を告げた。

起きていたのはフリアンだけ。体の芯はぞくぞくするのに、頬が火照っているように感じられる。そこで部屋に上がり、冷たい水にタオルを浸してこめかみに当てた。祭壇のろうそくが燃え尽きている。新しいろうそくに替え、床に枕を置く。例の、膝がピリピリする感じがどうにも堪えがたく、枕の上にひざまずいた。そして祈りを唱えはじめる。精神が高揚し、祈りの坂を駆け上がっていく。時にふっと気が遠くなり、彼の若々しい肉体は、灰色の雲のような睡魔に包み込まれ、清潔なシーツのベッドに誘い込まれそうになる。そんなとき彼は、手を組み、片方の手の爪をもう一方の手の甲に突き立て、睡魔を追い払った。暗記した祈りを機械的に唱えるのではなく、敬虔な気持ちから、自分が神に何をお願いしているのか意識しながら祈ろうと努める。にもかかわらず、意識がもうろうとしてくる。そこで、福音書に描かれる〈オリーブ山の園《ゲッセマニ》〉での祈り、なかでも心の決意と肉体の決意との違いを説いたイエスの賢明な言葉――〈誘惑に陥らぬよう目覚めて祈れ。心は熱していても肉体は弱い〉を思い起こした。続いて、出エジプト記のアマレクとの戦いの一節――〈モーゼが手を上げていると、イスラエルが勝ち、手を下ろすと、アマレクが優勢になった〉を。そんな彼の脳裏にひとつのイメージが浮かび、実践してみようと思いついた。まず枕を外し、聖なる床に膝頭を直接つけひざまずく。次に、肖像画の背後、天井の梁の彼方に神を探し求めるかのように、視線を上方に向ける。そして、両腕を十字に開き、その姿勢のまま一途に祈りはじめた。

周囲が身を切るような冷気に包まれた。山の頂の後方から、月光より青白い不透明な薄陽が射してくる。庭から二、三羽の鳥のさえずり、水車の貯水池からはせき止められた水のせせらぎがさめざめとすすり泣くように聞こえてくる。すると、その世界の片隅に薔薇色の指を一本だけ掛けていた曙光が、掌を一気に広げた。澄みきった鮮やかな光がそこかしこの粘板岩に当たり、光沢のある鉄製アイロンのように反射した。その目も眩むような光線が礼拝堂付き司祭の部屋にも射し込み、ろうそくの黄色い灯火を亡き者にしてしまう。ただし、フリアンの目に、曙光は映っていなかった。いや、何も見えていなかったのだ……確かに光は見えた。が、それは血流の変調がわれわれの脳裏に灯すさまざまな光、すみれ色や緑色、深紅や硫黄色の星のような光、振動はしても周囲を照らすことのない光である。耳鳴りや、今にも破裂せんばかりの動脈が発する巨大な振り子のごとき音に混じり、われわれが知覚する光だった……要するに、意識が遠のき、彼は命尽きるかのような容体にあったのだ。もはや彼の唇が実際に唱えていたのは祈りの文句ではない。祈りと同じ調子のつぶやきにすぎなかった。苦痛のため混濁していく意識のなか、ひとつの声が、集合らっぱのように高らかに鳴り響いた気がした。何かを伝えようとしたその声から、フリアンが聞き取ることができたのは、この言葉だけ――

「女の子だ」

大きなため息をつき、フリアンは立ち上がった。……とは言え、それは部屋に入ってきた、他ならぬプリミティボの手を借りてのこと。だが、なんとか立ち上がった瞬間、身体の節々に激痛が走り、頭蓋をハンマーで殴られたかのような衝撃を受けた。そして、再び床に倒れこんだ。フリアンは気を失ったのだ。

一階では、マクシモ・フンカルがサベルの支える合金のたらいで手をすすいでいた。その歓喜あふれる顔から、戦いの汗が夜明けの冷気で半ば凍ったように玉となってぽたぽた滴っている。侯爵は眉をひそめてむっつりとした、近寄りがたくも、どこか間の抜けた顔で部屋中を歩き回っている。強靱であるにもかかわらず、どうにも物質主義的法則に抗えない人間が、睡眠不足のときに見せる表情だ。

「ドン・ペドロ、どうかお喜びください」と、医者が声をかけた。「……最悪の事態は切り抜けました。ご主人さまがあれほど待ち焦がれていらしたものが手に入ったわけですから……お子が無事に、五体満足で産まれてくるのがお望みだったのでしょう？ つつがなく産まれましたよ。少々、苦労しましたが……まあ、どうにか……」

侯爵は、医師の功績を軽く見るかのように、肩をすくめ蔑みの視線を向けた。そして、何かもごもごと口ごもりながら、ズボンが引きつるほど深くポケットに手を突っ込んだ（ズボンをはいている者の精神状態をありありと物語る）格好で、一階と二階を行ったり来たりした。

「年寄りたちが言うところの、まさに天使のような赤子ではありませんか」と、フンカルが郷士のいら立ちをもてあそぶように、意地悪げに言い添えた。「単に女の子の天使だっただけで。こうしたことには甘んじるしかありません。生まれてくる子の性別を天に書き送り、神にお願いする方法はいまだ発明されておりませんから……」

ドン・ペドロは激怒し、口角から泡を飛ばして罵詈雑言を吐いた。フンカルは大笑いしながら、タオルで手を拭き、言い返した。

「少なくとも、責任の半分はご主人におありになるわけで、侯爵殿。葉巻を一本いただけますか?」シガーケースを開け差し出しながら、ドン・ペドロがひとつ質問した。するとマクシモは真面目な顔になり答えた。

「自分はそこまでのことを言ったつもりはありません……無理かとは思いますが。長時間におよぶ、その上、激しい戦いの場合、戦闘員の身体に障害が残るのは事実。しかしながら、賢明なる自然は、女性をこれほど骨の折れる試練にさらす代わりに、彼女に思いがけない治癒力を授けることも忘れませんので……ただ今は、そうしたことを考える時機ではありません。まずは母体が恢復し、赤ん坊が育つことに専念せねば。産後の肥立ちが悪くないといいのですが……ちょっと見てきましょう……奥さまは衰弱しきっておられましたので……」

プリミティボが部屋に入ってきて、動揺した素振りも驚いた素振りも一切見せず、淡々と言った――

「ドン・マクシモ、二階もお願ぇします。何かあったのか、礼拝堂付き司祭がぴくりともしないんで」

「わかりました、行きましょう……まったく、ここまでとは」とフンカルはつぶやいた。「本当に女みたいな奴だな、あの司祭は! まるで肝が小さい! 仮に、猪のようなボアン村の主任司祭が待ちこがれるカルリスタの反乱〔第三次カルリスタ戦争のこと〕が起きたとしても、奴がらっぱ銃を手にすることは到底ないな」

第十八章

長い間ヌチャは、陰気な、死の扉と呼ばれる入口の前にたたずみ、《入ろうか？　入るまいか？》と、敷居に足を掛けたまま迷っているような容体だった。彼女の肉体は、神経を揺さぶられるほどの強い苦痛に苛まれた。母乳がほとばしるように胸に押し寄せるが、行き場はない。そのため、彼女の身体は激しく発熱し、熱で頭までかき乱される。そればかりか、溺れてしまいそうなほど溢れる母乳を娘に与えられない悲しみ。こうして、命が一滴一滴流れ出ていくのをとどめる術もないまま、肉体は憔悴していった。彼女は死の扉の向こうから手招きされていたのだ。だが、彼女を扉の外に引き留めるものがあった。若さと、体中の器官を刺激する生への渇望、それに偉大な衛生学者フンカルの科学知識。そして何よりも、ピンク色のふっくらとした手と、オーバーブラウスのレースの袖口やショールのひだのあいだからのぞく小さな拳だった。

フリアンが面会を許された最初の日、病人はベッドから出られるようになったばかりで、幅広の年代物の長椅子に、毛布や厚手の上着にくるまり横になっていた。まだ起き上がるのは良くないと言われ、半分に折った枕に頭を休ませている。輝く黒髪に縁取られた、痩せこけて血の気のない顔は、象牙の彫像かと思えるほど黄ばんで見える。さらにその時期、視神経も弱っていたのだろう、以前より斜視が強くなったようだ。ヌチャは礼拝堂付き司祭に優しく微笑みかけ、椅子を勧めた。彼女をじっと見つめたままのフリアンの視線が、哀れみを帯びる……どれほど頑張ってみても、重病人の前で真意を隠しおおせるものではない。

「お嬢さま、今日はとても顔色がよろしいですね」礼拝堂付き司祭は、罪を犯し、嘘をついた。

「あなたこそ……」ヌチャが弱々しく答えた。「なんだか弱っていらっしゃるみたい」

フリアンは、少し風邪をひきまして、それ以来、あまり体調が思わしくないもので……と告げた。寝ずの番のあと気絶してしまい、そのせいで精神的にも肉体的にも激しいダメージを受けたことなど、恥ずかしくて口に出せなかった。ヌチャは他愛のない話をしはじめたが、その流れの最中、唐突に彼に尋ねた。

「赤ちゃんをご覧になりましたか?」

「はい、奥さま……洗礼の日に。天使のように可愛い！　塩と冷めたい聖水を注がれたときは、大泣きで……」

「まあ！　あれから一回りは大きくなりましたよ。そしてたいそう美しく」懸命に声を上げた。「姐や、姐や！　赤ちゃんを連れてきて」

巨像が歩くような足音が聞こえ、土色の大柄の娘が入ってきた。新調してもらった、黒のビロードのリボンで縁取りされた青い毛織りのワンピースを着て、いかにも嬉しそうだ。だがその衣装のせいで、見たところ、〈コカ〉と呼ばれるサンティアゴ大聖堂《カテドラル》の伝統的な大人形にそっくりだ。汚れなき赤子は、滋養を授ける乳母の偉大な胸に抱かれ、まるで太い幹に止まる小鳥のよう。柔らかな寝息を立て、ぐっすりと穏やかに眠る様子からは、神々しささえ感じられる。フリアンは赤子をいくら見ていても飽きることがなかった。

「神の聖なる幼子に幸あれ！」と、赤ん坊の帽子（額にする勇気はなかった）にそっと口づけをし、つぶやいた。

「フリアン、抱っこしてあげてください……どんなに重くなったか、わかりますから。姐や、お願い、渡してあげて……」

赤ん坊は花束ほどの重さしかなかった。だが礼拝堂付き司祭は、ほんとに重くなって、まるで鉛のように重くなって、と何度もくりかえした。乳母が傍らに立って待っていたが、彼は赤子を腕に抱いたまま椅子に腰掛けた。

「わたしにも少し抱かせてください……」と、ヌチャが懇願した。「今、眠っていますから……きっと、まだしばらくは起きないでしょう」

「用事ができたら呼びますから、姐や、下がっていいですよ」

ヌチャは赤ん坊のことなら話は尽きないとばかりに、赤子がどんなに愛嬌を振りまくか、嬉しそうに話して聞かせた……フリアン、愛嬌たっぷりなんですよ。疑う人がいたら、それはしっかり見ていない証拠です。たとえば、とってもいたずらっぽく目を開けるんです。くしゃみをする仕草も、ほんとにひょうきん。こんな小さな手なのに力が強くて、一度ぎゅっと握り締められたら、ヘラクレスほど強靱な人でないと指を外せないくらい。まだまだ、いろいろと可愛らしいところがあるんですけど、胸の奥にしまっておいたほうが良いでしょう……年代記《クロニカ》に記載されても困りますから。こうした話をしているうちに、ヌチャの血の気のなかった顔に赤みが差し、目は輝き、口元にはたびたび笑みが広がった。しかし、話し終えるとすぐに表情が曇り、ときに睫に涙が浮かんだ（ただし彼女は、涙がこぼれ落ちるのはこらえた）。

「フリアン、この子をわたしに育てさせてくれないんです……何においても衛生が第一、と主張するフンカル先生のこだわりのせいで。これは衛生学上、あれも衛生学上って……生後たった二ヶ月ばかり自分で育ててみたところで、そのせいでわたしが死ぬわけなどないって思うのに、ほんの二ヶ月ですもの。かえって今より体調が良くなって、こんな風に長椅子に横たわったまま、想像力ばかりが神の世界を狂ったように駆けめぐる、といった容体から脱することもできるのではないかしら……こうして休んでいても、まるで休まらなくて。乳母があの子を窒息させたりしないかしらとか、床に落とすんじゃないかしらとか、そんなことばかり考えてしまうんですもの。こうやってこの子を抱いているときだけよ、安心していられるのは」

ヌチャは眠っている赤ん坊に微笑みかけ、言い添えた。

「似ていると思いません……？」

「奥さまにですか？」

「父親にです！……額の形など彼そっくりでしょう？……」

礼拝堂付き司祭は何ら感想を述べなかった。その件については沈黙を守った彼であったが、翌日以降も毎日、主の教えどおり、病人を見舞うという慈善に努めた。完全な孤独の中、体調もなかなか思うようにならないヌチャには、こうした慈悲深い務めを果たしてくれる誰かが必要だったのだ。マクシモ・フンカルは診察に来たり来なかったりで、来たとしてもいつも足早に立ち去る。少しずつ患者の数が増えてきたせいで、近頃ではビラモルタ村からも呼ばれるほどだ。診察に来ると、医師は、ラム酒臭い息をさせながら政治の話を持ち出しては、フリアンを挑発し怒らせようとした。実際、もしフリアンが怒りっぽい人間だとしたら、マクシモが仕入れてくるニュースは彼が腹を立てるのに十分値するものだった。教会が焼き打ちにあったり、反宗教的暴動が起きたり、プロテスタント礼拝堂があちこちに設置されたり、教育や信教やもろもろの自由やら何やらと、ひどい話ばかり……といったところで、フリアンの反応は行きすぎた現況を嘆き、なんとか落ち着いてほしいものです、とつぶやくだけ。マクシモに大好物の口論をするきっかけを与えなかった。大胆不敵なカルロス支持派《カルリスタ》である、ボアン村の主任司祭やロイロ村の主席司祭と出くわしたときには、口論がさまざまな展開を見せ、彼の溜まった胆汁を発散させるのにたいそう役立ったのだが。

　好戦的な医師が姿を見せないとき、病人の部屋には平和で穏やかな時が流れた。たまに赤子の泣き声によって平穏が乱されることはあっても、それもすぐに静まった。礼拝堂付き司祭がクロワッセ〔一六五六〜一七三八年〕の『キリスト教歳時記』を朗読すると、病室は小説や詩の趣をもつ聖人伝の雰囲気で満たされた――「セシリアは美しい娘で、ローマ帝国の貴婦人であった。彼女はイエス・キリストにみずからの体を捧げたが、両親の意志により、青年バレリアノと結婚した。舞踏を交えた宴や祭りが繰り広げられ、豪勢な婚礼が執り行われた……が、セシリアの心はいっこうに晴れなかった……」この聖人伝は、神秘的な新婚の夜、夫バレリアノの改宗、セシリアの貞潔を見守る天使とつづき、栄光に満ちた雄々しい殉教で終わった。またある時は、聖メナス〔二八五～三〇九年〕といった軍人や、聖セベロ〔四世紀〕というバルセローナ司教にちなんだ話……判事による尋問、対する殉教者たちの奔放かつ勇ましい返答、そして拷問――牛の腱を使った鞭打ち、拷問台、鉄の爪、燃えさかるたいまつを脇腹に押し当て……劇さながらに出来事が詳述されている。「しかし、キリストを信じる男は、勇猛かつ穏やかな心持ちで、顔色ひとつ変えない。口元に（拷問に遭っているのが彼ではなく別の人であるかのような）笑みをたたえ、拷問を愚弄するがごとく、もっと苦しめてくれと懇願した……」乾いた落ち葉が風に舞い踊り、濃い真綿のような雲が奥まった窓ガラスの向こうをゆったりと通りすぎる寒さの厳しい冬のたそがれ時、こうした本を読んでいると、部屋は幻想的な雰囲気に包まれる。遠くから、永遠に嗚咽をくりかえす水車の堰の水音や、ギーギーときしむ、とうもろこしの茎や松の枝を積み込んだ荷車の音が聞こえてくる。頬づえをつきながら、熱心にフリアンの話に耳を傾けていたヌチャは、時折、胸を大きく膨らませ吐息をもらした。

出産後、お嬢さんが悲しそうな顔をするのは、これが初めてではなかった。その様子を目に留めたフリアンは、おそらく彼が自分の母親から受け取った手紙にヌチャの心配の鍵が隠されている、と考えた。手紙によると、長女リタがオレンセに住む老いた伯母ドニャ・マルセリーナを丸め込み、名付け子のヌチャを廃嫡させ、自分を包括相続人に定めるよう仕向けたという。その上、四女カルメンはますます例の医学生に熱を上げ、町では、もしドン・マヌエル・パルドが結婚を承認しなかったら、娘は裁判所に駆け込み保護を求めかねないと噂されている、とか。さらに、次女マノリータにも大変なことが起きていた。ドン・ビクトル・デ＝ラ＝フォルモセーダが彼女を振って、司教座聖堂参事会員の姪にあたる職人娘に乗り換えたというのだ。手紙の掉尾で、母ロサリオは〈女中頭の彼女にとって、パルド家の辛苦は自分の辛苦も同然だったので〉、こうした艱難辛苦に女中頭として立ち向かうだけの忍耐力を神に嘆願していた。これらの話が夫や父親を介してヌチャの耳に届いていたとしたら、彼女がため息をつくのも納得がいく。また、彼女の肉体的な衰えは一目瞭然！　今となってはヌチャに似ている聖母は、やつれ顔の〈孤独の聖母〉ぐらいのものだろう。フンカルはヌチャの脈を注意深く取り、もっと滋養のあるものを食べるよう指示しながら、不安げな眼差しで彼女をじっと見つめるのだった。

ただ、娘の世話をするときに限り、ヌチャは元気を取り戻した。活発に動き回り、娘のことなら何でもやって上げようと必死で、授乳をまかせる以外、乳母に赤ん坊の世話を譲らなかった。彼女に言わせると、乳母は母乳の詰まった樽で、必要なときに栓を抜いたら乳が噴き出してくる、それだけにすぎない、とのこと。たしかに樽とは言い得て妙。乳母はまさに樽そのものの体型で、色といいおつむといい、樽といい勝負。まして、その腹は樽と同じ太さで、彼女が食べる、と言うより、丸呑みする光景は壮観だ。そのせいか、台所でサベルは乳母の皿やボウルを楽しそうに料理で山盛りにし、彼女の前には大きなパンを半分にして置いた。それはまさに七面鳥の飼育さながらの食事風景だった。こんなに太った女の横に並ぶと、サベルなどさながら王女さま、繊細なセンスと洗練された趣味を備えた女性のお手本に見えてくる。世の中は何事も相対的なるもの。乳母は、名家の使用人たちの中にあっては、滑稽な野蛮人であり、笑い種となった。彼女がへまをやらかすたび、館の者は（彼らだって、ひどい失敗をすることがあるのに）彼女を小馬鹿にした。実のところ、乳母に関心を示したのは使用人だけではない。彼女は人類学者にとっても、いくつかの理由から興趣をそそる存在だったのだ。マクシモ・フンカルがフリアンに詳しく語ったところでは、乳母の生まれ育った教区が位置する谷間――ガリシアの果て、ポルトガルに隣接する谷――に住む女たちは、特徴的な身体を有し、固有の生活を送っているという。伝説のアマゾネスのような、ローマの地理学者が記したガリシア地方の女戦士の生き残りなのだ。今となっては夫相手に戦うくらいだが、土塊を打ち砕くさまは、ここは戦場かと見まがうばかり。半裸で、筋骨隆々のたくましい肉体を誇示しながら歩き回り、畑を犂で耕し、鋤き返し、刈り取り、荷車に枝や敷き藁を積み込む。とてつもない重さの荷を、女像柱のような肩に担ぐ。つまり、彼女たちは男あっての存在ではあったが、少なくとも生きるために男の助けを必要としなかった。もっとも、谷の男たちは普通、十四歳になると定職を探してリスボンに移り住むので、助けを求めようもなかったのだが。男たちは結婚して民族を増やすため、数ヶ月だけ帰郷し、雄蜂としての務めを果たした。そして、それが終わると逃げるように立ち返った。しかしながら、もしポルトガルに住む夫の耳に、妻が不貞を働いているといった話が入ったりしたなら、夫は夜中、国境を越えて帰宅し、眠っている妻とその愛人を切り刻む、とか。フンカルが前に触れた、バルバカーナの庇護下にいる〈片目《トゥエルト》〉の事件など、まさにこれに当たる。ただし、カストロドルナ村の女は野蛮ではあるが、それに負けないくらい貞淑な女が多い、と言う。ウリョーアの館の乳母も、とてつもなく大きな尻と太くがっしりとした手足からして、そうした民族の特徴を裏切ってはいなかった。そんな乳母である。ヌチャが彼女に良識的な格好をさせるのに、苦労したのは言うまでもない。ふくらはぎがむき出しになる、緑色のフランネルの短いスカートの代わりに、もっと品のあるきちんとしたスカートをはかせるのが、どれほど大変だったか…… はちきれんばかりの乳房ははみ出すものの、古典的な乳母の衣装ということで、胴着を着ることと、巨大な輪っか（大昔から谷に伝わるローマの首飾り《トルク》に由来する）の独特の耳飾りを着けることのふたつは、ヌチャも承諾せざるをえなかった。靴を毎日履くよう説くのも戦い。というのも乳母の仲間たちは、ふだん靴を厳かな祭りのために取り置いていたからだ。その上、どんなに単純で日常的な道具であれ、彼女にその名称と使い方を理解させるのは至難の業だった。他にも、赤ん坊は弱くデリケートにできているので、緋色のフランネルの切れ端に軽くくるみ、羊歯《シダ》をふっくらと敷いた籠に入れ、持ち運んだりするものではない…… カストロドルナ谷では産まれた赤子にそうするかもしれないが、樫の木陰にほったらかしにして風雨や太陽にさらしておくなどもってのほか、と口を酸っぱくして説いても、まったく無駄だった。他方、マクシモ・フンカル ―― 衛生学的療法の偉大な賛美者であると同時に、自然が有する不可思議な効力の賛美者 ―― は、相対立する両学説を融和させるのに苦労し、最近読んだダーウィンの『種の起源』にすがることで窮地を脱した。環境への適応や遺伝といった法則を援用することで、フンカルは乳母の養育法が、赤ん坊を爆竹のように破裂させないかぎり、驚くほど強健な身体にしてくれるはずだと認めたのだ。

だがヌチャは、彼の持論を実証しようとはしなかった。みずからの手で、細々と宝物の世話を焼き、かいがいしく育児にいそしんだ。そんな彼女にしてみれば、スープが焦げでもしたら大事件、火鉢の火が消えていたりなどしたらまあ大変、と大騒ぎ。自分で娘を沐浴させ、服を着せ、布団にくるみ、寝ている横で見守り、起きたら遊んであげた。単調な生活ではあったが、何かと忙しかった。人の良いフリアンは、脇でこうした日々の世話を見守りながら、これまで彼にとって神秘の謎に包まれていた赤ん坊の沐浴と身繕いについて少しずつ学んでいった。産まれて間もない赤ん坊の、複雑多岐にわたる身支度道具——帽子、へその巻き布、おしめ、産着、帯、鉤針編みの極小の靴、ボンネット帽、よだれ掛け——になじんでいったのだ。刺繍やレースの付いた真っ白な衣料は、あらかじめラベンダーの香がたきしめられ、火鉢を入れたテーブルで身体に優しい温度（家庭的な温かみというものがあったとしたら、まさに火鉢のことにちがいない）に温められており、それを膝に置いて待っているのが礼拝堂付き司祭の役目となった。その間、母親は、赤ん坊を防水の前掛けの上にうつぶせに寝かせ、絹のようにすべすべの身体をスポンジでくりかえし洗ってあげる。その幼い肌はあまりにきめ細かいため、かぶれたり、かさついたりしている部位があったからだ。その後、天花粉をはたき、肌をさらさらにする。最後に、ヌチャは赤ん坊のお尻を指でつまんで小さなくぼみを作り、フリアンに見せながら、嬉しそうに声を上げるのだ。

「なんて可愛いんでしょう……ふっくらと肉づいてきて！」

裸の子どもについて、フリアンは大家とは言えなかった。子どもの裸体といったら祭壇の天使しか見たことがなかったのだから、無理からぬこと。とはいえ、フリアンは胸中で考えてしまう——あらゆる人間の肉体が原罪によって汚されているのは事実、だが、眼前の赤ん坊の身体は、この世でもっとも純潔で聖なるもの、喩えるなら、菖蒲か百合の白い花にほかならない。小さく軟らかな頭は、乳児発疹を覆うように金色のふわふわした産毛が生え、特有の匂い、まだ羽の生えていない雛のいる鳩の巣の匂いがする。ちっちゃな手は、脂肪が詰まりぷくぷくで、指は十字を切り祝福する幼子イエスと同じく丸々としている。顔は、薔薇色のろうそくに彫り込まれたかのような、くっきりとした輪郭。歯の生えていない口元は、海で採取されたばかりの淡い色の珊瑚のように湿っている。小さな足は、愛らしくばたばたするせいで踵が赤い。こういった赤ん坊の何げない様子に目を留めたとき、人の心中にはさまざまな思いが交錯する。幼子がどんなに非情な大人にも抱かせる、複雑で滑稽な心情——いたいけな存在に心から尽くしたいという気持ちと、やんわりと少しばかり、からかってやりたいという思い（意地悪をするつもりは毛頭ない）が混じり合ったものだった。

神経性気質と、もはや病的とも言える感受性を有するヌチャのこと、そんな赤ん坊を前にした彼女は、母親としての蜜月を実に楽しんでいるように見えた。自意識さえ持たず、今のところ感覚のみで生きている、まだまだゼラチン状の原形質のように脆く、柔らかい菓子パンに、母親は意義を認め、将来を予感したのだ。狂ったように口づけし、みずからの魂を吹き込み、騒ぎ立てた——この子、周りのことが何でもわかっているんだわ、驚くような間合いでとりどりの反応をして、乳母のやること言うことを、赤ん坊なりの控え目なやり方でからかってさえいる。こう聞かされたフンカルは解説した——「奥さまの精神錯乱にすぎません。ただし、自然が、賢明な目的のために引き起こしてくれた症状とも言えます」ぎこちない口元がゆるみ、薄い唇を半分ほど開き、幼いながらも厳めしい顔（それが逆に滑稽なのだが）で、初めて天使のような笑みを浮かべた日、母親がどんなに興奮したことか！　使い古された喩えだが、まさに曙光が射し込み闇を追い散らしたかのような感激ぶり。彼女はあまりの喜びに気が変になってしまうと思ったくらいだった。

「もう一回、もう一回笑って」と声を上げた。「ねえ、なんて愛らしいんでしょう、可愛い子、お願い、笑って！」

けれど微笑みが現れることは二度となかった。野暮な乳母は笑ってなどいないと否定し、母親を憤慨させた。その翌日、今度はフリアンが、赤ん坊の目の前で、何かきらきらと輝くがらくたを揺り動かしていたとき、ほんの束の間であったが、生まれいずる知性の光が灯った瞬間を目撃する光栄に浴した。最初、赤ん坊のことを、メレンゲ菓子のように指のあいだで粉々になるものだと思い込んでいたフリアンは、こうして赤ん坊への恐れを少しずつなくしていった。そして母親が帯を巻いたり産着を温めたりしているあいだ、赤ん坊をよく膝で抱っこするまでになった。

「乳母よりあなたのほうが安心です」と、ヌチャはひそかに抱いていた母親としての乳母への嫉みを晴らすかのように、そっと漏らした。「乳母はたいへん粗野で……赤ん坊の髪を分けるとき、まずくしをあごに当て、歯を立てたまま口と鼻の上を通って額のまん中あたりまで持ってくる……と、こんな風に髪をとかすんですよ。信じられますか？　他に髪の分け方を知らなくて……これだけじゃありません。手を使って食べないよう、何度わたしが注意したことか。それで、彼女がどうしたか、想像できます？　今ではステーキをスプーンで食べるようになったんです……笑いごとではありません、フリアン。そのうち赤ちゃんに怪我をさせるに違いありません」

そうこうしている間に礼拝堂付き司祭は、泣いたりむずかったりさせずに赤ん坊を抱っこする、芸術的な技を体得していった。そして、次の出来事（触れずに済ませておくべきかもしれないが）をきっかけに、彼と赤ん坊の絆は確固たるものとなった。ある日のこと、フリアンはズボンに何か染み入ってくるしっとりとした温かみを感じた……なんたる大事件！　ヌチャと彼は、これまでこんなに楽しく愉快な出来事はなかったとばかりに、声を上げて大笑いした。フリアンなどあまりに嬉しくて、その場で跳び跳ね、笑いすぎてお腹が痛くなり必死に押さえたほど。そして、母親から差し出された防水前掛けをこう辞退した——どうせ使い古しのズボンで、もうぼろぼろですから……世の中の何を代わりに差し出されようと、この生温かい流れを享受する権利は手放しません……こうした感触をとおしてフリアンは、少女のように真っ白だった自分の心の内で、禁欲的な思い——遠く神学校時代から、その後、司祭職につき地上における家族や家庭といったものすべてを諦めると決心して以来、雪のように降り積もり、凝り固まった——が溶けていく気がした。同時に、彼の中に、神秘的な炎が灯り、甘く優しい人間らしい感情が広がっていった。そのせいか、司祭は赤ん坊を盲目的に愛するようになった。もし赤ちゃんが命を落とそうものなら、自分も一緒に死んでしまう、と言い出しかねないほど。度の過ぎた愛情を抱いてしまう自分を、赤ん坊は天使と変わらぬ存在なのだから、と自己弁護する。フリアンは日々飽きることなく赤ん坊を見つめて過ごした。そして、潤んで神秘的な瞳はまるで母乳をたたえているようだ、瞳の奥底には真の平穏が宿っているようだ、と赤ん坊を賛美してやまなかった。

だが、そんな彼の脳裏に、時折、苦い思いが去来した。自分はこの家に、聖家族を模したキリスト教徒の夫婦を作ろうと夢見ていた。にもかかわらず、その聖なる家族がばらばらになっている。第一そこには、聖ヨセフがいない、ばかりか、よりによって聖職者がその代理を務めている。侯爵の姿はほとんど目にしなくなった。娘の誕生以来、侯爵は、家族思いの愛想の良い父親となるどころか、昔の悪習を復活させ、狩猟の毎日に戻ってしまったのだ。優秀な猟犬を有する山好きの主任司祭や郷士たちの家々を訪ね歩いたり、離れた狩り場まで足を延ばしたり、時には一週間もウリョーアの屋敷を空けることがあった。日ごとに話し方がとげとげしく、ますます利己的でせっかちになり、自分の願望や命令を以前よりきつい口調で伝えるようになっていった。しかし、それ以上にフリアンが憂慮したのは、サベルが、君主の寵愛を受ける側室さながらに、昔からの取り巻き連中を再び屋敷に招き入れるようになったことだった。気づけば、サビアとその家の者たちが、教区のおしゃべり女やぼろをまとった乞食たちとともに、自由に台所に出入りしていた。彼らは、フリアンが入っていくと慌てて出て行きはしたが、その時、胸元や前掛けの下に疑わしい塊を隠し持って行くのを忘れなかった。ペルーチョはといえば、もう身を隠そうともしない。むしろ館の至るところに姿を現し、ちょっかいを出してくる。要するに、以前とまったく同じ状況に戻ったわけだ。

気弱な礼拝堂付き司祭は、こうした状況を〈たいそうなことではない〉と自分に言い聞かせ、自分なりにどうにか納得しようとした。ところが、望んでもいなかったのに、忌まわしい出来事がたまたま、彼の目をこじ開けることになる。ある朝、フリアンはいつもミサを挙げる時刻より早くに目が覚めた。サベルに、半時間後にホットチョコレートを準備しておくよう伝えようと、彼女の部屋（彼の寝室がある塔の間近にあった）をノックした。だが、返事がない。台所にいるのかと思い階下に降りてみた。そして、文書保管室の脇にある大きな書斎（娘の誕生後、ドン・ペドロはそこで寝起きしていた）の前を通りかかったときのこと、部屋から、だらしない格好で眠そうな顔をした若い娘が出てくるのに遭遇した。心理学の法則によるなら、動揺するのは心にやましさを抱えるサベルのはず。ところが、実際にうろたえたのは、フリアンだった。うろたえたばかりか、強い打撃を受け両脚を砕かれてしまったかのような、経験したことのない感覚を覚え、慌てて寝室に立ち返った。部屋に入るや、彼はこんなこと、もしくはこんな風なことを思った――《なんということだろう、今日これからミサを挙げられる強気な者などいようか？》

第十九章

もちろん、彼はそんな強気な性格ではなかった。こんなに気が動転した状態でミサを執り行ったら、どんなミサになってしまうことか！　千々に乱れる、迫りくる思いを抑えられるまでは、そして、今後について揺るぎない決意を固めるまでは、ミサのことはあえて考えないでおこう。

状況は明々白々、一昨年とまったく同じ。自分は醜い悪徳、おぞましい犯罪に追い立てられ、館を立ち去るわけだ。ほんの一瞬たりともこんなところに留まるわけにはいかない。しかるべき礼を失することになるが、認めざるをえないだろう ―― 自分の作品とも言えるキリスト教徒の夫婦は失敗に終わった、と。聖家族の痕跡すらうかがえず、あるのは堕落と罪の温床のみ。こんな場所からは、さっさと逃げ出すに限る。

ただ……考えるのは簡単だが、実際に行動に移すとなると……そう簡単な話ではない。口実を見つけ、職を辞任し、荷造りをする……ここを立ち去ろうと初めて意を決したときでさえ、ひと苦労だった。今となっては、ここからいなくなると想像しただけで、冷や水を浴びせられたような心持ちになる。なぜ自分は、館から出て行くのを考えただけで、こんなにも気落ちしてしまうのか？　よくよく考えてみると、自分はこの家でよそ者ではないか。

よそ者……いや、よそ者ではない。自分は、館の人びとに敬意を払い忠誠を尽くしつつ、家族の一員として昼夜共に過ごし、家族と精神的に結びついて生活している。中でも、そう、赤ん坊とは。赤ん坊のことを思っただけで、ぼうっと気が抜けてしまう。もう二度とあの子を抱きしめられないと考えただけで、説明がつかないほど心中に動揺が走る。あの人形のような赤子が愛おしくてしかたがない！　目に涙があふれた。

「神学校で言われたことはもっともだ」と、卑下しながらつぶやいた。「自分は大変気弱で、そう……女性のようにあらゆることに影響を受けてしまう。叙階を受けた聖職者だというのに！　そんなに子どもが好きなら、こんな職に就くべきではなかったのだ。いや、いま自分は、あまりにも分別のないことを口にした……もし自分が大の子ども好きで、家庭教師や養育係としての資質があったなら、もちろん、街道を裸足で施しを求めて歩き回る子どもたちの世話に努めただろう。皆が、館のあの哀れな赤ん坊と変わらぬ、神の子なのだから……あの子のことをこんなにも愛するなんて、自分は間違っている、大変な過ちだ……しかし、あんな天使のような赤ん坊に口づけし、愛さずにいられる者などいるものか？　犬であっても、できやしない。あの天使を愛さずにいられるのは、獣くらいのものだ」

さまざまな思いを整理しながら、引き続き言うともなくつぶやく。

「わたくしはばかな男、間抜け者《ファン・ラナス》だ。あの時、どうしてここに戻って来てしまったのか。戻るべきではなかったのだ。旦那さまがこうなるのは火を見るより明らかだったのに。自分に気力が足りないせいだ。

あの不心得者の娘が自分から出て行かないのなら、命をとしてでも、鞭打ってでも館から掃き出すべきだった。でも、旦那さまがいみじくもおっしゃったように、自分には勇気が足りない。奴らは繊細さには欠けるが、自分より力があり悪知恵も働く。わたくしはまんまとだまされ、たぶらかされたわけだ。恥知らずな娘を通りに放り出さなかったわたくしを、彼らはあざ笑ったにちがいない。悪魔に勝ちを与えてしまった」

　こうして独白を繰り返しながら、フリアンは荷造りをしようと整理だんすの引き出しから衣類を取り出していった。ただ、優柔不断な人間にありがちだが、彼は、最初は衝動的に行動に出ても、じきに自分自身をだます手を探るような男である。案の定、旅行カバンを詰める一方で、早くも次のようにつぶやきはじめた。

「主よ、なぜこの地に、これほどの悪と愚が存するのでしょうか？　なぜ人は、悪魔のこんなにも粗雑な罠だったり、下劣な餌だったりに釣られてしまうのでしょう？」（こう言いながらカバンに靴下を並べていった）「婦人の中でも真珠ほど値打ちある、聖書の〈すぐれた婦人〉のまさに生き写しとも言える極めて貞節な妻をめとっておきながら（〈極めて貞節な〉という最上級の表現を思いついたのは、新品の平服《スータン》を慎重に畳んでいるとき）、よりによって、あんな下劣な娘、ただの使用人で、行き合せた農夫の誰とでも遊び歩く恥知らずの皿洗い女の手中に落ちるなんて！」

　独り言がここに至ったとき、彼はつばの反り上がった帽子を旅行かばんに詰めようとした。が、どうにも帽子をへこませずに入れることができない。

旅行カバンを閉めるときの蓋の音、ギイギイと革が擦れる音が、彼には皮肉めいた返答に聞こえた——

《恥知らずな女だからこそ、惹きつけるのだ》

「こんなことがあって良いものか？」と、善なる礼拝堂付き司祭はつぶやき続けた。「卑しくも破廉恥な、まさに罪の汚物のようなものに魅了され、それがまるで激辛の唐辛子であるかのように、味覚を刺激し食欲を増進させる。こうして悪習の虜になっていくなんてことが、あって良いはずがない！ まして、そういった罠に、卑しい身分ではなく、こともあろうに、高貴な生まれの紳士が陥るなんて……」

ここで手を休め、思い出しながら、整理だんすにあるハンカチの小山を数えた。

「四枚、六枚、七枚……一セット、十二枚はあったはず、全部に名前が刺繍されていたのに……この家ではどんどん衣類がなくなっていってしまう……」

数え直した。

「六枚、七枚……ポケットに一枚あるから、八枚……洗濯場にもう一枚あるかもしれない……」

ふいに、手に持っていたハンカチがすべり落ちた。一枚のハンカチを、よだれで首元が濡れないよう赤ん坊のあごの下に結んであげたことを思い出したのだ。深い嘆息が洩れる。カバンを開けると、絹の帽子が蓋でつぶれている。《入らないな》と思うと同時に、帽子がカバンに入らないことが自分の旅にとって大きな障害であるように感じられた。時計に目をやると、十時を指している。そろそろ赤ん坊がスープを食べる時間だ。その様子は皆の笑い種となっていた。口元を穀物がゆでべたべたにしながら、懸命にスプーンをつかもうとするが、どうにも手が届かない。そんな可愛らしい光景を見逃すなんて！ 階下に降りよう。明日になれば、きっとうまく帽子をカバンに詰め込めるはず、そしたら出立だ。出るのが二十四時間前だろうと後だろうと、大した違いはない……

延期という緩和剤は、多くの人にとって確実な特効薬だ。誰だって楽になるのに越したことはないのだから、緩和剤の服用を一義的に非難すべきでない。結局のところ、人生は延期の連続だ。ただ、それもいつかは最後の延期という決定的な結末を迎えるわけで。こうしてフリアンは、少し出立を延ばすという素晴らしい考えに至り、気が安らいだ。それどころか、むしろ嬉しかった。彼はあまり陽気な性格ではなく、どちらかと言えば、貧血気味の乙女に似て夢見がち、病的に無気力な傾向がある。そんな自分が今回、自分で解決策を見つけられたことに、ほっと安堵したのだ。そして、喜びに震える手で、急ぎ靴下や衣類の包みを解き、帽子と長マントを優しくカバンから取り出す。続いて階段に飛びつくや、ヌチャの部屋に降りて行った。

その日もいつもと変わりない光景が繰り広げられた。話題になった変化と言えば、赤ん坊が前日より何回多く、あるいは少なく乳を飲んだとか、今日干したおしめは何枚だったかとか、そんな程度のもの。ではあったが、礼拝堂付き司祭はこの平穏な館内で、音も立てずにじわじわと恐ろしいドラマが進行していることに気づいていた。ヌチャが物憂げな表情で、ため息をこらえている理由にも思い当たった。じっくり見ると、彼女は明らかにやつれ顔——肌は土色で、大きく見開いた目は虚ろ、美しい口元も娘に微笑むとき以外はたえず引きつっている。お嬢さんはきっと、すべてを知っているにちがいない。その姿を目の当たりにし、彼の心は深い悲しみで満たされ、ひとり立ち去ろうとした自分を責めた。もしお嬢さんが友人を、守護者を必要となさるなら、自分を置いて他に誰がいるというのだ？　間違いなく友人や守護者を必要となさっているというのに。

その夜、就寝前に、礼拝堂付き司祭は奇妙な光景に出くわし、これまで以上に当惑の闇に放り込まれた。三本芯ランプの油が切れ、寝室で祈ることも読書をすることもできなくなったフリアンは、油をもらいに台所へ降りた。そこではサベルの夜会が繰り広げられ、大いに盛り上がっていたのだ。かまどの周囲のベンチに座りきれないほどの客入りで、糸を紡ぐ娘もいれば、ジャガイモの皮をむく娘もいて、手を動かしつつ、ナヤ村のペペ親爺の滑稽な話だったり下品な冗談だったりに耳を傾けている。ペペ親爺は悪事にかけては一目置かれる老人で、ウリョーアの水車小屋に小麦を一袋挽きに来ていた。ただ、小屋で一晩過ごすにあたり、よそ者に親切なサベルに館で豚の脂身と切り身の入ったスープを一鉢恵んでもらうのも悪くなかろう、と考えやって来て、スープ代がわりに笑い話を提供していたのだ。台所の大きな食卓（結婚してからドン・ペドロ夫妻は使っていなかった）では、ランプの曇った光が、滋味に富む宴会の食べ残しを照らし出している。油がこびり付いた皿に肉の残骸、コルクの開いたぶどう酒の瓶、半分残ったチーズの塊――すべてが飽食を絵に描いたように、食卓の片隅に押しやられ山となっている。そして空きスペースには、十二枚のトランプ〔スペインのトランプは四種類のマーク（剣、聖杯、金貨、棍棒）に分類され、一〜九まで数札で、絵札は十が従者（ソタ）、十一が馬（カバーリョ）、十二が王（レイ）〕が横一列に並べられていた。セルバンテス〔一五四七〜一六一六年〕の著したふたりの少年リンコネーテとコルタディーリョが使い込んだカードほどには、四隅が丸く削れてはいなかったものの、それに負けないほど脂にまみれ汚れたカードだった。カードに向き合い立っていたのは、老婆マリア・ラ・サビア。考え深い顔つきで、枯れ枝のように節くれだった黒い指を伸ばしカードを差している。かまどに燃え立つ炎とランプの灯が、腰の曲がった醜い占い師を照らし出す。その姿は、梳いた麻くずのようにもじゃもじゃの髪が、夜宴《サバト》に出る魔女さながらの顔つきと相まって、誰であれ怖気づくほど。まして彼女の喉元の、巨大な甲状腺腫ほど醜怪なものはない。地獄絵に出てくる、目も唇もない顔のごとき腫瘍が、焼きりんごと見まごうほどつやつやとしている。それが首を変形させ、第二の顔と化しているのだ。フリアンは階段の高みに立ち尽くし、迷信的儀式を観察した。もし室内履きが音を立て、彼がいることがばれたなら、その儀式はきっと中断されたにちがいない。

仮に彼が、このきわめて怪しくも今だ崇拝者のいるトランプ占いに精通していたとしたら、食卓に並んだカードにどれほど心を奪われたことか！　というのも、その時、食卓上に、彼の人生に関わる、彼の脳裏にたえず登場する人物たちが一堂に、まるでドラマの配役のように会していたからだ。〈棍棒の王《レイ》〉――赤い縁飾りの付いたブルーのガウンをはおり、両足を踏ん張って緑色の大きな棍棒を肩にかついでいる――のカードが、褐色の髪をした既婚男性ドン・ペドロを表していると知ったなら、相手はかなり手強いと思ったはず。また〈棍棒の従者《ソタ》〉が、同じく褐色の髪の女性のシンボルであり、ヌチャを示しているとわかっていたら、その画を醜いなどとは思いもしなかっただろう。別のカード〈聖杯の従者〉が金髪の独身娘、すなわちサベルを表していると気づいたなら、礼をわきまえない酔っ払い女だと言い立て、そのカードを蹴飛ばしたにちがいない。ただ、彼が一番ショックを受けるのは、〈聖杯の馬《カバーリョ》〉（詳しく言うと、青色のカード〉が金髪の若者を意味しており、他ならぬ自分自身の表象だと知ったときだろう。もっとも、カードのそういった色合いは手垢で消えていたのだが。

老婆サビアはカードをよく切ったあと四つの山に分け、それぞれの山がどんな未来を意味しているのか、説明しはじめた。おぞましい洞穴のごとき彼女の口から発せられたすべての言葉を、フリアンが一言も漏らさず聞き取ることができたなら、彼はいったいどんな反応をしたことか！〈棍棒の従者〉と〈聖杯の八〉との組み合わせは、まさに密かな関係が長く続くことを意味していた。〈棍棒の八〉のカードが出れば、配偶者間で諍いが起きることを予見する。〈剣の従者〉が上下逆の〈聖杯の従者〉と一緒に出ると、妻の死により夫が男やもめとなるという不吉な兆しが隠されている。ただ、次に〈聖杯の五〉と組み合わされば、その後、幸せな結婚生活を送ることを示している。占い師の口から低くくぐもった声で繰り出されるこうした予言を聞き取れたのは、麗しき皿洗い娘サベルのみだ。背中で両腕を組んだ格好で占い師のほうに身を乗り出し、頬を赤らめ聞き入っている。ただ、魔女のほうは彼女を楽しませるというより、好奇心をかき立てて面白がっている様子。ぺぺ親爺の笑い話をめぐる台所の喧騒のせいで、老婆の途切れ途切れのつぶやきに注意を払う者などいない。階上にいたおかげでフリアンだけが、食卓（恐るべき儀式がおこなわれる三本脚の祭壇と化していた）を見下ろすことができた。つまり、見られることなしに相手を見て、かすかながらも何かを耳にすることができたのだ。ところが、老婆の声はぼんやりとしか聞こえなかったため、フリアンはもっと聞き取れるよう耳をそばだてた。その時、知らずに階段の手すりに寄りかかったのだろう、少しばかり手すりがきしんだ。すると魔女は恐ろしく醜い顔を上に向けると、瞬く間にカードを拾い集めた。礼拝堂付き司祭は、のぞき見るつもりはなかったとはいえ、結果的にそうなってしまったことに多少なりとも後ろめたさを覚えた。まして、目撃した光景に不安をかき立てられ、そうした妖術の使用をとがめる気さえ起きなかった。対して魔女は、いつものごとく謙虚で追従的な口調で、「少しばかり楽しゅむためですから」と、暇つぶしにすぎないことを強調し、慌てて弁明した。

その後、フリアンは浮き足立った様子で部屋に戻った。頭の中を訳のわからない思いが駆けめぐる。以前、ヌチャとその娘が館に住みつづけたら、大変な危険にさらされるかもしれないと漠然と考えてみたことはあった。しかし、今……今となっては、疑う余地はない、危険は間近に迫っている。なんと恐るべき状況だろう！　礼拝堂付き司祭は、興奮した頭で思いつく限りの可能性を探った――赤ん坊はさらわれ、餓死させられてしまうかもしれない、ヌチャは、もしかして毒を盛られるかも……いや、落ち着かねば、そんなことはない！　神がいらっしゃるからには、この世でそんな犯罪がおこなわれるはずがない。判事だって行政官だって死刑執行人だっているのだから。あのならず者の一団は、ご主人さまと館から搾取し、館に入り込む隙を見つけ、お嬢さんが有するはずの威厳と館における権力を横取りし、代わりに家を支配することで満足するはずだ。ただ……それで満足しなかったとしたら？

ランプのねじを回し、灯りを強めた。両肘を机に立てた格好で、ハイメ・バルメス〔一八一〇～四八年〕の著作を読もうと努める。ナヤ村の主任司祭が貸してくれた本だが、ありがたいことに彼の精神に心地よい安らぎをもたらしてくれる。イタリアの哲学者サンセベリーノ〔一八一一～六五年〕やその弟子プリスコ〔一八三六～一九一三年〕が著したスコラ哲学の本格的論考より、バルメスのほうが気安く、説得力のある論述で馴染みやすかった。しかしその夜に限って、バルメスの書いていることが一行も頭に入らない。ただ外から、悲しげな音、堰止められた水の絶えることなきうめき声や、林を吹き抜ける風音が聞こえてくるだけ。すると想像力が刺激され、そういった哀愁に満ちた音に混じって、もっと痛ましい人間の声、いや、人の叫び声が聞こえた気がした。そんなばかな！　気を取り直し、本に向かう。しかし再び、〈ああ〉という悲嘆の声が聞こえたような。犬だろうか？　窓をのぞく。曇り空に月が浮かび、はるか遠くから犬の遠吠えが聞こえてくる。フリアンはぞっとして窓を閉じた。彼は人より抜きん出て勇敢なわけではない。まして犬の遠吠えだ。村人たちが〈死の胸騒ぎ〉と呼び、隣人の死が迫る予兆だと信じられている陰鬱なこの旧家に仕えてからというもの、直観的にさまざまな不安を抱くようになっており、実はその時も、最初に屋敷を訪れたときのおどろおどろしい印象がよみがえって来ていた。根拠もなく抱いてしまう恐怖や、想像力が生み出す幻影などを払いのけてやろうという健全な反応を、リンパ性気質のフリアンに望むのは、どだい無理な話だ。ただ彼は、それがみずからの義務だと自覚した折には、いかなる危険ものともせず立ち向かう人間であり、これはすでに実証済みだった。もっとも、危険を蔑むかのように沈着冷静、英雄然として対処できるタイプではない、とも言える。そんな格好のよい反応は、多血で鮮血質の、がっしりした筋肉質の男にしかできっこない。フリアン特有の勇気とは、言うなれば、恐れおののきながらも奮い立つ、女性の一時的な神経症発作のような勇気だったのだ。

彼が再びバルメスに目を落としたとき……なんてことだ！　間違いない、確かにはっきり聞こえる！　恐怖に満ちた、鋭い金切り声が暗いらせん階段を上り、半開きのドアから入ってきた。なんて叫び声だ！

手に携えたランプが揺れ動く…… かまわず大慌てで、夢の中で階段から落ちるときと同じく、自分の行動に無自覚なまま、階下に駈け降りた。その後、いくつもの客間を飛ぶように走り抜け、長い廊下を、恐るべき叫び声が聞こえた文書保管室のほうへ向かった…… 手が震え、右手に携えたランプがより激しく揺れて、白漆喰の壁に奇怪な大影を映し出す…… 保管室とドン・ペドロの寝室とを隔てる廊下の角を曲がった途端、ひとつの光景が目に飛び込んできた…… なんということだ！ そう、彼が前に思い浮かべた光景そのままではないか…… ヌチャが壁に張りついて立ちすくみ、恐怖に顔をこわばらせている。単にぼんやりした、というのとは違う、ひどく虚ろな目だ。そんな彼女に向かって、夫が巨大な武器を振り上げている…… フリアンはふたりのあいだに割り込んだ…… ヌチャが再び金切り声を上げる。

「キャアー！ キャアー！ あなた、何をしているの！ 逃げるわ…… 逃げてしまう！」

分別を失っていた礼拝堂付き司祭だったが、ヌチャの叫びを聞き事態を把握した。と同時に、当惑し、かなり恥ずかしい思いをする…… 壁をはって、明かりから急いで逃れようとしていたのは、信じられない大きさの蜘蛛だった。八本の毛むくじゃらの長脚で巨大な腹を支え、その腹を左右に揺すって逃げていく。あまりの敏捷さに、主人はなかなかブーツで捕まえることができない。すると突然、ヌチャが一歩前に出て、怖じ気づいてはいるが重々しい口調で、幼少時に何千回と唱えた文句を無邪気にもくりかえした。

「聖ゲオルギオスよ…… 蜘蛛を立ち止まらせたまえ！」

醜い虫は暗い場所に入りかけたところで動きを止め、その上に、侯爵のブーツが振り下ろされた。恐怖から抜け出て、代わって不可解な喜びを覚えたフリアンは、自然な反応ながら、この出来事を笑って済まそうとした。ところが、ヌチャがまぶたを閉じたまま壁に寄りかかり、ハンカチで顔を覆っているのが目に留まった。

「何でもないわ、大したことではありません」と、ヌチャは小声で弁解しはじめた。「神経が高ぶって、少し涙が出てしまって……じきに治ります……まだ体調が完全には戻っていないので……」

「こんなに大騒ぎするほどのことかね！」と、夫は肩をすくめながら声を張り上げた。「おまえたちが、甘やかされて育ったからだ！　こんな騒ぎは初めてだ。ドン・フリアン、もしかしてあなたは、家が崩れ落ちるとでも思ったのですか？　さっさと引き上げることにしましょう！　おやすみなさい」

その後、礼拝堂付き司祭はなかなか寝つけなかった。自分が今しがたあれほど怖じ気づいたのは、よくよく思い返してみれば、ばかげていたと認めざるをえない。あんな意気地のないことではいけない、自分に打ち勝たねば、と心に誓った。しかし、それでも気が休まらない。先ほど受けた衝撃が、脳の触れたい深部に広く張りついている。そのため、彼が眠気に誘われ眠りに落ちようとすると、即座に、悪夢が、どれも負けず劣らず真っ黒で抑圧的な悪夢の一団が彼に襲いかかってくる。夢の中にウリョーアの館が、荒廃をきわめた大きな屋敷が現れる。しかし、ひどく異常な精神状態にあるせいか、見えてきたのは、見慣れた――幅のある方形の巨塊、広々とした客間、何の変哲もない幅広の表門、修道院のように重厚な十八世紀の建造物特有の外観といった――巣窟ではない。紛れもなくウリョーアの館だが、その形状は別物。つまり、あくまでも現実世界にもとづいているのだが、統制の効かない想像力のせいで、順番も何もかもがごちゃ混ぜになった光景だった。柘植の茂った庭園と貯水池は、夢の中では、屋敷の周囲をぐるりと取り囲む大きくえぐれた壕に姿を変え…… 堅固な土塀には至るところに狭間が設けられ、上部は銃眼つき胸壁に…… 表門はギーギーときしむ鎖の付いた跳ね橋に…… 要するに屋敷が、他でもない、封建時代の城砦と化していたのだ。ただし、城砦の主塔にモスコソ家の旗がひらひらと翻るといった、ロマン主義的な小道具にもこと欠いていない。間違いない、フリアンはきっとどこかで、これに似た昔の建造物（こういったおどろおどろしい建物は、今世紀、大切に修復が進められている）の絵画を目にしたか、おぞましい描写を本で読んだか、したのだろう。夢の中の城砦で、実際の館を思い起こさせるのは、立派な盾形紋章ぐらいのもの。もっとも紋章にも明らかな違いがあった。フリアンにははっきりわかったのだ、紋章の彫られた石のエンブレムが生命を有していることが。紋章の松は緑の葉をつけ、その樹冠は風にそよいでいる。二匹の狼は頭をもたげ陰鬱な咆哮を上げている。塔の高みを見上げたフリアンは、目を奪われる。なんとそこに、警戒すべき人物が、全身を鎧兜に身を包み、面頬を目深にかぶった騎士が仁王立ちしている。指一本さえ露わになっていなかったが、フリアンは、夢の中で得た透視力によって、面頬の内側にドン・ペドロの顔を直感した。猛り狂った脅すような形相で、ドン・ペドロは奇妙な武器を手に掲げている。それは鉄製のブーツ。そのブーツを礼拝堂付き司祭の頭に叩き付けようとしているのだ。ところが司祭はブーツを避けようとしない。身動きひとつしない。そして、ブーツが彼の頭上に振り下ろされることのないまま、耐えがたい苦悶の時が流れる。まるで終わりなき断末魔だ。するといきなり、もじゃもじゃの白髪の、醜悪きわまりない梟が自分の肩に止まるのを感じた。叫び声を上げようとするが、夢の中では声が必ず喉元で凍りついてしまう。梟は声を立てず笑っている。梟から逃れようと、フリアンは壕に飛び込む。だが、それはすでに墺ではなく、水車小屋の堰に変容している。なぜか、封建時代の城砦も形を変え、今や聖人画の中で、聖女バルバラが片手にかかえる古典的な塔（聖女が父親によって幽閉された）にそっくりの建造物――ただその塔は、色つきの厚紙、それも小さな真四角の厚紙ブロックでできていた――になっている。そして塔の窓から、青白い、当惑した表情の女性の顔がのぞいている……その女性は窓から一方の足を出し、次にもう一方の足を出し……窓にぶら下がる格好となった……なんということだ！ それは〈棍棒の従者〉、老婆サビアが食卓に並べていた脂まみれのカードの中の一枚、〈棍棒の従者〉ではないか！ 塔の下ではその女性を〈剣の馬〉、青色に黒縞の尻尾のある、見たこともない害獣が待ち受けている。いや、フリアンはすぐに自分の誤りに気づいた。〈剣の馬〉だなんて、とんでもない！ それはまさに聖ゲオルギオスではないか。天の軍務に従事した勇猛な遍歴の騎士は、自分が退治した竜を足下に従えている。ただ、その竜は蜘蛛にそっくりだ。聖ゲオルギオスは竜の鋏のような口に、果敢に槍を突き立てる……ぎらりときらめく鋭利な槍が、竜の口に突き刺さり、深く、深く食い込んでいく……驚いたことに、その槍の一撃をフリアンは自身の脇腹に感じていた……彼は涙しながら、消え入りそうな声で慈悲を請う。だが、彼を救おうと駆けつける者はいない。槍はすでに彼の身体の片側からもう片側へ突き抜けた……その時、はっと目が覚め、右手に突き刺すような痛みを感じた。左脇腹を上にして寝てしまい（これこそ悪夢を見がちな姿勢である）、右手に全体重がのしかかっていたのだ。

第二十章

夜見た恐ろしい夢というものは、翌朝、日が射すやいなや笑い飛ばせるものだ。ところが、ベッドから出たあともフリアンは、前夜の夢のショックを振り払うことができなかった。激しく想像力をかき立てられたせいか、神経が高ぶったまま冷め切らない。窓から見える光景も、陰気で不吉なものに感じられた。実際、天空は、暗紫がかった鉛色の雲に覆われ、しんと静まり返った木立が、時折ヒューヒューと音を立てて吹き出す突風にあおられ、ざわめいている。礼拝堂付き司祭は気を取り直し、ミサを挙げようとらせん階段を降りていった。館の礼拝堂がひどい状態のため、教区教会で捧げることにしていたのだ。教会からの帰り、館の表門に近づいたとき、つむじ風が乾燥した落葉を巻き上げ、足下から彼を冷気に包み込んだ。石でできた大きな巣窟は、恐ろしいほどの仏頂面で、人を寄せつけない牢獄か、前夜夢に出てきた城砦を思い起こさせる。暗雲の幌の下、北風に鞭打たれ、恐ろしい音を立てる館は、たしかに不吉で険悪な雰囲気をたたえている。フリアンは、恐怖に魂をわしづかみされたかの思いで館に足を踏み入れた。凍てついた玄関と洞窟のような台所を急いで通り抜け、ひっそりしたいくつもの客間を横切り、大慌てでヌチャの部屋に逃げ込む。彼女に乞われ、そこで温かいチョコレートをいただくことになっていたのだ。

お嬢さまはふだんにも増して顔色がすぐれない。いつもながら頬がこけ、顔にやつれが目立つが、今日は加えて、狼狽したかのように筋肉が引きつり、神経がぴんと張り詰めているのがわかる。腕に赤ん坊を抱いており、フリアンが部屋に入るや、声をかけたり動き回ったりしないよう彼に素早く目配せした。赤ん坊が母親の胸の温かみに包まれ、天使のように寝つこうとしていたのだ。ヌチャは、我が子の上に身をかがめ、息を吹きかけて寝かしつけながら、繭がさなぎを包むように、産まれたての生命を包み込んでいる手編みのショールを、しきりに直している。母親は乳母から習った子守歌《ナナ》をささやきつづける。それは悲しげな〈ライ……ライ!〉――ガリシア地方のあらゆる民謡に共通するゆったりと長くつづく嘆き――を基調としたハミングの一種で、次第に音が低くなっていき、最後は優しく物寂しい唯一の〈エー〉と長く引き延ばした音になって終わる。子守歌のあいだに二、三度まばたきした赤ん坊は、小さな目をゆっくりと閉じた。ヌチャは娘を、爪先立ちで揺りかごまで運び、息をひそめるようにそっと寝かせる。というのも、(母親の話では)たいそう利口な赤ん坊で、すぐに揺りかごと腕の違いに気づいてしまう、そして揺りかごに置かれたと気づくや、どんなに寝入っていても目覚めてしまう子だったからだ。

そのため、フリアンとヌチャは小声で言葉を交わしたのだが、その間も彼女は、まるで袋のように小さな靴を編む〈鉤針〉の手を休めることはなかった。フリアンは開口一番、前夜のショックからもう立ち直られましたか、とヌチャに尋ねた。

「はい、でもまだ、自分でもなんだかわからない状態で」

「わたくしもああいった虫はどうにも不快で好きになれません…… 田舎に来るまであんなに大きいの

は見たことがなかったもので。サンティアゴにはほとんどいませんでしたから」

「わたし」とヌチャが心境を漏らす。「以前はとても勇気があったんです。でも……あの子が産まれてから、どうかしてしまったようなの。馬鹿みたいに何にでもおびえてしまって……」

編んでいた手を休め、顔を上げた。大きな目を見開き、唇をかすかに震わせている。

「これは病気、恐怖症の一種だとわかっているんです。でも、どうやっても自分では治せません。頭がおかしくなってしまったのかしら？　怖いことやぞっとするようなことばかり考えてしまうの……あの嫌な蜘蛛を見たとき、わたしがどんな金切り声を上げたか憶えておいででしょう。日が暮れて赤ん坊とふたりだけになると——乳母は、一度眠ったら死んだも同然、八インチの大砲を耳もとで発射されても身動きひとつしない人ですから数に入りません——自分を抑えられなくなり、いつも昨夜のように分別をなくしてしまうのです。恥ずかしくてフンカル先生には話していませんが、なんだか異様なものが見えてしまって。壁に掛けた服が、首をつった男や、棺から出てきた死に装束の屍体に見えるなんてこともしょっちゅう。寝るまえ、石油ランプの灯が付いているうちに、服をどんな風に掛け直してみても同じこと。ランプを消して油受けの芯を灯した途端、異形な姿に変わってしまうのです。頭のない人に見えることもありますし、さまざまな表情、大口を開けたり、しかめっ面をした顔に見えることもあります……他にも、衝立に描かれた道化たちが動き出したり……今晩のように風で窓がきしむ夜には、別世界に住む魂がうめき声を上げているような気がしてしまうのです……」

「お嬢さま！」とフリアンが痛ましい声を上げた。「それは信仰に反する考え方です！　亡霊や魔術といったものを信じるべきではありません」

「信じてなどいませんとも！」お嬢さまは神経質な笑いを浮かべながら答えた。「わたしが乳母と同じような人間だとお思いですか？　乳母は深夜に、鬼火をともなった〈煉獄の魂の行列《コンパニャ》〉を実際に見たことがある、と言う人なのですよ。わたしはそんなくだらないことを信じたことなど一度もありません。だからこそ、自分は病気にちがいないと申し上げているのです。あらぬ幻や化け物に付きまとわれているのですから……フンカル先生が始終しつこくおっしゃるとおり、身体を丈夫にすること、血を作るのが大事なんでしょうね……血がお店で買えないのが、本当に残念です……そう思われません？」

「あるいは、健康なわたくしたちが……必要となさる人びとに……お分けできないのは残念至極です……」

つかえながらこう答えた司祭は、うなじまで真っ赤になった。というのも、衝動的に次のように叫んでしまいそうだったからだ――《マルセリーナお嬢さま、どうかわたくしの血をご自由にお使いください》

一気に頭に血が上ってしまったフリアンは、とにかく気を静めようと口をつぐんだ。数秒のあいだ、静寂がふたりを包む。その間ふたりとも、向かいの奥まった大窓から外をじっと見つめ、ぼんやりと物思いにふけった。気づかぬ間に、目に映る陰気な光景が、ふたりの意志に反しひたひたと彼らの魂にまで忍び入った。暗い屋根のごとき荒れ模様の空の下、黒く険しい、がっしりとした山々が連なる。谷は、雲のなかで苦悶する太陽の淡い光に照らし出されている。身じろぎひとつしなかった栗林が、いきなり解き放たれたかのように荒れ狂う突風に激しくあおられる。礼拝堂付き司祭とお嬢さまは、同時に声を上げた。

「なんてもの悲しい日でしょう！」

フリアンはなぜヌチャとまったく同じ恐れを抱いたのか、考え直してみた。そして突然、思いつくままを口にした。

「お嬢さま、この館もまた……館のことを悪く言うつもりはないのですが……少しばかり〈怖じ気づく〉と思いませんか？」

自分がなかなか言い出せなかった思いを、礼拝堂付き司祭がまさに言い当ててくれたとばかりに、ヌチャの目が輝いた。

「冬になってからというもの」と、自分に話しかけるようにつぶやく。「館がどこかおかしいのです。何かおかしなものに見えてしまう……同じ館だと思えないんです……土塀まで前よりずっと分厚く感じられ、石も前より黒ずんだ気がして……馬鹿げたことだと、もちろんわかっています！　でも今では、なかなか部屋から出る勇気も持てなくて。以前、あんなに館の隅々までひっかき回し、至るところに足を運んだわたしが……この状況から抜け出すには、館を歩き回るしかありません……ちょうど、リネンの入った長櫃があるか、地下室まで見に行かなければなりません……そこで、フリアン、娘も寝入ったことですし、一緒に来ていただけませんか……わたし、頭に張りついた妄想やら馬鹿げたことやらを消し去ってしまいたいんです」

礼拝堂付き司祭は、行くのを思いとどまらせようと試みた。いくつもの客間を通り抜けたり、回廊に降りたりしたら、彼女が疲れて風邪を引くのではないかと案じたのだ。お嬢さまはフリアンの危惧に応える代わりに、編み物を置いて、ショールで身を包み、歩き出した。ふたりは、ずらりと続く、家具が取り払われ空っぽ同然の広い客間を、鈍い足音を響かせながら急いで次々に横切って行った。ヌチャは時折振り返り、同伴者が自分に付いてきているかどうか確かめる。その様子から彼女が不安で動揺しているのは明らかだ。彼女の右手には鍵の束がぶら下がっている。回廊の上に出たふたりは、傾斜の急な階段を降りた。一階の回廊は石造のアーチ天井となっている。

荘厳な回廊に囲まれた中庭に足を踏み入れると、ヌチャは鉄製の輪がはめ込まれた支柱を指さした。その輪には、さびだらけの鉄環がぶら下がっている。

「これが何か、ご存じですか？」と、弱々しい声で尋ねた。

「いいえ、存じません」フリアンが返答する。

「ペドロの話では」とお嬢さまが説明を始めた。「昔あそこには鎖が付いていて、彼の祖父母が黒人の奴隷をつないでいたとのことです……そんな残酷なことをするなんて、信じられます？　なんてひどい時代だったのでしょう、フリアン！」

「お嬢さま……医者のドン・マクシモは、政治のことしか頭にない男ですが、よくそんな話をしてくれます。お嬢さま、程度の違いはあれ、どんな時代にも悪の道は存在します……今もって相当な残虐行為がおこなわれ、それにまつわる騒動のせいで信仰が失われております」

「たしかにこの地では」と、ヌチャは歴史家や哲学者が口にするような見解を、さらりと述べた。「まさに昔の領主がやるような、時代錯誤の残忍な行為を目にすることがあります……どんな残忍なことをしてやろうかと、そのことしか頭にないみたいな人もいる……人はなぜ良きキリスト教徒になれないのでしょう？」と、口を半ば開け無邪気ともとれる驚きの表情で、疑問を投げかけた。

その時、空が一段と暗くなった。突如、稲妻が走り、回廊のアーケードの暗闇とお嬢さまの顔を照らした。緑がかった雷光に照らし出されたヌチャの顔は、聖像のように悲劇的な形相を浮かべている。

「聖女バルバラよ、どうかお助けください！」礼拝堂付き司祭は震えながら敬虔な祈りを口にした。「お嬢さま、上に戻りましょう……雷が鳴っています。今年は、〈アッシジの聖フランチェスコのひも打ち（九月十七日の嵐）〉がなかったものですから……どうも秋分のまえの嵐を避けるのは許されないようですね……上がりましょうか？」

「いいえ」とヌチャは、おびえる自分と戦うことに執着し、頭を振った。「これが地下室の扉ですね……鍵はどれかしら？」

束の中から見つけた鍵を穴に差し込み、扉を押し開けた瞬間、再び稲妻が走り、今から入ろうとした空間を幻のごとき光で満たした。ジュピターの操る雷の荷車がゆっくりと動きだす。荷車はつづいて、怒気を一杯に含んだ声のような、がらがらとすさまじい音を立てて走りはじめた。ヌチャがぎょっとして後ずさりする。

「お嬢さま？　どうかなさいましたか？」礼拝堂付き司祭が雷鳴に負けじと叫んだ。

「いいえ……何でもありません！」ウリョーアの奥さまは口ごもった。「扉を開けたとき、室内に、大きな犬が一匹座っているのが見えた気がしたものですから。今にも起き上がって、わたしに飛びかかってきて、噛みつくんじゃないかと……わたし、正気を失ったのかしら？　誓ってもいい、本当に犬がいたのですよ」

「慈悲深い聖母マリアの名にかけて、なんということをおっしゃる！　お嬢さま、決してそんなことはありません。きっとこの場所が冷え切っており、雷も鳴っているからです。こんな時に地下室を探し回るなんて狂気の沙汰……お嬢さまはお戻りください。わたくしが必要な物を探してまいります」

「いいえ」と、ヌチャが強く拒絶した。「こんなぶざまな生活、もう本当に我慢なりません……まずわたしが中に入ります。そうすれば、わたしがどの程度、この馬鹿げた状況を認識しているか、あなたにわかってもらえるはず……マッチをお持ちですか？」と、中からヌチャが大声で尋ねた。

礼拝堂付き司祭がマッチをする。と、地下室が弱々しい明かりに照らし出された。湿気のにじみ出た壁や、不用になってそこにしまい込まれ、片隅で朽ち果てつつあるさまざまな物体の、ぼんやりとした輪郭がかいま見える。はっきりとした形状を失ったそれらの塊は、なおさら、奇怪で恐ろしい雰囲気を醸し出す。不用だからとしまい込まれた古物が山となり、鼠にかじられるがままになっているのだ。そうした地下の薄暗がりの中では、机から突き出た脚はミイラ化した腕に見える。時計の文字盤は、死者の白みがかった顔。紙くずやがらくたの隙間にのぞく虫食いだらけの乗馬ブーツは、さらに想像力をかき立て、まるで刺殺されそこに隠された屍体に見えてくる。にもかかわらずヌチャは、意を決したような足取りで、じめじめした身の毛のよだつ粗大ゴミの塊に向かって真っすぐに進んでいった。そして、みずからに対し偉大な勝利を収めた者が、感激しながらも興奮を押し殺しているような口調で断言した。

「ここに長櫃があります……あとで上に運んでもらいましょう……」

ヌチャは果敢にも、自身を脅かす館に体当たりし、勝利をもぎ取ったことに満足したのか、颯爽と地下室を後にする。しかし、階段を上ろうとした瞬間、これまで以上に重く激しい雷鳴がより近くでとどろき、再び彼女をおびえさせた。今すぐ、聖体のろうそくを灯し、聖なるかな、聖なるかな、聖なるかな……と三聖誦を唱えなければ！

部屋に戻ると、すぐさまその準備にかかった。ろうそくがヌチャの整理だんすの上に立てられる。それはとても長い、蝋の滴が幾筋も垂れたオレンジ色のろうそくで、ぱちぱちと音を立てるばかりで、なかなか火が付かない。ふたりはひざまずくまえに、稲妻の閃光で目が眩まないよう、窓の木戸を閉じた。外では、風がますます怒りを増しうなり声を上げている。雷雲が館の真上に居座ったにちがいない。屋根の上を一騎兵中隊の馬がギャロップで駆け抜ける、あるいは、巨人が屋根瓦の上で大岩を引きずり、大音響を立てて面白がっているかのような轟音が聞こえた。そんな中、礼拝堂付き司祭がどんなに熱心に、神秘に満ちた三聖誦を唱えはじめたことか！　館をまるで掘っ建て小屋同然にぐらぐらと激しく揺り動かす神の怒りに圧倒されながら、彼は祈った。

この三聖誦によって
予期せぬ死や
稲妻や稲光から祈る者を救いたまえ

そして、護りたまえ。そして、どうかご教示を……

するとと突然、ヌチャが立ち上がり、金切り声を上げだした。ソファーに駆け寄ると、そこに突っ伏し、ヒステリックな高笑いをとぎれとぎれに発している。まるでしゃくり上げているようだ。引きつった両手で、服の鉤フックを引きちぎったり、こめかみを押さえたり、ソファーのクッションに爪を立て怒り狂ったかのように引き裂いたり……こうしたことの第一人者というわけにはいかないが、ともかくフリアンは何が起きているのかを理解した――どうにもならない発作、抑えていた恐怖心の爆発、哀れなヌチャが勇気を誇示したがゆえの報いにちがいない……

「フィロメナ、フィロメナ！　ここに持って来てください、ここです……水と酢……あの小瓶……セブレ町の薬局で出された小瓶はどこにありますか？　服を緩めて差し上げて……今、背を向けますから。言われるまでもなく……それより、濡らした布をこめかみに当ててておあげなさい……雷よ、好きなだけ鳴るがいい！　もう気にかける余裕もない……お嬢さまのお世話を……こんな紙でも、ないよりはまし、これで扇いであげなさい……もう振り返っていいですか？　服を緩めましたか？　それはわたくしが嗅がせて差し上げましょう、少しずつ……酢を深く吸い込むように……」

第二十一章

数日後、ウリョーアの奥さまの容体は少しばかり快方に向かった。おかげで礼拝堂付き司祭のさえない顔も生き返ったように活気を取り戻した。侯爵はといえば、その間も狩りの準備に余念なく、周囲の者を誘って川のずっと向こう、遠くカストロドルナ村の山まで出かける計画を立てていた。このところ天気は安定している。きっと氷点下まで冷え込む澄みきった夜になるだろう。満月も近づいている。すべての条件が猟の成功を約束していた。猟場に発つ前夜、館に泊まりにやって来たのは、セブレ町の公証人、リミオソ家の子息、ボアン村の主任司祭、ナヤ村の主任司祭、他に、その地方で〈ハツカネズミの鼻面〉というあだ名で知れ渡っている密猟者で、百発百中の射撃の名手。それにしても、ハツカネズミの鼻面とはよく言ったもの。黒く汚れた顔の中で小さなふたつの目をしきりに動かすこの男にうってつけのあだ名だ。その夜、館は、犬たちが木の床をリズミカルに爪でひっかく音や、首輪の鈴をチリンチリン鳴らす音、猟具をすべて夜明けまでに準備しておくよう命じる主人の声が響きわたり、あらゆる騒音で満たされた。もちろん夕食は、愉快で騒がしいものとなった――冗談を言い合ったり、鷓鴣を何羽撃ち落としてやると宣言したり、山に持って行く食糧をあらかじめ味見したり、年代物の素晴らしい赤ぶどう酒を何杯もあおって事前に喉を湿らせたり。赤ん坊が気がかりなヌチャが早めに席を立ったあと、デザートとコーヒーの時間になると、台所にいたプリミティボとハツカネズミも加わり、明日から栄光も疲労も分かち合う仲間たちは、競いあうように煙草を吸い、杯を重ね、親交を深めた。それは互いに狩猟のエピソードを時に大げさに披露しあう、生粋の猟師にとって舌鼓を打つような至福の時だ。

誰もほら話を披露するのを辞退しない上に、話が混み入ってくるにつれ、ますます長くなるため、〈平和的な輪番制〉が採られた。猟師たちは輪になって順番を待ち、その足下に犬たちが丸くなって寝ている。犬たちは片方の目を閉じ、もう一方の目は半開きでまぶたを震わせているが、大笑いや冗談話が止むと、時折、彼ら流に〈ギターを奏でた〉。つまり、フルオーケストラの演奏のような大騒ぎで蚤を追い払うのだ。また、眠気からうなり声を上げたり、耳を引っ掻いたり、あきらめ顔で嘆息を洩らしたりするが、主人たちは誰も気に留めない。

ハツカネズミの鼻面が発言する番がきた。

「これから話すことは信じてもらえんかもしれねぇっす。しっかし、いつか必ずあっしが死んで、大地に飲み込まれる時が来るのと同じくらい、正真正銘、ほんっとの話でさぁ！　正確に言えば、それは聖シルウェステルの祝日〔十二月三十一日〕のこと……」

「魔女たちが通りに解き放たれたんだろう」ボアン村の主任司祭が口をはさんだ。

「それが魔法使い《メイガ》だったのかお化け《トラスノ》だったのか、あっしは知らねえ。ただ、主なる神の前で自分の〈おっこない〉を説明せんといかんのと同じくらい、これから皆さまに話すことはほんっとにあっしに起きたことなんだ。あっしがそっと身をかがめて鷓鴣を追ってたとき（ハツカネズミは昔からの癖で、話しながら実際に身をかがめてみせた）、というのも、助けてくれる犬も悪魔も連れていなかったんで。今ここにいらっしゃる尊敬すべき方々には失礼かもしれねえが、あっしは馬みてえに垣にまたがってた。その時、野兎が跳ねる音、トラス・トリス、トラス・トラス！　ティピリ、ティピラ！　が聞こえたかと思ったら、〈火花〉みてぇな……素早さで寄ってくる！　それで……あっしはこんな具合に顔をそっちに〈向っくた〉……どうか、罰当たりな喩えに、お許しを！　教皇さまの免除教書よりもがっしりと銃を握ったまま……そしたら、ふいと！　頭の上を別の世界のもんが跳び越して行きやがった。それで、あっしは垣から真っ逆さまに落ちたってわけで……」

質問に笑い声、抗議の声が相次いだ。

「別の世界のものだって？」

「煉獄の魂とでも言いたいのか？」

「で、それは人だったのか動物だったのか、それともいったい何だったんだ？」

「ドアを開け放て。このほら話は部屋に入りきらんぞ」

「神よ、どうかあっしをお救いください。栄光をお与えください。ほんっとの話なんでぇ」と、ハツカネズミの鼻面はこれまでになく悲しい顔で神に哀願した。「白状しやすが、それはずうずうしい野兎だったんでぇ。あっしの頭の〈うんえ〉を跳び越え、あっしを押し倒しやがったんでさぁ！」

この説明に一同は興奮、大げさに反応する。ナヤ村の主任司祭ドン・エウヘニオは文字通り抱腹絶倒、腹を両手で押さえ、涙を流し苦しんでいる。ウリョーア侯爵は、地響きするような高笑いを。プリミティボまでが、ぼんやりとしたさえないものだが、笑い声を上げている。もはや周りの者を笑わせずに、好好爺たるハツカネズミが口を開くことはできないというありさま。どんな猟師（たちの悪い冗談が大好きな輩）の集まりにも、道化師、ひょうきん者、期待を裏切らないおどけ者がひとりはいるものだが、ここでは当然、その役が密猟者に当たり、彼自身大喜びでその役を担っていた。野兎や穴兎、鷓鴣を待ち受けて、しょっちゅう戸外で昼夜の別なく過ごすハツカネズミのこと、かじるパンのかけらにもたびたび事欠き、野蛮人さながら縄で腹を縛り上げてやり過ごすのがあたりまえ。そんな哀れなネズミにとって、お偉い方々と猟に出る恩恵にあずかれるのは、この上ない幸せ。というのも、そういう方々は猟場に、年代物のぶどう酒がぱんぱんに詰まった皮袋やゆでた豚の塩漬け肉《ラコン》、さらに葉巻までも携えて行くのが常だったからだ。まして、そのような人びとに自分のほら話を褒められれば、有頂天になるのも当然というもの。そんなわけで、日を追うごとに彼のほら話には磨きがかかり、今では、よりもっともらしく、無邪気な口調で話せるようになった。そして、からかわれると、支離滅裂な主張に支持を取り付けようと、天国の神と聖人たちにすがってみせた。

　話し終わった後も、彼は、まるで世界地図のように継ぎはぎだらけのズボンのポケットに両手を突っ込み、古くなった獣脂色をした鼻や口を滑稽なほど素早く動かしながら、突っ立っていた。野兎の逸話に負けないくらいもっともらしい話を、誰かがリクエストしてくれるのを待っていたのだ。だが次は、ドン・エウヘニオの番だ。

「ご存じでしょうか」と、笑いすぎて半分涙目になり口角に泡をためながら、ドン・エウヘニオは話しはじめた。「司教座聖堂参事会員のカストレロ師と、たいそう冗談好きのラミレス・デ・オレンセの間に起きた大事について？」

「司教座聖堂参事会員のカストレロ師だって！」と、ボアン村の主任司祭と侯爵がそろって声を上げた。「あれは変人だ！　これは面白い話になるぞ！　あいつは……大聖堂の塔にも負けないほどでかいほら話をするからな」

「どうか皆さん、ご静聴ください、カストレロ師が思ってもみない場所で、どうやって自身にうってつけのお相手を見つけたのか。それは夜、倶楽部《カシノ》で、トランプ遊び《トレシージョ》に興じていたときのこと、カストレロ師がいつものように猟の話を始めたそうです……もちろん、全部がほら話ですがね！　そうこうして話し飽きてきた頃、このあたりで一発、途方もないほら話を聞かせてやろうと、たいそう真面目な顔で語りはじめた。その話というのがこうです――『お耳を拝借。ある朝、私が山に行ったところ、低木の茂みから何か……怪しい音が聞こえてきたんです。そこでそっと近づいた……音は止まない。もっと近づく……もう間違いない、何か獲物がそこに隠れているはず。弾を込め、照準を合わせ、発射……バン、バン！　皆さん、私が何を仕留めたのかおわかりですか？』一同それぞれ思いつくまま獣の名前を挙げた――狼だ、狐だ、猪だ、しまいには熊と言った者もいた……カストレロ師は首を横に振って否定した……そして最後に口を開いた――『狐でも狼でも猪でもありませんな……私が仕留めたのは……なんと、ベンガル虎だったんです！』」

「ドン・エウヘニオ……ご冗談を！」と、猟師たちが口をそろえて異議を申し立てた。「カストレロ師に、そんな勇気があるものか？……どうしてその場で、あいつの面に平手打ちをお見舞いしてやらなかったんだ？」

ドン・エウヘニオは興奮する聴衆に手を焼きながら、話の核心が残っていると合図を繰り返したが、ついに「お静かに！」と声を上げた。「どうかご辛抱ください。まだ話が終わっておりません。さて、皆さんのご想像どおり、倶楽部は大騒ぎになった。カストレロ師を侮辱し、面と向かって嘘つき呼ばわりする者も出たとか。その中、ラミレス氏だけがとても礼儀正しく、騒々しい者たちをなだめようとした――『驚くことはございません。それほど驚くことではありませんよ。狩猟中にわたしに起きたことをお話しいたしましょう。カストレロ師に起きたことより、もっと奇妙な出来事ですので』参事会員はいぶかしみ、聴衆は耳を傾けた。『お耳を拝借します。ある朝、わたしが山に行ったところ、低木の茂みから何か……気になる音が聞こえてきたのです。そこでそっと近づいた……それでもなお、音は止まない。もっと近づく……もう間違いない、そこに何か獲物が隠れている。弾を込め、照準を合わせ、発射……バン、バン！　参事会員さま、わたしが何を仕留めたのかおわかりですか？』――『私に、わかるわけないじゃないか？　もしや……ライオンとでも』――『まさか！』――『じゃあ……象だろう』――『とんでもない！』――『だとしたら……何でもおまえさんの好きな動物でかまわん』――『〈棍棒の従者《ソタ》〉ですよ、カストレロ師！　トランプカードの〈棍棒の従者〉〔タロット占いで、無礼で恥知らずな女を意味する〕だったんです！』」

一同が話をのみ込むまで、数分の間があった。まず弾けるようにハツカネズミが甲高いしゃっくりのような笑い声を、リミオソの子息はしわがれた低い笑い声を上げた。ボアン村の主任司祭にいたっては、どうやって笑いを抑えていいかわからず、地団駄を踏み食卓を叩き付ける。

「おい！」と、ドン・エウヘニオが声をかけた。「ところでハツカネズミの鼻面、おまえさんは虎と遭遇したことはないのか？　一杯やって、その辺りで出くわしたことがあるかどうか話してくれ、〈師匠どの〉」

ハツカネズミはグラス半分ほどを飲み干すと、小さな目をぎらりとさせ、口元を垢で汚れた上着の袖で拭った。そして、真顔ながらも無邪気な調子で話しはじめた。

「〈とぉら〉は……この辺りの山にはいないはずだがね。いたとしたら、あっしだって一頭くらい仕留めたことがあってもいいと思うんですがねぇ。ともかく、八月の聖母被昇天の祝日〔十五日〕に、あっしに起きたことをお聞かせいたしましょう……」

「午後三時十分に起きたのでしょう？」とドン・エウヘニオがからかった。

「いや……朝の十一時、あるいはもっと早くだったかも。皆さん、どうかあっしの話を信じてくだせぇ、太陽さんがあっしらを照らしているのと同じくらい、ほんっとの話なんですから！　畑で雉鳩を仕留めた帰り道、ナヤ村のペペ親爺んとこの女の子と出くわしたんだがね。その子は綱をこうやって手につかんで（綱ひもを手首に巻き付ける仕草をした）、雌牛を引いて来た。『おはよ』――『ああ、おはようさん』――『あたいにきじ《ルラ》、おくれよ？』――『じゃ、おまえさんは代わりに何をくれるんだい？』――『あたい、いちもんなし』――『じゃ、その雌牛の乳を飲ませてくれぇ、喉がからからだ』――『飲んでいいけど、全部吸っちゃだめだよ』あっしは、こうひざまずき（ハツカネズミはナヤ村の主任司祭を前に少しひざまずいて見せた〕、掌で乳を搾って、どうかこんな恥知らずな言い方をお許しくだせぇ、乳をごっくんごっくんと飲んだ。なんて新鮮だったたか！『ごちそうさん。じゃあな……雌牛に聖アントニオス〔家畜の守護聖人〕さまのご加護がごぜぇますように！』それからあっしは歩きに歩いて、四分の一レグアほど行ったところで、体中が眠気に襲われ……頭がぼうっとなった。ひと眠りするしかねぇ！そこであっしは頂に向かって山に入り込み、人より背の高いハリエニシダが生い茂った場所までたどり着いた。そこで、こう横になった（皆さま、ちょいと失礼）、帽子を取り、このように（そう、こんな具合に！）草の上に置いた。とんでもなく眠かったんで、それから一時間半も泥のように眠った。やがて目が覚め、帽子をかぶり、出発しようとしたところ……あっしら誰もがいつかは死んで、最後の審判の日に天国でよみがえるのと同じくらい、誓ってほんっとのことでさぁ。なんと、あっしはそいつの真下にいたんでさぁ！どうか、こんな言い方をしてお許しを、〈にぎ〉腕よりぶっとい蛇の真下に！」

「おや、左腕より太い、ではなかったかね？」とドン・エウヘニオが茶化した。

「とにかく、とんでもなくぶっとい蛇だったんでさぁ！」と、ハツカネズミは平静を保ちつづけた。「それがしっかりと渦巻いて、帽子の中に入りきるぐらい、ぐるぐるとぐろを巻いたまま……神の聖女のように眠り込んでいたんでさぁ！」

「それでいびきは、かいていなかったんですか？」

「あの毒婦は乳の匂いに誘われてやって来た……それで、帽子の中に身を隠そうとしやがったにちげぇねぇ……あいつが何をしたかったか、あっしにははっきりわかった……口からあっしの体ん中に入ろうとしたんだ！　こんな言い方して、ここにいなさる立派なひげの方々には申し訳ごぜぇません」

けんけんごうごうの騒動が巻き起こったが、ボアン村の主任司祭がどうにか静め、いろんな所でこれに似た事例を耳にしたことがあると、例を挙げていった──家畜小舎で蛇が乳牛の乳首をくわえ乳を吸っていたとか、赤ん坊の寝ている揺り籠の中に入り込み、胃の中から乳を吸おうとしていたとか……

この夜の集まりにはフリアンも同席し、会話に打ち興じた。猟師たちの陽気な冗談を聞いていると、数日前からの重苦しい思い──老婆サビアやプリミティボ、そして館そのものに対する恐れ、さらに、ヌチャの神経質な恐怖症を目撃したことによる今後への不安──を忘れられたからだ。ドン・エウヘニオは、フリアンが楽しそうにしているのに目を留め、猟場に見学に来てはいかがかと執拗に誘った。フリアンは、ミサを挙げねばとか、すべての時課の祈りを唱えなければとか、言い訳を並べたてて断った。実のところ、お嬢さんをひとりきりにしたくなかったのだ。しかし、あまりにもドン・エウヘニオが粘り強く食い下がったため、ついには最後の一日だけ付き合うと約束しないわけにはいかなかった。

「いや、それはだめです」と、浮かれた教区司祭が言い張った。「明日の早朝、われわれと一緒に出かけなければ……どうしてもとおっしゃるのなら、明後日の早朝、猟場から戻るといい」

これ以上どんなに抵抗したところで無駄だろう。ますます場が盛り上がり、ぶどう酒の壺が次々に空になっていくこうした状況ではなおさらだ。フリアンにはわかっていた。こんな風に浮かれたごろつきさながらの人びとは、たとえ自分が何度気が進まないと断っても、最後は力尽くでも連れて行くということを。

第二十二章

夜が明ける頃、とうとう出発の時が来た。歯をがちがち鳴らしながら大人しいろばにまたがる。毛皮のベストも革のゲートルも狩猟帽も着けず、相手を傷つけたり身を護ったりする武器も何ら携えない、あまりに猟に似つかわしくないフリアンの姿は、仲間たちの格好のからかいの的になった。雲ひとつない空に素晴らしい朝陽が顔をのぞかせ、草葉に結晶した霜が輝く。大地は寒さに身震いしながら、曙光になでられ煙っている。凍てついた地面に、猟師たちの、軍隊のごとき快活で力強い足音が響きわたる。

猟場には九時頃到着、そこから各自、山に散らばった。ひとり自分を持て余していたフリアンは、とにかくドン・エウヘニオに付いて回ることにした。その結果、教区司祭が猟で二度の手柄を立て、獲物袋に鷓鴣の雛（命を奪われたばかりで、まだ生温かい）を二羽入れるところを目撃することになった。ちなみに、ドン・エウヘニオはさほど銃の扱いに長けているわけではない。そこで昼食を取るために奥まった樫林に集ったとき、ナヤ村の教区司祭はフリアンに頼んで、自分が飛んでいる鷓鴣を撃ち落とすところを確かに見たと証言してもらった。

「なるほど。ところで、飛んでいるのを撃つとはどういう意味かわかっていますか?」と、皆が質した。

　こんな意地の悪い質問に、礼拝堂付き司祭は案の定、固まってしまった。それを見て猟師たちは、フリアンに銃と犬を渡し、猟をさせたらとても面白いことになる、と思いつく。そのためフリアンは、好むと好まざるとにかかわらず、それを承諾せざるをない状況に追い込まれた。彼に宛てがわれた犬はチョニート。異犬種を掛け合せ、鼻面が割れている忠実なセッター犬で、連れて来られた犬の中でももっとも勇猛で頼りになる猟犬だった。

「猟犬が立ち止まるのを確認したら」とドン・エウヘニオは、凶器となる銃の持ち方さえおぼつかない新米猟師に手ほどきを始めた。「心の準備をして、犬に行け、と命じるんです……そして、鶉鴣が飛び立ったら、狙いを定め、鶉鴣が水平に広がったところで発砲する……なに、簡単なことですよ……」

　チョニートは鼻を地面にはわせながら進みはじめた。その横腹がうずうずしているかのように震えている。時折、振り返っては、主人が自分に付いて来ているかを確認する。と、不意に、低木《ツリーヒース》の茂みに向かって駆け出した。と思ったとたん、いきなり立ち止まる。台座に載せられたブロンズ彫像さながら、胴体をぴんと張り、身動きひとつしない。

「今です！」と、ナヤ村の主任司祭が叫んだ。「さあ、フリアン、かかれと命じなさい……」

「行け、チョニート、かかれ」と、礼拝堂付き司祭は弱々しくけしかけた。猟犬は、命令する声音があまりに優しいのに戸惑う。が、気を取り直し低木の茂みに突進。その瞬間、羽ばたく音が聞こえ、鶉鴣の群れが四方八方に飛び立った。

「今だ、さあ、今だ！　撃って！」ドン・エウヘニオが叫ぶ。

フリアンは撃鉄を引いた……鳥たちは軽快に飛び去り、あっという間に視界から消えた。チョニートは当惑気味に、撃った人、銃、地面の順に目を向ける。高貴な猟犬は目で、獲りに行くべき傷ついた鷓鴣はどこにいるのか、と問いただしているかのようだ。

半時間後にもチャンスはあったのだが、チョニートは再び失望させられた。だが、これが最後ではなく、猟犬はさらに畑で大きな鷓鴣の群れを追い立てた。それは狙いを定めるまでもなく二、三羽は〈撃ち落とせる〉はずの至近距離で、十分に射程内だった。再びフリアンが撃つ。セッター犬は大喜びで吠え立てる……ところが、当の鷓鴣は一羽も落ちてこない。すると、チョニートは礼拝堂付き司祭に、まるで人間がするような蔑みに満ちた視線を突き刺した。そして、おもむろに後ずさりすると、きびすを返し全速力で遠くへ駆けて行ってしまった。その後、どんなにフリアンが戻って来るよう命じても、猟犬が耳を貸すことはなかった。

夕食の席で、チョニートは本当に賢い猟犬だ、とどれほどの賞賛を浴びたことか、大げさに言っても言いすぎることはない。それにひきかえ、フリアンは皆にさんざんからかわれた。そのあげく、へまを仕出かした罰として、くたくたに疲れていたにもかかわらず、引き続き野兎を待ち伏せする猟に加わらざるをえなくなった。

時は十二月、その夜の月は、暗碧色のガラス製ドームにぶら下がった銀の円板のように、つややかに輝いていた。シンと澄んだ北国の大気のせいで、天空はより広く、より高く見える。

氷点下まで冷え込み、大気中を何千本もの鋭利な針が飛び交っているのかと錯覚するほどの寒さ。身体がきりりと締め付けられ、生命を維持するのに必要な熱のすべてが心臓に集められる。だが、柔らかい毛がぎっしり生えた暖かいマントに身を包んだ野兎にとって、それは祝宴の夜となる。松の若芽、霜にあたった新鮮な草、それに森に生えた香り立つ植物で、たらふく腹を満たす夜なのだ。そして、愛の夜でもある。尻尾の短い、おどおどした長耳の娘兎を追いかけ、捕らえ、その心を動かして、松林の深い暗がりに連れ込むための夜だ……

こうした晩をねらい、猟師たちは松の木や茂みの陰に身を隠す。うつぶせになって、嗅覚が繊細な野兎に火薬の匂いを嗅ぎつけられることのないよう、カービン銃の銃身を紙で覆う。この状態で地面に聞き耳を立て、時には何時間も過ごすのだ。霜で固まった地面には、獲物がせわしく不規則に動き回る足音が明瞭に響く。猟師はそれを感じ取ると身震いし、むくりと起き上がる。次に、膝を地面にしっかり固定し、銃床を右肩に当てる。顔を傾け、引き金に指を掛けては外す動作を落ち着きなく繰り返す。やがて月明かりの下、怪物がその幻想的な姿を現す。信じられないほど高く跳び跳ね、幻のごとく現れては消える。単なる野兎にすぎないのだが、木々の闇と怪しげな月光の下に交互に出没するせいで、図体も耳も並外れた大きさに見えてしまう。軽業師の危険な技のように素早い跳躍をくりかえし、猟師たちの目をくらます。しかし、猟師は引き金に指を掛けたままこらえ、撃とうとはしない。いま散弾の射程内を通過した幻は雌兎、発情期に入った無数の色男たちに追い回され、口説かれる思い姫ドゥルシネーアだと知っているからだ。その雌は日中、恥じらいのせいで巣穴に身を隠すのを余儀なくされていたせいか、夜になると空腹のため疲れきって、松の新芽をかじろうとはい出してくるのだ。そのあとを優しい顔をした、少なくとも三、四羽の雄が、ロマンチックなアバンチュールを求め互いに競いながら追いかける。ドゥルシネーア姫が猟師たちに無事前を通してもらったあと、ロンダの男たち〔若い娘の部屋の窓辺で夜セレナーデを歌い演奏しながら巡り歩く〕の中で、彼女を狂ったように追いかけるのを止めようとする奴などいない。たとえライバルの命を絶つ銃声が聞こえたとしても、たとえ途中で血だらけの友の死体につまずいたとしても、たとえ火薬臭が「愛の結末に待つものは、死だ！」と忠告したとしても。

そう、彼ら野兎は決してひるまない。本能的に臆病なせいで、潅木や岩の陰に少しの間身を隠すことがあるかもしれない。しかし、寒風が運んでくる愛の香りを嗅いだ瞬間に、松林に立ち込める松脂の匂いとは異なる雌の吐息の香りを嗅いだ瞬間に、情熱の追跡者たちは、再び愛の亡者となり、欲望に身を震わせながら、いよいよ軽快に駆け出す。そして待ち伏せしていた猟師は、足下の草の上に、彼らが新婚の床を夢見た草の上に、撃ち取った雄兎を一羽また一羽と並べていくのだ。

第二十三章

ある時からウリョーア家の幼い嫡子の心に、礼拝堂付き司祭の強力なライバルが登場した。幸せにも完全な勝利を手にすることになるライバル、それはペルーチョだ。

ヌチャが時折キャンディーや小銭を上げたため、いたずら坊主は、手なずけられた猛獣のごとく、すっかり彼女に打ち解け懐《なつ》いていた。いつも誰かのそばにいて可愛がってもらいたがる子猫のように、ヌチャのあとを、どこにでも、思いがけない場所にまで付いて回るようになり、部屋からもなかなか追い出せないありさまだった。ある日彼は、つま先歩きで部屋に忍び入り、気づかれないようにそっと揺り籠をのぞき込んだ。少年が勝利を得るには、姿を見せただけで十分だった。

一方、初めて揺り籠をのぞいたその時から、ペルーチョもまたたく間に赤ん坊の虜になった。卵の殻を割る寸前の雛鳥も、猟犬リンダの仔犬も、乳牛の仔牛も、これほどペルーチョを惹きつけ、ぼおっとさせることはなかった。この珍しいものは、どうやって、どこからやって来たのか、納得がいかず、少年は頭を悩ませた。そこで、乳母に首根っこをつかまれるという大変な危険を冒しながらも、揺り籠の周囲を幾度となくうろついた。追い出されるまでの間、指を口にくわえうっとりと赤ん坊に見とれていたのだ。

その様子は庭に置かれたキューピッド像が、〈静かに〉と口元に指を当てているポーズにそっくり。彼がこれほど何時間もじっとしているのを、今まで誰も見たことがない。赤ん坊のほうも、外の世界に対する意識が芽生えはじめるや、ペルーチョに劣らず、彼が気になってしかたがないことを、紛れもない態度で示した。両人がすぐさま互いを大切な存在だと認め合い、共感し、仲むつまじくやり取りする光景が見られたのだ。赤ん坊はペルーチョが視界に入るや、瞳を輝かせ、半開きの口元から、歯の生える時期特有の澄みきった温かいよだれを垂らしながら、愛らしい声を発し、両手を懸命に伸ばす。するとペルーチョは、彼女の言葉にならない命令を理解したかのように、頭を差し出しまぶたを閉じる。赤ん坊は欲するがまま、心ゆくまでペルーチョの巻き毛を引っ張り、口や耳や鼻の穴に指先を突っ込もうともがく。赤ん坊はたえずご機嫌だったが、耳の穴に指を突っ込むことができたときなど、ことさらはしゃいで歓声を上げた。

授乳を始めて二、三ヶ月も経つと、赤ん坊はしだいに気難しくなり、何かというと泣き出したり、かんしゃくを起こしたりするようになる。歯が生えはじめ、むずがゆくて仕方ないのだ。ヌチャは、娘がかんしゃくを起こすと、よくペルーチョを呼び寄せた。彼の存在は魔除けのように効き目があったからだ。それでもどうしてもかんしゃくが収まらない日は、より思い切った手を打たざるをえなかった。ペルーチョを小さな腰掛けに座らせ、その腕に赤ん坊を預けたのだ。少年は目を大きく見開いたまま、身じろぎひとつせず、息継ぎさえ我慢している――そのあまりにも美しい光景は、少年を食べてしまいたくなるほどだ。すると赤ん坊はすぐさま、嵐から凪ぎへと急変し、歯のない口を掌くらい開けて笑う。唇を動かし目を輝かせ、ペルーチョの股を足でぱたぱた蹴りながら笑うのだ。少年はあまりの感激に顔を向けることさえできない。

赤ん坊が何かと関心を示すようになるにつれ、ペルーチョはさまざまなおもちゃを工夫し探し出してきて、赤ん坊をたいそう喜ばせた。腕白小僧が、毎回新たなおもちゃを見つけてくるために、どんなに頭を悩ませたか、想像もつかない。ある時は生花だったり、またある時は生きた小鳥だったり、別の時は竹の石弓だったり。中でも赤ん坊を熱狂させたのは、色とりどりのがらくた。そして、小悪魔のような少年のお得意は、生きたおもちゃだった。一度は、片脚を縛られもう片脚をばたつかせ、奇怪に身をよじっている蛙をぶら下げて現れた。またある時は、産まれたての小さな、かわいそうなくらいにおびえたハツカネズミを手に、自慢顔でやって来た。破れて穴の開いた縁なし帽《ブチョ》には、とかげや蝶、てんとう虫を、ポケットや懐には、鳥の巣や果物、青虫を隠し持って来る。そんな時、ヌチャは彼の耳を優しく引っ張りながら叱った。

「今度、こんなぞっとするものを持って来たら……どうなるかわかっているでしょうね。腸詰《チョリソ》めみたいに煙突口にぶら下げて、くんせいにするわよ」

ヌチャとペルーチョがこのように親しく接するのを、フリアンは見て見ぬふりをしていた。ただそれは、とうてい無邪気に笑ってなどいられない秘密が明るみに出ないうちは、だ。あの早起きした朝、ドン・ペドロの部屋からサベルが出て行くのを目にして以降、少年と鉢合わせしたり、ヌチャがその子に時折優しく接するのを見かけたりするたびに、心臓がどきりとし、血が逆流した。

そんなある日のこと、礼拝堂付き司祭がヌチャの部屋に入っていくと、予期しない光景に出くわした。

寝室の真ん中に陶製の巨大なたらいが置かれ、ぬるま湯が一杯に張られている。その湯気の上がる湯船に、真っ裸の少年が赤ん坊を腕に抱き、ぴたりとくっついて入っているではないか。一緒に入浴するペルーチョとウリョーアの嫡子のふたりを、ヌチャがしゃがんで見守っている。

「赤ん坊を入浴させるのに、他に良い方法がなかったんです」と、驚き顔のフリアンに気づき、ヌチャが説明した。「ドン・マクシモ先生が赤ん坊は入浴させたほうが健康に良い、とおっしゃるもので……」

「わたくしがびっくりしたのは、赤ちゃんではなく」と礼拝堂付き司祭は説明した。「いたずら坊主のほうです。炎より水を怖がる子でしたから」

「赤ちゃんと一緒にいるためだったら」とヌチャが答えた。「この子、煮えたぎるタールの中にさえ入るんじゃないかしら。湯船につかって、ふたりともご満悦だと思われませんか。まるで兄妹のように見えません？」

このフレーズを何げなく口にしたヌチャは、しゃがみ込んだ床からフリアンを仰ぎ見た。その瞬間の彼のゆがんだ顔は、これまで隠しとおしてきた真相を暴露するのに十分すぎるほど雄弁だった。モスコソ夫人は床に片手を付いてすっくと立ち上がり、彼と向かい合う。薄い肌の下に、枝分かれした静脈が透けて見える、長い病で憔悴しきった顔の……青黒い隈に縁どられた目の中の、ぼんやりと潤んだ大きな瞳に、フリアンは恐ろしい光が点灯し、きらめくのを見た。黒い睫の下に、確信と驚嘆、戦慄の炎が燃え立つのを見たのだ。彼は押し黙ったまま、言葉を発する勇気も、動揺した表情を取り繕い、その場をやり過ごす術も持ち合わせていなかった。

赤ん坊はぬるま湯につかり、気持ちよさそうに笑っている。ペルーチョは、その子を脇の下で支え、愛情のこもった優しい（訳のわからない）言葉であやしながら、お湯の中をぶらんこのように揺らしてあげている。こうやれば赤ん坊は両腿を広げ、身体全体がぬるま湯で涼しくなる。ヌチャがやっているのを見て、それを宗教的な儀式のごとく細心の注意を払って真似ていたのだ。ところで、入浴がおこなわれていたのは、館内のもっとも小さな部屋で、前世紀の、まったく手入れがされていない並々ならぬ大きさの屏風――レタスのように一列に植えられた梢のとがった木々、円錐形のガリシア・チーズ《サン・シモン・ダ・コスタ》に似た山々、小ぶりのパンのような雷雲、戸口と二つの窓がどれも見る者と向き合うように付いた赤屋根の家々といった、決してありそうにない幻想的な風景が描かれている――でふたつに隔てられていた。四隅にらせん状の円柱が立つ、上部に黄金色の飾りが付いたヌチャの寝台や、赤ん坊の揺り籠は、この屏風によってさえぎられ、視界に入らない。数秒間、微動だにしなかったヌチャが、いきなり動き出した。たらいに腰をかがめると、娘をペルーチョの腕から乱暴に奪い取ったのだ。

　唐突なことに驚き、楽しみをいきなり中断された赤ん坊は、火が付いたようにわっと泣き出した。だが、母親は意にも介さず、屏風の向こうに駆け込むや、赤ん坊を揺り籠に寝かせ、おざなりにくるむ。間を置かず再度姿を現したとき、ペルーチョはまだ、鳩が豆鉄砲を食ったような顔で湯につかったまま。ヌチャはその両肩や髪、身体をわしづかみにして、無慈悲にも真っ裸のままたらいから放り出す。続いて、部屋中を追いかけ回し、ついには彼を部屋の外へ押し出した。

「ここから出てお行きなさい」これまでにないほど青白い顔で、怒りの炎を目に宿し、ヌチャは言い放った。「今度ここに入ってくるのを見たら…… いいですか？ 鞭を打ってやりますから。鞭打ちですよ！」

そして再び屏風の向こうに消えた。フリアンは、お嬢さんに何が起きたのかわからず、呆然とあとに続く。モスコソ家の奥さまは、うつむいたまま、娘におしめを当てようとするが、手が巧く動かない様子。赤ん坊は大人がすすり泣くのと変わらない悲しい調子で泣きつづけている。

「乳母を呼んでください」と、ヌチャが唇を震わせながらぶっきらぼうに命じた。

フリアンはうなずき、走り出す。ところが、戸口で床に転がっていた何かにつまずいた。足を上げてみると、それはペルーチョ。子どもは裸のましゃがみ込んでいた。泣き声は聞こえないが、頬を大粒の涙が伝い、苦しそうに胸を上下させている。かわいそうに思った礼拝堂付き司祭は手を貸し、子どもを立たせた。まだ濡れた身体が紫色にこわばっている。

「さあ、服を取って来なさい」と声をかけた。「お母さんのところに持って行って、着せてもらうといい。ほら、泣くんじゃありません」

肉体的苦痛への強さはスパルタ人にも劣らないペルーチョだったが、今はただただ自分に対してなされた不当な扱いのことで頭が一杯だった。

「おいら、なんも悪いことしてない……」しゃくり上げながら途切れ途切れに訴える。「なんも…… 悪いことぉ…… してない…… ぜんぜん……」

フリアンは乳母を呼んできた。だが、乳母が授乳を始めても、なかなか赤ん坊の機嫌は直らない。小さな口に乳首をあてがっても、すぐに顔をそむけ、顔をくしゃくしゃにしたかと思うと、不満たっぷりといった体で泣きはじめる。ヌチャは、ぎこちない歩き方で、屏風の向こうから出て来て窓辺に近寄ると、フリアンに自分のそばへ来るよう合図した。ふたりは数分間、一言も発することなく、形相の変わった互いの顔を見つめ合っていた——ヌチャは高圧的な視線で問いかけ、彼のほうは、どんなことがあっても言い逃れ、嘘をつきとおそうと意を固めている。突き詰めて考えるとたいそうなことに思える問題でも、追い込まれると本能的に、思ったより容易に解決できることがあるものだ。そんなわけでフリアンは、何のためらいもなく事実を押し隠そうと腹を決めた。

ヌチャがくぐもった声で沈黙を破った。

「初めてじゃないんです、その……男の子が……夫の子どもではないかと思ったのは。これまでも、そう考えたことはあるんです。ただこれまでは、ふと、そういう気がしただけで。けれどその度に、そんな考えを振り払ってきました。でも……それももうお終い。あなたの顔を見たら……」

「ああ！　マルセリーナお嬢さま！　わたくしがどんな表情をしたとおっしゃるのですか？　思い込みがすぎますよ。どうか興奮なさらないで、お願いですから、落ち着いてください……きっと悪魔の仕業にちがいありません！　おお、なんてことでしょう！」

「いいえ、興奮などしておりません」彼女は叫び、息を荒くしながら、広げた掌を額に当てた。

「ああ、なんということか！　お嬢さま、お加減が悪いようです。熱が出てきたんじゃありませんか……見たところ、発作が起きたご様子。薬をお飲みになりますか？」

「いいえ、要りません。大したことはありませんから。少しばかり息苦しいだけ。よくある…… 症状です。喉に何か塊のようなものがつかえているようで…… その上、錐でこめかみに穴を開けられているような…… いえ、そんなことはどうでもいいの。ご存じのことをお話しになって。隠しごとはなさらないで」

「お嬢さま…… わたくしは自分がどんな顔をしていたかなど、責任を持てません」フリアンはその時、〈イエズス会的な言い逃れ〉と呼ばれる偽善的な策に訴えようと腹をくくった。それはまさに、虚偽を嫌悪しながらも、事実を恐れてしまう人びとが必ず採る自然の策なのだ。「なんてことをお考えになって！そんなこと、思ってもみませんでした。まったく、奥さま、考えもしなかった」

ヌチャは食い入るように礼拝堂付き司祭の目を見つめ、核心にふれる質問を二、三ぶつけてきた。こうなってはイエズス会的な用心にすがるしかない。事実という切れ味の鋭いナイフの、なまくらな部分を握る、つまり、影響の少ないことについては事実を打ち明けるよりほかにない。

「奥さま、わたくしを信じてください。わたくしが心にもないことを口にする人間ではないことはご存じのはず。少年が誰の子どもなのか存じません。もっとも誰も、父親が誰か知らないでしょう。彼女の恋人が父親だというのは十分ありえますが」

「彼女に…… 恋人がいるというのは確かですか？」

「今は昼間だと言うくらい確かです」

「それで、その恋人が村の若者だということも？」

「はい、奥さま。なかなかの男前です。ナヤ村の祭りやあちこちでガイタを奏でております。昨年もここに来ているのを……ふたり連れ立って歩いているところを何度も見かけました。また、ふたりが結婚するための書類を準備しているのも確かです。奥さま、間違いありません。ですから……」

ヌチャは再び呼吸を整えると、右手を先ほど息苦しさを覚えた喉元に当てた。少しばかり落ち着いた表情になったが、ふだんの彼女の、人を魅了するほどの穏やかさを取り戻すまでには至っていない。眉間にはまだ皺が刻まれており、視線もうつろだ。

「娘が」と小声でつぶやいた。「わたしの娘があの子どもに抱かれているなんて！　たとえ、あなたが誓ってそうじゃないとおっしゃっても……フリアン、この状況はどうにかしなければ。こんな風に生活していくことなどできましょうか？　わたしに前もって知らせてくださるべきだったのでは！　男の子と女がここから出て行かなければ、わたしは気が狂ってしまいます。だんだん調子がおかしくなっていくような気がして。こうしたことには弱いの……壊れてしまいそう」

悲痛な笑みを浮かべながら、言い添えた。

「わたしには、運がないのかしら……誰も傷つけたことなどないし、お父さまを喜ばせるために結婚もした。なのに、その結果がこれですもの！」

「お嬢さま……」

「あなたまでも、わたしをだましたりしないでくださいね」〈までも〉を強調して言った。「フリアン、あなたはわたしの家で育った、わたしにとっては家族も同然。ここには他に友人もいないわたしに、助言をお願いしたいの」

「お嬢さま」と礼拝堂付き司祭が激しく声を上げた。「わたくしは、この世に存するあらゆる不快なことからあなたを解放したいと願っております。たとえ、そのためにわたくしが命を捧げることになったとしても」

「あの女が結婚してここを出て行くか」とヌチャが口をはさんだ。「さもなければ……」

ここで口ごもった。頭には乱暴で極端な策が二、三、浮かんでいるが、臆病な舌は、それを言葉にするのをためらってしまう――そういう重い瞬間があるものだ。

「ともかく、マルセリーナお嬢さま、どうかそんなに気に病まないでください」フリアンがその瞬間を打ち破った。「思い込みにすぎません、お嬢さま、あまり勘ぐってはだめです」

彼女はフリアンの手を取り、自分の両手で包み込む。彼女の手は燃えるように熱い。

「どうか夫に、彼女を追い出すよう、おっしゃってください、フリアン。どうか、イエスと聖母にかけて、お願いします！」

熱っぽい掌に包み込まれ、嘆願された礼拝堂付き司祭は、不可解なことに、気が動転した。そして反射的に言葉が口をついて出た。

「旦那さまには、すでに何度も申し上げたんです！」

「そうですか……やはり！」と応じた彼女は、失望したかのように両手をもみ合わせ、頭を振った。

沈黙が流れる。外から、鳥のカーカーと鳴くしわがれ声が聞こえてくる。屏風の向こうでは、赤ん坊がなだめようがないほど、ぐずぐずと泣きつづけている。ヌチャは二、三度身震いした。窓ガラスを指の節でとんと突きながら、彼女がついに口を開いた。

「では、わたしが……」

礼拝堂付き司祭は祈るようにつぶやいた。

「お嬢さま……お願いです……そんなことばかりお考えにならず……このまま放っておかれては……」

モスコソ家の奥さまは目を閉じ、窓ガラスに寄りかかる。自分を制しようと試みていたのだ。みずからの気力と生来の温和な気質で、この激しい嵐を乗り越えようと。だが、彼女の両肩に震えが走る。神経が彼女の弱った生体を支配しようとしているにちがいない。しかし、しばらくすると震えは弱まり、収まった…… 振り向いたヌチャの目は乾いており、過敏になっていた神経もどうにか静まったようだった。

第二十四章

けだるい午睡のような館の生活は、ほどなく変貌を遂げることになった。マリア・ラ・サビアよりもすごい妖術師がそこに入り込んできたのだ。村々で見聞する浅ましい陰謀の数々がこの名に値するかどうかはわからないが、それは一般に政治と呼ばれるものである。下劣な打算にもとづく利己的な抗争や恥ずべき寝返りが、政治という名のマントをまとい、あらゆる場所で繰り広げられる。そうした争いも、人口の多い都市部では、少なくとも表面上は（どんなに執拗な争いであっても）偉大な一面を見せる。戦いの舞台が大きければ大きいほど、争いは威厳を帯び、強欲は野心へと昇華され、その結果、物質的利益を犠牲にしてでも、絶対に勝利を手に入れる、といった風に理想を追い求めることもあるものだ。対して農村では、偽善であるか芝居がかった演技であるかはともかく、皆の高尚な目的のために戦う、などと体裁を取り繕うことさえしない。高尚な思想などどうでもいい、問題となるのは人だ、と言わんばかりに、取るに足らないこと——恨み、憎しみ、口げんかから、雀の涙ほどのもうけや微生物学的にちっぽけな虚栄心にいたるまで——で抗争を繰り返す。ため池でおこなわれる海戦とでも言おうか。

とはいえ、この革命の時代、政治的な高揚や、さまざまな理論への狂信的なまでの信仰が、至るところに入り込んだことは認めざるをえない。嵐のような突風となって吹きつけ、村々に長らく漂っていた陰謀の汚臭を浄化してくれた。おかげで、スペインの運命は、首都の憲法制定議会における議論と、造船所の作業場から山の難所まで国のあちこちで上がった叫び声の成り行きに委ねられた。毎月、どころか、二週間ごとに人びとを揺るがすような重大問題が起き、議論され、最終的な解決策が探られた。立法者や官僚、社会学者たちがじっくりと練り上げ、何年も熟考した上で解決すべきだった問題に、大勢の人びとが革命の機に乗じ、議会での白熱した議論や街路での激しいストをとおして、わずか数時間で結論を出した。朝食と昼食の合間にひとつの会派が刷新され、生まれ変わった。煙草を吹かしながら新たな方向性が探られたのだ。そして実のところ、こういった渦の底流では、ふたつの伝統ある体制、何百年という歳月の中でじっくり熟成されてきた〈何か〉を基盤とする、ふたつの強力な体制がせめぎ合っていた。一方が絶対王政、もう一方が、当時、民主的王政であるかのように偽装していた立憲王政だ。

両派の衝突の衝撃は、国の隅々にまで及び、ウリョーアの館を囲む険しい山々も例外ではなく、政治談義に花が咲いた。セブレ町の居酒屋では、市の立つ日になると、信教の自由や個人の権利、徴兵制の廃止や連邦制、そして国民投票《プレビスシート》――この用語が必ずしも正しく発音されていたわけではない――を論じる声が聞こえた。司祭たちは、埋葬や盛式ミサなどの儀式を終えたあとも、教会の表中庭《アトリウム》に留まり、カルリスタ反乱をもくろんでいると噂される〈四人の聖具保管係〉が表立った動きを始めたことや、その他些細なことにいたるまで、大事が起こりそうな昨今の情勢について熱く意見を交わした。リミオソ家の、その父や祖父の代から生粋の伝統主義者である子息が、二度、三度と密かに、ミーニョ川方面へ出向き、ポルトガル国境を越え、トゥイ村でおこなった大物たちとの面会についても取り沙汰された。また、弾薬帯や、戦闘に使うあれやこれやのものを作るのにてんてこ舞いのモレンデ家の娘たちは、自分の館がいつ捜索を受けるか、その都度秘密裏に情報を得ている、などの話もまことしやかにささやかれていた。

しかしながら、その筋の事情通にはわかっていた——ガリシアの地で武器を手にいかなる蜂起が企てられたとしても無駄に終わる……兵が徴集、士官が任用され、ポルトガルで武装化が進み、部隊が今にやって来るといった噂がどれほど流れようとも、ガリシア地方で実際に起きる戦いは、野っ原ではなく、選挙箱の中で繰り広げられる……ただし、だからといって、無血ではすまないことも。ちなみに当時、その地域を治めていたのは、ふたりの恐るべき領袖《カシーケ》だった。ひとりは弁護士、もうひとりはセブレ町役場の書記であり、この町とその近隣地域はふたりの影響下で身震いしていた。まさに永遠の敵対者と言える彼らは、ローマの独裁者たちと同じく、片方の失墜か死をもってでしか終わらぬ争いを繰り広げていたのだ。仮に、あらゆる計略と報復に満ちた彼らの偉業（抗争）を年代記に記したなら、何ページ割いたとしても足りないだろう。彼らの武勲が笑い事ではすまないことをわかっていただくために、ひと言申し上げておこう。旅人が小道で目にする十字架や黒焦げになった屋根の家、一生涯刑務所に葬られた男たち……すべてとは言わないが、まさにそれらのいくつかは、彼らがいかに残忍な敵対関係にあったかを物語っているのだ。

驚いたことに、敵対するどちらも政治的見解などまるで持ち合わせていなかった。当時スペインで議論されていたことなど、彼らにはまったくどうでも良かったのだ。たんに抗争における戦略的必要性から、各自が一方の政治信条と政党を支持し、その代表を務めていたにすぎない。たとえば、六十八年の革命以前、穏健派だった外防《バルバカーナ》は、今やカルロス支持派《カルリスタ》を公言してはばからない。また、オドンネル〔一八〇九～六七年〕政権下で自由主義連合《ウニオン・リベラル》を支持していたいかさま師《トランペータ》は、急進化し、現在勝利を謳歌する自由主義の極へ振れていた。

ふたりの内、バルバカーナのほうがふてぶてしく権威主義的で、より執拗な性格をしており、個人的な報復にかけてはまったく容赦がなかった。敵に対し、実に的を射た打撃を加え、より貪欲でより偽善的、背信もいとわぬやり方で不運な小作人を丸裸にしながらも、それを巧みに隠す術に長けていた。加えて、法律を操って法的手段に訴えるのを好み、敵を始末するのに起訴ほど有効な手段はない、と豪語する。バルバカーナのせいで道端に十字架が増えることはなかったが、悪臭を放つ昔の地区牢獄や、今日、非情だと名高いセウタやメリーリャの城壁内刑務所にひとたび目をやれば、彼の影響力がいかほどにまで及んでいるか、一目瞭然だろう。他方、トランペータも〈いかさま師〉というあだ名から想像できるように、裁判ざたが嫌いではなかった。だが、バルバカーナよりせっかちなせいで事を乱暴に運ぶ傾向があり、彼ほど巧みに逃げ道を確保することはなかった。その結果、何度か敵対者に詐欺行為を見破られ、敵に屈する寸前という事態に陥ったこともある。ただ、トランペータはそうした弱点を補うに余りあるほど機知に富み、とにかく大胆な男だった。誰にも想像が及ばない窮余の策を考えつき、恐るべき窮地からも抜け出してきたのだ。要するに、バルバカーナは自宅にいながらにして敵に罠を仕掛け、相手との接触を最小限に事を運ぶタイプ。トランペータの方はみずから手を汚し、巧みに事をやり遂げるタイプの領袖だった。いずれにせよその地方の人びとに忌み嫌われていた両人だが、どちらかというと、その陰気な性格からバルバカーナのほうがより畏れられていた。当時、与党を代表する地位にいたトランペータは、自分が仮にセブレ町の半分を焼き払ったとしても、もう半分の住人を叩き、告訴し、差し押さえたとしても、罪に問われることはないと固く信じていた。逆に、知性も教養も豊かなバルバカーナのほうは、ふたつのことを肝に銘じていた。第一に、きわめて堅固な壁、すなわち、友人を決して見捨てたりしない者を当てにすること。第二に、もし彼が武器と荷物をかついで自由主義側に移る気になったら、その時は必ずトランペータを引きずり下ろしてやる、ということで、実際、次の国会議員選挙に向け、すでに必要な措置は採ってあった。

トランペータはといえば、政府推薦の候補者の〈裏工作〉に駆け回っていた。頻繁に県都に出向き、知事に指示を仰いだ。その折、町の書記は〈備えあれば、うれいなし〉ということわざどおり、必ず拳銃を携え、決して怯むことのない取り巻きたちに護衛させるのを忘れなかった。バルバカーナがカストロドルナ村の恐るべきトゥエルトをはじめとする勇猛な男たちを手下に従えている、と聞き及んでいたからだ。県都に出向くごとに懐が豊かになるのだから、彼も彼の党派の者たちも行くのをやめるわけにはいかない。バルバカーナの支持者がひとり失脚していくたびに、煙草屋、警吏、看守、土木人夫といったセブレ町のすべての官職が、トランペータの手中に収まっていったのだ。もっとも、さすがに判事にだけは手出しできなかった。判事は、その夫人の親族にあたる著名な中央高官の庇護を受けていたからだ。こうした裏工作のおかげで、トランペータのやることの多くは黙認され、他のことも見て見ぬふりをされた。

ともかく、このような広い権限を授かった彼は、胸に手を当て、セブレ町の選挙につきましては全責任を負います、と県知事に宣言した。

　この時期、バルバカーナは死んだふりをしていた。オレンセのカルロス支持派評議会が公認し、ロイロ村の主席司祭と、ボアン村、ナヤ村、ウリョーア村といったきわめて活動的な主任司祭たちが推薦する候補を、義理から形だけ支持していたのだ。バルバカーナが、その候補者に勝算があると思わなかったのも無理はない。オレンセ出身の優れた教養豊かな人物で、当然ながら伝統主義者であったものの、この地方で顔が利くわけでも、政治的狡猾さに長けていたわけでもなかったからだ。バルバカーナと政治信条を同じくする者たちに言わせれば、あの候補は行動や陰謀より書き机が似合う、つまりおれたちとは波長が合わない、ということだった。

　こうした状況のなか、ウリョーアの館の勢子頭、プリミティボがセブレ町に足しげく通う姿が目に付きはじめた。田舎では人に見られずに何かをすることができないもの。プリミティボが、いつも立ち寄る居酒屋のほか、バルバカーナ宅で長い時間過ごしていることが注目を集めた。当時トランペータは、手中に収めた権力に酔いしれ、強気になっていた。人気のない細道《コレドイラ》でこれまでの報いを受けることになるぞ、とバルバカーナを声高に脅迫し、実質的に自宅から出られないように仕向けていた。ところが、プリミティボが付き添うようになってからというもの、弁護士は危険を覚悟で外出するようになった。またこの頃から、影響力のある主任司祭や二番手の領袖たちがバルバカーナ宅に出入りするのが見受けられるようになり、その大多数はウリョーアの館にまで足をのばし、昼食や食後のコーヒーの饗応にあずかった。

三人のあいだでさえ秘密を守るのは難しいのだから、その数が三十人ともなれば、言うまでもないだろう。ほどなく、政府と人びとの耳に、驚くべきニュースが飛び込んできた――カルリスタ評議会の候補者がみずから公認を辞退し、代わってバルバカーナは独立候補に、ウリョーア侯爵として知られるドン・ペドロ・モスコソを推す。

敵の陰謀が耳に入ってからというもの、トランペータは舞踏病を患ったかのように一時たりともじっとしていられず、頻繁に県都を訪れた。県知事の執務室で彼がどんな説明をし、どんな言い訳をしたのか、聞き耳を立てるに値する。

「ともかく」彼に言わせれば、「すべては太ったロイロ村豚野郎の主席司祭が、ボアン村の血の気が多い主任司祭と組んで、館の執事で高利貸しをしている男をおだててやったことにちがいありません。執事は、主人が自分の娘と関係があるのをいいことに、無教養な主人を丸め込みやがったんです。まったくもって言語道断！」トランペータは逆上し声を張り上げた。「新カトリック主義の野郎たちはとんでもない候補を選びやがった！　少なくとも前の候補は、ちゃんとした紳士だったのに！」〈ちゃんとした〉という言葉に至ったとき、声をさらに荒げた)

完全に平静を失った領袖を目の当たりにして、知事はどうやら事がうまく運んでいないようだと判断し、トランペータを厳しく叱責した。

「たしかあなたは、どんな候補が立とうと、選挙は勝てますと仰いませんでしたか？」

「はい、知事殿、その通りで……」と、トランペータは慌てて答えた。「ただ、どうか少しばかりお考えください。こんな突拍子もない候補が出てくると、いったい誰が想像できたでしょう？」

激しい怒りに駆られるあまり、つっかえつっかえではあったが、トランペータは続けて主張した。狩りのことしか頭にない坊ちゃん、ウリョーア侯爵が政治に乗り出すなんて、誰が予測できたと思います？たしかに、たいそう影響力のある家で、地方貴族や司祭、さらに田舎の人たちから厚い信望を得ているのは事実です。しかし、だからといって、奴らだけの力では到底こんな企てが成功するはずはありません。もしバルバカーナがその動きに便乗し、二番手とはいえ強力な領袖が彼に手を貸さなかったら……そいつは以前は、バルバカーナの政党と私のところとのあいだで、ふらふらしていたんですが、今回は腹を決めたようです……その男とは他でもない、館の執事です。行動力があって、狐のように実に狡猾な男なんですが、そいつに借金のある大勢の村人から相当数の票を確実にしているとか……ウリョーアの館からむしり取った金をこそこそと蓄財し、いっぱしの金持ち面をしている奴です……このひどいごろつきが、偉大なる告訴人バルバカーナの傘下で、われらから選挙区をさらおうと狙っているわけです……遠慮は無用、断固たる処置を取らねば。

いくらかでも選挙の仕組みを知っている者なら、まず間違いなく、知事は中央政府に電報を打ち、いかなる抵抗が立ちはだかろうと、ただちにセブレ町の判事と、選挙区にわずかだが依然として残っているバルバカーナの手下たちを罷免するよう働きかけたと考えるだろう。だが知事は、特別の手段や不当な行為に訴えることなく、セブレ町で勝利を収めることを望んでいた。また、その辺りでは武装蜂起の可能性は低いものの、逆に投票机や投票箱が血に染まるなんてこともあると承知していた。とは言っても、新た

るをえない……な候補者が立った今となっては、手段など選んではいられない、名の知れたトランペータに全権を委ねざ

町の書記が計画を練っているあいだ、弁護士が油断していたわけではない。ウリョーアの主人を候補として承認したことで、当初バルバカーナは有頂天だった。ドン・ペドロは政治的考えなどまるで持ち合わせていない。絶対王政に傾いているとはいえ、絶対王政派が勝てば長子相続やら限嗣相続といった、彼の貴族としての自尊心をくすぐる封建的特権が再興される、と無邪気に信じ込んでいるからにすぎない。この点をのぞけば、農民となんら変わりない、何事にも無関心な懐疑主義者に近い。騎士もどきのリミオソの郷士のように、二百人の男たちを引き連れミーニョ川国境を渡ってポルトガルからスペインに進軍するといった、ドン・キホーテ的行動など夢見るはずもない。こんな政治的情熱に欠けるドン・ペドロが、議員候補となるのを受け入れたのは、ひとえに虚栄心からだ。あなたは地方で第一の、重要で、高貴な出自の人間……遠い昔から、近隣の貴族の中でも抜きんでた家柄……あなたこそ選挙区を代表する候補にふさわしい……こうした点を強調して、ロイロ村の主席司祭はドン・ペドロの説得に成功したのだ。プリミティボは、主席司祭の主張を支持したが、みずから弁舌をふるったりはしなかった。単に「わしらでこの国を牛耳っておる」と、〈わしら〉と主語を複数にして語り、拳を握り締めただけだった。

ドン・ペドロが選挙に出るというニュースが広まってからというもの、おびただしい人びと——周辺に住むすべての上流階級の方々と聖職者の面々、それにバルバカーナ自身によって動員された彼の派閥や支持者たち大勢——が館を訪れ、主人に忠誠の誓いを捧げ、彼のほうも得意満面で胸を張った。プリ

ミティボが舞台裏にいることは、彼だってむろん承知していたが、誰がなんと言おうと、ちやほやされるのは自分なのだ。その頃、彼はとにかく上機嫌で、和やかな雰囲気のなか誰とでも気さくに接した。娘を愛撫し、娘に刺繍の付いた新しい服を着せるよう命じた。その格好でモレンデ家の娘たちに引き合わせたいと思ったのだ。彼女たちは、この山間に住む貴族を代表する彼が勝利できるよう、百票以上は協力しましょうと申し出てくれた。彼自身も——新人候補たちは、若い娘に言い寄るのと同じように議員という地位にへつらうため、ひげを整え、容姿を最大限に生かそうと奮闘するもの——館に戻って以来、悲惨なまでに無頓着でいた身なりを小ぎれいにした。当時のドン・ペドロは男盛り、気品あるというよりまさに野性的な男臭さを誇っており、選挙の裏工作に携わった女たちは、こんなにハンサムな若者を議会に送り出せることに大喜びだ。要するにその当時、政治家になれるかどうかは、背の高さや髪の色、年齢次第だったのだ。

　鍋が煮立ちはじめてから、つまり、選挙準備が始まって以来、館の扉はつねに開け放たれ、来客に飲食が供された。フィロメナとサベルが客間を行き来し、シェリー酒やトスタード、スポンジケーキの載った盆を手に走り回る。コーヒースプーンの鳴る音やグラスがぶつかり合う音が絶え間なく聞こえてくる。一階の台所では、プリミティボが来客をボルデ〔リベイロ地方〕産の白ぶどう酒と、鱈の巨大なパイや大皿に盛られた豚肉とキャベツの料理でもてなしている。一階と二階のグループはたびたび合流し、議論がはじまる。きわどい冗談が飛び交い、笑い声が上がる。敵対するトランペータと彼の党派がやり玉に挙がり、葉巻を吹かしながらの嘆声と大笑いの中、セブレ町書記の財産を支える、大小さまざまのいかさまの山に探りが入れられ、鍬で（解剖用メスで、と言ったらあまりにも気取りすぎなので）化けの皮が剥がされていった。

「今度こそ」と、ボアン村の主任司祭が声を張り上げた。屈強な身体に、燃えるように鋭い眼光、その選挙区ではプリミティボに次ぐ狩りの名手という評判を得ていた老人だった。「ちくしょう《クォニアム》、今度こそ、奴らをぎゃふんと言わせんと！」

ヌチャは、選挙委員会の会合に出席することはなかった。それ相応の来客があったときだけ顔を出したが、あとはもっぱら、永遠に終わらないかのような宴会に必要なものをそろえておくことに気を配り、なるべく宴会から逃れようとした。フリアンも同じで、めったに会合に下りていくことはなく、出たとしてもほとんど口を開くことはなかった。そのせいでウリョーア村の主任司祭が、すまし顔の礼拝堂付き司祭などやはり何の役にも立たないと、再認識したほどだ。ところがある時、委員会でフリアンが美しい草書体の文字を書ける、まして綴りを間違えることもまずないと判明するや、重要な書状が必要なときにはつねに彼が引っ張り出される羽目になった。その上、彼には別の仕事も宛てがわれた。

その仕事は、ドン・ペドロの母親、ドニャ・ミカエラと親交が深かったロイロ村の主席司祭が、屋敷を久しぶりに観てみたい、ことに故人——ご冥福をお祈りします——の存命中たびたびミサを挙げた礼拝堂を拝見したい、と希望したことに端を発する。ドン・ペドロがしぶしぶながら案内したところ、主席司祭は礼拝堂に足を踏み入れるや呆れかえった。礼拝堂は天井が落ち、屋根がむき出しの状態で、祭壇背後の飾り衝立には雨水が滴り落ちている。聖像がまとっている服もぼろぼろでみすぼらしい。堂内の随所から、手入れを怠った教会堂特有の、廃墟にも似た冷たい寂寥感が漂ってくる。フリアンはこれまでうんざりするほど、礼拝堂がいかに悲惨な状況にあるか、それとなく侯爵に訴えてきたのだが、何ら相手にされなかった。ところが、主席司祭の驚きと嘆きを目の当たりにし、虚栄心を傷つけられたウリョーアの主人は、ようやく、聖像の顔をきれいにし、少しばかり修繕をほどこしたら印象が良くなるかもしれない、と思い至った。そこで、手早く天井を修繕させ、同様に素早くオレンセから画家を呼び寄せて、飾り衝立と脇祭壇を金色に塗らせた。ほどなく、礼拝堂は見違えるほど美しくなった。そこでドン・ペドロは、司祭や貴族の子息、バルバカーナの仲間たちを案内して来ては、自慢げに礼拝堂を披露した。建物の修繕が完了した今、残るは、聖像に品のある衣装を用意し、飾りや祭壇布を縫い直すのみ。この仕事をフリアンの指示のもと進めることを引き受けたのが、ヌチャだ。こうしたわけでふたりは、人気のない礼拝堂での作業にいそしむことになったのだが、幸い、彼らのところまで選挙集会の喧騒が届くことはなかった。司祭とヌチャはふたりで聖ペドロ像の衣装を脱がし、無原罪の御宿りのマリア像の巻き毛をすいた。それから、聖アントニウスの毛織りマントに縁飾りを付け、幼子イエス像の光輪を磨いた。また、煉獄の霊魂を救済するための寄付金箱も注意深く洗い、ニスを塗り直した。その結果、ひょろ長い霊魂がむき出しになり、赤鉄鉱色の炎に包まれもだえ苦しむグロテスクな様（それは信者を教化するのに十分なほど）があらわになった。フリアンにとっては、すべての作業がこの上ない歓びである。静まり返った堂内では、時の流れさえ気にならない。塗り立てのペンキ臭と、祭壇を飾るためにヌチャが持参した蒲《がま》の香りが立ちこめる中、銀紙の木の葉を針金の茎にくくりつける。あるいは、ガラスケースを濡れた布で拭く。フリアンの魂は穏やかな充足感に満たされていき、言葉を発する気も起きない。ヌチャが赤ん坊を腕に抱き（彼女は一時たりとも赤ん坊を手放したくなかったのだ）、低い椅子に座ったまま作業の指図をするだけのときは、フリアンはふたり分の仕事を担った。飾り衝立に段ばしごをかけ、一番高いところまでよじ登ることもあった。そういった合間、彼はヌチャに私事について訊いたり、彼女がサベルのことで夫と決定的な会話を交わしたかどうか探ってみたりしたいとは思わなかった。ただ、彼女の憔悴しきった顔や目の下の黒ずんだ隈、ため息をしきりについていることに目を留め、当然の結論を引き出してはいた。また彼は、他の徴候も考え合わせ、いろいろな空想をめぐらし、思い悩んでいた。というのも、いつからかヌチャは過度に母性愛が強くなり、一時でも娘と離れるや、不安のあまり落ち着きを失い娘を探し回ったり、何か起きたのではと様子を見に行ったりするようになったからだ。ある時など思っていた場所に娘がいないと気づくや、突然、悲痛な叫び声を上げた――「さらわれたわ……わたしの赤ちゃんがさらわれた！」その時は幸い、乳母が赤ん坊を腕に抱いてすぐに姿を現したからよかったものの……また別のときは、あまりにも熱狂的にキスをしたため、赤ん坊が泣き出す始末。あるいはヌチャは、うっとりと、言葉で言い表せないような微笑を浮かべ、赤ん坊に見入っていることもあった。そんな場面に出くわしたフリアンはいつも、みずからの母性の奇跡に驚き、呆気にとられる聖母マリアの姿を連想した。もっとも、そういった穏やかな愛の光景が見られることはめったにない。彼女の母性愛はたいていの場合、怯えと不安による反応として表れた。たとえば、ペルーチョに対しては、礼拝堂の周囲に近づくのさえ許さない。その姿を認めるや、彼女の形相は変わった。その頃の少年は以前のような悪魔的ないたずらや盗み、大好きな家畜小舎に見向きもしなくなり、もっぱら床を這って礼拝堂に近づいては、戸口で身を潜めていた。そして、赤ん坊が出てくるのが見えたら、ばぶばぶと声をかけ、気に入られようとさまざまな仕草をしてみせた。赤ん坊は歓喜の声を上げ、天使《ケルビム》の笑顔でお返ししてくれる。乳母の腕からどうにかしてペルーチョの腕へ飛び移ろうと、小さな身体全体をくの字に曲げ、懸命にばたばたするのだ。

ある日フリアンはヌチャに、より深刻な徴候を認めた。ふさぎ込んだ、といった程度ではなく、肉体的にも精神的にもひどく衰弱した様子なのだ。両目を赤く泣き腫らし、声も消え入りそうにか細く、疲れきったよう。発熱と不眠のせいか、唇がからからに乾き褐色になっている。苦悩の棘が少しずつ刺さるどころか、まさに短剣が柄頭までずぶりと突き刺さったかのようなヌチャを目前にして、ふだん慎重な礼拝堂付き司祭も慌てた。

「お嬢さま、体調がお悪いのでは。今日、何かあったのですね」

ヌチャは頭を振り、どうにか笑顔を作ろうとした。

「いいえ、何でもありません」

痛々しい、か弱い声の調子がその返答を裏切っていた。

「お願いですから、お嬢さま、何でもないなどとおっしゃらないでください！……はっきりわかります！　マルセリーナお嬢さま……　ああ、わたくしの守護者、聖フリアンよ！　わたくしなど、何の役にも立たない、お嬢さまに手をお貸しすることも、お慰めすることもできないとお考えですか！　たしかに、わたくしは役立たずの、卑しい人間です。しかし、山のように堅固な意志は持っております。心からお願いします、どのようにお力になれるか、ご教示ください、お願いです！」

訴えながらフリアンは、溶かした石膏のついた布を振り回した。ミサ典文を入れる金属製の額を、この布で一心不乱に磨いていたのだ。

顔を上げたヌチャの目に一瞬、光が——声を上げ、不平を訴え、助けを求めようとする衝動のようなものが輝いた……だが、燃えあがった炎はすぐに鎮まり、肩をゆっくりすくめると、同じ返答を繰り返した。

「ほんとうに何でもありません、フリアン」

床には、あじさいの花と緑の枝で一杯の籠があった。ヌチャはあじさいの花を一輪抜き取ると、ふだんの家事と同じように手際よく、流れるように優美な所作で生けはじめる。フリアンは、陶器の壷に青い花が飾られていくのを、うっとりと、だが、どこかもの悲しげな顔で追っていた。緑色の葉と葉の間に、ヌチャのか細い手が動いている。すると、その手の甲に一粒の水滴が、澄みきった大きな水滴が落ちるのが見えた。あじさいを濡らす露の滴ではない。この時、別のことに目を留めた彼は、驚きのあまり血が凍った。モスコソ家の奥さまの手首に、丸い、紫の痣が……その瞬間、礼拝堂付き司祭の脳裏に、二年前の光景がはっきりとよみがえった。銃尾で殴られた女が、台所でうめき声を上げる……その脇で怒りに燃える男……フリアンはすっかり我を忘れ、ミサ典文を取り落とし、ヌチャの両手を自身の手に取った。その邪悪な痕が本物かどうか、確かめたかったのだ……

そのとき、礼拝堂の入口から大勢の人が入ってきた。修復の進捗を褒めてもらおうと、ドン・ペドロが案内してきた、モレンデ家のお嬢さんたち、セブレ町の判事、ウリョーア村の主任司祭の面々である。ヌチャは慌てて振り返る。動揺したフリアンは、お嬢さん方の挨拶にたどたどしく答える。そんな彼に、一行の後ろを付いてきたプリミティボは、詮索するような鋭い視線を向けたのだった。

第二十五章

もし選挙が延々と終わりなく続くものだとしたら、それに携わる人びとは、毎日気を張りつめたまま身を粉にして動き回るあまり、心身ともに疲弊し命さえ縮めかねない。実際、誰かをひどく憎んだり、絶えず裏切りを勘ぐったり、熱く約束を交わしたり、ある時は各地を回り敵の脅迫や中傷にいそしみ、またある時は書簡や伝言を絶え間なくやり取りして陰謀を図る、しかも食事は不規則なうえに睡眠不足が重なるとあっては、選挙活動中の生活がどれほど慌ただしく耐えがたいものか想像がつくだろう。こういった議会制度施行上の問題に関しては、ウリョーア家の雌馬と雌ろば、それに執事が個人用に買い入れた頑強な若馬も、完全な意見の一致をみた。速歩《トロット》で連れ回されたせいで息も切れ切れ、汗まみれの全躯から湯気を放ち、くたくたのろばや馬たちが、その胸中で選挙について良い印象を抱いたはずがない！

トランペータが県都サンティアゴへ行くのに頻繁に利用した雌らばにいたっては、なおさらだろう！肋骨が浮き出るほど痩せ細り、皮に穴が開いてしまったほどだ。その地方の名高い領袖《カシーケ》が昼夜を問わず県都への街道を行き来したのだからもっともなこと。そして彼が県都へ旅を重ねるごとに、セブレ町における選挙の行方はますます怪しく、混迷を深めていった。トランペータはやけを起こし、県知事に声を荒げて訴えた――今こそ権力を見せつけるとき、選挙人を脅したりおだてたり、要職を罷免したり任命したり、何よりも、政府推薦の候補者に財布の紐をゆるめさせることです、選挙区と縁もゆかりもない候補なのですから、そうでもしないと、われわれはあの選挙区を失ってしまうことになります。

　知事も黙ってばかりではない。「あなたは言っていませんでしたか」と、ある日、声を上げて言い返した。まるで町の偉大なる書記を地獄へ送り込まんとするかのような気迫だった。「選挙にそれほど費用はかからないでしょうとか、対立候補たちにはまったく資金がありませんからとか、オレンセのカルロス《カルリ》支持《スタ》派評議会は一銭も資金援助しないでしょうとか、その上、ウリョーアの館にも選挙につぎ込む金は一銭もない、というのも相当な地代収入がありながら、たえずお金に困っている状況ですから、とか？」

「知事殿、たしかに」とトランペータが答えた。「おっしゃるとおり。ただ、時に人は……ご教示くださったように〈これこそトランペータの口癖だった〉、思いもよらぬ〈こおどう〉に出ることがありまして。ウリョーア侯爵は……」

「あんなただのぼんくらが、何が侯爵だ！」我慢の限界を超えた知事が口をはさんだ。

「おっしゃる通りですが、侯爵と呼びますのはあの地での慣習でして……ともかく、私もこの一月のあいだ各地を回り、あいつは侯爵などではない、侯爵の称号はとうに政府があいつから剥奪して他の自由主義者に授けたのだ。第一、あいつに侯爵の称号を授けたのはカルロス七世〔カルリスタが支持した君主カルロス・マリア〕、あいつが選挙に勝って、あのカルロスが王位に就きでもしたら、異端審問も十分の一税も復活することになる、と知事殿からご教示いただいたように、〈触れもお〉っております……」

「その調子、その調子でやってくれ」と知事は一応うなずいたが、その日はなおもいら立ちが収まらないと見え、畳みかけるように尋ねた。「あなたの話によると、侯爵、いや、名称はともかく……選挙の動向次第では……」

「二千ドゥーロくらいだったら、躊躇なくつぎ込むにちがいありません、知事殿」

「金が一銭もない、と言いましたよね。では、誰かに借りたわけですか？」

「まったくその通り《カター》！　サンティアゴの義父に金を無心したそうですが、ご教示くださったように、義父のほうも金が用意できなかったようで……そこで私が思いますに、館の義父から借りたにちがいありません」

「あのカルロス党候補には、義父がふたりもいると？」多少の気晴らしにはなるかと、知事は書記にうわさ話の続きを促した。

「ご教示くださったように、あいつが特別というわけではないでしょう」と、含みを持たせた笑みを浮かべながら答えた。「誰のことを言っているのかおわかりですよね……？」

「なるほど！　モスコソが結婚する前から屋敷に住みついている娘のことか。たしか子どもがひとりいたな……と、我ながらすごい記憶力だ」

「その子どもは……誰の子か神のみぞ知るでしょうが……知事殿、母親本人でしたら誰の子かわかるかも……まあ、それも疑わしくはありますが」

「そんなことは、選挙にはどうでもいいことだ……それより、モスコソが用意した資金というのは、つまり……」

「用立てたのは、執事であり〈裏の《デ・オクルティス》〉義父、プリミティボだということです…… もちろん、解せないはずです、一介の執事がどうしてまた何千ドゥーロも持ち合わせているのか、と。それに対する私の答えはこうです――月に八分の利息で村人たちに金を貸し、その後、飢饉の年が続きましたが、ともかく借用人たちを脅してきちんと、一銭《ドゥーロ》たりとも容赦なく取り立てた…… 対して、次のようにお尋ねになるかもしれません――では、そのプリミティボという盗人は、どうやって貸すための金をひねり出したんだ？ それに私はこう答えるでしょう――他ならぬ主人の懐から。収穫物をしかるべき値段で売っておきながら、主人には安値でしか売れなかったと偽って売上金を渡したり、主人の目をごまかして館の管理や土地の賃貸をしたり、ご教示くださったような、あらゆるやり方で私腹を肥やした…… この回答に対して、知事殿は質問なさるでしょう……」

　この対話体こそ、トランペータが聞き手を説得するときに用いる頼みの雄弁術であったが、それを知事はさえぎった。

「ご心配なく、自分で質問します。それほどまで苦労して主人からくすねた何千ドゥーロもの金を元の持ち主に貸すことで、その悪党には、何の得があるのでしょう？」

「チッ！……」と書記は舌打ちした。「プリミティボだって馬鹿じゃありません。ご教示くださったように、何千ドゥーロもの金を抵当なしに、つまり、何の見返りも期待せずに貸したりするはずがない。おそらく主人みずからが手足を縛られ、担保になっているのでしょう。それで資金も安泰というわけです」

「なるほど」知事ははずむような口調で応じた。続いてこう言い添え、自分の洞察力を誇示するのを忘れなかった。「主人が代議士に選出されれば、彼自身、地方でさらなる影響力を得て、自分に都合がいいよう好き放題やれる、というわけだ……」

トランペータは知事に対し、驚きと皮肉、それに歓喜が入り混じった複雑な視線を向けた。それはまさに、低い教育しか受けていない者が、より高い教育を受けた者のあまりにも愚かな発言に接したときの反応だった。

「知事殿、ご教示くださいましたが」と説明を始めた。「そうしたわけではございません……ドン・ペドロは、野党だろうと無所属だろうと、どこから選出されようと、代議士としては、支持者にとって何の役にも立たないでしょう……つまりプリミティボは、私に仕えようが、ユダヤ教徒――失礼いたしました――のバルバカーナに付こうが、欲しいものは手に入れる、主人をわざわざ代議士に仕立ててあげるまでもなく、です……実際プリミティボは、ついこの間まで、ずっと私の側にいたのですから……あいつほど抜け目のない狐野郎は、県内広しといえどもまずいない……今に、バルバカーナも私も、あいつにやり込められるにちがいありません」

「だとしたら、バルバカーナはどうしてまた、ウリョーアの主人を支持することにしたのだ？」

「それはまさに、バルバカーナが、司祭たちが行くところへは、どこへだろうと付いて行くやつだからです。蛇の道は蛇、あいつはよくわかっている……たとえば知事殿のようなお人は、今日のところはこちらにいらっしゃるが、明日になれば、はい、さようなら、ということもあります。ところが、司祭たちは永遠にこの地にいる、リミオソ家やメンデス家といった貴族たちも同様です……」

領袖は、両拳を固く握り、たまりにたまった怨恨を解き放つかのように宣言した。

「畜生！　バルバカーナを打ちのめさないかぎり、セブレ町はどうにも埒が明かない」

「まさにその通り！　では、打ちのめすための策を是非、提示願いたい。意欲は満々なようですから」

トランペータはしばらく、親指の、煙草のやにで黒くなった四角い爪で山羊ひげをかきながら考え込んでいたが、おもむろに口を開いた。

「私が腑に落ちないのは、主人を代議士にして、あざといプリミティボに何の得があるのか、ということ……今のところは、ふたつの手で主人に付け入っているわけです。主人を担保に取る一方で、選挙費用を一手に引き受け甘い汁を吸わせ、選挙に勝った暁には主人に、ご教示くださったように、途方もない金額を請求するっていう手です……ところで、もし計算どおり選挙に勝ち、親愛なるドン・ペドロが代議士になったとしたら……その時にはドン・ペドロは首都《マドリ》に上京し、あちらのどこかで金を工面し（きっとそうするでしょう）、そうこうしているうちに自分の執事のペテンに気づく……やがてドン・ペドロは、執事の娘のことも子どものこともきれいさっぱり忘れ去り……それから……」

トランペータは、再度山羊ひげをかき、迷宮入りしそうな謎解きに挑んでいるかのような思案顔になった。明晰な頭脳を全速力で回転させたが、結局、解決の糸口は見つからない。

「では、肝心な話に戻ろう」県知事が口を開いた。「とにかく重要なのは、選挙で惨敗しないこと。われわれの候補者は大臣のいとこです。彼にはすでに当選を確約してあるのですから」

「もともとはオレンセのカルロス支持派評議会の候補に抗して立てただけですがね」

「あなたは、中央政府がそんな言い訳を認めてくれると思っているのですか？　相手が誰であれ、われわれは勝たねばならない。回りくどい言い方はせずに、率直に訊きますが、あなたは尻尾を巻いて逃げ出せるとでも思っているのですか？　どうです？」

トランペータはなんと答えようか迷っていた。だが、ようやく顔を上げたとき、その表情は偉大なる戦略家としての自負心、いかなる時も敵をあざむく計略を考えついてやるという自信に満ちていた。

「お聞きください」と胸を張った。「バルバカーナは、これまでに二、三回ほど汚い手を仕掛けてきました。しかし、私を出し抜くのに成功したことは一度もありません……まあ、汚い手を使うことにかけては、あいつも他の誰も、私には勝てないというわけです……ただ、残念なことに、火ぶたが切って落とされるまでは、どうにも良い方策が浮かんできません……しかし一度思いついたら、悪魔さえ思いつかないほどの策になることを請け合います。今ここに（黒ずんだ額を拳でこんこんとやりながら）、いい策が生まれようとしているのですが、まだ時が満ちてはいないようで……きっと、ご教示くださったように、まさにその〈とびきり〉の時が来たら浮かんでくると思います……」

最後に、右腕をまるでサーベルのようにくりかえし上下させながら、響き渡るほどの大声で断言した。

「恐るるに足らず。勝利あるのみ！」

こうして町の書記が県の第一権力者と策謀をめぐらしていた頃、バルバカーナは、セブレ町での選挙情勢を知ろうとみずから足を運んできたロイロ村の主席司祭と会っていた。司祭は、弁護士事務所でゆったりと腰を下ろすと、やおらマクーバ葉の嗅ぎ煙草を銀製パイプ《フシーケ》に詰め、粉を吸いはじめた。それはおそらく、ガリシア中を探しても愛好家は彼しかいないほど希少なカリブ産の煙草で、たいそうな対価を支払って、彼のために密輸させているという代物だった。

主席司祭――県都サンティアゴでは、在る店で、聞きかじったフランス語を無邪気に使って封筒《アンヴロップ》を注文したせいで、〈アンヴロップの封筒〉というあだ名をいただいていた――は、昔アンレス村の主任司祭にすぎなかった頃、たぐいまれな選挙参謀として名を馳せた。ある時、統率していた選挙に負けそうだと聞くや、彼は怒声を上げたという――「アンレス村の司祭が選挙に負けるだと?」そして腹立ちまぎれに激しい勢いで投票箱(陶器製の土鍋だった)を蹴飛ばし、粉々にした。中にあった投票用紙をまき散らしたのだ。こんな単純な急場しのぎの策で自分の候補を勝利に導いた彼は、この偉業が讃えられ、イサベル・カトリック女王十字勲章を受けた。今では、老いてでっぷりと太り、耳も遠くなったせいで、積極的な行動は控えている。が、それでも相も変わらず三度の飯より選挙運動が好きとあって、教会の表中庭《アトリウム》では信者たちに自分が推す候補に票を入れるよう懸命に説いていた。

主席司祭は、セブレ町にやって来るたびに、煙草屋を兼ねた郵便局にしばらく立ち寄るのを常としていた。そこでは、人びとがマドリードの新聞に目を通し、政治談義に花を咲かせ、過去、現在、未来の統治者や指導者の欠点をあげつらう。例えば、こんな具合に――「俺が内閣総理大臣だったら、一挙にそんなもの片付けてやる」「わしがプリム将軍(一八一四～七〇年)なら、そんな小事には動じんぞ」次のような聖職者の声も上がった――「私を教皇にしてくれたなら、どんな難題もすんなりと解決してみせるだろうに」

バルバカーナ宅を出た主席司祭が、判事と公証人に会ったのはその郵便局だった。ただこの時、郵便局の戸口で彼は、手綱を解いて今まさに馬に乗ろうとしていたドン・エウヘニオに出くわした。

「少し待っていてくれ、ナヤ村」と、主席司祭は司祭のあいだの習わしである教区名を使って、彼を親しげに呼び止めた。「新聞の出来事欄にだけ目を通してくるから、一緒に出よう」

「私はウリョーアの館に向かいますが」

「わしもだ。宿の者にわしの雌らばをここに連れて来るよう、伝えておいてもらえんかね」

ドン・エウヘニオは迅速に依頼をこなし、ふたりの司祭は間をおかず、街道の急坂をらばの穏やかな歩調で下ることになった。共にだぶだぶの肩マントに身を包み、強風に持って行かれないよう帽子をハンカチで顎の下にくくり付けている。当然ながら道中の話題は、議員候補と間近に迫る戦い、その他選挙の子細に関することだ。主席司祭はすべてにおいてきわめて楽観的な展望を抱き、勝利を確信していた。セブレ町の楽隊を率いてウリョーアの館を訪れ、恋曲《セレナーデ》を演奏させて、選出された代議士を祝ってやろう、などと放言している。対してドン・エウヘニオは、陽気ではあったが、それほど楽観的には捉えていなかった。中央政府が強力な権力を有していることに、疑いの余地はありません！　選挙がうまく行かないとなったら力に訴え、治安警備隊《グアルディア・シビル》を介して操作するにきまっています。憲法制定議会やら何やらすべては、ボアン村の主任司祭の言を借りるなら、崇高なる笑劇にすぎないそうですから、と応じた。

「いや今回ばかりは」と主席司祭が、風ではためく肩マントを顔から払いのけようと、やっきになって手を振り回しながら答えた。「今回こそはやつらに涙を呑んでもらうぞ。少なくともセブレ選挙区からは、この地方生まれのまともな人間、外から送り込まれた輩とは違う、わしらのことをよく知ってくれておる、尊敬すべき旧家の当主を議会に送らねば」

「たしかに、おっしゃるとおりです」と、真っ向から相手に反論することをしないドン・エウヘニオはうなずいた。「私も、他の誰よりもウリョーアの館の当主がセブレ町を代表することを望んでおります。ただ、皆が聞き及んでいることが事実でなければ、の話ですが……」

主席司祭は顔を曇らせ、パイプの粉煙草を深く吸った。ドン・ペドロの成長を幼い頃から見守ってきて、目に入れても痛くないほど可愛がっていた上、何よりも家柄を重んじるのを信条とする主席司祭にすれば当然だろう。

「おや、その話か」と、ぼそぼそ文句をつけるようにたしなめた。「噂話にのるのは、やめた方がいい……誰であろうと欠点のない人間、罪を負っていない者はない。誰もが神に、その釈明をしなければならん身なのだから。よって他人の生活に首をつっこむべきではない」

しかしドン・エウヘニオは、主席司祭の苦言などおかまいなしに、セブレ町の郵便局で耳にした――そこでは、トランペータが県知事との会合で明かした話に、中傷というひどい尾ひれが付いてあれこれ取り沙汰されていた――ことを残らず話そうとし続けた。強風のせいでよけいに聞こえが悪くなっている、耳の遠い主席司祭が、話の要点を聞き漏らさないよう、若司祭はとにかく声を張り上げる。一方で、窒息しそうなほど顔を真っ赤にふくらませ、片手をじょうごのように耳に当てたり、パイプをしきりに鼻に持っていき煙草を嗅いだりする主席司祭を、いたずらっぽい表情で愉快そうに眺めていた。ドン・エウヘニオによると、セブレ町中がドン・ペドロ・モスコソの行状に対する怒りに沸き立っているとのこと。村々では愛されているドン・ペドロだが、住人の大多数をトランペータの庇護下にある者が占める町では、館について恐るべきことが取り沙汰されている――ここ最近、侯爵が立候補を表明してからというもの、セブレの町中で神聖さを重んじる気持ちから、罪に対する憎悪が芽生え……愛人を持ち、私生児がいる侯爵への非難がやみません……ただ、実際のところ、公正や道徳観念といった品の良いことを言い立てているのが、町の書記の取り巻きだけだというのは注目に値します、しかも、その多くは進歩主義者で、お世辞にも品行方正とは言えぬ連中。こうした話をなんとか聞き取った主席司祭は、気色ばんだ。

「ファリサイ派の人びとよ！　律法学者たちめ！」と鼻息を荒くする。「そのくせ、わしらを偽善者などと呼びやがって！　セブレ町の割礼を受けていない（主席司祭にとって、〈割礼を受けていない〉はひどい侮辱の言葉だった）異端の者たちは、なんと分別と節度、そして尊厳を弁えていることか！　あの悪党の一団が誰も、刑務所送りに値しないというのか……とんでもない、死刑だ！　処刑してしまえ！」

ドン・エウヘニオは笑いをこらえることができなかった。

「七年前、そう、もう七年も前から」と、主席司祭は少し気が済んだ様子で、ただし、強い向かい風に息をぜいぜいと荒くしながらつぶやいた。「七年も前から館で起きていることを……今さら大騒ぎして……これまで何も言わなかったくせに、今になって掘り起こしてくるとは。ありがたいことに、わざわざ選挙の最中に……それにしても、ものすごい風だ！　身体ごと吹き飛ばされるぞ、ナヤ」

「実は、もっと悪い噂が口に上っています」と、ナヤ村の司祭が大声で言った。

「何だって？　この烈風では何も聞こえん」

「もっと深刻な話も出ていると申し上げたんです」とドン・エウヘニオは、小ぶりで落ち着きのない自分の雌馬を、主席司祭の威厳ある雌らばにぴったりと添わせ、大声で叫んだ。

「わしらを残らず銃殺してやる、とでも言っておるんだろ……町の書記のやつ、わしに対し、七件の訴訟を起こして監獄にぶち込んでやる、と脅しやがった」

「訴訟ですって、まさか……それより、どうか少し頭を下げていただけませんか……そうです……他に誰もいないとはいえ、大声で話せることではありませんから……」

ドン・エウヘニオは主席司祭の肩マントをつかみ、彼の耳もとで何かをささやいたが、その言葉は北東から吹きつける突風の、鋭くあざけるようなうなり声にかき消された。

「くそ！」と舌打ちした主席司祭だったが、続いて口にできる言葉は何もなかった。それから二分ほど経った頃だろうか、気を取り直した彼は、さらなる怒りに荒れ狂う強風に向かって、トランペータ党のいまいましい中傷者たちへ罵詈雑言のかぎりを尽くした。その反応を面白がるかのように、ドン・エウヘニオは主席司祭が怒りをぶちまけ終えるのを待って、付け加えた。

「それだけではありません……」

「これ以上、何を誹謗中傷するというのだ？　ドン・ペドロ侯爵が追いはぎだとでも噂しているのか？　割礼を受けていない輩め！　おのが腹を神だの、律法だのと崇める輩め！」

「他でもない館の人間からもたらされた話らしいのですが」

「なんと？　悪魔よ、この風を連れ去ってしまえ！」

「噂の源は、他でもないウリョーアの館の人間だとのこと……もうおわかりですよね？」と、ドン・エウヘニオは目配せした。

「なるほど、あのことだな……仔犬のように気が小さいくせに、蠍のように口さがない連中め！　良家の出身で、人をけなすことなど一切ない、美徳そのものとも言えるお嬢さんを……誹謗するなど！　まして、叙階を受けた者と関係があるなどと！　この辺りの自由主義者たちは、はした金で魂を売り渡すような、とにかく品性下劣なやつらだ！　しかし、この国はどうなるのだ、ナヤ村、これから！」

「待ってください。それだけではありません……」

「くそ！　今日中に話しが終わらんのじゃないか？　聖母マリアよ、いかなる嵐が来ようとしているのか！　なんて風だ……！」

「今度は他でもないバルバカーナから聞いた話です。館の人間、端的に言えばプリミティボですが、選挙で私たちを、とんでもないペテンにかけようとしている、とか」

「なんと？〈まさか〉、ナヤ村、ぼけたんじゃあるまい？　らば、止まれ、よし、これでよく聞こえる。プリミティボがなんと……？」

「確かな話ではないのです、何かの間違いかもしれませんし」と、ナヤ村の主任司祭は主席司祭が取り乱す様を見て、まるで喜劇でも見物しているかのように楽しげに応じた。

「我慢ならん、これはあんまりだ！　頭がおかしくなってしまう。ただでさえ、この忌まわしい風のせいで気が変になりそうなのに。もうこれ以上は勘弁してくれ！」こう宣言した瞬間、これまでにない突風にあおられ、彼の長い肩マントの裾がひらりと、貝殻のごとく持ち上がった。すると、主席司祭は〈ヴィーナスの誕生〉に描かれたホタテ貝の中に立つ全裸のヴィーナスそっくりの格好になってしまった。慌ててどうにかマントを引き下ろし、体勢を整えた彼は、ドン・エウヘニオとともに雌らばに先を急がせる。彼らがあとにした道には、遠くから、栗林や樫林を揺する北東の風の壮大なシンフォニーだけが流れていた。

第二十六章

最初に受けた衝撃が和らいだあとも、フリアンはヌチャに、その手首に認めた痕についてあえて尋ねようとはしなかった。それどころか彼女の部屋に足を踏み入れるのさえはばかられた。というのも、自分が監視されているような気がしてならなかったからだ。礼拝堂付き司祭は、元来、人を疑わない質《たち》なのだが……では、誰が見張っていたというのか？　プリミティボにサベル、それに年老いた魔女に召使いたち、つまり、館の者一同ということになる。夜、目に見えない湿った靄がわれわれを包み、体に染み込んでくるのと同じように、周囲に、不信、悪意、疑念、憎悪が立ちこめ、次第に濃くなっていくのを、フリアンは感じていた。具体的に説明するのは難しいが、瞭然たる事実である。列席した二、三の儀式では、司祭たちの自分に対する口調が明らかに敵意に満ちていた。そればかりか主席司祭には、渋面の下から睨めつけられている気がした。ドン・エウヘニオだけは変わりなく、いつもどおり温かく接してくれた。もっとも、彼の心配は杞憂にすぎない可能性もある。食卓でドン・ペドロが自分の一挙一動を見守っていたり、たえず視線の先を探ったりしているかに思えたのも、単なる気のせいなのかもしれない。しかし実際はどうあれ、そうした主人の態度がフリアンにはとりわけ疎ましかった――ヌチャの様子をしっかり観察していたい、彼女がさらに痩せてはいないか、食欲があるのか、手首に新たな痕がないかどうか確認したいという、耐えがたい衝動に駆られていたのだ。ちなみに、あの日濃い紫だった痣は、日ごとに緑色を帯び薄くなっていった。

　結局のところ、フリアンのためらいを打ち負かしたのは、赤ん坊にどうしても会いたいという差し迫った願いに尽きる。礼拝堂の修復が終わった今、赤ん坊に会えるのは、その母親の部屋以外になかったからだ。赤ん坊が乳母の腕に抱かれ廊下を横切るとき、すれ違いざまに奪う軽いキスぐらいではとうてい我慢ならない。そこである日、意を決してヌチャの部屋に足を踏み入れた。つい先日まで、布切れに埋もれた包みにすぎなかった赤ん坊が、か弱く無防備な愛嬌や魅力を残しながらも、人格が発達してきたのか、手足をより機敏に動かし、みずからの意思で人を惹きつける月齢になっていた。身の回りのものをつかんでは、（なかなか歯が生えず歯がゆいのだろう）温かい口の中に突っ込んでみたり。自分を抱っこしてくれそうな人に向かって両手を差し出し、何のためらいもなく全身を預けようと（乳母たちが〈人に身を預ける〉と呼ぶところの姿勢を）したり。幼子特有の、どんな人をも虜にする所作を、なんとも言えないくらい愛嬌たっぷりにして見せるようになっていた。その姿はまさに、ムリーリョ〔一六一七～八二年〕が描く天使そのものだ。また近頃では、以前よりもっと頻繁に笑みを見せるようになり、ふと笑い出したかと思えばふいに黙り込む、旋律を奏でるようなその笑い声に並ぶものと言ったら、鳥のさえずりぐらいだろう。口から漏れ出る音はまだ言葉にはなっていなかったが、あらゆる感情と欲求を擬声語――原始言語の基盤となったと主張する言語学者もいる――を用いて見事に表現した。泉門がまだぴくぴくと鼓動を伝える頭蓋骨も、次第に骨化がすすみ頭髪が生えそろいはじめた。その、日ごとにこんもりと濃くなっていく髪は、まだモグラの毛のように柔らかい。弧を描いていた脚は真っ直ぐに伸びはじめ、足の指――親指が上を向き、小指はピンクのつぼみのように下を向いていた――もいまや、二本足で歩けるよう水平位置に収まっている。こういった偉大なる成長の一歩一歩がフリアンにとって、驚きであると同時に、得も言えぬ喜び。幼き者に父親として尽くしたいという思いを強くさせた。そんな彼に、赤ん坊は時計の鎖を引っ張ったり、ベストのボタンをいじり回したり、あちこちをよだれやミルクでべたべたにしたりして、ひとかたならぬ恩恵を与えてくれた。赤ん坊のことが可愛くてしかたがないフリアンは、彼女のためだったら、どんなことでもしただろう！　赤ん坊への愛しさが募るあまり、棒をつかみプリミティボを打ち据えてやろうとか、鞭を手にサベルを同じく打ち据えてやろうとか、時に残忍な思いが湧いてくるほどだ。とはいえ、ああ悲しや、家の当主の地位、家長の地位といったものは取って代われるものではない。そして当の家族の長はと言えば……礼拝堂付き司祭は、このキリスト教徒の家庭を築いたことを、心から悔いていた。意図は正しかったはずなのに、実ったのは苦い果実にほかならない。こんなことになるのだったら、どんな犠牲を払おうとヌチャを修道院に入れたのに！　では自分は今、いかなる行動に出るべきなのか？　フリアンには、自分が直接介入しては、かえって都合の悪いことが起きてしまう、そんな気がしてならなかった。自分は正しい、自分には介入する権利がある、と確信していた。その上、受け身ながらも命を賭して抵抗する自信もあった。ただし彼には、人を行動に移らせる力強いレバーがなかった、実行力に欠けていたのだ。この家の多くの部分が、本来あるべき姿から大きくはずれ、歪んでいることに疑問の余地はない。そこから、自分の目前で展開するドラマが悲劇的な結末を迎えるのではないか、と礼拝堂付き司祭は危惧した。とくに、ヌチャの手首にあの痕（決して脳裏からかき消すことのできない）を目にしてからは、なおさらだ。フリアンは日ごとに寡黙になり、これまで以上に熱く祈りを上げ、断食をくりかえした。そのせいで、少女のごとく薔薇色だった頬は、蝋のように青白く色あせてしまった。こうして殉教者の時代と変わりなく、精神を高揚させミサを捧げるようになった。お嬢さまが幸せになるためなら、命を差し出しても構わない、とまで思い詰めたのだ。にもかかわらず彼は、最初の一歩をなかなか踏み出せなかった。それどころか、何か手を、たとえば、ドン・マヌエル・パルド＝デ＝ラ＝ラへ氏へ手紙をしたため、彼の娘に何が起きているかを知らせるという、誰にでもできる手を打つことさえ思い浮かばなかった。自分が行動に出るのを先延ばしにする口実――たとえば、「選挙が終わってからにしよう」といった的外れの口実――ばかりを探していたのだ。

旦那さまが代議士に選ばれれば、彼が囚われの身となっている邪な人びとの巣窟から抜け出すことになる。そうなれば、神はその心に手を下され、旦那さまも改悛なさるだろう。フリアンは選挙に、こういった明るい展望を思い描いていた。

ただ、と同時に、良き礼拝堂付き司祭は一抹の不安を拭えなかった――旦那さまはマドリードへおひとりでいらっしゃるのか、それとも奥さまと娘さんをお連れになるのだろうか？　フリアンは、神に誓ってもいい、ドン・ペドロが家族を同伴することを願っていた。が反面、そうなると想像しただけで、ひどい心気症になりそうだった。赤ん坊と何ヶ月も、何年も会えないなんて、膝にのせて〈お馬さん〉をさせてあげられないなんて、害虫が住みつく暗い井戸のような館でサベルと向かい合って居残るなんて、とうてい我慢ならない。お嬢さんが行ってしまわれるのも辛いが、赤ん坊まで行くことになったら……《自分に預けてくれたなら》と思う。《あの子のことをきちんと育てられるのに》

決定的な戦いの日が近づく。ウリョーアの屋敷は支持者や伝令がひっきりなしに出入りし、伝言や命令、さらにその撤回といったやり取りでごった返し、まるで軍司令部のようなありさまだ。厩舎ではいつも、よそ者の馬や雌ろばが飼い葉をふんだんに食んでおり、広々とした客間には、革の長ブーツがザッザッと擦れ合う音や木靴を踏み鳴らす音、さらに重い靴でドシドシ歩く音がたえず響いた。フリアンは、戦闘帰りのように激しく息を切らす司祭たちと出くわすたびに、彼らが立ち向かってきた〈困難な出来事〉について話を聞かされた。続いて、自分が選挙に一切関わっていないことを知った彼らに、唖然とされた……これほど決定的な局面で、館の礼拝堂付き司祭がのんびり眠ったり、食したりしていていいものか！　と。

フリアンは、主任司祭たちの中に相変わらず自分に怒り、もしくは恨みを抱いている者がいると感じていた。ことに、ウリョーアの館にひとかたならぬ思い入れのあるロイロ村の主席司祭はなおさらだ。もっぱら政治的勝利に拘泥していたボアン村の司祭やナヤ村の司祭と異なり、主席司祭はとにかくモスコソ家の名声と、由緒正しき郷士の家の繁栄を第一に考えていたのだから当然である。

政府によって繰り広げられた強力な選挙妨害にもかかわらず、あらゆる徴候から館の主人の勝利が確実視されていた。選挙人名簿が作成され、票読みをしてみたところ、相当な票の開きが見込まれ、トランペータがどんなに驚くべき手を使ってきても、それだけの票差をひっくり返すことはできないことが判明したのだ。政府の、その選挙区における影響力は、大仰な言い方をするなら官僚分子と呼ばれる者たちに限定されていた。この官僚分子が、農民たちの従順な性格のおかげで、ガリシア地方で大きな影響力を誇っていたのは事実だった。が、セブレ町においては、恐るべき地方領袖《カシーケ》バルバカーナの周りに集結した、司祭や上流階級の子息たちの活躍に対抗するまでには及ばなかったのだ。勝利が確実だと知って主席司祭は、喜びに鼻息を荒くした。ただ妙なことにバルバカーナだけが、捕らぬ狸の皮算用ではないかと、その予想をいぶかしんだ。日を追うごとに彼の不安はふくらみ、ますます不機嫌になっていく。どこかの司祭が満足そうにもみ手をしながら弁護士事務所に現れ、新たな支持者や票狩りの成果を報告するたびに、顔をしかめたのだ。

神よ、かつて、これほどの選挙がありましたか！　なんと熾烈な争いが繰り広げられるのでしょう！　多種多様な策略やペテンを駆使し、一寸刻みに陣地を争奪し合うなんて！　まるでいかさま師《トランペータ》が半ダースいるかと思われるほど、ありとあらゆる場所で同時にいかさまがおこなわれた。とりたてて珍しくもない、投票用紙のすり替えにはじまり、投票時間の急な変更、署名偽造、脅迫、暴力にいたる、これまでいくどとなく採られた手法。こうした馴染みの手に加え、前例のない、素晴らしく機知に富む工作がおこなわれた。ある学校では、侯爵を支持する有権者のマントに松脂油が吹きかけられ、火の灯ったろうそくがそっと近づけられた。火を付けられた哀れな有権者たちは悲鳴を上げ、投票所から出て行き、二度と姿を見せることはなかったという。別の学校では、投票机が階段の踊り場に設置された。そのため有権者は、ひとりずつしか投票に上がっていけないわけだが、その階段にトランペータの側近十二人が列をなして陣取り、午前中いっぱい上り口を——上ろうとする者には好きなだけ殴る蹴るの狼藉をはたらき——ふさいでいたとか。もちろん本拠地セブレ町においても、巧妙な手が仕組まれた。

セブレ町の投票所へは、司祭が有権者の群れに同行し、投票の際、彼らがパニックに陥ったりしないよう見守った。その上、裏切りを防止するため、ドン・エウヘニオは選挙管理人の権利を行使し、投票机に信頼のおけるひとりの農夫を座らせた。その教区民に、投票壺から一瞬たりとも目を離さないようきつく言い渡したのだ——「わかりましたか、ローケ？　投票壺から目を離してはいけませんよ、たとえ天変地異が起きようとも」農夫は机に両手で頬杖をつき、謎を秘めた壺をじっと、催眠術の実験でも受けているかのように瞬きもせず見つめはじめた。息を殺し、石の彫刻さながら微動だにしない。その不動の立会人を前に、本人みずから巡回にやって来たトランペータは慌てた。というのも、投票用紙——前もって政府側の町長や選挙委員が満足する印が付けられている——を一杯に詰め込んだ別の壺を机の下に隠してあり、本物とすり替える絶好の機会をうかがっていたからだ。そこでトランペータから監視員を誘惑するよう命を受けた手先が登場し、昼飯をおごろうとか、一杯やろうとか、さりげなく関心を惹こうと言葉を並べた。が、時間の無駄。見張りの農夫は、声をかけてくる相手に一瞥さえくれない。丸く毛むくじゃらの頭に、突き出たあご、まばたきひとつしない瞳という、頑固を絵に描いたような農夫だったからだ。あいつをここから引きずり出さないと、肝心の時刻、午後四時になってしまう、あの壺をくすねないと。動揺したトランペータは、側近たちに至急、監視員について調べ上げるよう命じた。調査の結果、農夫が裁判所で第三者の権利について係争中であり、そのせいで彼の雄牛と収穫物が差し押さえられていることが判明した。そこでトランペータは、やおら投票机に近づくと、男の肩に手を置き大声で声をかけた――「あんた……裁判に勝ったぞ！」電気ショックを受けたように、農夫は跳び上がった――「えっ、何だって！」――「昨日、裁判所で判決が出たんだ」――「冗談はやめてくだせぇ」――「言ってのとおりだ」――この合間に、選挙委員が壷を、誰の目にも耳にも留まることなく速やかに取り替えた。やがて町長がうやうやしく立ち上がる――「皆さん……〈票数え〉に移ります！」押し合いへし合い人が入って来て、票読みが始まる。しかし、いっこうに自分たちの候補者の名が出てこず、司祭たちは呆気にとられ互いを見つめ合う。ナヤ村の主任司祭は「あなた、ここを離れましたか？」と見張りの男を問いつめるが、農夫は「いいえ、神父さま」と嘘偽りのない口調で答える。ウリョーア村の主任司祭は「誰かがわしらを売りやがった」ととげとげしい声でつぶやき、ドン・エウヘニオに不信の目を向ける。トランペータは両手をポケットに突っ込んだまま、ほくそ笑んだ。

こうしたからくりのせいで、ウリョーア侯爵の票は著しく目減りした。その結果、勝利の行方は最後の際《きわ》、ほんのわずかの票を獲得できるかどうか、まさに票をめぐる争奪戦という様相を呈してきた。その決定的瞬間、ウリョーア侯爵派の者たちがもはや自陣の勝利を確信したところで、（忌まわしい背信とまでは言わないが）まったく思いもかけない裏切りによって、天秤が政府側に傾いた。すっかり投票してもらえるものと踏んでいた者たち、しかも当のウリョーアの館が執事の口をとおして太鼓判を押していた者たちが裏切ったのだ。これほどの不意打ち、つまり秘密裏に練られた打撃には備えることも、避《よ》けることもできはしない。何時も冷静さを失わないプリミティボまでもが癇癪を起こし、裏切り者たちに向かって暴言を吐き悪態をついたほどだ。

ひとり超然とした態度を崩さなかったのはバルバカーナだった。選挙の敗北が決定的となった午後、弁護士は自分の事務所で、三、四人に取り囲まれていた。そこに入ってきたロイロ村の主席司祭は憤怒の形相で、浜辺に打ち上げられ乾ききった鯨のごとくぜいぜいとあえぎ、暗紫色の顔をしていた。革の肘掛け椅子に崩れ落ちるように腰を下ろすや、両手で喉元の白襟《ローマンカラー》を引きちぎり、シャツと胴着のボタンをはずす。眼鏡は斜めに傾き、痙攣する左のこぶしにパイプをきつく握りしめたまま、身体を震わせ、ごわごわのハンカチで汗をぬぐった。地方領袖の平然とした態度が目に付いた司祭は、いら立ちをあらわにする。

「くそ、なんてこった！　あんたはどうしてそんなに冷静でいられるんだい！　それとも、何が起きたのか耳に入っていないのか？」

「予期したとおりになっただけで、焦ったりしませんな。こと選挙に関しては、私は虚を突かれあたふたすることはありません」

「こうなると予想していたと？」

「いかにも。こちらにいらっしゃるナヤ村の主任司祭が、私がこの結末を予言していたことを保証してくださるでしょう。死人を証人として召喚しているわけではありません」

「間違いございません」と、悲嘆にくれた様子のドン・エウヘニオが請け合った。

「しかし、どうしてまた、わしらにそのことを打ち明けてくれなかったのかね？」

「彼らに、戦もしないまま、そうやすやすと選挙区を引き渡したくなかっただけのこと。あなた方だってそんなこと、望んでいらっしゃらなかったでしょう。ともかく本当のところは、私たちの勝利ですよ」

「本当のところはだって……くそ！　本当のところはわしらの勝利と言ったって、いったい誰が正当性なんぞ気にかけるんだ！　それより、わしらを裏切ったユダども、なんといまいましい！　最後の際で、勝敗はまさにあいつらにかかっていたというのに！　ゴンダス村の鍛冶職人に、ポンリェ兄弟、それに獣医のやつ……！」

「彼らはユダじゃありませんよ、主席司祭さま、だまされてはなりません。彼らは指示されたとおりに投票しただけ。ユダは他にいます」

「なんだって？　ああ、なるほど、そういうことか……だが、わしにはどうにも納得いかん。とにかくうんざりだ……もし事実なら、その裏切り者の罪はユダが受けた以上の罰に値するぞ。しかしあんたは、どうしてそれを阻もうとしなかったのか？　どうして教えてくれなかったんだい？　一体どうしてそいつの仮面をはがしてやらなかったんだ？　館内に裏切り者がいると知ったら、ウリョーア侯爵はそいつをベッドの脚に縛りつけ、鞭打ったことだろうに……まさか自分の館の執事が！　あんた、どうしてそこまで冷静でいられるのかね」

「言うは易く行うは難し、ということです。お聞きください。選挙の行方がひとりの手に委ねられ、その人物が自分に誠実かだますつもりなのか確証がないとき、疑っていることを相手に明かしても、何の役にも立たないわけです……動かずじっと、相手の出方を待つしかない……どんな結果になるか、見守っているしかないのですよ。自分にとって悪い結果となっても、口をつぐみ、ただ〈復讐の機会を待つ〉しかありません……」

〈復讐の機会を待つ〉と口にすると同時に、地方領袖は胸を拳でたたいた。胸腔に虚ろな音が鳴り響いたが、それは聖ヒエロニュムスが悪魔からの誘惑を絶とうと、かの有名な石でみずからの胸を打ちすえたときとまったく同じ音だったにちがいない。

実際、バルバカーナはスペインの画家たちが描く聖ヒエロニュムスにどことなく似ていた――やせ細り骨張った身体に、特徴のある長いもじゃもじゃの顎ひげ、輝きを保ちつつも黒く陰気な瞳といったところが。

「決して逃がしはせん」と、身の毛のよだつ声音で話しはじめた。「こんなところでぐずぐずしているわけにはいかない。このバルバカーナをたぶらかしておいて、これまで代償を逃れられた者などいないことを、わからせてやらねば。それはそうと、裏切り者ユダですが、主イエス・キリストが受難なさったときと同様、ユダに財布のひもを握られていた私らが、どうやってやつを問いつめ、正体を暴くことなどできたでしょう？　思い返してみてください、主席司祭さま。今回の戦いに向け、弾を用意したのは誰だったのか？」

「弾を用意したのは誰かだって？　ウリョーア家以外に考えられない」

「しかし、ウリョーア家にそんな余裕があったと思われますか？　どうでしょう？　そこが肝心です。昨今の貴族の家には虚栄心のほか、何も残っておりません。では、自分が無一文だと認めたくない侯爵はどうするか？　誠実な人間、たとえば私から金を借り入れる代わりに、全財産を吸いつくす蛭のような悪党のもとに駆けつけ借金してしまう、とは思われませんか？」

「……これでオレンセのカルロス支持派《カルリスタ》評議会のぼんくらたちから、有り難い言葉をいただくのは確実だな。木偶の坊ばかりだと、嘲弄の的になるだろうて。選挙に負けるなんぞ、人生初の失態だ」

「いいえ、オレンセの評議会に言われるとしたら、ずばり、とんだ間抜けを候補にしたものだ、ということでしょう」

「まあ、そう言うな」と、侯爵のことが可愛いロイロ村の主席司祭は彼をかばった。「わしはその点には同意できんね……」

ふたりの会話はここでいったん途切れた。それまで黙って両者の話を聴いていたナヤ村の主任司祭とボアン村の主任司祭、リミオソ家の子息は、なおも口を開かず敗北と屈辱に沈んでいる。すると突如、すさまじい音が、人の鼓膜を引き裂く、これまで聞いたことのないほど不快な轟音が、事務所に集った者たちの耳を聾した。フライパンを鉄のフォークやスプーンでひっかいたり、陶器製の器をシンバルのように打ち合わせたり、シチュー鍋の中でチョコレートのかくはん棒を勢いよくかき回したり、銅の両手鍋の内側を乳棒で激しくたたき、鐘の音に負けないほどやかましい音を立てたり、ひもで結わえたいくつもの空き缶を地面で引きずり回したり、かまどの五徳を鉄製の棒で打ち鳴らしたり……これに加えて、角笛の陰気な鈍い音や、大勢のうなるような怒鳴り声まで――その声はぶどう酒の飲み過ぎで、もごもごしていた。実際、この歓喜に酔いしれた楽士たちは、町役場で書記が気前よくふるまってくれたぶどう酒を、たっぷり詰まった皮袋が空になるまで飲み干したばかりだった。その頃の田舎の有権者たちは舌がまだそれほど肥えておらず、ぶくぶくと泡立つぶどう酒《シャンパン》が飲みたいなどとうるさく言うこともなく（そのうち言うようになるが）、ボルデ村産の真っ黒な赤ぶどう酒で十分満足していた。窓の向こうから、めちゃくちゃな楽器の演奏や怒号とともに、選挙の勝利ばかりでない何かに陶酔した烏合の衆が吐き出す、ぶどう酒臭い呼気、むしろ、居酒屋臭いと言っても過言ではないほどの臭気がバルバカーナの事務所内まで漂ってきた。眼鏡のずれを直した主席司祭の上気した顔から、落ち着きがすっかり消え失せている。ボアン村の司祭は白くなった眉を寄せてしかめ顔。ドン・エウヘニオがおふざけにすぎないのだから、と騒ぎをやり過ごそうとするのに対し、リミオソ家の子息は意を決したかのようにおもむろに窓辺に近づき、レースのカーテンを上げ、外を見た。

熱狂的な騒ぎは際限なく、盛りのついた猫の大群がブリキ屋根の上で縄張り争いでもしているかのように、宙をたたき、引っ掻きつづけた。やがてその異様な喧騒の中、スペインでは決まって悲劇的結末を予感させる叫び声が上がった――〈くたばれ〉。

「くたばれ、テルソ！」

この第一声に、〈くたばれ！〉と〈万歳！〉という叫声の群れがつづいた。

「くたばれ、司祭ども！」

「くたばれ、暴政！」

「万歳、セブレ町とわれらが代議士！」

「万歳、主権在民！」

「くたばれ、ウリョーア侯爵！」

これまでになく強くはっきりと、悪意に満ちた怒声が上がった。

「くたばれ、〈はんぎゃくしゃ〉の盗人バルバカーナ！」

他の者たちも異口同音に大声をたてる。

「くたばれぇぇぇ！」

その瞬間、弁護士の机のわきに、おぞましい形相の（これまで部屋の片隅に身を隠していた）男が姿を現した。農夫とはちがう、町の下層民のような身なりをしている——黒のウールの上着に赤い腹帯をつけグレーの山高帽、短く、斧の刃のように鋭いもみあげが、頬骨の張った広い額というごつい顔立ちを、ますますいかつく見せている。くぼんだ緑の小さな双眸の片目は、猫に似た輝きを発しているが、もう片方は白濁し動かない、磨りガラスのようだ。

バルバカーナは書き物机の引き出しを開け、巨大な馬の鞍につるす明らかに時代遅れの銃を二丁取り出し、弾が入っているのを確認した。そして、姿を現した男を凝視し、銃はいるか、と尋ねるかのように軽く眉を上げた。それに対し、トゥエルトという名で知られる、カストロドルナ村出身の片目の男は、赤い腹帯に差したナイフの黄色い柄の先をちらりと見せて応えると、すぐさま上着で隠した。肥満と寄る年波のせいで覇気をなくしている主席司祭が、ぎょっとして声をかけた。

「友よ、そうした馬鹿げた行動はつつしもうではないか。ただ、わしらは用心して裏口から出たほうがいいだろう。どうですかな？　割礼を受けていない輩がここに踏み込んできて、奴らに痛めつけられるのを待っていることはない」

　ところが、ボアン村の司祭とリミオソ家の子息はトゥエルトに合流し、外の輩を襲撃する意を固めていた。リミオソ家の子息は、由緒正しい郷士の血を汚すことなく、落ち着きはらった態度で待ち受けており、その冷静沈着さには虚栄のかけらも見えない。ボアン村の主任司祭は、ミサを挙げるより戦士としての天性に恵まれているのだろう、嬉しそうに拳銃を握りしめ、危険のにおいを嗅ごうとしていた。司祭が馬だったとしたら、歓喜のいななきを上げたことだろう。他方トゥエルトは、扉の後ろに身をすくめ、最初に入って来た奴に虎のように飛びかかり、確実に腹を切り裂いてやろうと構えている。

「恐れることはありません、主席司祭さま……」と、バルバカーナが重々しくつぶやいた。「吠える犬はかまないと申しますように、ああいう大口をたたく輩にはガラスの一枚も割れやしません。ただ、必要とあらば、牙をむく覚悟はしておかないと」

〈くたばれ〉という激しい喚声は止むどころか、あちこちから上がっている。が、実際のところ、石粒ひとつさえ飛んでこないし、ガラス窓一枚割れない。リミオソ家の子息は再度窓に近づくと、レースのカーテンを上げ、ドン・エウヘニオを呼び寄せた。

「ナヤ村、ここから見てみるがいい……あの輩、ここまで上ってきて石を投げつけてやろうなんて気は、さらさらないのだ……踊っていやがる」

ドン・エウヘニオは窓辺に行くと大笑いしはじめた。酔っぱらいの群れの中で、トランペータの側近である監獄の看守と警吏のふたりが、弁護士の住居を襲撃させようと、大声を上げる輩を懸命にけしかけている。ふたりはしきりに戸口を指さし、身振り手振りで、いかにわけなく扉を打ち壊し、中に入り込むことができるかを説いていた。ところが酔っぱらいたちは——酔っているからといって、農夫たちは地方領袖に対する畏敬の念や、用心深く慎重に振る舞えば自分たちに損はないことを、忘れていなかったのだろう——ふたりの言うことなど聞こえていないふりをし、叫声を上げながらより激しく片手鍋やフライパンを打ち鳴らすだけだった。群衆の輪の真ん中では、酔っ払い連中のなかでもひときわ目立つ酔いどれたちが、金属の乳鉢とシチュー鍋のリズムに合わせ、狂ったように跳び跳ねている。

「皆さま方」と、郷士ラモン・リミオソが威厳のあるしわがれ声で訴えかけた。「われらが、あのごろつきたちにここに閉じ込められているなど恥辱そのもの……外に打って出て、彼らに脅しをかけ、追い払い、町役場まで逃げ帰らせましょう。こうでもしないと気が済まない」

「よくぞ」とボアン村の主任司祭は声を殺して言った。「言葉少なに、いいことをおっしゃる。ちく《クォ》しょう《ニアム》、連中を脅してやろうじゃないか！　わしのくしゃみひとつで、あの酔いどれどもを五、六人は追い散らしてみせよう」

トゥエルトは一言も発しなかったが、その片方の緑の目がきらりと輝いた。そして、まるで今回の作戦に加わっていいか許可を求めるかのように、バルバカーナに視線を向けた。するとバルバカーナはうなずきつつ、同時にナイフはしまっておけと指図した。

「そうですとも」と、日頃は物憂げで悲しげな顔のリミオソの郷士が、背をただし鼻の穴をふくらませ、めずらしく尊大な顔つきで声を上げた。「あのような輩は、棒や鞭で打ちすえてほこりを払ってやればいい。あの輩には、魂のほかは山で鷓鴣や野兎を狩るための武器を汚すほどの値打ちもない」

〈魂のほかは〉と口にしながら、郷士は十字を切った。

「どうか、皆さん、用心に用心を重ね、願いますぞ」と主席司祭は、両手を広げ、一同のいら立つ気持ちをなだめながら、苦しげにつぶやいた。（彼が蹴飛ばすだけで選挙の勝敗が決まった闘争の時代は、もう遠き昔のことだ！）

バルバカーナはといえば、彼らの蛮勇を引き止めるどころか、別の部屋から武器になりそうな籐製のステッキやら棒の束やらを携え戻ってきた。ボアン村の司祭は、それを断り、自前のとりわけがっしりした棍棒をつかんだ。平民の群れを日頃から家畜のように見下していたラモン・リミオソは、自分の信条に合わせ、きわめて細い鞭、一本の乗馬鞭を手にした。トゥエルトが選んだのは太い綱のようなものだったが、彼の力強い右手で振り回されたら、恐ろしい効き目があるにちがいない。

こうして一同は、足音を立てぬよう慎重に階段を降りていったが、外のけたたましい騒ぎにかき消され、このような用心はまったく不要だった。戸にはかんぬきが掛けてあり、しっかりと錠が差し込んであった（ひどい喧騒を聞きつけた弁護士の料理女が、すみやかに対策を取っていたのだ）。ボアン村の主任司祭が錠をもどかしげにはずし、続いてトゥエルトがかんぬきを抜いて鍵を回した。聖職者と在俗者の一団は、扉が開くやいなや、無言のまま、ろくでなし連中に不意打ちをかけた。一団は、歯をぐっとかみしめ目をぎらぎらさせながら、鞭を振り上げ、棍棒を振り回して、躍りかかっていった。

五分ほど経った頃、レースのカーテンの後ろから戦いの経緯を観劇していたバルバカーナは、ほくそ笑みながら——傍目には、犬がうなるのと同じように、半開きの口から黄色の歯をむき出しただけにしか見えなかったが——興奮気味に窓枠を強く握りしめた。目前では酔っぱらいたちが、司祭らの襲撃に恐れおののき、まるで騎兵隊にギャロップで襲いかかられたかのごとく、ちりぢりに逃げまどう。何かにつまずき前のめりに倒れ込んだ者の背に、トゥエルトの太い綱がからみつき、苦痛の悲鳴をもぎ取る。リミオソの郷士はそれほど無慈悲に鞭を振り回しはしなかったが、徹底して蔑みに満ちた、まるで豚の群れを追っているかのような鞭打ちを繰り出した。ボアン村の司祭は、疲れを知らぬ激しさでテンポよく、次々と見事に棍棒で打ちかかっていく。ナヤ村の司祭さえ、人を正しく裁くという評判はどこへやら、酔っぱらいを侮辱したり、あざ笑ってみたり、叩いてみたりと分別がない。

「さあ、大酒飲みの、飲んだくれども！　もっと飲みやがれ、酒で皮袋のようにふくれやがれ！　そして、酔いつぶれて寝てしまえ！〈飲み助〉ども、べろべろの酔っ払い、おまえらのねぐらの居酒屋にとっとと消え失せろ！　それとも監獄に送って、腹にため込んだものを吐き出させてやろうか！」

通りはさっぱりとした。人っ子ひとりいなくなり、〈くたばれ〉などの叫声やめちゃくちゃな楽隊に取って代わり、深い静寂が辺りをつつむ。地面には、片手鍋や乳鉢、牛の角笛といった戦利品が散らばっている。勝利者たちが、快勝をたたえ合いながら階段を上ってくるのが聞こえる。先頭を切って入って来たのはドン・エウヘニオ。手をたたき笑い転げながら、安楽椅子に倒れ込んだ。続いてボアン村の司祭が、汗を拭き拭き入って来た。ラモン・リミオソは気難しい物憂げな表情で、黙ったまま鞭をバルバカーナに返した。

「逃げていった……蜘蛛の子を散らすように！」とナヤ村の主任司祭は、腹をかかえて笑いながらどうにか口を開いた。

「わしは、あいつらを叩きつぶし《マジェ》てやったぞ……ライ麦を叩きつぶす《マジャ》ようにな！」とボアン村の主任司祭は、息をはずませ歓喜の声を上げた。

「誓っていいが」と郷士は悔いたように言う。「まったく歯向かって来る気もない、あたふたと逃げ出すような臆病者が相手だと知っていたら、こちらから仕掛けて行ったりはしなかったろうに」

「惑わされてはならぬ」と主席司祭が注意を促した。「今頃、町役場であの輩は、トランペータから恥ずかしくないのか、と説教されているはず。あいつのことだ、今度はみずから割礼を受けていない輩を引き連れ、学士さま（バルバカーナは親しい友人たちからこう呼ばれていた）を脅しに来ないともかぎらん。もしものことを考え、今晩は皆さん方に、ここに泊まっていただいたほうがよろしいのでは。わしも、明日ロイロ村でミサを挙げる用がなければ……姉も死ぬほど怖がっておるのでの……」

「ご心配には及びません」バルバカーナがきっぱりと答えた。そして、「どうぞ皆さん方は各自、お宅へお帰りください。大丈夫。私には……こいつで十分です」と、再び部屋の片隅に身を隠していたトゥエルトを指さした。

結局、仲間の名誉ある警護を受け入れるよう、地方領袖を説得することはかなわなかった。もっとも、治安が再び乱れる気配はまったくなく、選挙に勝った有権者たちの喝采が遠くから聞こえてくることもない。死んだような小さい町独特の、眠気をもよおす静寂がセブレの谷にのしかかっていた。そんな中、先ほどの大襲撃の英雄三人と主席司祭は馬に乗り、山への帰途についた。ちなみに彼らは、選挙に負けた裏工作参謀として、うなだれて帰っていったわけではない。それどころか、酔っぱらってお祭り騒ぎの連中を叩きのめしたことを得意満面で讃え合い、冗談を言い合う、にぎやかな道中であった。ことにドン・エウヘニオは、戦いの模様を面白おかしく再現してみせ、皆を楽しませた――酔っぱらいたちが通りで泥まみれになり悲鳴を上げる口真似をしたり、ボアン村の司祭が棍棒で彼らを叩きつぶ《マハール》すときの形相を顔真似したり、それはまさに見聞に値する、滑稽この上ないものだった。

　バルバカーナはひとり、トゥエルトと事務所に残った。もし、大騒ぎしたあげくさんざん痛めつけられた楽士たちの誰かに、背伸びして地方領袖の部屋の窓をのぞき見る勇気があったなら、窓の鎧戸が、虚勢心からか不用心からか、開けっ放しになっていることに気づいただろう。さらに、レースのカーテンごしに中をのぞいたなら、ランプの灯に照らされくっきりと部屋の壁に浮き出たふたつの影、弁護士と彼を警護する情け容赦ない側近の頭部が目に映っただろう。ずいぶん長い間話し込んでいたふたりは、何か重大なことを取り沙汰していたにちがいない。ランプの灯がついてから窓の鎧戸が閉じられるまで、優に一時間以上あった。やがて弁護士の家は、何か黒い謎を内に秘めるかのように、物音ひとつしないおぞましい闇に沈んだのだった。

第二十七章

選挙に負け、とりわけ残念がっているように見えたのは、他でもないヌチャだ。結果がわかってからというもの、これまで以上に体調がすぐれず、肉体的にも精神的にもひどく衰弱しているようだった。ほとんど自室から出ようとせず、赤ん坊の世話にかかりきりで、昼も夜もひたすら赤ん坊にくっついて過ごした。食欲がないせいでわずかばかりの食べ物も口にしない食事の席でも、ずっと沈黙を守ったまま。ヌチャから片時も目を離さずにいたフリアンは、ときおり彼女の唇が動くのに気づいたが、それは何か特定の考えに取りつかれ、声に出さずに自分自身と会話している人がよくする唇の動きにすぎなかった。ドン・ペドロはといえば、これまでになく人との交わりを避けるようになり、誰かと会話しようという素振りさえ見せない。がつがつと咀嚼し、つっけんどんに杯を重ねるだけだ。視線の先が食卓の皿、もしくは天井の梁から離れることはなく、食事の同伴者に向けられることなど断じてありえなかった。

礼拝堂付き司祭は、ヌチャがあまりにも具合が悪くやつれたように見えたため、ある日、前からずっと抱いていた不可解な危惧を振り払い、思い切ってドン・ペドロと話す機会を持った。声を震わせながら、フンカル先生に連絡を取って診てもらったほうがよろしいのでは……と進言したのだ。

「気でも狂ったのですか?」これが、彼に蔑みの視線をあびせながらの、ドン・ペドロの返答だった。「フンカルを呼べだって?……選挙で私に対し、あれだけのことをしたというのに? マクシモ・フンカルがこの家の敷居をまたぐことはまかりならん」

礼拝堂付き司祭は黙って引き下がったが、その数日後、ナヤ村からの帰り道で偶然、医者と出くわした。医者は、手綱を引いて駄馬を止め、フリアンの質問に答えてくれた。

「病状が思わしくないのでしょうね……産後の肥立ちがとても悪かったので、ことさら気をつけるよう言っておいたのですが……神経過敏な女性は落ち着いた環境の中で暮らし、気分が晴れてこそ、身体も健康になるもの……あの不幸なお嬢さんと館に関して、自分が考えていることを話し出したら、フリアンさん、何時間もかかってしまいます……黙っておくに越したことはありません……それにしても皆さん方は、なんという代議士を議会に送り込もうとしていらっしゃったのでしょう……議会より前に、その両親が彼を学校に送り込むべきでしたね……」

病状が思わしくないのでしょう……この言葉がフリアンの脳裏に刻み込まれた。本当に病状が思わしくないのなら、お嬢さんの病気の進行を、彼女の死を阻むためにいったい自分は何ができるのか? 何もできない。医者が羨ましかった。自分には心を治癒する力しかない。なのにその力さえ、ヌチャに役立てることができない。なぜなら、ヌチャは自分に告解してくれないからだ。だが、彼女の告解を聴く、つまり彼女の美しき魂があらわになると想像しただけで、彼は動揺し当惑する。

これまで何度となく告解の可能性について思いめぐらせたことはあった。心の安らぎと慰めの必要に迫られたヌチャが、いつの日か贖罪の法廷で自分の足下にひざまずき、助言や力、忍従する強さを請うことは十分にありうる、と。《ところで、自分はどれほどの人間なのだ?》フリアンは自問した。《マルセリーナお嬢さまのような方を導くのにふさわしい人間だと言えるのか? 自分はそれほど歳を重ねているわけでもなく、経験もなく、分別も足りない。何より問題なのは、徳が欠けていることだ。もし自分に徳が備わっていたなら、お嬢さまのあらゆる苦悶を、彼女の功績になるものと受け止め、彼女がもうひとつの世界でより大きな栄光を授かることのできるよう、神がお嬢さまを試そうとお与えになっているのだと、喜んで見守っていられるはずだから……自分は邪な俗物で、盲目的で不適格な人間なので、どうしても日々、神の御心に疑念を抱いてしまう。つかの間の現世とはいえ逆境に苦しむ、哀れなお嬢さまの姿を目の当たりにしているせいだ……いや、このままではいけない》礼拝堂付き司祭は意を固めた。《目を覚まさなければ。それこそ自分は、不信心者や不敬虔な人びと、大罪を犯した者たちには持つことが許されない、信仰の光を授かっているのだから。お嬢さまから、十字架を担うのを手伝ってほしいと請われたら、いかに愛情を込め十字架を抱擁すべきか、自分がそのやり方を教えて差し上げるべきなのだ。十字架が何を意味しているのか、そのことを彼女はもちろん、自分も理解しなければいけない。十字架を背負ってこそ、唯一の、真の幸福にたどり着くことができるということを。お嬢さまがこの地上でどんなに幸せに暮らしたとしても、結局のところ、それはどれほどの期間の、どれほどの幸せだというのか? 仮に彼女の夫が……彼女にふさわしい親愛の情を抱いてくれ、目に入れても痛くないほど大事にしてくれたとしても、だからといって彼女がさまざまな悲しみや病、老いや死から免れられるというのか? 最期の時が訪れたとき、つかの間の取るに足りない人生を、少しばかりより愉快に、より安泰に過ごせたことが、いったいどんな意味をもつというのか、いったい何の役に立つというのか？》

フリアンはつねづね手元にトマス・ア・ケンピス〔一三八〇〜一四七一年〕の『キリストに倣いて』を置いていた。宗教関係の書店で刊行された質素な版だったが、ニエレンベルグ神父による西訳は表現豊かで素晴らしいものだった。本の扉の挿絵（芸術的には劣悪な代物にすぎない）に視線を向けるたび、礼拝堂付き司祭は気持ちが癒やされた。そこには、ひとつの丘、いわゆるカルバリオの丘と、その処刑場にいたる狭い小道を、十字架を背負ってゆっくりと上って行くイエスが描かれていた。イエスははるか遠く、別の十字架を肩に背負った修道士のほうを振り返っている。技巧も印刷のできも良いとは言えない挿絵だが、寂寥としたあきらめのようなものが伝わってくる。まさに司祭の精神状態にぴったりの挿絵だ。じっと、時間をかけて眺めていると、何かが両肩に重くのしかかってくる。その重みに押しつぶされそうになりながらも、なぜかこの上なく居心地よく感じる。と同時に彼の心は、深い平穏に包まれる。まるで――彼は心中で思い描いた――深海に葬り去られ、全身が海水に浸っていながら、まったく溺れる気がしない、といった感じだろうか。それから彼は、頁をめくり黄金のごとき最良の書物の数節に目をとおす。すると、身体に熱いアイロンをあてがわれたように、その数節が彼の魂に染み込んできた――《そうとすれば、なぜあなたは、天国へ行く道である十字架を背負うことを、恐れるのか？　十字架にこそ救いがあり、十字架にこそ生命があり、十字架にこそ敵からの護りがあるのだ。十字架にこそ天上なる楽しい思いに身を浸す喜びがあり、十字架にこそ心の堅い力があり、十字架にこそ霊の愉悦がある。十字架にこそ最高の徳があり、十字架にこそ聖さの完成がある…… それゆえあなたの十字架を手に取り、イエスに従いなさい…… すなわち、すべては十字架にあり、これを以て死ぬことにすべてが存するのだ。また聖い十字架と日々の苦行によることなしに、生命と真の安らぎへの道はないのだ…… あなたが自分の意志に従って万事を処置し、片づけていこうと思えば、欲すると欲せざるとに関せず、いつも何か堪え忍ばねばならぬことに出逢おう。こうして始終、十字架を見出すことになろう。すなわち、体に苦痛を感じたり、魂に悩みをこうむったりするであろう…… やがて艱難が楽しく思われ、キリストのためにそれを味わうのだという心境にまで至れば、そのときは、自分が進んでいるものと考えるがいい。なぜなら、あなたは地上に天国を見いだしたのであるから……》

「主よ、いったいいつになれば、わたくしはこういった至福の境地にいたるのでしょう！」と、フリアンは頁のその箇所に印を付けながらつぶやいた。ミサの最中、パンを聖別する瞬間に心の中で願えば、神はその願いを聞き入れてくださる、と聞いた覚えがある。そこで、みずからの十字架…… 否、哀れなお嬢さまがその十字架のことを、ケンピスが述べるように、楽しく思い、味わうまでに至れるよう、熱く祈りつづけた……

その時期、装いを新たにした礼拝堂でのミサに、ヌチャは欠かさず参列し、ミサのあいだ中ひざまずいて聴き、フリアンが感謝の典礼を捧げたところで退席するのを日課としていた。フリアンは、後ろを振り返ることも祈りから気がそれることもなかったが、お嬢さまがいつ立ち上がったかわかっていた。そして背中で、新しい板張りの床に響くかすかな足音を追っていた。ある日、その朝に限って、足音が聞こえなかった。ささいなことだが、そのせいで彼は典礼後の祈りに集中することができなかった。祈りを終えたフリアンが立ち上がり振り返ると、ヌチャが堂内に立っていた、唇に指を当てて。遊び半分でミサを手伝うペルーチョが、長い竿のろうそく消しで大ろうそくの灯を消して回っている。ヌチャの視線が雄弁に訴えていた――《その子を追い払ってください》

礼拝堂付き司祭は侍者に引き上げるよう命じた。

しかし少年は、ミサの洗手式典用の手拭きをのんびり畳んだりして、なかなか言うことを聞かない。が、なおも強く命じると、しぶしぶではあるが、どうにか出て行った。礼拝堂には花の香りと新しいニスの匂いが立ちこめ、窓からは暖かい陽光が深紅の絹のカーテンごしに射し込んでいる。陽の光を浴びた祭壇の聖人たちは、生命を得たかのよう。ヌチャの蒼白の顔も人工的な赤みを帯びて見えた。

「フリアン」彼女にしてはめずらしく差し迫った口調で話しはじめた。

「お嬢さま……」と彼は、聖なる場所への気がねから小声で答えた。唇が震え、手が冷たくなる。恐るべき告解の時がやって来たと思ったのだ。

「話があります。そして話をするのは、絶対にここじゃないと。他の場所では見張られていますので」

「たしかにそうです」

「わたしがお願いしたら、あなたはやってくださいますか?」

「ご存じのように、もちろんです」

「それが何であろうと?」

「わたくしは……」

彼は激しく動揺し、心臓が鈍く脈打つ。耐えきれず、祭壇にもたれかかった。

「手助けしていただかないとならないんです」と、ヌチャは彼を、どこか焦点の定まらない虚ろな目で見つめながら告げた。「ここから逃げ出す手助けを。この家から逃げ出すための」

「逃げ……出す……手助け……」と、気が動転したフリアンはどもりながら口にした。

「わたしはここを出て行きたいのです。娘を連れて、父のもとに帰りたい。そのためには秘密裏に動かないと。もしここの人たちに知られたら、わたしは幽閉されてしまうでしょう、幼い娘から引き離されて。娘は殺されてしまうかも。いえ、きっと殺されるにちがいありません」

その口調、表情、身振り、どれを取っても、正常な精神状態の人のものとは思えない。精神が錯乱したと言っていいほど、興奮した神経に突き動かされている女性のものだ。

「お嬢さま……」と、同じく動揺していた礼拝堂付き司祭が言葉を発した。「立ったままはいけません、立ったままはよろしくありません……どうかこのベンチにおかけください……気を落ち着けて話しましょう……お嬢さま、不安に思われるお気持ちは十分わかります……ただ、いま必要なのは忍耐と分別なのです……どうか気を落ち着けてください……」

ヌチャは長椅子に崩れ落ちた。肺が正常に機能していないのではないかと疑うほど、ぜいぜいと息をしている。頭蓋骨のシルエットから突き出た青白い両耳ごしに、陽光が透けて見える。息を深く吸い込んだあと、彼女は少し落ち着きを取り戻した調子で話し出した。

「忍耐と分別！ それについては、どんな女性にも負けないほど持ち合わせています。ここまできて、ごまかしは通用しませんよ。わたしの心にいつから棘が刺さっていたか、おわかりですよね。あの日以来、わたしは真実を探ろうと努めました。結果、それはたいして難しいことではなかった。いえ、たしかに、心の葛藤はありましたが…… 今となってはたいしたことではありません。わたしは、自分のためだったら立ち去ろうなどとは考えないでしょう。体調もすぐれませんし、どのみちそれほど保《も》たない…… 気がしますので…… でも…… あの子は？」

「あの子……」

「フリアン、殺されてしまいます。あの人たちにとって娘は邪魔以外の何物でもないことが、おわかりになりませんか？」

「お願いです、落ち着いてください…… 冷静に、良識を保って話しましょう……」

「わたしはもう、自分を落ち着かせることにうんざりしてしまったの！」あまりにもありきたりな助言に、ヌチャの堪忍袋の緒が切れた。「わたしは神に来る日も来る日も祈りました…… そして自分にできることはやり尽くした…… もうこれ以上待てません。あのいまいましい選挙が終わるまでは、と思って待っていましたが。というのも、もしかしたら私たちはここから抜け出せる、そうなれば、おびえて過ごすこともなくなる、と考えたからです…… フリアン、おわかりでしょう？ わたしはこの家が怖いの、とても…… とりわけ日が暮れると」

深紅のカーテンの向こうから射し込む陽光のもと、大きく見開いた瞳に弓なりの眉、半開きの唇といった、ヌチャの恐れおののく表情がフリアンの目に映った。

「わたし、怖くてたまらないの」と震えながら繰り返した。

フリアンは無粋な自分を恨んだ。何か言葉をかけてさしあげられたら！　しかし何も、ひと言も浮かんで来ない。彼女を慰めようと読み集めていた神の御言葉も、十字架を抱擁するという教えも……目前の、いつ終わるともわからない耐えがたい苦痛に苦しむ彼女を前にして、彼の脳裏からすべて消え去ってしまった。

「この大きく古めかしい屋敷……に着いたときから……」と、ヌチャがつづけた。「背中がぞくぞくしたんです……ただ今となってみれば……それはぬくぬくと育ってきた少女の気のせいなどではなかった……わたしの幼い娘は殺されてしまいます……あなたもお気づきでしょう！　ですから乳母に預けるたびに、わたしは気が気ではないの……こんな状況は早く終わりにして……すぐにでも解決しないと。ですからあなたを頼りにしているんです。他に誰も信頼できる人はいませんから……あなたは娘を愛していらっしゃいますよね」

「もちろん、愛してますが……」と、赤ん坊の話にほろりとしたフリアンは、声を詰まらせながら答えた。

「ここでわたしは独り、独りっきりなの……」ヌチャは両頬に手をやりながら、独りだと繰り返した。涙をこらえているせいか、途切れ途切れにしか言葉が出ない。「一度はあなたに告解しようかと考えました……でも、どんな告解ができるでしょう……たとえあなたがここに留まるようお命じになっても、わたしは従わないでしょうから……妻は夫から離れるべきではない、それが自分の義務だということは重々承知しています。わたしも結婚した当初は、そう決意していました……」

ヌチャはいきなり話を中断すると、フリアンに面と向かって尋ねた。

「この結婚はうまくいかないと、わたし同様あなたもお考えだったのではないですか？ わたしが結婚を申し込まれたとき、姉のリタはすでに従兄の婚約者のような状況でしたし……わたしには何の非もなかったのに、あれ以来リタと私は不仲になってしまった……どうしてあんなことになったのか。わたしのほうからペドロの気を惹こうと働きかけたことなど一度もありません。このことは神もご存じのはず。父から、とにかく従兄と結婚するようにと助言を受け……わたしはそれに従っただけ……そしてわたしは、善良な妻として夫を深く愛し、その意思に従い、子どもの世話をしようとした……フリアン、教えてください、わたしは何か過ちをおかしたのでしょうか？」

フリアンは手を組み合わせた。膝ががくがくして力が抜け、もう少しで床にひざまずきそうになった。そこで自分を奮い立たせようと力を込めて言った。

「あなたは天使です、マルセリーナお嬢さま」

「いいえ……」彼女は否定した。「天使ではありません。でもわたしは、他の人を傷つけた覚えはありません。弟ガブリエルの面倒を懸命にみましたし……体が弱く、母親もいない弟を……」

最後の言葉を口にした途端、ヌチャの目から涙が堰を切ったようにあふれ出てきた。幼い頃の記憶が神経の興奮を和らげ、涙で気が楽になったのか、息づかいも静まった。

「弟のことを強く愛するあまり、その当時、思ったものです――《将来子どもができても、弟以上に愛することはないでしょう》今になってみれば、そんな馬鹿なことはないとわかりましたが。自分の子どものほうがずっとずっと愛おしいものです」

空がゆっくりと雲におおわれ、堂内が暗くなった。ヌチャは物憂げだが落ち着いた調子で話しつづけた。

「弟が砲術学校に行ってからは、父を喜ばせることだけを考え、父に母の不在を感じさせまいと気を配ってやってきました…… 美人で娯楽好きの姉たちや妹は、よく散策に出たがりましたが。彼女たちから、不器量で斜視のあなたには、まず旦那さんは見つからない、と言われていましたし」

「そうだったらよかったのですが！」フリアンは自分を抑えきれず、思わずもらした。

「けれど、わたしは笑っていたんですよ。どうして結婚する必要などありましょう？ 父とガブリエルと一生共に住めばいいのですもの。ふたりが亡くなったら、修道院に入ればいい、跣足カルメル会の、ドローレス叔母さまのいらっしゃる修道院をとても気に入っていましたし。ですから、リタ姉さんに責められる覚えはわたしにはまったくなかったのです。お父さまから従兄の意思を聞かされたときも言いました、姉から許婚を奪いたくはありません、と。そしたらお父さまが…… 幼いときと同じように頬に何度もキスをしながら…… 今まさにその声が聞こえてきそう…… こんな風につぶやいたの ――『リタは浅はかな娘だから…… おまえは何も心配しなくていい』でも、お父さまがなんと言おうと…… 従兄はずっとリタのことを気にかけていたのです！……」

数秒間の沈黙のあと、つづけた。

「とどのつまり、姉はそれほどわたしのことを嫉む必要などなかったわけです……ここに来て以来、わたしがどんな苦汁をなめてきたことか、フリアン！　思い出しただけで、胸がふさがってしまいそうです……」

礼拝堂付き司祭はようやく自分の思いを口にすることができた。ほんの一部ではあったが。

「あなたが苦しんでいらっしゃるのは、わかっておりました……わたくしも辛いのです……昼も夜もお嬢さまの苦しみを案じております……あの痕……手首の痕を目にしてからというもの……」

その時初めて、ヌチャの蒼白の顔に赤みがさし、瞼が双眸をおおった。ヌチャは悲痛な笑みを浮かべ、フリアンの言葉にはあえて触れずにささやいた。

「いつも何の落ち度もないことで、厄介ごとがわたしに降りかかってくるんです……ペドロはくりかえし、母の遺産の内のわたしの分をお父さまに請求すべきだと言い張りました。選挙のために必要な資金提供を父に断られたからには、こうするしかないと。また、わたしを相続人に指定していたマルセリーナ伯母さんが、どうもリタ姉さんに財産を移譲しそうだと聞き、大変気を悪くしてしまって……そうしたことにわたしは何も関係していないのに……どうしてわたしを苦しめるのでしょう？　わたしに大した財産がないからといって、そこまで責め立てなくてもいいじゃないですか……でも、それは些細なことにすぎません……何よりも傷ついたのは、夫にわたしのせいでモスコソ家に跡取りがなくなり、断絶すると言われたこと……跡取りがいないですって！　わたしの娘は？　あんなに、天使のように可愛い子がいるのに！」

不幸せな奥さまは声も立てず、ひっそりと涙を流した。その目元は、画家たちが描く〈悲しみの聖母〉像と同じ赤みを帯びている。

「わたしのことは」静かに訴えつづけた。「かまいません。わたしなら、最期の時まで我慢できますから。どんな扱いを受けようと…… 召使いに…… 妻の座を奪われたとしても…… 大丈夫…… 我慢しましょう…… 辛抱し、命尽きるまで堪え忍べばいいのですから…… でも、わたしの娘も関わってくる…… 他に子どもが、非嫡出の、それも男の子がいる…… となれば、娘はもちろん邪魔者です…… 殺されてしまうでしょう!……」

噛みしめるようにゆっくりと、重々しい口ぶりで繰り返した。

「殺されてしまいます。そんな風にわたしを見ないでください。正気を失っているわけではありません、少し興奮しているだけです。ここを出て、お父さまと一緒に暮らすと心に決めたんです。そうしたところで過ちを犯すことにはならないでしょう、もちろん娘を一緒に連れて行くことも罪ではないはず。もし罪だとしても、どうかフリアンシーニョ、そう宣告しないでください…… もう決めたこと、後戻りはできないんです。わたしと一緒に来てくれますよね、独りではとうてい計画を実行に移せません。一緒に来てくれますか?」

フリアンは何か言葉を返そうとした。しかし、何を言えよう? 彼自身、わからない。ただ、お嬢さまの自分への愛情のこもった呼びかけと、その熱い決意を秘めた言葉が彼を打ち負かした。かわいそうなお嬢さまに手を差しのべるのを拒めるだろうか? とうていできない。この企てを実行に移すのに、何らかの問題や支障はあるだろうか？　まったく浮かばない。世間知らずの彼には、これほど馬鹿げた逃亡も容易に実行できるかに思えた。反対すべきだろうか？　いや、自分だってこれまで幾度となく危惧してきたこと……赤ん坊ばかりでなくその母親の命も危ない……ふたりの身に危険がせまっていると、いったい何度考えたことか？　あの汚れなき目の涙を乾かし、あのあえぎ苦しむ胸を落ち着かせ、もう一度父親宅で、高潔で自信に満ちたお嬢さまを、敬愛を集め大事にされるお嬢さまを目にするためだったら、彼にやれないことなどあろうか？

逃走の模様を心に描いてみた。夜明け頃、服を着込んだヌチャが前を急ぐ。その後を、彼が眠っている赤ん坊をしっかりとくるみ、抱いて行く。もしもの時のため、ポケットに温かいミルクをつめた壺を用意しておく。テンポよく歩けば、三時間ほどでセブレ町に到着するだろう。そこまで行けば、何かスープを頼むこともできる。赤ん坊にひもじい思いをさせなくてすむはずだ。乗合馬車は、いちばん快適な車内前方に席を取ろう。車輪が一回りするごとに、馬車は自分らを陰気なウリョーアの館から遠ざけてくれることだろう……

彼は、告解をするときと変わりなく気持ちを落ち着け、じっくりと計画の詳細を詰めていった。すると雲間から陽が射し、聖人たちが祭壇のそれぞれの高みから、ベンチに座るふたりにやさしく微笑みかけているかに見えた。ほどけた巻き毛に白と青の服をまとった無原罪の御宿りのマリア像、丸々と太った幼子イエスをあやす聖アントニオス像、三重冠をかぶり鍵を手にした聖ペトロ像、ひいては燃えあがる剣を手に今まさに悪魔を切り裂かんとする大天使聖ミカエル像——フレスコで描かれたいずれの聖像の顔にも、父親からその娘を、正当なる夫からその妻を奪い取ることになる、紛れもない誘拐の手順を懸命に確かめる司祭への、怒りの片鱗さえうかがえなかった。

第二十八章

話はそろそろ終盤に近づいてきた。だが、完結するためには、サベルの息子ペルーチョの脳裏に永遠に刻み込まれた、その朝の記憶を頼りにする必要があるだろう。なぜならこの見目良い少年にとって、人がいいドン・フリアン——というのも、聖務日課が終わるたびに銅貨二枚をお駄賃にくれたので——のミサを手伝った最後の、忘れられない朝となったからだ。

ペルーチョの最初の記憶は、フリアンに命じられて礼拝堂から出たとき、とても悲しくなり戸口に寄りかかったこと。その日に限って司祭は、彼に何もくれなかったのだ。指をしゃぶりながら、しばらくの間どうしようかとそこにたたずんでいた。もらえなかった銅貨のことを考えているうちに、彼は素敵なことを思い出した。祖父《じい》に言われてたんだった、奥さまがミサのあと礼拝堂に居残ったときは知らせてくれ、銅貨を二枚あげるって！　そこで、じっくりと念には念を入れ計算してみたところ、一方で銅貨二枚を損したからには、どこかで二枚を大急ぎで貰わなければならない、という結論に達した。この素晴らしい考えに思い至るや、ペルーチョの脚は宙を舞うように軽くなり、祖父を探しに全速力で駆け出した。

台所を通り抜け、彼は祖父が仕事をする一階の部屋へ向かった。扉を押すと、祖父が古い大机の前に陣取っているのが目に入った。その机上にはどうでもいいような――走り書きした数字や、アルファベットを習いはじめの、棒線さえおぼつかない手によるミミズのようにくねった、文字とも言えない文字が踊る――書類が山となって散在している。その机、いや、その部屋全体がペルーチョを虜にした。子どもにとって、雑然と散らかった、種々雑多なものが積み上がった場所というのは、魅力の塊。山のひとつひとつが子どもには未知の世界、とてつもない宝のありかに思えた。残念ながら、ペルーチョがそこに足を踏み入れることはめったになかった。つねづねお金に関する作業は、誰にも見られずひとりで行いたい祖父に、追い出されるからだ。その部屋に入ったとき、孫は祖父の黒光りした顔と、山積みになった小銭、いわゆる銅貨の山との見分けがすぐにはつかなかった。執事の前に、何本もの銅貨の円柱がきれいに列をなしていたのだ……ペルーチョはお金の山に目を奪われた。こん中においらがもらえる銅貨二枚もあるんだ！　銅貨二枚なんて、あの大きなお金の鉱山に比べたらちっぽけなもんだけど！　ペルーチョは希望に胸をふくらませ、力いっぱい声を張り上げて用件を伝えた――奥さまが礼拝堂で、司祭さまと一緒にいるよぉ……おいらは追い出されちまってぇ。

続いて「教えてあげたんだから、銅貨二枚おくれよ」と付け加えようとした。ところが、祖父は彼に言い添える暇を与えなかった。プリミティボは彼らしい山の獣のごとき敏捷さで肘掛け椅子から立ち上がると、館内に消えてしまったのだ。それは、小銭の海に激しいつむじ風を巻き起こすほどの素早い動きで、実際、銅貨の塔が数本、重力に耐えきれず轟音とともに崩れ落ちた。そして、その場に残された少年は、これまで味わったことのない強烈な、ふたつの誘惑に駆られることになる。ひとつは、書簡に封をする糊を食べてみたいという誘惑。ブリキ缶に入った封じ糊は、つやつやとした白と燃えるような赤の二色で、少年の目にたまらなく美味しそうに映った。この食べたいという誘惑に打ち勝っていたなら、われわれの英雄にとってさらなる名誉となっただろう。だが良心が痛むので、われわれは正直に白状せざるをえない——ペルーチョは指に唾をつけ缶に手を伸ばすと、一回、二回、三回……缶が空になるまで封じ糊を舐めつくした。そして、ひとつ目の欲望を満たした彼を、もうひとつの誘惑が襲った。他でもないみずからの手で、約束された銅貨を徴収したい、目前に山とある中から自由に好きなように取り立てたいという思いだ。単に、当然もらえるはずの駄賃をもらえればいい、のではない。実は、その地方で〈幸運のコイン〉と呼ばれた薄汚れた銅貨が欲しかったのだ。他の銅貨と何ら変わりはないのだが、子どもには子どもなりの論理があり、高価な貨幣の何倍も価値あるものに思えた。だいたい、ペルーチョが欲しい物、買いたい物はせいぜい銅貨一枚で買える程度のものだ。銅貨一枚で、祭りのドーナッツ売りの小母さんは棒状の飴菓子やドーナッツをたっぷり袋につめてくれた。銅貨一枚で、独楽を回すのに必要な麻ひもが買えたし、花火屋では地面に火薬の筋を引くのに十分な火薬を調達できた。銅貨一枚で、厚紙のマッチや、黄紙に印刷されたありきたりの挿絵付き昔話本、慎みのない部位に笛が付いた土製の雄鳥だって手に入れることができた。これらすべての物が、封じ糊と同じく、彼の手の届く範囲にある。それも、誰も見ていないし、告げ口する者もいない！　少年はつま先立ち、と同時に両腕をいっぱいに伸ばし、両の掌を銅貨の海の中に突っ込んだ……しばらくは、硬貨を握る勇気さえ出ず、掌で触れていただけ……やがて感触を確かめるように、ゆっくりと手を握りしめる。と今度は、ゆるめたら幸福が逃げてしまうと言わんばかりの、子どもらしい頑なさで拳を握りつづけた……だが、じっとしたまま。戦利品を握りしめた罪深い手を、安全な胸元（盗品のいつもの保管場所）に引っ込めようとはしなかった。ご存じのように、ペルーチョにはかなりの盗癖があり、卵や果実といった自分の欲しい物は何でも、これっぽっちのためらいもなくくすねていた。ただお金については、田舎者特有の迷信的な恐れのせいか、他人様の所有物だという認識があり、これまで自分のもの以外の硬貨に触れたことさえなかった。ペルーチョの心中では、自制と欲望が激しくぶつかり合う、演劇の女神《ムーサ》に謳われたほどの葛藤が起こっていたのだ。善と悪の天使がそれぞれ彼の一方の耳をつかみ、互いに引っ張り合ったため、ペルーチョにはどちらに従うべきかわからない。なんと途方もない対立か！　しかし天よ、人びとよ、喜びたまえ、光の精神が打ち勝ったのだ。もしや彼に英雄的犠牲を命ずる、名誉心が芽生えたのだろうか？　もしくは、モスコソ家という貴族の血、実際に彼の体内を流れる血が、遺伝という神秘的な伝達力を介して、まるで手綱を操るように彼の意思を教え導いたのか？　それとも、フリアンとヌチャの教えが早くも実を結んだのだろうか？　確かなのは、少年が握っていた指を一本一本伸ばしていき、掌を開いたこと。そして、握りしめられていた銅貨がチャリンチャリンと音を響かせ、硬貨の山の上に落ちていった、ということだ。

だからといってペルーチョが、銅貨二枚を、自分の敏捷な足を使って公正に稼いだお金までもあきらめた、などと考えてはならない。あきらめるだって！　まさか！　生まれながら《アプ・イニティオ》十戒の大半が刻み込まれている心の奥底から《盗んではならない》と彼に叫びかけた、芽生えたばかりの、まさにその良心が、同じく強い口調で彼に告げた――《そなたには汝のものを求める権利がある》とっさに、少年は祖父が向かった方向に走り出す。

するとうまい具合に台所で、サベルに小声で何かを訊いている祖父に出くわした。近寄ったペルーチョは、彼の上着の裾を引っ張り、訴えた。

「おいらの銅貨二枚は?」

プリミティボは彼の訴えにまったく耳を貸さず、娘と話し込んでいる。ペルーチョが理解できた限りでは、旦那さまは早朝、鷓鴣の雛を撃ちに出かけ、今頃はセブレ町への道の辺りをうろついているはず、とサベルが説明していた。それを聞いた祖父は、いつもの悪態、ペルーチョが見えを張ってしばしば真似をするののしり言葉を口にすると、会話を切り上げ、ふいと出て行った。

ペルーチョが後に話してくれたところによると、その時、祖父がふだん決して手放すことのない猟銃と広いつばの帽子を持たずに出て行ったのが気になった、とのこと。ただ、おそらく、そんなことを気にしたのは、もっと後、ある出来事を目撃したあとだったにちがいない。というのも、その時の彼の頭は、ひとつのこと、つまり、祖父に追いつくことでいっぱいだったはずだから。彼は懸命に追いかけ、館に通じる坂道を登り切ったところで追いついた。猟師はたしかに俊足だったが、少年にもそれなりの足があったのだ。

「なんだ、おまえは! いったいどうしたんだ?」孫だとわかったプリミティボがぼそぼそと言った。

「おいらの銅貨二枚!」

「わしを手伝って、山にいる旦那さまを見つけ出して、わしにさっき話したとおりのことを伝えてくれたら、家で銅貨を四枚上げるぞ。司祭がおまえを追い出し、礼拝堂に奥さまとふたりっきりで閉じこもっているよと話すんだ、わかったか?」

少年はその透きとおった瞳で、祖父の人を惑わす蛇のような細目をじっと見つめた。すると、それ以上の指示をあおぐことなく、口を大きく開け全速力で、本能的に旦那さまがいると思いついた場所に向かって駆け出した。両拳を握り締め、裏にたこができた足で小石や土を蹴り上げながら飛ぶように走る。ハリエニシダの棘などものともせず茂みを横切り、ピンク色のヒースの花弁を踏みつけ、自分の背丈と同じくらいの高さの藪を乗り越え、山桃の木陰に隠れた野兎や松の低い枝に止まった鵲を追い散らしながら。やがて人の足音がし、樫林から出てくる旦那さまが目に入った……そこで、話を伝えようと、うきうきと近寄った。見返りの小遣いを期待してのことだ。ところが骨折りの代償は、祖父が台所で口にしたのと同じ、ひどく下品な悪態だけ。旦那さまは館に向かって走り出し、旋風が連れ去ったかのように見えなくなった。

ペルーチョは呆気にとられ、少しのあいだ立ち尽くした。ただ後に述べたところによると、約束された銅貨をどうしても手に入れたいという思いが再度彼を包み込んだ、という。それも四枚というかなりの額になる。硬貨を獲得するには、祖父《じい》を探し出し、旦那さまを見つけて話を伝えたと報告しなきゃいけない。それはさほど困難なことには思えなかった。祖父が林のどの辺りにいるか、だいたいの見当はついていたからだ。そこでペルーチョは祖父の足跡を追い、駆け出した。兎か彼にしか通れないような小道や獣道をたどって。そして、半分壊れかけた石塀——山の急斜面に、ぶら下がるように広がるぶどう畑を護っている——をよじ登っていた、まさにその時のこと、彼が登っている壁面の向こう側から足音が聞こえた気がした。ただちに彼の鋭敏な聴覚は、それが猟師の足音ではないと察知した。その瞬間、少年は自然の中で生まれ育ち、自分のことは自分で解決してきた子どもならではの警戒心から、本能的に身を縮めた。石塀の上からおでこだけが出た格好だ。疑いの余地はない、人の足音だ。野兎が木の葉を踏みしだくカサカサいう音や、狐や犬といった爪のある足が立てる規則的な乾いた足音とはまったく違う。ただ、人の足音にはちがいないが、音を立てまいとして歩く、非常に用心深い足運び。まるで自分の存在を隠そうとするかのような忍び足だ。しばらくすると実際、藪の中を四つんばいで近づいてくる男の姿が目に入った。その風貌は、夜の台所での集会やとうもろこしの皮剥き作業の際に何千回と、恐怖のおののきとともに聞かされた男そのものだ。グレーの山高帽に、赤い腹帯、脂ぎった顔に、切り込むようにそろえたもみあげ、とくに特徴的な白濁した瞳——それは街道にころがっている石英のように冷ややかに見えた——、カストロドルナ村の片目《トゥエルト》にちがいない。そのおぞましい顔に少年は目を見張った。トゥエルトは胸元に太く短いらっぱ銃を差している。醜い顔に光る唯一の目で周囲を見回し、耳をそばだて、宙を嗅ぐような素振りを見せたあと、石塀に寄りかかる形で、木苺とヒースの茂みの裏に身を隠しながらしゃがみ込んだ。ペルーチョは、石塀の凹みに足を掛けて壁に張りついたまま。降りることも、身動きすることも、息をすることさえはばかられた。醜悪な顔の見知らぬ男、誰かを待ち伏せている男は、子どもが危険の度合いなど見当もつかないものに対し本能的に感じ取る恐怖を、彼に抱かせたからだ。四枚の銅貨が欲しくてうずうずしていたペルーチョであっても、石塀から身を離す気にはなれない。もし音を立て、あの銃身で狙いを付けられでもしたら、その大きな銃口から吹き出す火は、必ずや死をもたらすだろう……そのまま十秒ほど、天使にとって苦悩の時間が過ぎた。しかし、目前の恐怖について考える暇もなく、別の出来事が続いた。また足音が聞こえてきたのだ。今回は、身を隠そうとする人間の用心深い足運びではない。なるべく早くどこかにたどり着こうとする人の急ぎ足だ。すると、石塀に沿ってのびる山道を、館からこちらに向かって進んでくる祖父の姿が見えてきた。きっと鷲のように遠目が利く目で、一刻も早く旦那さまを見つけ出し、追いつこうと懸命に歩いているのだ。プリミティボはドン・ペドロを探すことばかりに気を取られ、周囲にまったく視線を向けていない。その祖父が石塀の正面を通りかかったときのこと、子どもの目に、恐ろしい情景が、何年経とうと、いや一生彼が忘れることのできない情景が映った。身を隠していた男は立ち上がると、その片目をぎらりと光らせた。男は恐るべき短身の銃を顔前に構える。すると黒く、太い銃口からすさまじい轟音が響いた。煙がふわっと吹き出たが、風で瞬く間にかき消される。最後に残った硝煙幕の向こうに、独楽のようにくるくる回りながらよろめき、うつぶせに倒れる祖父が見えた。きっと最期の痙攣とともに、道の草や泥をかみしめたにちがいない。

ペルーチョが後に語ったところでは、恐怖からか、もしくはみずからの意思によるものか記憶はあやふやだが、そのあと自分は石塀からすべり降り、跳ねながらというより転げるように慣れ親しんだ近道を下った。身体のあちこちに痣ができるのも、服がびりびりに破れるのも、まるで気にならなかった、とのこと。節くれ立ったぶどうの木の間をボールのように飛び越え、ぶどうの木を支える石積みの上を次々に跳ね越え、種まきの終わったとうもろこし畑を矢のように駆け抜けた。小川は、飛び石を伝って渡ると時間がかかるため、そのまま足を突っ込み腰まで水につかりながら渡った。自分の身長の三倍もの高さの垣を乗り越え、柵をくぐり抜け、窪地や溝も飛び越えた。どこをどう通ったか覚えはない。ともかく、肝心なのは、彼が引っかき傷で血だらけ、汗まみれで息を切らしながらも館にたどり着いた、ということだ。そしてまるで最初から決められていたかのように、出発地点、すなわち礼拝堂に向かった。ちなみに、その時の彼は、この日に体験したあらゆる出来事の第一の動機——四枚の銅貨のことなどすっかり忘れ去っていた。

その朝は、思いも寄らない驚きであふれかえる宿命だったのだろう。礼拝堂内では、小声で話し、ゆっくり歩き、息をすることさえ控えるのが習わしだとペルーチョにもわかっていた。それをほんの少しでも破ると、ドン・フリアンに厳しく叱られたからだ。そこで、このときも少年は、気が動転し頭が混乱していたにもかかわらず、本能と習慣が勝り、神聖なる場所に神妙な態度で足を踏み入れた。すると堂内では、祖父の大惨事よりさらに彼を驚嘆させることが起きていた。モスコソの奥さまが祭壇にもたれかかり、死人のように蒼白な顔で目を閉じ、眉をひそめ、身体全体を震わせている。その奥さまに向かって、旦那さまが喰らいつくような顔つきで、子どもにはわからないことを早口でまくし立てている。その脇で司祭は、手を合わせ、恐怖と苦痛が入り混じった、ペルーチョがこれまで見たこともない表情で、ひたすら旦那さまに、奥さまに、祭壇に、聖人たちに嘆願をくりかえしている……と、突如、司祭は哀訴するのを止め、立ち上がる。そして、顔を真っ赤にし、目から火花を飛ばしながら、まるで侯爵に挑みかかるかのように向かい合った……ペルーチョには侯爵ののしり——怒り、激昂、憤慨、立腹、侮辱を表す言葉の洪水の半分ほどしか理解できなかった。ただ、騒動の原因はわからなくとも、旦那さまがひどく怒っている、奥さまを殴るかもしれない、もしかして殺してしまうかもしれない、同じく司祭を八つ裂きにして、祭壇を打ち壊し、礼拝堂に火を放つことさえしかねない……ぐらいのことはわかった。

少年はその時、前にもこんな光景を見たことがある、と思い起こしていた。あれは、そう、館の台所、いけにえは母と自分。旦那さまはその時も同じ表情で、今とそっくりの口調だった。押し寄せてくるさまざまな恐怖に怖じ気づき、混乱する幼い頭に、ひとつの考えが浮かび、他を押しのけ勝利を収めた。間違いない、旦那さまは奥さまと司祭を殴り殺そうとしているんだ、祖父《じい》だって山で殺された、どうも今日は皆が畜殺《マタンサ》される日にちがいない。だったら、旦那さまは、奥さまとドン・フリアンを始末したあと、赤ん坊の息の根も止めてしまおう、そんな気にならないともかぎらないじゃないか？ こう考えたペルーチョは、果敢に動き回った。これまでも何度となく、囲い場や鶏舎や家畜小舎で危うい橋を渡るときに発揮してきた活気を取り戻したのだ。

どんなことがあってもモスコソ家の赤ん坊の命を救おうと意を決した少年は、堂内から危なげなく抜け出した。どうしたらいいのか？ 計画を練る暇はない。大切なのは機敏な行動と、どんな障害に出くわしても動じないこと。それだけを肝に銘じると、彼は誰にも見られることなく台所をすり抜け、階段を素早く上り、そのまままっすぐ二階の主人たちの部屋に向かった。だが、そっとつま先立ちで、だ。きっとどんなに聴覚の鋭い人でもカーテンを揺らす風音にしか思えなかっただろう。しかし、足音以上に彼が心配していたのは、奥さまの寝室の扉が閉まっているのではないか、ということだった。そのため、半開きになった扉を目にしたときは、心臓が小躍りするほど嬉しかった。

　彼は扉を、爪を隠して歩く猫のようになめらかに押した……その扉にはいまいましいことに、ギイギイと音を立てる難点があったのだが、ペルーチョが慎重には慎重を重ねて押したため、鈍くきしむことさえなかった。部屋に忍び込んだ彼は、屏風の裏に身を隠す。屏風に開いた無数の穴のひとつから、反対側、つまり揺り籠のあるほうをのぞいた。赤ん坊は眠っており、乳母はヌチャのベッドに突っ伏して、こもったいびきをかいている。この乳母が目を覚ます気遣いはない。少年は何の危うい思いもせず目的を達成することができる。

　とはいえ、赤ん坊は起こさないに限る。泣きわめいて家中が大騒ぎになっては大変だ。ペルーチョは揺り籠の赤ん坊を、高価でとびきり壊れやすいクリスタル人形を扱うように、そっと手に取った。すると、彼のたこだらけの荒れた手のひらと骨太な腕――石投げをすれば百発百中、げんこつを牛の額に何度も見舞ってきた――が、まるで魔法のように瞬く間に洗練されたしなやかさを帯び、毛糸のショールにくるまれた赤ん坊は、不遜な人さらいに揺り籠から抱き上げられても、声ひとつ発しなかった。少年は息をこらし、素早く、しかも用心深い密猟者さながらの足取り、母猫が子猫の首筋をくわえ運ぶような歩き方で歩を進め、屋敷の外に出ようと回廊に向かった。台所を通ると、誰かに出くわすかもしれないからだ。

　回廊に出たところで十秒ほど立ち止まり、考えこんだ。宝をどこに隠そうか？　干し草置き場か、飼料倉庫《エルベイロ》か、高床式の倉《オレオ》か、それとも家畜小舎？　よし、オレオだ――暗くて、人がめったに寄りつかない場所だから。まずは階段を下り、回廊を進む。次に厩舎に忍び込み、脱穀場をすり抜ける。そうすれば、あとは隠れ家に身を隠すのみ。考えがまとまると、すぐに行動に移った。

オレオには、はしごが立て掛けてあった。はしごを上ろうとしたペルーチョは、赤ん坊連れでは、それはかなり困難な作業だとわかった。細く急なはしごは、手足でしっかりつかまないと上れない。そこで、手がふさがっていた少年は、足の親指にぐっと力を込めて横木をつかみ、磨り減ってつやつやした細材を一段一段確かめるように上った。しかし、半分ほど来たところで、ふいに下まで転げ落ちそうになり、思わず赤ん坊を胸にぎゅっと抱きしめてしまった。赤ん坊が目を覚まし、わっと泣き出す…… でも、大丈夫！ ここには聞きとがめる者は誰もいない。五、六羽の雌鶏が二頭の子豚とキャベツの葉を奪い合って、脱穀場をうろついているだけ。上りきったペルーチョは、オレオに意気揚々と潜り込んだ。

幸い、オレオは天井につくほどにはとうもろこしで満杯になっておらず、取るに足りない背丈のふたり、すなわちペルーチョとその被保護者がくつろぎ、転げ回って遊ぶのに十分なスペースがあった。少年は赤ん坊を抱いたまま腰を下ろし、なだめようと次から次へ気の利いた言葉 —— 田舎の人が口にすると、とても愉快で愛情あふれる表現の数々 —— を投げかけた。

「かわゆい、かわゆい女王さま、〈きじばと〉ちゃん、泣かない、泣かない、とーっても、とっーてもいいもん、あげっから…… 泣きやまないと、おお鬼っこがやって来て食べられちゃうぞぉ！〈ほぅら〉、あっちにいまちゅよ！ さあ、もう泣きやみまちゅよ、おてんとさまみたいな、白ばとみたいな、野ばらみたいな、きれーなかわゆいお姫さま！」

彼のこうしたささやきのおかげか、いやそれより、自分をあやしてくれているのがお気に入りの友人だとわかったからだろう、赤ん坊は泣き止んだ。彼をじっと見つめ、彼の顔を両手でもみくちゃにしながら愉しげに笑みを浮かべ、何ごとか話しかけるかのように、口をよだれでいっぱいにしている。そして周囲を物珍しそうに見回した。いつもと違う場所だと気づいたのだろう。頭の上も体の下も、どこもかしこも金色のとうもろこしの海。ペルーチョが少しでも動くと、その海がゆったりと波打つ。そこに、オレオの格子の隙間から射し込んだ陽光が、輝く絹糸の帯を広げ、たゆたう光の筋を映し出している。ペルーチョは、とうもろこしの穂が赤ん坊を楽しませる絶好の遊び道具になると気づいた。赤ん坊の手に穂を一本握らせてみたり、たくさんの穂でピラミッドのようなものを造ってあげたり。赤ん坊はピラミッドを壊しては楽しむ。正確には、壊した気になって楽しんだ（というのも、実際にピラミッドを壊すという奇跡は、ペルーチョの一蹴りの成せる技だったからだ）。赤ん坊は笑いころげ、じれったそうに何度も身ぶりで、その遊びをもう一回やってほしいと彼にねだった。

まもなく赤ん坊はその遊びに飽きた。が、ペルーチョが傍らにいるのでご機嫌だ。にこにこと穏やかな眼差しでじっと同伴者を見つめている。その様子はまるで、次のように語りかけているようだった――《ふたりっきりでいる以上に楽しいことってあるかしら？　いつも邪魔が入るんだもの、今日は好きなだけ楽しみましょう》愛情たっぷりの表情で見つめられたペルーチョは、彼女の思いに応えようと、心ゆくまで赤ん坊をあやすことに熱中した。頬を指でくすぐってみたり、とかげを模して指を赤ん坊の身体にはわせ、尻尾がくねくねするのを真似てみせたり、目をぎろっと見開いて両頬をふくらませ両拳を握り締めて、鼻息荒く怒ったふりをしたり。高い高いと宙に持ち上げたあと、いきなりとうもろこしの海に落とすふりをしたり。しまいには、赤ん坊を腕に抱いたままあぐらをかき、優しくささやきながら揺らしはじめた。それは実の母親が子にやるような、用心深く穏やかで、愛情のこもったあやし方だった。そのときふと、彼の脳裏に狂おしい思いが横切った！……何をしたかったのかって？　ヌチャの部屋に気楽に出入りさせてもらい、赤ん坊の傍らで過ごすのを許されていた頃は、そんな思い上がったこと、決してやれなかった……叱られて追い出されるんじゃないかという危惧に、腕白小僧といえど魂に漠然と抱く宗教的畏怖と羞恥心、それに加え、これまで誰にもそういったことをした経験がないことから、彼自身、分不相応な冒瀆だと感じていた――そんな野望を実現するなんて、到底できなかった……しかし今や、自分こそが宝物の持ち主、赤ん坊は彼のものだ。彼みずから正々堂々と獲得した戦利品である以上、どんな無法者たちからも尊重されるべき権利なのだ！　ペルーチョは、何か甘いお菓子を味見するかのように唇をすぼめて、赤ん坊の額に、そして目に触れていく……ショールをゆっくりめくると、両脚が見えた。脚は豚皮《チチャロン》のから揚げのように熱く、包みから解き放たれるや、うれしそうにばたばたと踊りはじめた。ペルーチョはまず片方の足を口元に持っていき、次にもう片方という具合に、しばらくの間交互に彼女の足に口づけした。赤ん坊は口づけがよほどくすぐったかったのだろう、急に笑い出したかと思うと、即座に笑いを引っ込め、今度は何やらとても気難しげな顔になった。幼い子は気温の変化に敏感に反応するもの、あっという間に寒くなったにちがいない。彼女の小さな足が凍ったように冷たくなっている。それに気づくやペルーチョは、何度も何度も、母牛が仔牛にやるのとまったく同じやり方で息を吹きかけ、暖めてあげた。そして足をショールに包み直すと、再びしっかりと抱きしめ、揺らしはじめた。

どんな栄光に輝く征服者であろうと、その瞬間のペルーチョほど誇らしく満足げな顔をした者はいないだろう。言うまでもなく彼のおかげで、赤ん坊は待ち受けていた虐殺から救われ、誰も気づかない安全な場所にかくまわれたのだから。ペルーチョは石塀の脇に横たわる、冷酷で日焼けした祖父のことなど、一秒たりとも考えなかった……母親の遺体の脇で涙にくれる子どもが、遊び道具ひとつ、菓子袋ひとつで慰められるという話はよく聞く。彼らはずっとあとになってその情景を思い出し、悲嘆に暮れるかもしれない。だがその渦中では、母親の死に胸を痛めるという第一の感情は、完全に消え去っているのだ。ペルーチョというのもそういう少年なのだろう。大好きな赤ん坊を手に入れることができた幸せに、その命を守る名誉にあずかれた嬉しさが相まって、先ほど起きた惨劇のことなどすっかり忘れてしまっていた。祖父のことも、鷓鴣を〈撃ち落とす〉ように祖父を殺害したらっぱ銃のことも、まったく彼の頭をよぎることはなかったのだ。

とはいえ、彼がオレオ内に声を響かせながら赤ん坊に語りはじめた昔話が、陰気でおどろおどろしいもの（赤ちゃんがその内容を理解できたかどうかはともかく）だったことを思えば、さすがのペルーチョも、祖父の死にいくらかの影響を受けていたのかもしれない。それにしても、人食い巨人《オグル》の物語をもじったようなこの童話は、どこで生まれたのだろう？　ペルーチョが、夜な夜な〈へっつい〉の脇に集って糸紡ぎをする老婆たちや、栗の皮むきをする娘たちの傍らで聴いた話なのか？　それとも、この日の異常な体験と恐怖に想像力が刺激され生まれた話なのか？「〈むかーち〉、〈むかーち〉」ペルーチョは語りはじめた。「すんごく悪か王さま、〈しと〉を生きたまま喰らう大悪党がおったと……この王さまには、かわゆい、五月の〈おはな〉のごとかわゆーい女の子……〈とんもろこし〉（ペルーチョはとうもろこしと言いたかった）の粒のごと小ちぇい、小ちぇい女の子がおったと。その悪か王さまは女の子を食っちまいたかった。なぜって、王さまは、とってもみにくい、悪魔よりみにくーい顔をしたお化けだったから……（ペルーチョはここで王さまの並外れた醜さが伝わるよう、ひどいしかめっ面をしてみせた）ある晩、王さまが言ったと――あした、〈はよかうち〉にあの子を……むしゃむしゃ食っちまおう。（ペルーチョは奥歯を鳴らしながら、ブルゴス大聖堂のお人好し人形《パパモスカス》のように大きく口を開け閉めした）そん時、近くの〈きい〉に止まっとった〈こどり〉が王さまの言葉を聞いて言ったと――女の子を食べさせるもんか、みにくいお化け。こどりはどしたと思う？　王さまの部屋に窓から入ってってたんだ。そしたら、王さまはぐーぐー寝てたんだって（ペルーチョはとうもろこしの穂に頭をもたせかけ、ひどいいびきをかいて王さまが寝ているふりをしてみせた）。こどりは王さまに近づくと、〈くちゃはし〉で片っぽの目ん玉を突っついて取っちまった。そんで王さまは〈かため〉になった。（左の目を細め、王さまがどんな風になったかやってみせた）朝になって目が覚めた王さまは悲しくなって、わんわん泣くと、（泣き真似をする）片っぽだけの目から涙がこぼれた。それを見たこどりはきいのところでおなかをかかえて笑ったと……んで、王さまんところに飛んでって言った――女の子を食べずに、僕にくれるんなら、目を返してあげるよ……。王さまはわかったって言って……そんでこどりは女の子とけっこんして、仲良くいつもいっしょにきれーな歌をうたったり、ガイタ（この楽器ばっかり）をふいたりして、ずーっと幸せに暮らしましたとさ。でもって、この話はあっちの〈戸〉からこっちの〈戸〉へもう出て行っちゃったんで、王さまが話してって言うまでおあずけ」

けれど、赤ん坊が話の結末を聞くことはなかった…… 意味のわからない言葉のメロディーとショールの温もり、それにお気に入りの友人と一緒にいられる満足感に安心しきって、いつの間にか眠くなったのだ。ふだんはお化けの話の終わりに大声を出すペルーチョだったが、赤ん坊が目を閉じているのに気づき…… とうもろこしの穂を可能な限り平らにしてベッドを作り、赤ん坊を横たえ、ショールを顔のところまで掛けてあげた。顔が冷えないよう、ヌチャがいつもそうやっていたのだ。それから、どんなことがあっても歩哨役をやり遂げる決意を固め、オレオの入口側の隅に陣取り、大量のとうもろこしの穂に身体をもたせかけた。そのまま身動きしなかったからなのか、それとも一日の疲労からか、はたまた次々に起きた大事件で興奮したせいなのか、次第に少年の頭は重くなっていき、瞼がふさがりそうになった。彼は慌てて手で目をこすり、あくびをしたあと、数分間は忍び寄る眠気と戦った…… が、とうとう打ち負かされ、オレオに逃れた天使はふたりともぐっすりと眠り込んでしまった。

ペルーチョは悪夢のようなものにうなされた。夢の中で少年をぞっとさせたもののひとつが、目を見張るほど大きな図体の動物だった。たけり声を上げながら、獰猛な野獣が彼に迫ってくる。一口で彼を喰らってしまうか、爪の一撃で八つ裂きにしかねない勢いだ…… ペルーチョの頭髪は逆立ち、鳥肌が立って全身がぶるぶると震え、こめかみから冷や汗が伝ってくる…… なんて恐ろしい怪物だ！ しかし、怪物は近づいてきた…… 彼の上におおいかぶさろうとしている…… その鉤爪が彼の身体に食い込む。巨体が、巨大な岩のごとく彼にのしかかる…… はっ、と少年は目を開けた……

するとそこには、怒りのあまり肩ではあはあと息をしながら大声で怒鳴りちらしている、これまでになく巨大に凶暴化した乳母がいた。ペルーチョの首筋やら顔やらに狂ったように平手を喰らわせ、逆立った頭髪を引っ張ったあげく、足で踏みつけた。そのあと、ペルーチョがどうなったか。彼が本物の英雄のように振る舞ったことを、省略すべきではないだろう――ペルーチョは頭を垂れオレオの戸口をくぐろうとした時、ほんのわずかの間だったが、自分の身体で入り口をふさぎ戦利品を守った……結局は、乳母の巨体にのしかかられ、押しつぶされて、まったく身動きが取れなくされてしまったが……半ば窒息状態に陥った哀れな少年は、鉛の彫像（あと少しで彼を封じ糊のようにぺちゃんこに押しつぶすところだった）が力をゆるめた隙に、後ろを振り返った……しかしすでに、オレオの中から女の子の姿は消えていた。ペルーチョは、決して忘れることはないだろう、その後、黄金色のとうもろこしの海で、絶望に溺れのたうちながら、半時間以上も流しつづけた涙のことを。

第二十九章

もちろんフリアンにしても、これほど思いも寄らない出来事が起きた日を、忘れることはないだろう。彼の人生においてもっとも劇的な、想像だにしなかったことが起きた日なのだから。彼はある男に、自分の妻と密通している、言語道断の行為をはたらいていると訴えられた。挙げ句、その男に脅され、彼の屋敷から恥ずべきやり方で永久に追放されたのだ。夫にこれまでにない侮辱を受けた不幸な妻には、もはや馬鹿げた、ひどい誹謗を否定する力さえ残っていなかった。もし翌日、ふたりが逃亡計画を実行に移していたなら、どんなことになっていただろう？　おそらくふたりは、みずからの罪を認め、うなだれ、恥じ入ったにちがいない……それにしても、わずか五分前まで、ドン・ペドロや世の人びとが、彼らの逃亡をそのように解釈する可能性があると、まるで思ってもいなかったとは！

そう、フリアンはその日を決して忘れはしない。思いがけない苦痛を味わった彼は、危機的状況に陥ったことで、彼自身信じられない勇気が芽生え、侯爵に面と向かって胸中にたぎっていたこれまでの思いの丈を、生来の臆病さ故にこらえてきた主人への非難や怒りをぶつけたのだから。ひどい侮辱に挑発され、彼は、平和な言葉にしかなじんでいない口から、生まれて初めて、脅し文句や強烈な修飾語句を繰り出した。それどころか礼拝堂を立ち去る際には、〈男と男で〉などと決闘を挑む文句まで吐いたことを、忘れはしないだろう……何年もの歳月が流れ、鬢に白いものが混じるようになっても、その恐るべき場面のことは決して。もちろん、それに続く、あまりに性急な出立、荷物をまとめる暇もなく、みずからの不慣れな手で雌馬に鞍をつけまたがり、（必要にかられてか）見事な手綱さばきを発揮して、いかに拍車をかけ疾駆《ギャロップ》で立ち去ったか、も。彼はこれらすべての行動を実に機械的に、夢の中の出来事であるかのようにこなした。沸騰した血が冷める間もなく、赤ん坊に会い別れのキスをすることもなく。なぜなら、彼にはわかっていた。もし赤ん坊を一目でも見たら、きっと旦那さまの足下にひざまずき、牛飼いとしてでも日雇い農夫としてでもいいので館に置いてください、と卑しくも懇願してしまうだろうことを……

古めかしい屋敷を出てからの（初めてやって来たとき、実にもの寂しく陰鬱に感じた）上り道のことも、彼は忘れはしないだろう……坂を上るにつれ、ちりめん生地のようにどんより垂れ込んでいた雲がますます濃くなり、陽光をさえぎった。松の梢が触れ合い、よく澄んだ愛らしい声で何ごとかささやきかける。一陣の風が吹き、松脂のすがすがしい匂いと金雀枝《エニシダ》の蜜の香りが運ばれてきた。間近に、金色に苔むした石の十字架が現れる……不意に雌馬がいななき、胴を震わせ、後ろ脚で立ち上がる……フリアンは本能的に手綱を放し、たてがみにしがみつく……地面に塊が、人の骸が転がっていたのだ。屍体の周囲の草は血にまみれ、黒く凝固しはじめている。フリアンはしばし呆然と立ち尽くした——有無を言わさず服従を強いる神の摂理を前に、驚嘆と感謝の入り混じった思いで唖然としたのだ……屍体は地面にうつぶせになっていたが、フリアンには、それが他でもないプリミティボだとわかった。礼拝堂付き司祭の脳裏に、誰が彼を殺したのか、といった問いはよぎりもしない。誰であろうと、その者が神に操られた道具であることに変わりないのだから！　馬を迂回させ、屍体に十字を切り、躊躇なく馬を進めその場を離れた。時折後ろを振り返り、緑色の草と灰白色の石塀を背景に横たわる黒い塊を見やった……

そう！　フリアンは決して、何ひとつとして忘れはしない。彼がサンティアゴ・デ・コンポステーラに帰ってきたことはさまざまな憶測を生み、ウリョーアの館のことが世間の口の端に上るようになった……選挙で政府候補が当選したことや、礼拝堂付き司祭がそこを出て来たこと、執事が殺害されたことが取り沙汰され、あれこれ尾ひれがついて約一ヶ月にわたり人びとを楽しませた……通りで人に呼び止められては、あちらで何が起きているのか、ヌチャ・パルドに何があったのか、夫に虐待を受け重体だという話は本当か、セブレ町の選挙でたいへん醜い事件が起きたというのは間違いないのか、と尋ねられた……大司教さまの面前に召喚され、実際に何が起きたのかと取り調べを受けた……ひざまずき細大漏らさず正直に告白し、おかげで、えも言われぬほど気が楽になった……安らいだ気持ちで、大司教さまの薬指に輝く紫水晶《アメジスト》に口づけすることができた……その後、大司教さまの命で、追放処分に準ずるものとして僻地の教区に送られ、世間から完全に隔離されて生きることになった――これらすべてのことを、もちろん忘れはしない。

送り出されたのは、ウリョーアの館よりもっと山深い、ガリシア地方のただ中、険しい山脈の麓にある教区だった。教区内はもちろんのこと四レグア周囲に、貴族の屋敷など一邸も見当たらない辺鄙な土地だ。昔、封建時代には、鋭い大岩に築かれた城塞があったのだが、今では木蔦が絡む廃墟にすぎず、もっぱら蝙蝠と蜥蜴の住処となっている。フリアンの信者は貧しい羊飼いたち。祝祭日や寄付の時期になると、山羊の乳や羊のチーズ、壷に入れたラードを寄進してくれた。訛りのきつい方言を話すため、理解するのもひと苦労である。彼らは粗布をはおり、もじゃもじゃの長髪で、昔の農奴のように前髪をまっすぐに切りそろえている。冬になると雪が積もり、司祭館の近くでも狼の遠吠えが聞こえた。フリアンが深夜、瀕死の信者に臨終の秘跡《サクラメント》を授けに出かけるときは、蓑をはおり木靴を履かなければならないほどの降雪だ。助手が前を行きカンテラで道を照らしてくれるのだが、暗闇からは樫の木立が亡霊のように立ち現れる……

半年ほど経った頃、黒く縁取りされた紙片、すなわち死亡通知を受け取った。目をとおすが、初めは何のことかわからない。一時して、ようやく何が書いてあるのか理解した。だが、涙は出ない。その顔に悲しみの色はまったく浮かばない……それもそのはず、彼は、ほっと安堵するとともに、それを祝いたいような気持ちになったのだから。ヌチャお嬢さまは天国でようやく、この卑劣な地上で苦しんだ見返りの果実を、味わっていらっしゃるにちがいない。地上ではお嬢さまのような魂には苦しみしか待ち受けていなかったのだから……そして、彼の精神はまたもや、キリストに倣って忍従するという教えに支配されていった。ヌチャの死の知らせから受けた影響がほどなく消え去ると、それとともに感受性も消えてしまったのか、かえって穏やかな心持ちになり、精神の傷も癒やされていった。そのせいか、フリアンは身近なものにより注意を払うようになった。荒廃した教会堂の復旧を気遣い、教区の野性のごとき子どもたちに読み書きを教えようと力を注ぎ、〈マリアの娘たち信徒団〉を結成し、若い娘たちが日曜日に慎みなく踊り歩いたりしないよう教育を施した……こうして幸せも苦しみもない日々が単調に過ぎていった。いつしかフリアンの心は、自然の平穏さに包まれ、農夫たちの生活になじんだ――収穫を気にかけ、神が人に与えてくださる最高の恩恵として晴雨を懇願する……〈へっつい〉で身体を温め、早朝にミサを捧げ、夜は火を灯す前に床に就く……星を見て翌日が雨か晴れかを予報し、栗やじゃがいもの収穫を手伝い……こうして彼は、眠気を催すほど規則正しい、終わりのない農村の生活周期に親しんでいった――毎年春になると燕が戻ってきて、われわれの地球が永遠に自転しながら、同じ楕円を描き宇宙を周回するような、まったく変化のない生活に……

しかし彼は、その後のことも忘れることはない。ある日不意に、この世の片隅とも思えるその地に、彼の昇格を知らせる便りが届いた。ウリョーア教区への転任、つまり大司教――ウリョーア侯爵と交替で教区司祭を任命する権限を有していた――の償いの証にほかならない。大司教はこの昇格をもって、十年前から司教管区内でもっとも険しい山間に送られていた哀れな司祭に示そうとしたのだ、中傷は名誉のガラスを時に曇らすことはあっても、それを汚すことは決してないと。

第三十章

十年という歳月は、個人の人生においてばかりでなく国家においても、一時代を画すほどの時の流れだと言える。十年が無駄に過ぎることはまずない。十年あればいかなる刷新も可能なもの。かくして、人が後ろを振り返ったとき、自分が十年間に歩んだ道程を目にし息をのむのだ。だが、一世紀の十分の一という時の経過をまったく感じさせない人がいるのと同様、その痕跡をいっさい残さない場所もある。まさにその典型がウリョーアの館だ。私が嘘をついていないことは、次の描写で明らかだろう。偉大なる巣窟は、時の流れに抗うかのように、変わらず重々しく、陰鬱で、地味なたたずまいを見せている。屋敷の家具はもちろんのこと、庭園や耕作地においても、効率を高めるための、あるいは美しく見せるための革新などまるで見受けられない。石の紋章盾に彫られた狼が、人に慣れ温和しくなるわけもなく、紋章の松の木が芽吹くわけもない。石に彫られた左右対称の波も、昔と同じく屋敷の橋脚を洗っていた。

ところが、セブレの町は ―― ポンテベドラとオレンセの新聞の通信員をしている、この町屈指の住人が伝えるところによると ―― 進歩主義に敬意をささげ、精神的かつ物質的な発展に取り組んでいた。今では、煙草屋が政治談義を繰り広げる唯一の場所というわけではなくなった。そのために（少なくとも設立趣旨にはそう書いてある)、教育・レジャー・芸術・科学協会が設立され、先ほどの通信員が〈バザール〉と呼ぶ小商店が数軒できていた。たしかに、地方領袖《カシーケ》のふたりは相も変わらず地方の司法権を握っていた。司法権は国王にあり、その委譲により特定の判事に付与されるのか、もしくは司法権は裁判官に属するのか——をめぐり争っていた。ただ、反動と伝統勢力の代表バルバカーナが、進歩思想と新時代を体現するトランペータの面前で苦戦を強いられているのは、誰の目にも明らかだった。

意地の悪い人たちの言によると、自由主義派の地方領袖が勝利できたのは、今では保守党カノバス〔一八二八～九七年〕派となったライバルが、年を取り体調が思わしくなく、かつての飛ぶ鳥を落とすほどの勢いや、人を人とも思わないような気性が今や鳴りをひそめてしまったから、ということだった。実際はどうあれ、バルバカーナの影響力がはなはだしく低下したことに疑問の余地はない。

もうひとり、めっきり年老いた、それもまださほどの齢でもないのに老いてしまった人物がいた。それはウリョーアの館の昔の礼拝堂付き司祭、フリアンだ。銀髪がまばらに目立つ髪、しわの寄った口元、たえず潤んだ瞳、曲がった腰……そんな彼が、ぶどう畑と藪の間をぬってウリョーア村の教会につづく狭い〈小道〉をゆっくりと歩んでいる。

それにしても、なんと貧相な教会堂だろう! 村のあばら家にしか見えない。玄関ポーチの屋根に立つ十字架のおかげで、どうにか教会だとわかる程度。訪れた人がまず感じるのは、鬱々とした湿気だろうか。草におおわれた表中庭《アトリウム》は、真っ昼間でも露が降りたようにたえずびっしょりと濡れている。また、表中庭の地面が教会堂の列柱廊より高いため、まるで教会堂が陥没し、埋葬されているような印象を与える。実際、教会堂は隣接する小丘から流れ込む土砂で少しずつ埋もれてきている。表中庭の片隅にこぢんまりした鐘楼があり、ひびの入った小鐘がぶら下がっている。庭の中ほど、三段の石段の上に小ぶりの十字架が立っているせいで、表中庭全体に思索にうってつけの、詩的な雰囲気が醸し出されていた。あそこに、あの一隅に、イエス・キリストがいらっしゃる…… しかし、なんと孤独に！ なんと忘れ去られて！

フリアンはその十字架の前で立ち止まった。老けて見える彼だが、逆に、雄々しくなったとも言える。以前、繊細だった顔立ちは、よりくっきりとした輪郭になり、険しさが増している。きりりと結んだ青白い唇からは、彼があらゆる感情の激発も世俗的衝動も抑えられる、厳しさを備えたことがうかがえる。壮年期を迎えたおかげで、純粋な聖職者にとって何が真の値打ちなのか、何が栄冠なのかをやっと探し当てた。そのため周囲の者に、より寛大になるとともに、自分に対しより厳格になったのだ。

彼は、ウリョーア教会の表中庭に足を踏み入れてから、奇妙な感覚にとらわれていた。自分にとって大切な、とても大切な人が自分の傍らによみがえり、その存在によって自分を包み込んでくれている、その吐息で自分を温めてくれているような気がしたのだ。いったい誰だろう？ ああ、なんということか！ 死亡通知をこの目で見たにもかかわらず、モスコソの奥さまが生きていらっしゃるなどと…… いや、馬鹿げたことを！ こんな異常な幻想を抱くのは、十年も離れていたウリョーア村に戻ってきたせいにちがいない。モスコソの奥さまが亡くなったのは事実！ そこに墓地があるのだから、容易に確認できるじゃないか…… 木蔦が生い茂る塀に近づき、木戸を押し開け、墓地に入り込んだ。

厳かな墓地にふさわしい、大仰な枝ぶりの陰鬱な柳や糸杉が植わっていたわけではないが、とにかく薄暗い墓地だった。一方は教会堂の土壁にさえぎられ、三方は木蔦と寄生植物のからんだ塀に囲まれている。前中庭の入口と向かい合う木戸が格子になっているため、その格子越しに山の稜線が遠くくっきりと見える。まだそれほど温まっていない太陽が、まさにこれから天頂に向かって昇ろうとする時間で、山々はすみれ色を帯びている。浴室から出てきたばかりの自然が、朝方のさわやかな冷気に触れ、身震いし目覚めるかのような早朝だ。格子戸に寄りかかるオリーブの老木には、おびただしい数の雀が巣くっており、ばたばたと忙しげに羽を動かし、オリーブの葉を叩いたり枝を揺らしたりと騒がしい。向かいに茂る巨大な紫陽花は、季節の雨に打たれ、頭を垂れている。その青や黄がかった花々はしぼみ、とうもろこしの実のように小粒になって、弱々しくも愛嬌のある趣を添えている。墓地を彩るものと言えば、この程度のものしかない。対して、刺草は人の背丈の半分ほどまでたくましく伸び、野草は濃く生い茂り、生命力あふれる薊は大ろうそくのように赤みがかった黄の花弁をつけている――これらは、人生を植物のように生きた人びとの、生まれ変わりの姿ではないのか。つまり、思想家や芸術家の意識を揺さぶるほどの、高邁で高潔、かつ、すぐれた精神性を備え抽象化された思想に心を震わせたことなど一度もなかった、あるいは、真の意味で生きることも愛することもかなわないまま、永遠に地下で眠りにつくことになった人びとの魂の、神秘的な転生の姿なのではないのか。こういう思いに見る者を誘うからだろう。うっそうと茂る下草は、嫌悪感と迷信的な恐れをかき立ててやまない。陰気な（青々と繁茂しているからこそ、かえって鬱々とした印象を醸し出す）植物を力強く芽生えさせ、生気づけている養分の正体は、人の身体（粗野で原始的で下等な、無知と物質にまみれた人びとの屍体）ではないのかと、どうしても疑ってしまう。実際、平坦な表中庭に比べ、いくらか凸凹のある墓地に足を踏み入れると、時折、上から土がきちんと盛られていない柩の堅さや、逆に地面の奇妙な柔らかさ、軟弱さを足裏に感じることがあった。とくに後者の場合、ぶよぶよになった屍体の四肢を踏んづけたかのような、不快感と恐怖の念を引き起こした。さらに、こんもりと盛り上がった地面、おそらくは亡骸を次々に上から投げ込み、ぎゅうぎゅう詰めにしたにちがいない地面からは、ある種の冷気と、黴っぽい腐敗臭が立ち上り、いかにも墓地らしい雰囲気が感じられる。蝸牛か蛞蝓が縦横に這った跡が陽光にきらめく湿った草むらに、何本かの白く縁取りされた黒木の十字架が傾いで立っている。目を凝らすと、どの十字架にも、ふざけているとしか思えない間違いだらけの綴りで、実に興味深い銘が刻まれていた。フリアンは足裏に、なにか柔らかいもの、生命を有する、もしくは少なくともある時期、感覚と生命を有したはずのものをわれわれが踏みつけたときに感じる、むずむずするような落ち着きのなさを覚えながら、近づいていった。そして、一本の十字架の銘に目を留めた瞬間、ひどく気が動転してしまった。とりわけ高さのあるその十字架には、白い文字で、ひとつの名前が彫られている。歩み寄り、綴りの過ちなど気に留めず、銘を読み解く——ここにプリミチボ・スアレスの遺灰ネムる。親戚とユウチン一同、神にその魂の冥福をイドる……十字架の下の地面が、腫れ物のように盛り上がっている。フリアンは祈りを捧げながらも、足裏に自分の恐るべき敵の、ブロンズのごとき身体が横たわっているのを感じ取り、とっさに二、三歩後ずさりした。その時、十字架から一匹の小さな白蝶が舞い上がるのが目に入った。冷気に縮こまっていたかのような、ゆったりとした動きで、最初に見つけた適当な場所ですぐに翅を休める、その年最後の蝶だった。ウリョーア村の新しい司祭は蝶を追った。すると蝶は、塀と教会堂の土壁にはさまれた奥まった片隅に入り込み、ひっそりと隠れるようにたたずむ、みすぼらしい墓に止まった。

蝶はそのままじっと動かない。フリアンもそこに立ちすくむ。心臓が激しく動悸を打ち、目が曇る。身体の深奥にまで食い込む衝撃を受け、この十年間一度もなかったほど、ひどく心が乱れ、完全に自分を失った。なぜそんな衝撃が彼に襲いかかり、彼を打ちのめし、彼から本来の平静さを奪い去ったのか、彼にも理解できない。長らく抑えつけられてきた感情が、防壁を打ち壊し、柵を乗り越え、あらゆる障害を打ち破り、すべてを踏みにじるように超人的な勢いで魂に流れ込み、氾濫し、ついに魂そのものの絶対的な主人と化してしまった。そのため、蝶が翅を休めた墓がいかに奇天烈な代物であるか――石と石灰で造られた墓は、どう見ても、村の素人並みの左官屋の手によって、頭蓋骨や身体の骨といった死の標章で飾り立てられていた――さえ気にならない。銘を判読するまでもない。フリアンには、蝶の止まった場所に、ヌチャが、マルセリーナお嬢さまが、聖女でありながら犠牲となった彼女が、永遠に純真で神聖なる処女が横たわっていると確信した。裏切られ、辱められ、中傷を受けたヌチャが、そこに独り打ち捨てられている。野蛮な手で打ちたたかれ手首に痣のできた、病と恐怖と苦痛のせいで顔色の悪かったマルセリーナお嬢さまが……こうしたことを考えているうちに、いつしか、フリアンの唇から祈りの言葉が消え、彼のなかで十年の歳月が後戻りした。めったにないことだが、突如、抗しようもないまったくの放心状態に陥った。無意識のまま彼は膝を折り、両手を広げ、墓石に熱い口づけをした。そして、子どもや女性のように泣きじゃくりながら、頬を冷たい墓面に擦りつけ、石灰をはぎ取らんばかりに墓石に爪を立て、抱きしめた……

ふいに、ひそひそ声や笑い声、その場所と時間に不釣り合いな陽気で甲高い声が聞こえた。振り返り、当惑しつつ立ち上がったフリアンの目前には、はや天頂に近づいた太陽の光りの中、うっとりするような一組の男女が立っていた。少年は想像できる限りもっとも美しい顔立ち。幼い頃は愛の天使《キューピッド》そっくりだったが、幼少期から思春期に入って顔の輪郭が長くなり、今では聖書の版画に描かれている大天使か御使い天使と見まがうほどだ。生来の女性的な美しさと可愛らしい巻き毛に、どこか険しさが加わり、男性的魅力の片鱗をうかがわせる。少女に目をやると、こちらは十一歳にしてはすらりと背が高い……が、同じ歳の頃の、彼女の哀れな母親にあまりによく似ていたため、フリアンは胸が痛んだ。黒く長い三つ編みも、色白の顔も母親と同じ。ただ、日に焼けてくすんでいるせいか、母親ほど青白くはない。より整った卵形の顔には、瞳がいきいきと光り輝き、何事にもくじけない意志を示していた。フリアンがふたりのことを知らないことなどあろうか！　いったい何度彼らをこの膝にのせたことか！

だが、ひとつの点が、彼にふと、この魅惑的な男女が本当に、モスコソ家の私生児と正統な相続人のふたりなのかどうか、疑念を抱かせた。サベルの息子と思しき少年が良質な生地の仕立てのよい、裕福な村人か貴族の子息と言われてもおかしくない服を身に着けているのに対し、ヌチャの娘と思しき少女は、ひどく古びた綿のスモック姿で、素足とも取れるほどぼろぼろに破れた靴を履いていたからだ。

一八八六年三月　パリにて

訳者あとがき

今回、この『ウリョーアの館』（一八八六年）が「ロス・クラシコス」に収録されるにあたり、誰よりも喜んでいるのは他ならぬエミリア・パルド＝バサン（一八五一〜一九二一年）本人であろう。本シリーズにはすでに第二作目としてベニート・ペレス＝ガルドス（一八四三〜一九二〇年）の『ドニャ・ペルフェクタ』（一八七六年）が刊行されている。小説を読む悦びに接して以来、死が別つまで敬愛しつづけ、一時期は愛を共有した大作家ガルドスとやっと肩を並べることができたのだ。死後はや一世紀が経とうとする今、パルド＝バサンの小説や短編集はスペイン語圏各地で再版され、また、スペイン本国では二〇一一年に彼女の人生を題材にした映画『エミリア・パルド＝バサン、抵抗する女伯爵』が製作、テレビ放映されたこと、二〇一六年冬には小説『日射病』（一八八九年）が劇化され、二ヶ月にわたってマドリードの歴史あるマリア・ゲレロ劇場を満席にしたことからうかがえるように、知名度ならびに人気度から見ても、今日、彼女の代表作を本シリーズに収録することに異議を唱える作家や批評家はいないであろう。

本作の出版当時のドニャ・エミリアは、いま以上にスペインで最も有名な女性であった。そこで彼女の作品を初めて刊行するバルセローナの出版社は、彼女が何者なのか知りたい読者の関心に応えるべく、きわめて異例なことだが、五作目にあたるこの『ウリョーアの館』では冒頭を飾る「自伝」の執筆を依頼している。今回は読者に、日本で初紹介となる小説そのものを味わっていただきたいという思いから、その「自伝素描」を訳出していない。しかし、スペイン文学史上もっとも名を売った作家といえる彼女の知名度が日本では無に等しいことを考慮し、以下、作者エミリア・パルド＝バサンの生涯を、時間軸に沿って素描したい。

作者の生涯

一八五一年（六月一六日誕生） エミリア・パルド＝バサン・イ・デ＝ラ＝ルア＝フィゲロア（Emilia Pardo-Bazán y de la Rúa-Figueroa）は、スペイン北西ガリシア地方の沿岸都市ア・コルーニャに生を受けた。一九世紀のちょうど折り返し地点にあたる、この当時のスペインは、伝統か進歩か、カトリック主義か自由主義か、スペイン主義かヨーロッパ主義かの間でイデオロギー的に揺れ動き、政治的な混乱を極めていた。父ホセ・パルド＝バサン・イ・モスケラ（一八二七～九〇年）と、母アマリア・デ＝ラ＝ルア＝フィゲロア・イ・ソモサ（一八三〇～一九一五年）は、共にいくつもの爵位を有する由緒ある地方貴族で、代々、軍務や司法、行政に係わる逸材を多く輩出してきた家系である。父ホセは大学で法学を修め、弁護士として活動するかたわら、受け継いだ農園や土地の管理に携わっていた。ガリシア地方における農業の遅れを痛切に感じていた父親は、進歩派自由主義を信奉して政治家オロサガ（一八〇五～七三年）と親交を深め、この時代の地方知識人の例にもれず、間もなく政界に出ることになる。母アマリアは、生涯共に暮らした姉ビセンタの手を借り、来客が多く、首都マドリードと頻繁に行き来するパルド＝バサン家を切り盛りし、夫、その死後は娘の活動が円滑に進むよう、三人の孫の養育と客人のもてなしに身を捧げた、まさに「家庭の天使《アンヘル・デル・オガル》」だった。つまり、パルド＝バサン家で唯一の子となるエミリアは、旧市街タベルナ通りに位置する四階建ての邸宅で、三人の大人の愛情を一身に受け何不自由なく育った。

一八五四年（三歳） しかし、時は激動の時代。この年六月のクーデタを機にエスパルテロ（一七九三～一八七九年）が返り咲き進歩派政権が誕生、父ホセが一一月におこなわれた選挙でア・コルーニャ選出の議員となり憲法制定議会に召集されると、まだ四歳にもならないエミリアの日々は、いきなり慌ただしくなる。マドリードとア・コルーニャを行き来するパドル＝バサン家の生活が始まったのだ。とは言うものの、ホセの中央政界での活動が順風だったわけではない。議会で、政府が着手した目玉政策である永代所有財産解放について、売却される土地が投機対象となる可能性を指摘し、私有財産の保護を訴えたり、抗議運動の再燃への危惧から増税案へ次のように反対したり――「ガリシア選出の議員である私が賛同することはできない。地方全域が、飢餓とペスト、息子たちの集団移民にさいなまれ、スペインのアイルランドと化そうとしているのです。抜本的対策を取らなければ、ガリシア地方は数年後にはシベリアになってしまいます」。この三〇歳にも満たない新米議員の発言には、上からのどんな圧力にも屈しない、ひたむきさが感じられる。まさにこうした気性を娘が受け継ぐわけだ。ちなみに彼の発言は先輩議員たちの嘲りとともに無視され、ホセには二度にわたって二ヶ月の休養が言い渡されている。「進歩派の二年間」と呼ばれる一八五六年九月までの短期間の議員活動であったが、彼にとって苦い経験となったにちがいない。

一八五七年（六歳） 娘エミリアも同じく、首都で苦い思いを味わう。というのも、スペインでは当年「公教育基本法」（大臣の名にちなんで「モヤーノ法」と呼ばれた）が定められ、六歳から九歳の児童の義務教育が施行されたばかり。実際には、都市部でブルジョアジーの子息だけがようやく公立校に通いはじめた時代である。地方とはいえ貴族の子女であるエミリアは、従来の慣習どおり、最初の読み書きは母親から、その後、算術などの個人授業を自宅で受け、邸宅を訪れる有識者たちから昆虫や寓話について教わっていた。年ごとに知性の片鱗を見せはじめた娘が六歳になったのを機に、両親はエミリアをマドリードの学校にやることにする。女王イサベル二世の乳母を務めた伯爵夫人（フアナ・デ・ラ・ベガ）のすすめで選ばれたのは、エミリアと同じ歳の王女マリア・イサベルにフランス語を教授していたマダムが運営する私立校。まさに将来、社交界の華となる子女の集う学校だった。ところが後に自伝でエミリアが強調するのは、昼食のメイン料理には「澄み切ったシチュー」、デザートには「市場で手に入る中で、もっとも中身がすかすかのハシバミの実や化石と見まがうばかりの栗の実」が出されるといった、ケベードのカブラ学士を彷彿とさせるフランス人マダムの吝嗇ぶりである。九歳までの四年間で学んだことと言えば、裁縫と溢れんばかりの寓話と神話、それに地理学や天文学の初歩だけ。せめてもの救いは、スペイン語を話すことを禁じられていたおかげで、「流暢にフランス語を話せる」ようになったこと。とはいえ、学校が夏休みに入る六月になればマドリードの住まいを閉じガリシアに戻り、ときに海辺の別荘——ポンテベドラ県サンシェンショ村、リアス式の湾を臨む高台にいまだ現存する館「ミラフローレス塔」——で当時流行の海水浴に興じ、ときにア・コルーニャ近郊の「メイラス農園」で自然を楽しんでいたのだ。年に一度、父親が地代を集金し農園の管理人と交渉するために不可欠の帰郷ではあった（当時はまだ、バカンスという概念はなかった）が、鉄道のない時代、マドリードとア・コルーニャに住まいを構え、三人の使用人を従え行き来するのは相当な支出だったはず。パルド＝バサン家が、当時多かった、本小説に出てくるリミオソ家のような没落した地方郷士などでなかったのは明らかだろう。

一八五九年（八歳）頃　エミリアにとって生涯最初で最後となる学校生活が終わりを告げた。以後は、自分自身による教育、すなわち読書が始まる。八歳か九歳の夏、親が別荘の改装のためサンシェンショの漁村に借りた館に古びた図書室を見つけたのだ。「香辛料の紙袋やドーナッツの包み紙、とにかく手に入るものには何にでも目を通す」ほど、読むのが好きなエミリアは、外から聞こえてくる漁師たちの喧騒も気にせず、本にかじりつき、気に入った本は何度も読み返した。「とくに『ドン・キホーテ』は、みずみずしい脳裏に各章まるまる、ピリオドもアクセントも間違えずに暗誦できるほど記憶に残った」という。その後、父ホセが県の農業委員に任命され、ア・コルーニャの邸に定住するようになってからは、父親の書架に並ぶ蔵書を密かに一段ずつ探索していく。自伝には、古代ギリシャの『英雄伝』から新大陸の年代記《クロニカ》まで雑多な読書歴が綴られているが、一一か一二歳になるかならないかの子どもの愛読書が、『聖書』と『ドン・キホーテ』、それに『イリアス』だったと言うから驚きだ。後に、碩学M・メネンデス＝イ＝ペラーヨ（一八五六〜一九一二年）が「少女の愛読書がセルバンテスとホメロスだとは、衒学趣味の極みではないか」と皮肉ったほどである。学校に通うことはなかったが、ア・コルーニャに戻ってからも、家庭教師による個人授業は続いた。もっとも、ピアノのレッスンは断固として拒絶、代わりに書架の『アエネーイス』を読めるようラテン語を教えてほしいと懇願するような生徒で、読書以上に役立った授業はなかったと回想している。授業を終えたエミリアが楽しんだのが、邸のサロンで開かれていた私的会合《テルトゥリア》に集う知識人たちから漏れ聞く話だった。中の一人に、マドリード大学で男装して講義を聴講したことで有名な刑法学者コンセプシオン・アレナル（一八二〇～九三年）がおり、この未亡人は後に、エミリアのフェミニズム論に多大な影響を与えることになる。

一八六五年（一四歳） エミリアの読書遍歴は、黄金世紀のケベードやフェルナン・カバリェーロ（一七九六～一八七七年）を経て、フランスのロマン主義小説（デュマ、ユゴー、シュー、ジョルジュ・サンド）に至ったが、これらの小説は淑女が読むには「ふさわしくない」と家族から禁じられる（といっても、友人から借り受け、『ノートル＝ダム・ド・パリ』などは読みおおせるのだが）。

一八六六年（一五歳） 世間の慣わしどおり、詩作を試みては父親に寸評を受けアルバムに貼っていたエミリアだったが、この年の春、前述の、父親が師と仰ぐ「自由主義連合《ウニオン・リベラル》」の政治家オロサガがパルド＝バサン家を訪れた際、彼のために作ったソネットを朗唱する栄に浴する。その詩がオロサガに絶賛された父親は、娘の創作に対する姿勢を一変させる。関係者に頼み、エミリアの詩三作をマドリードの日刊紙「国民主権《ラ・ソベラニア・ナシオナル》」とルーゴの新聞「ガリシアの暦《アルマナーケ》」に載せてもらうのだ。エミリアの他の詩と散文が翌年にかけ数紙に掲載されるが、もっとも関心を惹くのはポンテベドラの週刊紙「進歩《エル・プログレソ》」に四回にわたって連載された小説「危険な愛好」（一八六六年、未完）である。読書に熱中するヒロインは、まさに作者の生き写しであり、一五歳にもならない少女の小編には明らかに小説家の萌芽が見て取れる。パルド＝バサンはこのように作家としてスタートを切ったわけだが、発表の場が新聞という定期刊行物《ジャーナリズム》だったのは偶然ではない。一九世紀に入ってさまざまな政治的傾向の新聞がマドリードだけでなく地方でも発刊されており、半ば以後になると政治的イデオロギー以外にも、多岐にわたる情報を提供する、とくに娯楽を重んじる新聞が登場、ブルジョアジーの女性たちの詩やエッセイがその紙面を埋め、一八六〇年代には女性の編集者による雑誌さえ散見されるようになっていたのだ。

一八六八年（一七歳） エミリアの人生に「重要な三つの出来事が立て続けに起きる――ロングドレスを着て、結婚し、九月革命が勃発した」。エミリアの表現どおり、この年、社交界にデビューした彼女は、親同士の取り決めにしたがい七月一〇日には結婚式を挙げる（その宴の模様は、本小説の第一部末、ペドロとヌチャの結婚の場面に見て取れる）。そして、アンダルシア地方セビーリャへ新婚旅行に出掛け、ガリシアに戻ったところで、九月一八日カディス湾に集結した軍人たちが蜂起。進歩派と民主派軍人によるクーデタは各地に広がり、女王イサベル二世が長く権力を託していた穏健派政府が打倒され、月末には女王もフランスへ亡命する。

エミリアの夫となったホセ・キローガ・イ・ペレス＝デ＝デサはオレンセ県オ・カルバリーニョの由緒ある郷士で大地主一家の次男、父親がア・コルーニャ近郊に館を所有していた関係でパルド＝バサン家と親交があったという。狩猟が趣味で田舎生活を好み、保守的な考えを持つ熱烈なカルリスタ――イサベル二世の王位継承に対して、その父フェルナンド七世の弟カルロス、後にその子息を頭首に、旧特権の擁護を求めて半島北部の勢力が集結、中央政府に対し、たびたび武装蜂起をおこなった――で、山間のバンガ村に現存する彼の巨大な館といい、本小説の郷士ラモン・リミオソを彷彿とさせる若者である。一八四八年生まれ、二〇歳そこそこのホセ・キローガは、一七歳になったばかりのエミリアを連れ、法学の勉強のため古都サンティアゴ・デ・コンポステーラに居を定めることになる。ちなみに、あまり出来の良くない学生だった夫に代わって、妻が課題をこなしていたという。

一八六九年（一八歳）「革命の六年間」（一八六八～七四年）と呼ばれる、一九世紀中もっとも政治的に混乱をきたした時期に、二人が平穏な大学生活を送れるはずもない。六九年一月におこなわれた憲法制定議会に向けての選挙で、父ホセは進歩派のオロサガに推され議員に選出される。そのためパルド＝バサン家は再びマドリードに居をかまえ、冬場をマドリードで過ごし、夏にガリシアに帰るという昔のスタイルに戻る。ただ、なぜか娘夫婦もマドリードに同行、娘婿ホセ・キローガはマドリード中央大学への学籍異動を申請している。こうしてエミリアは、キローガ夫人として首都の貴族階級との社交と観劇の日々をスタートさせたわけだが、熱心なカトリック教徒の彼女は新憲法に規定された「信教の自由」の名のもと、街中でカトリックの司祭や修道女が政治犯として不当な扱いを受けるのに衝撃を受けたという――「トレード通りを、裸足の脚でテンポよく駆け回る腕白小僧の群れに先導され、下町の男や娼婦たちの嘲りの声が飛び交うなか、手を縛られた一人の司祭が、治安警備隊に付き添われ上ってきた」。こうした体験や、もちろんカルリスタの夫の影響もあったにちがいない、エミリアは次第にネオカトリック的で超保守的な考えを抱くようになり、カルリスタ蜂起（六九年）の陰謀にまで係わる。武器購入のため夫と英国に赴き（胸元に隠し持った金貨のせいで傷を負った）、帰国の際、ア・コルーニャで逮捕される。ちなみに、この経験は本作第二四章（蜂起に向けての準備の模様）に活かされている。

六月、新憲法の公布にあたり立憲君主制が宣言されたが、新国王の決定に難渋するなか、議会では宗教や教会に対し不敬で扇動的な発言が目に付くようになる。進歩派とはいえ信仰の篤い父ホセは、カトリック擁護の先鋒に立ち、おかげで教皇ピウス九世から伯爵の称号を受ける（七〇年）。七一年一月にはイタリア・サヴィア家のアマデオが即位するが、貴族や上層ブルジョアジーの支持を得ることはかなわなかった——エミリアも貴族の淑女たちに加わり、「スペイン万歳！　外国者を打倒せよ！」という叫声とともに、ゴヤ風の下町女の装いで馬車行進し、王を揶揄した。

一八七三年（二二歳）　結局、アマデオは本年二月、わずか二年で王位を放棄、第一共和政が成立する。政局は、一年弱の間に大統領四人が交代するなどますます混迷し、治安も悪化した。こうした状況に社会上層部は恐れを抱き、多くの裕福な家族が国境を越える。パルド＝バサン家も同様に、父母と娘夫婦の四人で亡命に踏み切る。ただ実態は、のんびりとしたヨーロッパ周遊旅行であり、半年をかけてフランス（ボルドーやパリ）からスイス（ジュネーブ）、イタリア（トリノ、ミラノ、ヴェローナ、ヴェネツィア、トリエステ）、そしてオーストリアを回った。ヴェローナでジュリエットの家を、トリエステでミラマール城を訪れ、ウィーン帝立劇場でワーグナーのオペラに感激、開催中だった万国博覧会を見学して科学技術の進歩に驚嘆する様子が自伝に描かれている。エミリアにとって初めての国外探訪となったわけだが、これをきっかけに、旅への執着、ことに万博見学へのこだわり（今回を含め生涯四つの万博を訪問）が高じることになる。

スペインに戻った夫婦は、各地でカントナリスタ（完全自治主義者）が蜂起するなか、マドリードとガリシアで半々の生活を始める。二二歳のエミリアは大学都市サンティアゴで、クラウゼ主義《クラウシスモ》――留学したサンス＝デル＝リオ（一八一四～六九年）がスペインにもたらしたドイツの哲学者クラウゼの思想で、弟子のヒネル＝デ＝ロス＝リオス（一八三九～一九一五年）を介してマドリード大学を中心に知識人たちに広まり、とくに自由主義的な教育改革を進める理論的支柱となった――を信奉する若い学者たち、わけてもダーウィン理論の紹介に努めた自然科学者アウグスト・ゴンサレス＝デ＝リナーレス（一八四五～一九〇四年）ときわめて親しくなり、彼らの指導のもと主に哲学書（アリストテレスからシェリングまで）を読み進める。そうこうしている間に、七四年一月、パビア将軍のクーデタ、一二月にマルティネス・カンポス将軍のクーデタが起こり、共和政は崩壊、翌年一月にはイサベル二世の息子がアルフォンソ一二世として王政復古を果たす。

一八七五年（二四歳）　義父の死去を機に、キローガ家とパルド＝バサン家の間に遺産配分をめぐる悶着が生じる。本来、これは長男と次男との間で争うものだが、エミリアの父ホセは均等配分という婚姻時の約束を違えて長子相続となったにもかかわらず母親に文句ひとつ言えない娘婿にいら立ち、これ以後、ホセ・キローガはパルド＝バサン家で冷遇されることになる。もっとも、エミリアにとって打撃となったのは、サンティアゴ大のクラウゼ主義の仲間たち――勧業大臣オロビオが、大学で国家の宗教（カトリック）以外の宗教を講義することを禁止したことに反対した教員たち――が失職させられたことだった。

一八七六年（二五歳）　クラウゼ主義者たちは追放された翌年、「新しい人間」の養成を目標に、ヒネル＝デ＝ロス＝リオスが中心となって、マドリードに国家から独立した私立の教育機関「自由教育学院」を設立する。しかし、エミリアは妊娠にともない移動もままならず、ガリシアでの知的交流の相手を失った上、前述の件以来、母親べったりの夫との関係も冷えきっていたため、当時の彼女は、孤独のなか精神的にかなり追い詰められていたようだ。しかし、長男ハイメ――ちなみに、カルリスタの主張する王位継承者カルロス・マリアの王子と同名――を七月二〇日に出産したエミリアは、その世話を母と叔母に任せ、それまでの鬱憤を晴らすかのようにア・

コルーニャの邸宅で新たな活動に着手する。まず、オレンセ市がフェイホー生誕二〇〇周年を記念して開催した文学コンクールの作品研究と詩の部門に応募する。一〇月八日に開かれたコンクールで、エミリアの「フェイホー作品の批評的研究」と「哲学者フェイホー頌歌」は最優秀賞を受ける。ただし、前作は研究とは名ばかり、極めて表面的な、作品紹介とも言える代物であり、一度目の審査で同点となったのがコンセプシオン・アレナルの著述だったことからも、穏健派の中央政府を刺激しないよう穏便な審査がなされた結果の受賞だと推測できる。とはいえ、初めて社会的に評価された作品が、スペインに根付くあらゆる迷信を攻撃し、女性を擁護したフェイホー（一六七六～一七六四年）に関する論述であり、同点評価となったのがフェミニズムの先輩コンセプシオン・アレナルだったのは興味深いエピソードだろう。次に取り掛かったのは、週刊誌「コンポステーラ誌《レビスタ・コンポステラーナ》」への連載「快適な科学」（一〇～一二月）。内容は外国雑誌からの受け売りとはいえ、「電気」や「照明」に関する最新の知見をスペインの読者に伝えようとする、まさに彼女の啓蒙的なジャーナリズム活動の始まりと言える。

一八七七年（二六歳）　エミリアの名がガリシア地方を越えて広まる機会が訪れる。執筆者のほとんどが聖職者というマドリードの保守的な雑誌「キリスト教学《ラ・シエンシア・クリスティアーナ》」から二つの連載「キリスト教叙事詩」と「科学的考察」を受けたのだ。今では考えにくいが、一方の連載でダンテやミルトンを取り上げ、もう一方でダーウィン理論への反論を展開している。そしておそらく、リアリズム小説の萌芽期にあった同時代のスペイン小説に初めて接したのも、この頃である――「ガルドスやペレーダの存在も知らず、バレーラやアラルコンのことさえほとんど耳にしたことのなかった」彼女は、サンティアゴの本屋でショーウィンドウに並べられた黄と赤の表紙のシリーズ《国史挿話》に視線が釘付けになったという。友人に勧められるまま、フアン・バレーラ（一八二四～一九〇五年）の『ペピータ・ヒメネス』（一八七四年）に始まり、アラルコン（一八三三～九一年）の『三角帽子』（一八七四年）、ガルドスの《国史挿話》数巻を読み進めている。そしてすぐさま、ためらいもなく、彼女自身が小説に手を染める――「小説に、わたしたちになじみの場所や風俗、周囲の人びとに観察できる性格を描き出せばいいのであれば、（私は思った）やれるにちがいない」。

一八七九年（二八歳）　処女小説『パスクアル・ロペス――ある医学生の自伝』は、当時スペインでもっとも権威ある雑誌「スペイン誌《レビスタ・デ・エスパニャ》」に八号（六月から九月まで）にわたって連載される。当時の大学生の生活をピカレスク風に描き出した、恋愛小説とダイヤの生成といった科学小説の要素が混じり合った、文学と科学を区別なく論じるエミリア独特の作品である。名もない作家の小説にもかかわらず、かなりの評判を得て、同年に単行本として刊行、八六年までに三刷りされている。しかし、驚くべきは彼女のエネルギッシュな仕事ぶりである。本作は七九年三月に脱稿、つまり、先輩小説家の作品に接してから数ヶ月で、みずからの小説を上梓したことになる。実は同時期、フランシスコ会の創設者、聖フランチェスコ・ダッシージの伝記執筆のためサンティアゴへひとりで資料収集に通ってもいる。まして、第二子ブランカ（マリア・デ・ラス・ニエベス）を同年八月二〇日に出産したということは、彼女は身重の体でこれだけの仕事をこなしたことになる。

　当然の結果と言おうか、胃肝疾患を患い、次のように宣告を受け、弟子を介して手紙のやり取りをするようになったヒネル＝デ＝ロス＝リオスに慰めを求めている――「今日、わたしは落ち込み悲嘆に暮れています。というのも、往診してくれたサンティアゴの名医に、おそらく赤ん坊は養育できないと言われたからです。これほど悲しい診断はありません。一日泣き明かしたほどです。〔……〕娘を育てるのを諦めなければならないなら、わたしは今以上に体調を崩すことでしょう。〔……〕これほどまで乳母が実母の代わりを果たすなんて！」本小説第一八章に描かれるヌチャの、母乳を自分の子に与えられない悲しみや乳母に対する葛藤は、エミリア本人のものだったのだ。

一八八〇年（二九歳）　半年の休養後、三月、エミリアは新たな企画に加わる。父ホセの私的会合《テルトゥリア》での議論から生まれた週刊誌「ガリシア誌《レビスタ・デ・ガリシア》」の編集を任されたのだ。文学と科学、芸術を軸に、連載小説、詩、書評、国内外の著作紹介、イベント紹介、著名人の伝記、考古学や歴史的研究……とバラエティに富んだ内容で、前年から親密になったメネンデス＝イ＝ペラーヨの堅い「ファン・デ・バルデス研究」まで含まれており、新米編集者の孤軍奮闘ぶりがうかがえる。ただ、彼女の体調悪化により、わずか二〇号（三月四日から一〇月二五日まで）で終わってしまった。ところで、その一〇号に掲載されているロサリア・デ・カストロ（一八三七〜八五年）の短詩「エミリア・パルド＝バサンの扇子」には言及せずにいられない。夫マヌエル・マルティネス＝ムルギアに後押しされ、『ガリシアの詩歌』（一八六三年）――全編ガリシア語で書かれ出版された初めての詩集――によって、ガリシア語による文芸復興《レシュルディメント》とガリシア地方主義の高揚に努めていた先輩詩人が、「ムーサに甘やかされ」で始まり、「ガリシアの海辺で生まれた高貴な歌い手よ」、「絶対的な女王として治めるつもりだろう」という詩を捧げているのだ。嫉みとも取れる敵意を感じなかったのは、エミリア本人だけだろう。実際、五人の子をかかえ貧困にあえいでいたロサリア（パルド＝バサン邸の目と鼻の先に住んでいた）は、たっぷりのレースをあしらった服を着せて子どもを連れ歩くエミリアを羨望のまなざしで見ていたという。このような、ガリシア出身でありながら、〈エミリア vs ガリシア地方主義者〉という構図に彼女は生涯翻弄されることになる。

「ガリシア誌」一九号（一〇月一〇日）には、「エミリア・パルド＝バサン夫人はヴィシー温泉（フランス）へ出掛けました」という告知が載っている。前述の肝炎が悪化したエミリアは、わざわざフランス中部の、ヨーロッパ全土に名を知られた湯治場まで足を運んだわけである。ヴィシーで沐浴と社交の生活にエミリアが満足するはずがなく、小説第二作に着手するとともに、夫に伴われて散歩に出る度に書店に立ち寄っては、当時流行の小説を買い求めたという。地元で隠れてゾラの『居酒屋』（一八七七年）を読んだことのあったエミリアは、バルザック、フロベール、ゴンクール兄弟、ドーデを読み進め、現実を美化することなくそのまま描くという写実主義的な小説美学に自信を持つ。しかし、スペインへの帰途、立ち寄ったパリで面会を果たしたのはロマン主義を代表する作家ユゴーである。エミリアの世代の作家で、彼女ほど同時代のフランス作家たちと直接交流した者はいない。自分に益する人物であれば誰彼かまわず知り合いになろうとする、彼女の物怖じしない性格と旺盛な好奇心が見て取れるだろう。

一八八一年（三〇歳） 湯治旅行のメモをもとに、三月、小説第二作『新婚旅行』を書き上げる。序文でフランス自然主義支持を初めて表明し、〈自然主義作家パルド＝バサン〉というイメージを広める契機となった本作だが、ストーリー的にも当時にあってかなり大胆なものとなっている——新婚旅行に出掛けた世間知らずの新婦が、次第に夫の凡庸さに嫌気がさし、旅先で知り合った男性に惹かれていく。が、結局、何も起こらず、だが夫とは離婚してしまう。毎度のことだが、驚くのは彼女のバイタリティーあふれる活動である。パリから帰国したエミリアは、年末のマドリードに立ち寄り、ヒネル＝デ＝ロス＝リオスに面会を求め（顔を合わせるのは初めて）、子どもの教育について相談したり——この面会がよほど好ましいものだったのだろう、ヒネルはエミリアが長男に捧げた詩集『ハイメ』（八一年）を本にしてあげている——、マドリード大学の教授職を得たメネンデス＝イ＝ペラーヨを訪ねたりしている。その上、『新婚旅行』脱稿後は、長年打ち込んできた『聖フランチェスコ・ダッシージ（一八世紀）』の仕上げに取り組んでいる（九月六日脱稿）。一〇月九日に二人目の娘カルメンを出産しているということは、この時も身重の体でこれだけの仕事をこなしたわけだ。彼女の型破りさがわかるだろう。

一八八二年（三一歳） 六歳の長男を筆頭に、三歳と一歳の娘という三人の幼子をかかえたエミリアは、新たな活動に挑むことになる。夏に聖フランチェスコの伝記を刊行した彼女は、スペイン神秘主義文学史とカスティーリャ語文学史の企画を練るとともに、マドリードでもっとも重要な日刊紙「時代《ラ・エポカ》」に連載を得る。一一月七日から翌年四月一六日まで二〇回にわたって掲載された「今日的問題」、テーマは当時最新の文学潮流であった自然主義である。本連載では、文学的自然主義について概観後、フロベール、ゴンクール兄弟、ドーデそれぞれに一章をあて作品と作風を紹介し、「自然主義の頭領」ゾラには三章をあてて生涯、作品の傾向、文体を詳述、最後に、イギリスとスペインにおける現代小説の傾向をまとめた、自然主義のよくできた入門書となっている。前半はとくに、ゾラの評論集『実験小説論』（一八八〇年）と『自然主義小説家論』（八一年）の影響が強く感じ取れるだろう。ところが、自然主義は「文学の黒い手」だとして自由愛やアナキズムと結びつけられていたスペインのこと、この評論はジャーナリズムばかりか貴族のサロンにおいても騒動を起こし、反自然主義キャンペーンに火を付けることになる。上流階級の夫人が自然主義を擁護するなど破廉恥だ、というわけだ。当時の女性著述家は、社会が求める務め（良き妻となり良き母となる）を果たすよう女性に教え込む役割を担っており、彼女たち自身が問題の多いテーマについて公的に意見を表明するなど、つつしみに欠ける振る舞いと見なされていたのだから、当然だろう。

一八八三年（三二歳） 前述の連載でエミリア・パルド＝バサンの名前は、社会をにぎわすほどにスペイン全土に知れ渡る。連載終了後直ちに、当時もっとも評価されていた批評家レオポルド・アラス（筆名クラリン、一八五二〜一九〇一年）の序文をともなって単行本として刊行、八六年にはなんとフランス語版が出て、ゾラからコメントまで引き出している——「私が不思議に思うのは、パルド＝バサン夫人が熱烈なカトリック教徒であると同時に自然主義作家だと宣言する点です。この夫人の自然主義は、純粋に形式的で芸術的、文学的なものだと聞いて納得した次第です」。

このようにスペイン文壇を騒がせた『今日的問題』であるが、実はそれがエミリア自身によって仕組まれた次作の宣伝活動だったふしがある。彼女の自然主義理論の実践版と言える第三作『煽動者』（一八八三年）の脱稿は、一八八二年一〇月、すなわち「今日的問題」の連載が始まる直前のことなのだ。はたして偶然か？ 入念に販売戦略を練るあざといエミリアの姿が見え隠れする。そして、『煽動者』はスペイン文学史上初めて（世界文学史上でも極めて早い）、工場を舞台とした工場労働者が主役を演じる小説となった。ア・コルーニャをモデルとした地方都市マリネーダを舞台に、タバコ工場で働く貧しい娘が、連邦共和政の政治運動に勇ましく身を投じる話に、裕福なブルジョアジー出身の将校に恋し、捨てられ、子を産むという悲恋話が絡まったストーリー。圧巻はタバコ工場の迫真の——メリメの『カルメン』の工場《こうば》とはまったく違う、蒸気機関が唸りを上げる危険な空間の——描写と、教養のない女主人公が皆の前で演説をぶつシーンだろう。エミリアが、今も現存するア・コルーニャのタバコ工場に二ヶ月間日参、時には女工の気を惹くために幼い子どもたちを連れ、工場内の様子や女性労働者たちの会話をメモし、他方、一八六八年の革命から共和政誕生までの新聞を読みあさって資料を集めた成果が十二分に出た作品だと言えよう。結果、先ほどの反エミリア・キャンペーンは勢いを増し、ガリシアどころか、キローガ家にまで騒動を引き起こす。というのも、街で妻が噂されるのを耳にし、哀れむような視線で見られ、時に手厳しいコメントの標的となった夫ホセが、妻に食ってかかり、これ以上モラルに欠けた作品を書くことは断固許さない、自然主義への支持を撤回し、ベストセラーとなっていたこの小説を回収するよう命じたからだ。エミリアがその指図に従うはずもなく、ついに夫がパルド＝バサン邸を出て行くことに。こうして生涯つづく夫との別居生活――ホセ・キローガはア・コルーニャの湾に浮かぶ小島の館と、遠く離れたオレンセの山間の館を行き来する――が始まった。旧来の価値観に凝り固まったホセにとって、妻の型破りの活動はどうにも我慢ならなかったのだ。

当のエミリアはこの年、ア・コルーニャまで鉄道が開通したのも相まって、首都の文学者たちとの、書簡のやり取りではない直接の付き合いを活発にする。たとえば、当時のスペインでもっともポピュラーな小説家ガルドスから招待を受ける――彼が中心となって先輩作家たちが『今日的問題』の成功を祝するパーティーを開いてくれたのだ。

一八八四年（三三歳） 年頭のア・コルーニャで、民衆文化継承の中心となる「ガリシア・フォルクローレ《フォルクローレ・ガリェーゴ》協会」設立の資金集めのため、舞踏会の開催に奔走するエミリアが見られる。もちろん、これらの社会活動の陰で、彼女は次作『ビラモルタの白鳥』の執筆をすすめている（脱稿八四年九月）。

一八八五年（三四歳） 年が明けるとすぐにエミリアはパリに発つ。三ヶ月間、前述の『カスティーリャ語文学史』執筆のため国立図書館に通うとともに、『今日的問題』の訳者と打合せし、精力的にフランスの作家たちとの交流に努める。週末に何度となく「ゴンクールの屋根裏部屋」と呼ばれた会合に押しかけ、兄エドモン・ゴンクールやゾラ、ドーデと知己を得る。また、亡命ロシア人作家たちと交流し、彼らのすすめでドストエフスキーの『罪と罰』を読む。ちょうど帰国した頃、スペインでもっとも権威ある出版社の一つ、フェルナンド・フェから『ビラモルタの白鳥』（八五年）が刊行。本作は、山間の町での平穏な生活に飽きたらずマドリードでの詩人としての成功を夢見る男が、避暑に訪れた大臣の妻に言い寄る一方、付き合っていた女教師の蓄えで詩集を出版するが、結局何も変わらず、女を自殺に追いやる、というストーリー。ただ、舞台になった町ビラモルタはエミリアが新婚時代を過ごした夫の故郷オ・カルバリーニョにほかならず、山間の情景と田舎町の風俗描写に長けている。

帰国したエミリアを迎えたのは、オビエド大学教授クラリンの主催による祝宴会である（六月四日）。有名なカフェ・イングレスで開かれたこの会には、ガルドスを筆頭に、政治家カステラール、脚本家エチェガライ、詩人のカンポアモールとヌネェス＝デ＝アルセ、メネンデス＝イ＝ペラーヨなどが駆けつけており、エミリアが優れた作家としてマドリードの知識人の間で認知されたことを示す出来事である。また、ア・コルーニャで待ち受けていたのは、同郷の詩人ロサリア・デ・カストロの死（七月一五日）であり、九月二日にカステラールを招いて彼女を偲ぶ夜会《ベラーダ》が開かれる――エミリアは『ガリシアの詩歌』を褒めたたえる演説をする――が、なぜかロサリオの夫ムルギアは招かれていない。

一八八六年（三五歳） 年の始め、恒例となったパリ旅行に出掛けたエミリアは、「ゴンクールの屋根裏」やロシア人作家たちを再訪するとともに、前年末に書きはじめた本小説『ウリョーアの館』を脱稿（三月）。また、以前から手紙のやり取りをしていたカタルーニャの作家たち――ジュゼプ・イシャ（一八五二～九五年）やナルシス・オリィエ（一八四六～一九三〇年）ら――と、パリで初めて面会し、バルセローナの週刊誌「芸術的挿絵誌《ラ・イルストラシオン・アルティスティカ》」への協力を約束する。ちなみに、『ウリョーアの館』（八六年秋刊）は、当時躍進めざましいバルセローナの出版界、イシャが編集長を務める権威あるダニエル・コルテッソから出版されている。五作目となる本小説は、エミリアの作品としては珍しく誰からもけちを付けられず、「これまでのパルドの小説の中で最良のもの」（ペレーダの言葉）と評される。が、前述したように冒頭の「自伝」については、多くの知識人たちが口をそろえて「ペダンチック」だとなじり、メネンデス＝イ＝ペラーヨなどは「女の知性が劣っている紛れもない証拠」とまで陰口をたたいている。

一八八七年（三六歳） この年はエミリアにとって公私にわたって栄光の年になる。例年どおり、三月までパリに滞在。静かな環境のなかロシア文学についての研究を進め、ツルゲーネフ、ドストエフスキー、ゴーゴリ、トルストイの小説を読破する。「フィガロ」紙に「五人の宣言」(自然派の青年作家たちによるゾラへの絶縁状)が掲載されたのが同年八月一八日、これを機にフランスで反自然主義の機運が高まるわけだが、まるでそれを見透かしたかのようなエミリアの変わり身の早さである。帰国後、ガリシアには帰らず、マドリードに滞在して講演の準備を進める。知識人エリートが集い、さまざまな分野の講義を聴いては議論しあう組織、「マドリード科学・文学・芸術アテネオ」における連続講演を引き受けていたのだ。首都の代表的文芸家と政治家を前に三回にわたっておこなった講演「ロシアにおける革命と小説」(四月一三日、二〇日、二七日)は、出席者がロシアの動向に関心を抱いていたこともあって、大きな反響を呼ぶ。「いまやスペイン文学界で高位を占める女性小説家の、決定的な才能と魔術的なスタイル」を証したとガルドスが讃えるとおり、このアテネオでの講演で、エミリアの社会的評価は確立された。もっとも、ロシアの歴史や思想を概観した後に、前述したようなロシア作家の作品を、社会的動向と関連づけながら紹介していく本評論は、エミリアがパリで交流のあった亡命ロシア作家たちの受け売りにすぎないとの非難もあり、いまだ評価が定まっていない。とにかく、アテネオでの成功は故郷へも伝播し、ア・コルーニャでエミリアは馬車の列に花束が投げかけられるなか、立ち並ぶ高官と二万人(市の人口の約十分の一)の市民に迎えられたという(六月五日)。こうして、例えば、秋には(九月一〇日)思い出の地オレンセで開かれたフェイホー像建立式典に、文学コンクールの委員長として招かれ、「フェイホーとその世紀」という講演をこなしている。

こういった表での活動の合間に、『ウリョーアの館』の続編となる『母なる自然』――前作末に登場するペルーチョとマヌエラのその後が、ウリョーアを訪れるヌチャの弟ガブリエルとの関係で語られる――を出版。夏には第七作目となる『日射病』を脱稿しているのだから、驚くばかりの執筆意欲だ。脂が乗ったエミリアには、ジャーナリズムからの引く手数多、発行部数の多いマドリードの日刊紙「不偏不党《エル・インパルシアル》」(一九二〇年まで)や権威ある文化誌「現代誌《ラ・レビスタ・コンテンポラネア》」から依頼を受け、前紙には、ガリシアの地方の窮状と移民の急増を訴える記事などを寄せている。

私的生活では、まず、パリに亡命していたエクアドル人の自由主義作家、フアン・モンタルボ（一八三二～九〇年）とのアバンチュールを楽しむ。そして、エミリアの帰国を待ち受けていたかのように、ペレス＝ガルドスの猛アタックが始まる。まずアテネオの講演を毎週一列目で聴いたガルドスは、その後、四月末から五月にかけエミリアを誘い出し、自分がよく見知ったマドリードの下町を連れ歩いている――この経験は、彼女が初めてマドリードを舞台にした小説『日射病』での、街中からトレード街を通ってマンサナーレス河畔にいたる下町、とくに聖イシドロの祭り（五月一五日）の描写に活かされている。ア・コルーニャに帰ったエミリアのもとには、最新作『フォルトゥナータとハシンタ』（刊行済の第一部から第三部までの三巻）や、北欧への国外旅行に誘う手紙さえ届いたという。結局、エミリアはその冬に上京、マドリード市内のビクトリア・ホテルでガルドスと落ち合っている。エミリアにすれば、小説の道に彼女を引き入れてくれた大作家からの魅力的な誘いに抗えるはずもない。では、ガルドスにとってはどうだろう？　知的で教養のある、文学的嗜好が近いゆえに溢れんばかりの敬愛の念で接してくれる、その上、貴族出身のエミリアは、彼にとってとにかく新鮮に映ったはず。実際、彼が交際した絵画モデルの田舎娘などと較べたら、エミリアはまさに異次元の女。まして、結婚に恐れを抱き、生涯独身を通したガルドスにとって、既婚のエミリアは理想の相手だったにちがいない。こうして、ガルドス四四歳、エミリア三六歳、二人の作家の恋が始まる。もちろん、両者にとって、世間に決して知られてはならない人目をはばかる仲。とくに、『フォルトゥナータとハシンタ』で作家として頂点を極め、サガスタの自由党政権下で国会議員（八六年四月～）をつとめるガルドスは、体面を保とうと過敏なほど慎重に振る舞う。対して、婚姻の軛から解き放たれたかのように、エミリアは大胆に振る舞う――そんな二人の姿が遺された書簡から見えてくる。

一方、この年のエミリアはクリスマスさえ家族と過ごせなかった。日刊紙「不偏不党」の特派員として、バチカンへ教皇レオ一三世から全免償を受けるために巡礼する高位聖職者たちに同行し、ルポを送ることになったのだ。一二月末から翌二月末まで、旅の様子がマドリードの新聞紙上で伝えられたわけだが、八八年一月一三日付けの記事がまたもや騒動を引き起こす。一行が彼女の発案でヴェネツィアを訪れ、ロレダン宮殿のカルロス七世王（当時のカルリスタの頭首カルロス・マリア）に謁見し、晩餐に招待される——この模様が掲載されたのだ。エミリアは、自由主義陣営はもちろんのこと、（カルロス王の寛容な姿勢にいら立つ）急進的なカルリスタからも新聞紙上で一切射撃を浴びることになる。これで伝統主義者たちの狂信的姿勢に嫌気がさしたエミリアは、次第に、折衷主義《エクレクティシズム》的な発言をするようになり、カノバス率いる自由主義穏健派との付き合いを深めていく。

一八八八年（三七歳）　イタリアから帰国後、上記のルポをまとめ『わたしの巡礼』として発刊。今度は、バルセローナへ旅立つ。四月八日から一二月一〇日まで開催されたバルセローナ万博を見学するためである。連絡を受けた知人ナルシス・オリィエは宿泊先と馬車を用意して、五月二〇日、駅まで迎えに行く。すると、エミリアが降りてきた客車には、公式の開会式に出席する議員団が乗っており、その一人がガルドスだったのは言うまでもない（彼は数日間滞在した）。エミリアはオリィエの案内で会場を見学して回るが、「われらがジョルジュ・サンド」（彼の言葉）はどこに行っても異彩を放った。そして五月二七日、芸術パビリオンでパルド＝バサンの愛読者という若者が彼らに声を掛けてきたという。ホセ・ラサロ＝ガルディアーノ（一八六二～一九四七年）である。知人のオリィエに紹介を受けたラサロは、その後、ホテルまで同行。エミリアの応対に疲弊した様子のオリィエに、翌日から自分が案内しようと申し出る。それでもオリィエが二八日朝、ホテルに迎えに行ったところ、エミリアは不在。やっと会えたのは二九日夜になってからで、その間、ラサロとバルセローナの北の海岸に遠出していたとの話。それからの一か月、エミリアは毎日欠かさずラサロと出掛け、結局、オリィエたちは駅での別れの時までエミリアに会えなかった。要するに、またもやエミリアのアバンチュールである。ただ、二六歳のラサロの愛は、ガルドスの愛をまるで物足りなく感じさせるほど、情熱に満ちた激しいものだったらしい。事実、ラサロはア・コルーニャに戻ったエミリアと書簡のやり取りだけでは飽き足らず、八月、彼女がポルトガル国境の湯治場（モンダリス）に行った折には、彼も足を運びポルトで密かに落ち合っている。さらに、その年末には、エミリアの協力のもと雑誌を創刊するという名目で、マドリードに居を移しているのだ。

ラサロは、当時、新聞に記事を書いたりしつつ、万博の委員を務めていたのだが、そもそもナバーラ地方出身の資産家の子息。後に、金融業で成功を収め、資産を鉄道、海運、自動車生産、鉱山業に投じてスペイン有数の財産を築く――いまでも、マドリードの高級住宅街セラーノ地区に位置するラサロ＝ガルディアーノ美術館に行けば、その広大な邸宅と陳列された眩いばかりのコレクションから、彼の桁外れの財産を実感できる。つまり、潤沢な資金でエミリアの活動をサポートしようと申し出たわけだ。

エミリアは、『日射病』と対をなす第八作『郷愁』の執筆をすすめる傍ら、一二月に入ると雑誌創刊に向け、知人のネットワークを使って執筆者を募る。ガルドスはもちろんのこと、メネンデス＝イ＝ペラーヨ、エチェガライ、バレーラ、ペレーダ、クラリンなどへ、「スペイン誌」と肩を並べる水準の文化誌を発刊するため協力してほしいと、具体的な報酬（高額の原稿料）まで提示して交渉している。

一八八九年（三八歳） 一月、「現代スペイン《ラ・エスパニャ・モデルナ》」誌が実際に発刊される。カノバス、フィゲロア侯爵、カンポアモール、ラファエル・アルタミラと著名人の名が並ぶなか、巻頭を飾っているのはエミリアの短編であり、彼女の手になる書評も掲載されている。表紙には編集長としてホセ・ラサロの名が記載されているが、誰もが陰の（「ガリシア誌」を編集した経験のある）編集長の存在を疑ったにちがいない。三月末に刊行された『日射病』に彼への献辞――「ホセ・ラサロ＝ガルディアーノへ 友情の証として 作者」があることからも、二人の関係は三月末までは続いていたのだろう。自分の文学キャリアのためには毎年一時期（冬場）、マドリードで過ごしたほうが良いと考えたエミリアはその秋、市内に家を借りるのだが、住所は新興住宅地セラーノ通り六八番四階の左。「現代スペイン」誌編集部のある、すなわちラサロも住む建物の同じ階だったのだから。

二月末、マドリードの日刊紙「郵便《エル・コレオ》」に、ヘルトゥルディス・ゴメス＝デ＝アベリャネーダ（一八一四〜七三年）が三〇年以上前（五三年）に王立言語アカデミー会長へ送った書簡――アカデミー会員に選出してほしいという嘆願書――が掲載される。なぜか？ 一七一四年の創設以来、女性に門戸を開いたことのないアカデミーの空席を、パルド＝バサン夫人が熱望しているという風評が立っていた。それでアカデミーの関係者が書簡を掘り出し公開することで彼女の入会を阻もうと、狡猾な策を取ったようだ（ちなみに、ヘルトゥルディスの入会は、女性の入会を禁ずる規則がなかったため、会員の投票によって拒絶されている）。その狙いを察したエミリアが黙っているはずがない。「現代スペイン」二月号に「アカデミー問題――ヘルトゥルディス・ゴメス＝アベリャネーダへ」という書簡体エッセイを寄稿し、反撃の狼煙を上げる。なぜ女性であるだけでアカデミー会員になれないのか！　不平等を訴える彼女の攻撃は会員だけでなく、同様の女性観を共有するスペイン社会にも向けられる。エミリアの公的なフェミニズム活動の始まりである。ただ、選挙権はもちろんのこと多くの社会的権利が女性に認められていなかった時代のこと、アカデミーの姿勢は道理至極、彼女はスペイン社会を敵に回したようなものだ。ただ、あからさまに反論する者は現れない。例えば、アカデミー会員のバレーラは、上品な語り口で、エミリアと並んでコンセプシオン・アレナルとアルバ公爵夫人の功績を讃えたあと、女性の議員や大臣がいない現状で、女性のアカデミー会員《アカデミカ》は必要なのか、ドイツやフランス、イギリスといった先進国でもまだいないというのに、スペイン人が笑いものになるではないか……　作品に寛容な信念がうかがえるバレーラさえ、こんな貧困な論理で、アカデミーからの女性排斥を正当化するのだ。アカデミー入会の問題は以後、エミリアに生涯付きまとう。

　直後の三月末に刊行された『日射病（愛の物語）』は、またもや反エミリア派を刺激してしまう。わずか一週間弱の短い期間に繰り広げられる小さな物語――五月一四日に年若いアンダルシア男を紹介された侯爵未亡人が、翌一五日彼に聖イシドロの祭りに連れて行かれ、言い寄られた後、知り合って五日目の夜に、今度は夫人のほうが彼を自宅に引き止め、一夜を過ごす――で、喧々囂々の非難の声が上がる。「未亡人のアバンチュール」を「愛とは欲望」にすぎないと説くかのように描いた、この「卑猥な物語」には悦楽しか見出せない――と、あのクラリンが偽善ぶった修道女のようなコメントを捧げたほどだ。そんなエミリアに、噂を聞きつけた英国の雑誌から執筆依頼が舞い込む。「スペインの女性」と題された連載であり、これまでの彼女の評論とは異なり、エミリアが自分の個人的経験をもとにスペイン社会における女性の立場について意識的に考え、その考えを整理した、れっきとしたフェミニズム論となっている。四章からなる本評論では、第一章で一九世紀初頭の社会的混乱によって男女の地位格差が拡大していったことを歴史的にたどった後、貴族階級、ブルジョワジー、庶民に一章をあて、各階級の女性のタイプを描いている。特徴的なのは、貴族と庶民に対して好意的なエミリアが、ブルジョワ女性に対してはきわめて辛辣で、独創性のなさ、自立性の欠如といった凡庸さを糾弾している点である。

四月二七日に「スペインの女性」を書き終えロンドンに送ったエミリアは、スペインでは誰もその雑誌を読むことはないだろうとの安心からか、何食わぬ顔で家族旅行に出る。世話役の叔母ビセンタを伴って長男ハイメ一三歳と長女ブランカ一〇歳を初めての国外旅行へ連れ出したのだ。といっても、ラテンアメリカでもっとも権威のある日刊紙、ブエノスアイレスの「国家《ラ・ナシオン》」と、「現代スペイン」誌の特派員として、フランス革命一〇〇周年を記念し開催されたパリ万博（五月五日～一〇月三一日）を取材するためである。夜の街路を照らし出すエジソンの電球に感動し、古くからの友人――ゴンクールの屋根裏で知り合ったゾラ、モーパッサン、ドーデ、ユイスマンといった作家たち――との再会の模様が報告されている。七月にいったん帰国し、記事を旅行記『エッフェル塔の下で』として刊行。今度は一人でパリへとんぼ返りする。なぜか？　サンタンデールから海を渡り、イギリス、スコットランドを旅行してきたガルドスと、パリで待ち合わせしていたのだ。

この旅行は、エミリアにとってみれば、謝罪の意味合いもあったのかもしれない。前年末、ガルドスは、カタルーニャの仲間オリィエからラサロとエミリアのことを聞き及ぶ。エミリアが雑誌創刊に向けひたむきに協力する姿を目にし、ガルドスの疑念は増した。結局、彼女の不義を責め立てる手紙を書き送る。返事は、あまりにも素直なエミリアの告白だった――「わたしの肉体的な不義はポルトではなく、バルセローナで、あなたが立ち去って三日後、五月の最後の数日にさかのぼります」、「わたしは追い掛けられ、情熱的に愛され、その愛に感染してしまったのです」。これを機に、ガルドスは一時期彼女と距離を置く。ところが、四月になると二人は前にもまして親密になったようだ。両者にとって、文学という共通項だけでなく、ユーモアの感覚や旅行・絵画の趣味、偏頭痛や眼の疾患まで共有する相手は、互いに欠かせない存在となっていたのだろう。そんな二人は、この年の六月にアカデミー会員に選ばれたガルドスを祝ってか、九月、パリからドイツ、スイスへの周遊（ミュンヘン、ニュルンベルク、フランクフルト、チューリッヒとその近郊）を存分に楽しむ。

ただし、ガルドスはこの旅行を最後に、エミリアとの付き合いに幕を引こうと考えていたふしがある。ガルドスが八九年七月に脱稿した小説『現実』（八九年刊）には、二人を彷彿とさせる夫婦――トマス・オロスコ（＝ガルドス）と妻アグスティーナ（＝エミリア）が登場する。空き地で友人が死体で発見され、自殺なのか、他殺なのか、だとしたら誰によって、といった謎が前作の『謎』から引き継がれるなか、夫トマスは、妻がその友人と戯れの恋をしていたのを知る。しかしトマスは、不義を犯したアグスティーナを許すと言う、ただし、自分にすべてを告白するという条件で。結局、妻は屈せず、夫の苦悩は続く……。

さらに、その秋、先にマドリードに戻ったエミリアは、パリから海路サンタンデールに戻ったガルドスに、早く上京するよう再三催促するが、彼は海辺の町に留まる。一八九一年一月一二日に、このサンタンデールで、ガルドスの愛人ロレンサ・コビアンが彼の娘を出産している。つまり、エミリアと交際する前に関係のあった、エミリアが「毛むくじゃら」となじる田舎娘との付き合いが、九〇年三月頃には復活していたことになる。その上、九一年頃、ガルドスはマドリードで、女優志望の娘コンセプシオン（コンチャ）・モレユと知り合い、市内に部屋を借りてあげている。驚くばかりのドン・ファンぶりであるが、エミリアの代役でも探していたのではないだろうか。推測にすぎないが、二人の交際は、ガルドスにとっては少なくとも、八九年末に自然消滅していたにちがいない。

そんなガルドスの気持ちを知る由もないエミリアは、順調に仕事を進め、一〇月に『郷愁』――実在の家庭をモデルにした、ブルジョアジーの未亡人とその息子の偽善ぶりと身勝手さを告発する小説――を刊行。早速、次作『キリスト教徒の女』に着手する。

一八九〇年（三九歳） この頃からスペインの政治的、社会的、そして経済的な問題が顕著になっていく。まるで八八年のバルセローナ万博が最期の華であったかのように、九八年の「大惨事《デサストレ》」に向け崩れ落ちていくのだ。そんな中、エミリアの生活も大きな変化を遂げる。三月二三日、父親――「男たちはとても利己的なものだ。もしいつか、男にできて女にできないことがあると言われたなら、嘘だと言っておやりなさい。男と女という二つの性に対して別のモラルがあるなんてありえないのだから」と言って彼女を育て、エミリアの根幹を作った張本人の死である。意気消沈するエミリアだが、それを吹き払うかのように新たな動きに出る。

母親アマリアに父の遺産でマドリード市内に邸宅を購入してもらうのだ。市の北西に拡がる大学地区を通るサン・ベルナルド通り旧三七番、マドリード大学から徒歩数分の場所に位置する邸であり、今でも騒がしいサン・ベルナルド通り三五番に、三階建ての偉容を目にできる。表向きの理由は、医学を勉強してほしいと考えていた長男ハイメの学業のためだが、首都における拠点を確保し、みずからの活動をより活発にしたいという野心があったからにほかならない。もちろん、生涯親しかったマドリード大学の教授ヒネルのために便宜をはかったのは言うまでもない。二階だけを家族が使用し、他の階を貸し出すことで定期的な収入を確保するという思惑もあったようだ。エミリアはこの邸を拠点に、一方で著名な政治家や作家たちとより頻繁に顔を合わせ、もう一方ではマドリードの上流階級との交際も深めていく。そのため、客を招き入れる（図書室から、大サロン、小サロン、食堂、書斎といった各部屋の）準備が整った後は、自宅で月に二度ほど私的会合《テルトゥリア》を開き、多くの名士たち、それに新しい世代の作家たち――アソリン、ブラスコ＝イバーニェス、ウナムーノ、ペレス＝デ＝アヤーラ――を招き入れている。中にはモデルニスモを提唱したニカラグアの詩人、ルベン・ダリオ（一八六七～一九一六年）もいた。サン・ベルナルドの邸は、社交の場だけでなく、エミリアがその後展開する出版事業の場、雑誌や叢書編集の場としても供する。これだけの邸の維持と社交を可能としたのは、母親アマリアがいたからにほかならない。マドリードに上京したときの定宿さながらに何度も泊めてもらったミゲル・デ・ウナムーノ（一八六四～一九三六年）は、エミリアの母の心のこもったもてなしに感謝して止まなかった。

だが、彼女のマドリード進出と首都における躍進を快く思わない者たちもいたようだ。作家たち、それも、これまでエミリアを支持し交際があった仲間までもが、私信はもちろん、書評や評論において、彼女への非難を強めていく。彼女の新刊の書評でも、作品を論評するというより、著者を引合いに出し、難癖を付けるものが増えていく。とくに、地方に居住する作家たち、たとえばペレーダやクラリンの、まるでエミリアのマドリード進出を嫉むかのような豹変ぶりは、驚くばかりである。

こうして彼女の社会的名声と比例するように、スペイン社会全体において反パルド＝バサンの気運が高まっていった。この頃から、文学界のみならず世間からも好奇と軽蔑の視線を向けられるようになるのだ。ロンドンの雑誌に載った前述の評論「スペインの女性」が、五月から八月にかけ「現代スペイン」誌に連載されたことも関係しているかもしれない。ラサロ＝ガルディアーノに懇願され、父の死の影響で落ちてしまった執筆ペースをカバーするために掲載を許可したエミリアであったが、これで男性ばかりでなく、貴重な読者層であるブルジョワ女性たちまで敵に回すことになった。こうした中、マドリードに居を定めたことにより、夫と別居生活を送っていることが露見、世間の視線はより厳しさを増していったことは言うまでもない。

しかし、そんな視線にエミリアが動じるはずもない。世紀末に近づくにつれ、ヨーロッパ全体で進歩や科学への信仰がゆらぎ、実証主義／自然主義から精神主義へ主流が移るのを見越したように、新たなスタイルの小説連作『あるキリスト教徒の女』と『試練』（一八九〇年）を六月末と八月末に刊行する。主人公は土木学校の男子学生だが、エミリアがこの連作でいくつかのタイプの女性像を提示しようとしたのは明らかだ。もちろん、メインは（タイトルになっている）、篤いキリスト教徒のカルメン。彼女はハンセン病になった夫を愛してもいないのに身を賭して看病する。その自己犠牲の姿には、ロシア小説の影響が顕著に感じ取れるだろう。

一八九一年（四〇歳） 初頭、スペイン社会はまたもや、エミリアに驚かされる。彼女自身による月刊誌「新批評《ヌエボ・テアトロ・》全書《クリティコ》」の創刊である。フェイホーの主著『批評全書《テアトロ・クリティコ・ウニベルサル》』へのオマージュが明らかな本誌の表紙には「エミリア・パルド＝バサンの」と綴られているが、これは単にエミリアの所有や編集を意味するだけではない。毎回一〇〇ページ弱の全誌面がエミリアの著作物——連載小説（短編）、書評と劇評、国内外の著名人の伝記、政治・社会上の時事問題、旅行記、歴史など——で埋められている。まるで病気で断念した「ガリシア誌」や中途半端な協力に終わった「現代スペイン」誌におけるフラストレーションを解消しようとするかのように、夢に満ちてはいるが、膨大な労働を要求され、かつ経済的リスクの高い企画に取り組む。フェミニズム言説に手を染めたエミリアが、書きたいことを書く、という執筆の自由を希求した側面や、フェミニズム問題をとにかく一般読者に訴えたいという教育的側面もあったのだろう。四〇歳のエミリアは国内、とくに旧カスティーリャ地方の村々を訪ね回り、さまざまな収集家の邸宅にまで足を運び、取材をおこなう。首都の人が集まる会にはどこにも顔を出し、「どこでもエミリア」との異名を取るほどで、街中を歩くと、「あれがドニャ・エミリアよ」という店員たちのひそひそ声が聞こえてくるほど、マドリードで彼女を知らぬ者はいない存在になっていたという。

年末には、『土台』（九一年）を出版。死刑執行人の主人公の苦悩を通して、スペインにおける刑罰の土台となっていた死刑制度の論議に一石を投じる。マドリードの住人たちを震撼させた殺人事件「フエンカラル通りの犯罪」（八八年七月）で、女主人殺害の容疑者とされた召使いの、刑執行に立ち会った経験（九〇年七月一九日）が如実に反映された作品だが、もちろん根底にあるのは多くの権利を認められていない女性がなぜ男性とまったく同じ刑罰を処されるのかという男女格差の問題である。

一八九二年（四一歳）　早々、ガルドスの小説『現実』を翻案した劇の舞台稽古に足を運ぶエミリアの姿が頻繁に見られる。なかなかサンタンデールから出てこない原作者に代わりさまざまな助言をしたということだが、三月一五日に初演された『現実』には、ガルドスの推薦で愛人の女優コンチャがキャスティングされていたのだから、理解に苦しむ。

この年は、「アメリカ大陸発見」四〇〇周年との関連で、エミリアはさまざまな式典で講演をおこなう。四月、マドリード・アテネオでの「フランシスコ会修道士とコロンブス」にはじまり、一〇月の「スペイン・ポルトガル・アメリカ教育学会」まで。とくに、「男と女の教育

――その関係と違い」と題された後者の講演は、エミリアのフェミニズム思想の理論的総括とも言える内容で、スペインにおける女性教育の立ち後れを厳しく糾弾している――「スペインにおける女性教育の現状は、教育とは名ばかり、従順さと受動性を植えつけるしつけにほかならない」。そして、女性が大学といった高等教育を受けられるよう、自由に好きな職業に就くことのできるよう、とにかく教育の機会均等を進めることを訴える。この一環として、女性読者に向けた「女性叢書」の刊行に踏み切る。一二タイトルを出版することになる「女性叢書」は、広告欄に「女性の科学的、歴史的、そして哲学的見識を深めるため」とエミリアが述べるように、その目的が女性の教養を高めることにあったのは疑いない。結果、『聖女マリアの生涯』、『カトリック女王イサベルの物語』、フアン・ルイス・ビーベスの『キリスト教徒の女性の教育』、『新旧スペイン料理』といった旧来の女性用タイトルと、英国のステュアート・ミル『女性の隷属』(一八六九年)や独のアウグスト・ベーベル『女性と社会主義』(一八七九年)の翻訳といった最新のフェミニズム言説が混在したシリーズとなっている。

一八九三年(四二歳) この年は、エミリアの敬愛するコンセプシオン・アレナルの逝去(二月四日)によって始まる。ところが、マドリード・アテネオで執り行われた彼女の功績をたたえる式典では、『未来の女性』(六九年)や『女性の教育』(九二年)といった女性問題を取り上げたアレナルの業績に一切触れられない。そこでエミリアは、みずからの雑誌(二月号)に「コンセプシオン・アレナルの女性思想」と題した記事を載せ、彼女のフェミニズム的功績が「意図的に省かれた」こと、「厄介な問題をやり過ごそう」としたアテネオ会員たちの姿勢を非難する。

しかし、このように自由にものを言える場だった「新批評全書」は、本年の一二月をもって三〇号で休刊してしまう。エミリアの努力が報われることはなく、購買部数はまったく伸びず、父親の遺産を原資にした運転資金も底をついた。終生の敵となったクラリンでさえ質の高さを認める雑誌だったが、毎号エミリアの記事だけというのでは、購買意欲をかき立てるはずもない。巻末を飾る「別れの言葉」からは、スペインの選ばれし読者たちとの交信を絶つ無念さを噛みしめつつ、とにかく疲労しきったエミリアの姿が見えてくる。また本誌上に、同時代の作家についてあまりにも率直な、時に手厳しい批評を書いたせいで、仲間たちの怒りを買った経験から、これ以降、存命中の作家について言葉を慎むことにする――「わたしは同時代人のことをなるべく評しないよう心に決めたのです。彼らが後世の人になって、公平な判定ができるようになるまでは」。

一八九四年（四三歳）　前年度に書き終えていた『ドニャ・ミラグロス』を刊行。本書で、また新たな女性のタイプ――徳高く、家族のために自己を犠牲にする母親と、それと対照的な軽薄で見せかけだけの娘たちを描き出している。夏、湯治に行くという名目で、一六歳になる長女を誘いカンタブリア地方へ旅に出る。実のところは、サンタンデールに館を建て移り住んだガルドスに復縁をせまるつもりだったのかもしれない。とにかくガルドスと、さらに、当地の研究所に職を得ていたクラウゼ主義者アウグスト・ゴンサレス＝デ＝リナーレスとの再会を果たしている。また、海を望む丘の上に立つガルドスの邸宅に刺激され、ア・コルーニャ近郊に所有するメイラス農園に、自分ももっと快適な館を建造することを心に決め、著名な建築家ビセンテ・ランペレスに設計を依頼している。

一八九五年（四四歳）　以前からくすぶっていたキューバの本国に対する反乱が激化。キューバ島民へ自治権を譲渡するか、もしくは合衆国へ島を売却するかで施策が揺れるなか、政府は軍隊を増強し、戦闘が本格化してしまう。ただ、多くのスペイン人は植民地の実状に無関心で、エミリアもこの時期、長男ハイメとカタルーニャ旅行を楽しんでいる（八～九月）。とくに、バルセローナ近郊のシッチェスを訪れ、この地に集う若きモデルニスモの芸術家たちと交流。サンティアゴ・ルシニョール（一八六一～一九三一年）が構えたギャラリー（今のカウ・フェラット美術館）を見学し、これがきっかけでモデルニスモ絵画に関心を向けるようになる。

一八九六年（四五歳）　今度はフィリピンで独立運動が激化するなか、本国ではジャーナリズムが隆盛を迎える。すでに、前述の「不偏不党」や「現代スペイン」の他、「時代《ラ・エポカ》」や「自由主義者《リベラル》」に定期的に執筆していたエミリアは、より豪華な装幀の雑誌、マドリードの「白と黒《ブランコ・イ・ネグロ》」やバルセローナの「芸術的挿絵誌《ラ・イルストラシオン・アルティスティカ》」とも関係を深め、とくに後者には、当時のマドリードの模様を描く「現代生活」という隔週連載を始める（一九一六年の廃刊まで）。

以前ほど売れ行きのよくない小説に代わり、ジャーナリズムに活動の重点を移していったため、エミリアの小説執筆のペースは落ちている。この時期は『ドニャ・ミラグロス』の続編、『独身男の手記』（一八九六年）を刊行したのみ。マリネーダを舞台に、独身生活を享受する男性の視点から、地方特有の閉鎖的な社会慣習に抗いながら手当たり次第に本を読み、子どもに勉強を教えることで自立して生きていこうとする若い娘が描かれており、エミリアは貴族、娘はブルジョワという階級の違いはあるものの、エミリアの小説のなかでもっとも自画像的要素を含んだ作品となっている。スペイン文学史上、自分の稼ぎで生活する自立した女、すなわち「新しい女」の誕生を記念する小説だと言えるだろう。

一八九七年（**四六歳**）　エミリアはフェミニズム闘争において、象徴的な一歩を踏み出すことになる。頑なに女性の入会を認めないマドリード・アテネオが、皮肉にも、彼女をアテネオで開催される連続講座の担当に任ずるのだ。前年にアテネオ内に設けられた、スペインの文化的発展を教授する高等教育学院、その講座の一つ「現代文学」を担当することになる。文献学をメネンデス＝イ＝ペラーヨ、演劇をエチェガライが担当という、そうそうたる顔ぶれ。その上、エミリアの四ヶ月一一回の講座には、他の誰よりも多い聴講者（八二五人）が登録、彼女の人気ぶりを如実に示す出来事となった。ちなみに、月に二回来客を迎え入れていたサロンの方も盛況で、どんなマドリードの名士たちが集っているのかを、新聞が報じたほどだ。

アテネオの文学講座は、この後にも二回（一八九九〜一九〇二年と一九〇七〜〇九年に）開催され、その都度、原稿が「現代スペイン」誌上に掲載、しばらくして『現代フランス文学』の三巻本――『ロマン主義』（一九一〇年）、『移行期』（一二年）、『自然主義』（一四年）――として刊行されている。

一八九八年（**四七歳**）　合衆国がキューバの反乱に介入することによって、米西戦争へと急展開。合衆国の近代的艦隊を前に、スペイン軍は完敗。一二月のパリ講和条約で、スペインはフィリピン、プエルトリコを合衆国に割譲するとともに、キューバの独立を承認する。

戦争初期、エミリアは海の向こうで仲間が戦っている最中、変わらずカーニバルの狂騒に興じるマドリード市民を非難する記事や、ガリシアの実状を訴える——若者たちが兵役に取られ、ガリシアはミロのヴィーナスそっくりの腕なし状態だと嘆く——記事を数多く書いている。しかし、敗北後は当然ながら、最後の植民地を失ったスペイン本国に蔓延する悲観主義を反映したものや、「大惨事《デサストレ》」の原因を探る記事が多い。ただ、未来を見通すことのできる塔を目指す巡礼者たちを描く短編「希望の塔」（九八年）には、スペイン再生に向け何らかの打開策を探る試みも見られる。また、祖国愛に燃えるエミリアは、もっとも大衆に近い文学ジャンルとして、この年から演劇に手を染める——独白劇『ウエディングドレス』を九八年二月一日に初演。ガルドスが『現実』の翻案で演劇界にデビューして以来、業界から誘いを受けての登板だったが、一九〇六年までの間に上演された四作品はどれも興行的に成功したとは言えない。

一八九九年（四八歳）　四月、エミリアはソルボンヌ大学に招かれ、講演「昨日のスペインと今日のスペイン」をおこなう。ヨーロッパで作られたスペインのイメージ「黒い伝説《レジェンダ・ネグラ》」に、祖国愛の名のもと伝統主義者たちが作り上げてきた「黄金の伝説《レジェンダ・ドラーダ》」を対置し、その「黄金の伝説」がいかに現実と乖離したものか、スペインの脱神話化を説く。「大惨事」へと導いた、何世紀にもわたってスペイン人たちが浸ってきた幻想からの覚醒を促すのだ。実は、書評したウナムーノの『生粋主義をめぐって』（一八九五年）に骨子を負う講演だったのだが、ペレーダをはじめとする伝統主義者から、なぜ外国で自国の欠点や失敗を喧伝するのか、といった非難を浴びせられる——「この哀れな女は、人の関心を惹くためなら、プエルタ・デル・ソルで真っ裸になって踊りかねない」（ペレーダの言）。だが、停滞したスペインを騒がせるエミリアを「勇猛なアマゾネス」と讃える若者もいた。特派員としてマドリードに滞在していたルベン・ダリオである。

九月、バレンシアの作家たちに招かれ、レバンテ地方を旅するが、その折にバレンシア・アテネオの新年開講講演の依頼を受ける。年末にバレンシアを再訪（一二月二六日～一月五日）したエミリアは、二九日の講演で、地方の分離運動に抗し一体となって、各地方の特色を生かし祖国再生を図ることを訴え、大きな反響を呼ぶ。年越しの祝宴には三〇〇人を越える出席者が押しかけたほど。そして、このバレンシア滞在を機に、式典の主催者の一人、情熱的で大胆な青年（三二歳）とつかの間のアバンチュールを楽しむ。相手はビセンテ・ブラスコ＝イバーニェス（一八六七〜一九二八年）。翌年、彼がマドリードで決闘をおこない（一月二五日）、怪我を負ったブラスコをエミリアが懸命に看病したことで関係が露見。結局、子ども三人をかかえたブラスコの妻から難じる手紙を送りつけられたエミリアは、身を引くことになる。

一九〇〇年（四九歳）　二〇世紀に入っても、エミリアは活発なジャーナリズム活動を続ける。とくに「芸術的挿絵誌」の記事「進歩と民族問題」は興味深い。衰退する一方のスペインを含むラテン民族に対しアングロサクソン民族の経済的優位を指摘した上で、その優位はモラル面には及ばないと、合衆国による残酷な植民地政策を非難、最後に両民族の混淆としてのラテンアメリカに希望を託すという内容である。夏になると、一九世紀を締めくくり、二〇世紀への展望を示すことを目的に開催された万博史上最大のパリ万博を、「不偏不党《エル・インパルシアル》」紙の特派員として見学。各国のパビリオンや出展品、とくにアール・ヌーヴォーの先駆けとなる芸術品について報告している。これらの報告は、翌年、『万博の四〇日間』として刊行。

一九〇一年（五〇歳）　長年関係のあるオレンセ市の詩のコンクール「花の競演《フエゴス・フロラレス》」に呼ばれ、後に論議を引き起こす講演をおこなう（六月七日）。聴衆の期待とは裏腹に、詩にはまったく触れず、エミリアはスペインを蝕む四つの害悪――宗教、社会、議会、地方分離運動について分析を展開、それを治癒する「鉄の外科医」（ホアキン・コスタの言葉）の必要性を説く。スペインの実態を前に「希望の独裁者」の登場に期するのだ。

　夏にベルギーとオランダを訪れたエミリアは、下層民の悲惨な実態を目の当たりにし、彼らの救済に励む、農業地帯のカトリックの聖職者たち、工業地帯の社会主義者たちについてのルポを「不偏不党」紙に掲載。このルポは、翌年、旅行記『ヨーロッパのカトリック諸国をめぐって』にまとめられている。

一九〇二年（五一歳）　アルフォンソ一三世が成人し、親政を開始（在位一九三一年まで）。この頃から、定期刊行物の新しい読者増加にともない、新聞雑誌に娯楽の提供を求める声が高まり、短編の需要が増える。それに応えるように、エミリアも膨大な数の短編を著すが、当時の目新しいもの（たとえば自動車）を登場させたり、探偵小説に挑戦したりと、娯楽性を意識している様子がうかがえる。執筆を進めていた『謎』（一九〇三年）では、初めて歴史小説に取り組み、王政復古期のフランスを舞台に、実は生きていたルイ一七世（ルイ一六世とマリー・アントワネットの息子）と、王位を護ろうとするルイ一八世とその一味の戦いをデュマ風に描いている。

一九〇三年（五二歳）　エミリアは、野心的な企画に挑戦する。豪華な月刊誌「読　書《ラ・レクトゥーラ》」への二年（二十回）にわたる小説連載である。この七年ほど前、エミリアはア・コルーニャで若い画家ホアキン・バアモンデ（一八七一～一九〇〇年）の紹介を受ける。そこで描いてもらった肖像画をエミリアと母アマリアはとても気に入り、マドリードの知人たちにも紹介し、親のいないこの画家を親身になって世話する。バアモンデは、一九〇〇年、メイラスのパルド＝バサン家の別荘で、二九歳で肺結核のため夭折している。まさに、このバアモンデを主人公シルビオ・ラーゴとしたのが『幻想《キマイラ》』である。ア・コルーニャからマドリードに出た画家シルビオは、上流階級の淑女たちをうまく描くことで、社交界での地位を確立していく。しかし、浪費癖のためたちまち困窮してしまい、実入りのよい仕事にかまける。こうして不朽の名作など描くことのできないまま、その幻想に取りつかれ日々すぎていく。最後、死期が迫るのを感じた彼は、信仰を求めガリシアに帰る――というあらすじ。彼を支える作曲家はエミリアを、男爵夫人は母親アマリアを彷彿させる。自伝的要素は作中人物の設定にとどまらず、頻出する絵画や美術用語などに、九五年にシッチェスを訪れて以来のモデルニスモ絵画への関心が如実に表れた小説である。

一九〇四年（五三歳）　対話劇『幸運』（三月五日初演）を上演したほか、前述の絵画小説の連載を続ける傍ら、その知識を生かしてゴヤについてア・コルーニャで講演（一一月六日）をこなしている。この年で特筆すべきは、春に出た記事「スペインの新世代の小説家たち」だろうか。当時のエミリアにしては珍しく、生きている作家、とくに九八年の「大惨事」を契機に内省的な考察を進めた文学の若い担い手たち（「九八年世代」と呼ばれる）を評している。エミリアが、自分の熱烈な信奉者アソリン（一八七三～一九六七年）でなく、もちろん、たえず辛辣な言辞を弄するバローハ（一八七二～一九五六年）でもない、同じガリシア出身の作家バリェ＝インクランく。

（一八六六〜一九三六年）を高く評価している点が面白い。

一九〇五年（五四歳）　『幻想』を讃える声が聞こえる二月九日、長年エミリアがその発展に尽くしてきたマドリード・アテネオがようやく彼女に門戸を開ける。アテネオ最初の女性会員（会員番号七九二五）の誕生である。三月には、スペイン最古のサラマンカ大学に、総長になったウナムーノから講演に招かれる。また、『ドン・キホーテ前篇』出版三〇〇周年を記念した「芸術的挿絵誌」の特集にも寄稿している。

一九〇六年（五五歳）　新年早々、彼女の戯曲『真実』（一月九日初演）と『下り坂』（一月二二日初演）が上演されるが、ともに不評。これで演劇界への挑戦は終わる。しかし、その埋め合わせをするかのように、六月、選挙でアテネオの文学セクションの長に選出され、アテネオでの多忙な日々が始まる。ちなみに、その時の彼女の秘書が、より新しい世代（「一四年世代」）の小説家ペレス＝デ＝アヤーラ（一八八〇〜一九六二年）であり、タイプライターを持ち込み、万年筆で署名するエミリアは衆目の的となったという。エミリアの名声を嫉んでか、この年、ブラスコ＝イバーニェスは彼女への揶揄に満ちた『裸のマハ』（一九〇六年）を出版している。

一九〇七年（五六歳）　夏、エミリアは地元でコンセプシオン・アレナルに捧げる夜会を主催し、ほぼ完成した自慢の別荘「メイラスの塔」でマドリードからの来客たちをもてなしている。死から一四年経っても、フェミニズムの先駆者への敬愛を忘れないエミリアの姿が見えてくるだろう。

一九〇八年（五七歳）　アルフォンソ一三世から、文学的功績を讃え「パルド＝バサン女伯爵」の爵位を授与される。これは父親が教皇から授かった、つまりエミリアが相続可能な伯爵とは別の爵位である。これまで「エミリア・パルド＝バサン」、次に「ドニャ・エミリア」と署名してきた彼女は、この年以降、「パルド＝バサン女伯爵」とサインし、自著の刊行の際、著者名に爵位を書き添えるのを忘れない。エミリアは貴族としての誇りを生涯持ちつづけるのだ。

こうした伝統主義的価値観から、スペイン独立戦争（一八〇八〜一四年）一〇〇周年の特集（「芸術的挿絵誌」）で、スペインにおける祖国愛と歴史的偉人への敬愛の喪失を嘆いている。ただその反面、同じ誌上から、「科学の玩具」と最初まともに取り合わなかった世紀の発明品（電話や車、映画）、とりわけ映画にはまってしまったエミリアの姿が見えてくる――余談ではあるが、マドリードの最初の電話利用者はパルド＝バサン家である（電話番号二二）。また一九一五年には、喪中にもかかわらず、エミリアは車でドライブに出掛けている。

新しい趣向の小説『黒い人魚』（一九〇八年）を刊行。主人公ガスパル・モンテネグロは、前作の画家のように不朽の名声など望まない。裕福で教養もあり洗練されたガスパルは、すべてを手にしているがゆえに何も望まず、むしろ空虚な人生を送っている。そんな彼がたまたま知り合った女性の遺児ラファエルを養子にすることになり、イギリス人女性の家庭教師と、アナキストの養育係を雇い入れ養育する。しかし、ガスパルに思いを寄せる家庭教師と、彼に嫉妬した養育係のせいで、ラファエルに悲劇が訪れる。その場で、ニヒリストのガスパルは回心する。

一九〇九年（五八歳）　五月、エミリアは娘たち（三〇歳のブランカと二八歳のカルメン）に請われ、パリ旅行を楽しみ、地下鉄の快適さなどを書き送っている。しかし本国では、進駐したモロッコでの反乱激化にともない、予備役軍人を召集・出兵させたことをきっかけに、反戦ゼネストが勃発、それが暴動「悲劇の一週間」（七月二五日～八月一日）に発展する。反乱は軍によって鎮圧され、首謀者のアナキストは処刑される。

こうした状況のなか長男ハイメ（三三歳）は、兵役を免除されていたにもかかわらず軽騎兵旅団に志願し、北アフリカへ赴く。彼がいかに父親ホセ・キローガの超保守的な思想を受け継いでいたのかわかるだろう。

一九一〇年（五九歳）　初頭、戦地に赴いた息子の影響か、モロッコ戦争の英雄ルイス・ノバル伍長を讃える式典を、上流階級の淑女たちと開催、紙面上でもキャンペーンを展開し募金活動をおこなう。そして秋（一〇月二四日）、長女ブランカが結婚する。相手はモロッコ戦争で勇猛をはせた将官、侯爵ホセ・カバルカンティである。友人に宛てた書簡からは、気持ちのよい、とても教養ある男性で、ブランカが魅了されるのも不思議でない、と二人の婚姻を手放しで喜ぶ母親の姿が見えてくる。が、これまで代々自由主義的傾向の強かったパルド＝バサン一族に、息子といい娘婿といい祖国愛に燃える、きわめて保守的イデオロギーが広がる気配が察せられるだろう。

そんな中、エミリアに対する公的評価が高まっていく。まず、公教育美術省という、公教育の向上を目指して一九〇〇年に創設された中央官庁の委員に選ばれる。これまで文化的水準の向上にもとづくスペインの「再生」、具体的な施策としては、公教育の充実による識字率の向上と、公立図書館の増設を訴えてきたエミリアのジャーナリズム活動が評価されたことになる。ただ、この年政権についた自由党首相カナレーハスはガリシア出身、公教育大臣ロマノネス伯爵は親族であり、両者ともエミリアの私的会合の常連であったことは付記すべきだろう。

一九一一年（六〇歳） 『幻想』『黒い人魚』と三部作をなす『愛しの人』が刊行される。以後、エミリアの創作意欲が回復することはなく、本作が彼女の最後の小説となる。冒頭第一章は、アレクサンドリアの聖カタリナの聖女伝。当時最高の教育を受けたカタリナは、高慢にも教養において自分を越える男でなければ結婚しないと宣言する。結局、プラトンの教えと美への憧憬からキリスト教徒となって殉教する。第二章以降は、同じく優れた教育を受け、膨大な富にも恵まれた主人公リナ（聖女カタリナにちなんだ名を持つ娘）の話。聖女同様、彼女には多くの男が言い寄ってくる。しかし、求婚者たちの真の意図と性格を知ったリナは、神への愛にすがる。三部作のどれを取っても、晩年にいたったエミリアが、人生における究極の幸福をキリスト教カトリック信仰に求めているのがわかるだろう。

一九一二年（六一歳） ノバル伍長のモニュメント建立（王宮前のオリエンテ広場）を果たしたエミリアに、喜ばしい連絡が届く。マドリード「祖国の友・経済協会《ソシエダ・エコノミカ・デ・アミゴス・デル・パイス》」会員に選出されたのだ。経済活動の振興を目指し一八世紀に結成された由緒ある経済協会が、女性に初めて門戸を開いたことになる。四月、このように公的に評価されたことに気をよくしたエミリアは、みずからアカデミー問題を再燃させる。つまり、王立言語アカデミーの会長に、分厚い履歴書とともに入会請願書を提出したのだ。すると呼応するように（つまり、エミリアが知らせたわけだが）、マドリードとガリシアのさまざまな新聞（「不偏不党」、「時代」、「国《エル・パイス》」、「ガリシアの声《ラ・ボス・デ・ガリシア》」）に、エミリアのアカデミー入会を支持する記事が掲載される。ガルドスをはじめとするアカデミー会員の何人かも支持を表明し、一種のキャンペーンが展開される。結果は、一八五三年にヘルトゥルディスに対して取られたのと同じ処置、つまり会員の投票によって拒絶される。もっともエミリアには、入会手続き上の不備が指摘されただけだったが。アカデミーが女性に門戸を開くのは一九七八年、彼女は半世紀以上も早すぎたのだ。

　そんな、彼女を悲しませる出来事が年末に起きる。夫ホセ・キローガの死である（一一月一二日）。三〇年間別居の末、オレンセ県の山間にたたずむバンガ村の館で孤独のうち亡くなった夫のため、エミリアは喪に服し、社会的行事への出席を控える――とはいえ、王立劇場にオペラ観劇に行けないエミリアは、公演を自宅の電話を使って聞いていたという。

一九一三年（**六二歳**）　喪に服すエミリアは、前述の「女性叢書」から料理本を二冊、『古いスペイン料理』と『新しいスペイン料理』を刊行する。前者が、煮汁《カルド》と煮込み《コシード》から始まり、西洋ナシのカステラ詰めというデザートで終わっていることから明らかなように、紛れもないレシピ本である。外国の最新のフェミニズム思想をスペインに広めたい、という叢書発刊当初の意気込みからずれた企画、エミリアの諦めのようなものが感じられる。しかし、本小説第六章に描かれるナヤ村の饗宴で際限なく供される料理にうかがえるエミリアの美食家ぶりは、こうして、料理史上極めて貴重な文献に活かされたわけである。ところで、美食のせいだろうか。この年、ホアキン・ソローリャ（一八六三～一九二三年）が描いた肖像画のエミリアは、肘掛椅子に重そうに半身をもたせかけ、肉がたるんだ二重顎のせいで首もほとんど見えないほど豊満だ。

一九一四年（**六三歳**）　この年から一七年までヨーロッパ諸国は、第一次世界大戦の戦禍に巻き込まれるが、エミリアは、中立を保つスペインからブエノスアイレスの日刊紙「国家《ラ・ナシオン》」へ、膨大な数の「スペイン・ニュース《クロニカ・デ・エスパニャ》」を書き送る（一八八九～一九〇九年の一二年間に、二三六本掲載）。その傍ら、アンティーク趣味が高じ、一月、自分のコレクションを使ってアテネオで「芸術品としての扇子」という講演をしている。

一九一五年（**六四歳**）　二月八日、エミリアの価値を信じ、生涯娘の活動を支えてきた母親アマリアが死去。一〇日の、パルド＝バサン伯爵未亡人の葬列には、多くの著名人が参加し、マドリードの上層階級にアマリアがいかに受け入れられていたかを如実に示していたという。続いて同月一六日、悲嘆に暮れるエミリアに追い打ちをかけるように、彼女の師――ステュアート・ミルを読むように勧め、彼女をフェミニズムに導いてくれた――ヒネル＝デ＝ロス＝リオスが死去する。これによってエミリアは、二本の精神的支柱を失ったことになる。幸い、家の管理は三四歳になった次女カルメンが担ってくれる。

一九一六年（**六五歳**）　この年はスペインの女性史上、記念すべき年になる。アテネオの文学セクション長に再選出され、慌ただしく『ドン・キホーテ後篇』出版三〇〇周年を記念する連続講演の準備をしていたエミリアのもとに、驚くべき連絡が入る。中央大学とされたマドリード大学に講座「ロマンス諸語比較文学」が新設され、彼女が担当教授《カテドラティコ》に任命されたのだ。文学部博士課程の選択科目ではあったが、スペインで初めての女性の正教授が誕生したことになる。

　ところが、旧態依然としたスペインの大学がこれを受け入れるはずがない。まず教員たちが一丸となって反対した。公教育美術省大臣（エミリアの友人フリオ・ブレル）の押し付け人事ではないか、第一、候補者には現代フランス文学やロシア文学についての著作はあるものの、要件を満たす学歴がない、人事任用規則違反だ、というわけだ。公的には初等教育さえ受けていないエミリアに、学歴などありようもない。一方エミリアは、ウナムーノに助言を求めたりしながら、多くの文学を取り上げ、詰め込みにならないよう講義の準備を進める。そして講義初日、出席者は六人。教員と連帯して、多くの学生がボイコットに出たのだ。数日後には二人。しばらくするとその二人も来なくなり、エミリアは帰宅するしかなかったという。それでもエミリアは毎週大学に通い、校務員に学生がいるかどうか尋ねてから帰っていた。ある日、教室に一人の老人が座っており、訊くと聴講生として登録した、というのも「大学の講座が、学生がいないためにキャンセルされるなどスペインの恥だから」と答えたという。しかし、その老人もいつしか来なくなり、講座は閉鎖される。要するに、エミリアは名ばかりの大学教授にすぎなかった。だが、この年以降エミリアは、「パルド＝バサン女伯爵」という署名の後ろに、必ず「マドリード大学比較文学教授」という職名を書き添えている。まるで社会の仕打ちに抗うかのように「大学教授」だとサインし続けたのだ。

五月、彼女に心配ばかり掛けてきた長男ハイメが結婚する。これを機にサン・ベルナルド通りの自宅の自分の書斎を息子に譲る。その上、まず教皇庁に自分の父親の爵位相続を申請し認められる。次に、彼女がスペイン国王アルフォンソ一三世から授与された爵位を、息子に相続させることに成功する。この術策によって、パルド＝バサン家には二人の伯爵がいることに。エミリアはこれまで通り「パルド＝バサン女伯爵」を名乗り、息子ハイメは遠い縁戚の姓「トーレ・デ・セラ伯爵」を名乗ることになる。実は一九一二年、息子のあまりの乱費ぶりを見かねたエミリアは、遺言にハイメの廃嫡を明記している。そんな息子に、苦労の末、爵位を手に入れてあげるのだから、エミリアの親ばかぶりがわかる。

そして、大学教授エミリアを祝う行事は続く。故郷ア・コルーニャの港近くにあるメネンデス＝ヌネェス公園に彼女の巨大な彫像が建立されたのだ。一〇月一三日の盛大な式典では、市役所から公園まで大勢の市民たちが繰り出したという。さらに、今は亡きヒネル＝デ＝ロス＝リオスが設立した「自由教育学院」の新しい拠点で、一二月五日、講演「大戦後の文学の未来」をおこなう。世界大戦の終わりを見越し、この大惨劇の後の世界、とくに文学はどうあるべきかを学院の学生たちに問いかけたのである。

一九一七年（六六歳）　待遇に不満を持つ軍部が「軍防衛評議会」を作り、労働者たちはインフレと生活物資の不足からストライキを続発させ、カタルーニャ地域主義勢力はバルセローナで議員会議を開催するなど、政府は四方から追い込まれ、政治危機に陥る。そんな中、六六歳になるエミリアは、肉体的な衰えと共に、長編小説への創作意欲は顕著に低下している。しかし、短編や記事の執筆というジャーナリズム活動はまったく衰えを見せない。ただ、エミリアの記事は、カタルーニャ、バスク、ガリシアにおける地域ナショナリズムの激化、インフレによる貧困の拡大、労働争議の頻発と治安の悪化といった、スペインの現況への憂慮に満ちている。祖国愛が常に根底にあるとは言え、この時期の彼女の記事には、伝統主義的、むしろきわめて保守的なコメントが散見される。クラウゼ主義者ヒネルを亡くし、体調の悪い自由主義者ガルドスともほとんど会えないなか、逆に、息子ハイメや娘婿カバルカンティ侯爵からの影響が強くなったのかもしれない。あるいは、この年の四月、学生と教員、庶民が行き交うサン・ベルナルド通り三七番の邸を息子夫婦にあてがい、次女カルメン、叔母ビセンタと一緒に、プリンセサ通り二七番のポサス小宮殿一階に転居したせいだろうか。実際、転居先で再開したサロンには、文学者たちが集った様子がまったくない。来客はマドリード上層階級の紳士淑女ばかりである。

一九一八年（六七歳） 世界大戦が終結。エミリアは、それまで散発的に寄稿してきた「ＡＢＣ」（一九〇三年創刊）が週刊から日刊に変わるのを機に、文芸批評のコラムを執筆し始める（二一年まで）。久しぶりに国内外の「生きている作家」を取り上げ、例えば、大戦後に流行していた旅行小説や戦争小説を評している。

一九一九年（六八歳） 前述の「ＡＢＣ」紙上三ページをさいて、ガルドスの座像がマドリード市内レティーロ公園に建立されたことを報じ、「彼はプロの革命家ではなく、スペインの多くの不幸のために病んでしまった愛国者だ」と彼を弁護するコメントを残している（「存命中の像」一月二七日）。また、今夏、自動車事故で負傷し、湯治に出掛ける。

一九二〇年（六九歳） 一月三日から四日にかけての深夜、ガルドスは突然ベッドに起き上がったかと思うと、咳き込み、そのまま息を引き取る。最初に駆けつけた弔問客の多くは、公教育大臣をはじめとする政治家たちであったが、その中に老いたエミリアの姿があったことが報じられている。その後は、夏にバジャドリーまで講演に出掛け、「祖国の現実」という演題でスペインが陥っている政治的・経済的危機に聴衆の関心を喚起させる。また、八月二六日付「ＡＢＣ」紙上に、彼女の最後のフェミニズム論「永遠のフェミニズム」を載せている。クリストバル・デ・カストロの著書『女性たち』の紹介記事にすぎないのだが、最後にさりげなく引用する一文が印象的だ――「性別によるヒエラルキーは、我らの社会史上、もっとも馬鹿げた精神錯乱にほかならない」。

一九二一年（五月一二日没） 国王アルフォンソ一三世は後に、「一九二一年は予の治世においてもっとも悲しき、一九三一年と変わらぬ年であった」と回想し、この年を共和政が復活し国外へ亡命せざるを得なくなった三一年になぞらえている。一七年の政治危機がより深刻化し、国王である自分への支持があからさまに低下したことを嘆いたものだが、三月八日に首相エドゥアルド・ダトが暗殺されるなど不吉な年頭だったのはまちがいない。

五月八日、インフルエンザにかかり体調を崩したエミリアは執筆を中断し、床に就く。一〇日、容態が悪化、一一日朝には熱が四〇度に達する。意識がもうろうとする中、作家はみずから臨終の秘跡を求め、マドリード司教が授ける。そして、日付が一二日に変わった真夜中一二時一〇分、わずかに苦しんだ後、エミリアは息を引き取った。七〇歳の誕生日目前、享年六九歳だった。

当日、「ＡＢＣ」紙午後版がエミリアの死を報じ、一二日の社会欄で作家の容態が思わしくないことを伝えていた「不偏不党」紙は、一三日、一面トップで（五段組の）三段をさいて死を報じている。

葬儀が執り行われた一四日、プリンセサ通りは人で埋まり、会葬者にはそうそうたるメンバーが名を連ねた。豪華な柩が載せられた馬車には、家族の後に、王家の代理人、国会議長、マドリード大学文献学部長の馬車がつづき、それに徒歩の参列者、最後に王家の大型馬車と多くの車がしたがった。その夜、プリンセサ劇場で国王と、エミリアと交際のあった王の母マリア・クリスティーナ主催による偲ぶ会が開かれている。

一三日から月末まで、あらゆる新聞雑誌がかなりの紙面を「高名なパルド＝バサン女伯爵」特集にさいている。その中から二つの記事の抜粋を記しておこう――「偉大なヨーロッパ作家になろうと努め、それをなし得たのがパルド＝バサン女伯爵だ。彼女の芸術は、内容から見ても表現から見ても飾らない、意図して男性的であった」（「白と黒《ブランコ・イ・ネグロ》」紙、五月二九日）。しかし、次の記者のほうがエミリアの人生をうまく描き出している――「彼女の活動は生涯、絶えることのない闘争だった。慣習と偏見、無教養、そして軽薄な女性と嫉妬深い男性に対する闘いだったのだ。スペイン・フェミニズムの知の巨頭である彼女は、女性が当然持つべき権利を回復しようと、大学教授からアカデミー会員、国会議員にまで次々に挑んだ。もちろん、彼女が他の国に生まれていたなら、アカデミー会員にも議員にもなれていただろうに」（「ＡＢＣ」紙、五月一七日）。

エミリア没後　プリモ・デ・リベーラ将軍による軍事独裁の時代（一九二三～三〇年）に入ったスペインでも、彼女の存在が忘れられることはない。最後の住居となったマドリードのプリンセサ通り、アルバ公爵家のリリア宮殿の入口前に、一九二六年、エミリア像が建立される。アルバ公爵夫人が募金を呼びかけ、みずから提供した土地に建てられた像の除幕式には、国王夫妻をはじめとする著名人が参列した——今でも、純白のエミリア像が、芝生に建つ巨大な台座の上で、うつむき加減に行き来する車や人びとを見つめている。また、長女ブランカの夫、将校のカバルカンティ侯爵は、プリモ・デ・リベーラ政権下で大臣になるなど、右派軍人として軍事独裁体制の一翼を担っている。

第二共和政（一九三一〜三六年）とそれに続く内戦（三六〜三九年）の時代、残されたパルド＝バサン一族の運命は悲劇の一色に染まる。共和国政府のもと、超保守的な思想を抱く長男ハイメ・キローガは、妹の夫カバルカンティ侯爵が三二年の反共和国クーデタに加担し逮捕された折には、その親族ということで嫌疑をかけられ治安警察に逮捕、刑務所で一五日間拘留されている。

三六年七月一七日、スペイン領モロッコで軍人が反乱を起こし、フランコ将軍指揮のもと軍事蜂起がスペイン全土に拡大すると、市長が武器庫を解放したこともあり、マドリード市内は無秩序状態に陥る。八月一〇日、ある民兵の告発により、突撃警察がキローガ家を捜索に訪れる。翌一一日、今度は、過激なＦＡＩ（イベリア・アナキスト連盟）の民兵がやって来て、父子を連行、その後二人が帰宅することはなかった。エミリアの長男である父ハイメは五〇歳、息子ハイメは一八歳。市内のプールの壁沿いに立たされ、他の囚人たちと一緒に銃殺されたという。実はその時、息子ハイメは傷を負っただけで、父親の顔に自分のハンカチをかけてやろうと立ち上がった。そこへ、まだ生きているのを知った民兵がとどめを刺した。ある証言によると、突撃警察に密告し、銃殺に立ち会ったのは、父ハイメが下層階級の女に産ませた実の息子、自分のことを認知しなかった父親を長年恨んでの蛮行だったらしい。三七年四月、長女ブランカの夫、カバルカンティ侯爵もサン・セバスティアンの戦線で戦死。これでパルド＝バサン家の男性三人が死去したことになる。

残されたのは女性三人。母親の世話、その死後は、彼女の著作の管理に努めた次女カルメンは、一度も結婚することなく、晩年は慈善活動に励みつつ内戦中に亡くなっている（三五年か三七年没）。長男ハイメの妻マヌエラ、すなわちトーレ・デ・セラ伯爵未亡人は一九五九年に、子どものいなかった長女ブランカ、カバルカンティ侯爵未亡人は七〇年に亡くなる。これで、パルド＝バサンという姓も伯爵の爵位も潰えてしまった。

残ったのは、パルド＝バサン一族が所有した館だけということになるが、ポンテベドラ県サンシェンショの高台に位置する館「ミラフローレス塔」にしろ、エミリアの夫ホセ・キローガが有したオレンセ県オ・カルバリーニョの「バンガの館」にしろ、今や廃墟と化している。そうした中、驚くべきことに、ア・コルーニャ旧市街タベルナ通りの、次女カルメンが相続し、彼女の死後、長女ブランカの手に渡った邸宅は、現在、「ガリシア語王立アカデミー／パルド＝バサン生家・博物館」となって、往事の生活を来館者たちに喚起させてくれている。

ところで、ア・コルーニャ近郊に広がる農園の高台に、エミリアが晩年精力と財を注ぎ込んで造り上げた館「メイラスの塔」――一八九四年から一九一二年頃まで、建設に二十年余を費やし、銃眼つき胸壁のある三つの塔がそびえ、礼拝堂を備えた――は、どうなったのか。エミリアの死後、相続したキローガ夫妻（ハイメとマヌエラ）は、ほとんど足を運ぶことはなかったようだ。母親ほど来客をもてなすことがなかった上に、避暑はサン・セバスティアンで過ごすのが流行になっていたからだ。結局、長男ハイメは、メイラスの礼拝堂に埋葬してほしい（生前に石造の棺まで作らせていた）という母の遺言をかなえることもしていない――そのため、エミリアは今もマドリード市内のコンセプシオン教会の地下霊廟に眠っている。その後、前述のように、一九三六年にハイメ父子が死去。館の管理などできない未亡人マヌエラは、ア・コルーニャ市の要請に応え、「メイラスの塔」を市に売却することにした。時は内戦末期の三八年のこと。まだ終結していないとはいえ、フランコ将軍率いる反乱軍の勝利は確定したようなもの。そこで、共和主義の伝統が根強いア・コルーニャ市は、ご機嫌取りのつもりだろう、同郷のフランコ将軍に「メイラスの塔」を進呈することを決めたのだ。購入代金は市民の募金で賄われ、同年一二月にフランコの妻カルメン・ポロ（一九〇〇～八八年）や娘カルメン（二六年～）の参列のもと贈呈式が執り行われている。その後現在に至るまで、所有者は変わっていない。ちなみに、二〇一五年八月二九日、「メイラスの塔」見学を許された訳者の私が目にしたのは、バカンスを終え、荷造りをして高級車に乗り込む独裁者フランコのひ孫たちの姿だった。

エミリアに追悼記事を捧げた若い作家が言ったとおりなのだろう——「ドニャ・エミリアは僕らの記憶の中だけに生きつづける。決して死すことがないのは、スペイン文学の誇りとして、不朽の名作という栄光の扉をこじ開けた、彼女の偉大な作品たちなのだ」（「ＡＢＣ」紙、一九二一年五月一七日）。

［参照文献］

Acosta, Eva. *Emilia Pardo Bazán: la luz en la batalla*. Barcelona: Lumen, 2007.

Bravo Villasante, Carmen. *Vida y obra de Emilia Pardo Bazán*. Madrid: Magisterio Español, 1973.

Dorado, Carlos. "El ilustrado Madrid de doña Emilia Pardo Bazán." *Ilustración de Madrid 8* (verano, 2008), pp. 19-24.

——. "El Madrid de doña Emilia Pardo Bazán II: paisajes y figuras de la Villa, en su obra literaria." *Ilustración de Madrid 10* (invierno, 2008 - 2009), pp. 63-69.

——. "El Madrid de doña Emilia Pardo Bazán III: en busca de los pasos perdidos: domicilios, visitas e itinerarios." *Ilustración de Madrid 11* (primavera, 2009), pp. 67-73.

——. "Doña Emilia, cronista de Madrid." P. Palomo Vázquez, P. Vega Rodríguez y C. Núñez Rey, eds. *Emilia Pardo Bazán, periodista*. Madrid: Arco/Libros, 2015, pp. 25-44.

Faus, Pilar. *Emilia Pardo Bazán: su época, su vida, su obra*, 2 vol. A Coruña: Fundación Pedro Barrié de la Maza, 2003.

翻訳について

底本として使用したのはクリティカ社の古典文学叢書で、参照した他の校訂版や英訳を含め以下に刊行年順に列記しておく。

Pardo Bazán, Emilia. *Los Pazos de Ulloa*, Marina Mayoral, ed. Madrid: Castalia (Clásicos castalia; 151), 1986.

——. *Los Pazos de Ulloa*, Nelly Clémessy, ed. Madrid: Espasa - Calpe (Clásicos castellanos; 6), 1987.

——. *The House of Ulloa*, trans. by Paul O'Prey and Lucia Graves. Harmondsworth: Penguin (Penguin Classics), 1990.

——. *Los Pazos de Ulloa*, M.ª de los Ángeles Ayala, ed. Madrid: Cátedra (Letras hispánicas; 425), 1997.

——. *Los Pazos de Ulloa*, *Obras completas II: novelas*, Darío Villanueva y José Manuel González Herrán, eds. Madrid: Fundación José Antonio de Castro, 1999, pp. 1 - 326.

——. *Los Pazos de Ulloa*, Ermitas Penas, ed. Barcelona: Crítica (Biblioteca clásica; 111), 2000.

——. *Los Pazos de Ulloa*, Marina Mayoral, ed. Barcelona: Debolsillo (Clásicos comentados; 102), 2006.

——. *Los Pazos de Ulloa*, María Luisa Sotelo Vázquez, ed. Barcelona: Austral (Austral educación; 6), 2014.

——. *Los pazos de Ulloa*, Joan Estruch Tobella, ed. Barcelona: La Galera (La llave maestra; 33), 2014.

謝辞

本書刊行にあたり、実にさまざまな人に助けていただいた。まずは、昨年度スペインへの在外研究に快く送り出してくださった明治大学法学部の先生と事務の方々。そして、客員研究員として受け入れてくださった「ガリシア語王立アカデミー／パルド＝バサン生家・博物館」ならびにフリア・サンティソ（Xulia Santiso Rolán）女史にはどれだけ感謝しても足りない。

現地では、私の細かい質問に仔細な回答をくださったサンティアゴ・デ・コンポステーラ大学のエルミタス・ペナス（Ermitas Penas）教授と、最新の校訂本を贈呈いただいたバルセローナ大学のマリサ・ソテロ＝バスケス（Marisa Sotelo Vázquez）教授、パルド＝バサン家についての貴重な話と資料をご提供くださったマドリード市立定期刊行物資料館の前館長カルロス・ドラード（Carlos Dorado）氏にはあらためて感謝いたしたい。

もちろん、本書の刊行が可能になったのは、スペイン語文学の外国語翻訳に助成金を出してくださるスペイン文科省あってのこと。さらに、翻訳の機会を提供してくださった本シリーズの企画監修、寺尾隆吉氏と稲本健二氏に、お礼を申し上げたい。

最後になってしまったが、現代企画室の太田昌国氏と編集の小倉裕介氏には、翻訳・校正の遅れをお詫びすると共に、そのお力添えに心より感謝申し上げたい。

なお、若きし頃、いつか翻訳を出すからねと励ましながら、毎週暗くなるまで『ウリョーアの館』の講読に付き合わせてしまった静岡県立大学国際関係学部の元ゼミ生との成果が、こうして、ようやく一冊の本にまとまり、ほっとしている。

大楠栄三

【著者紹介】

エミリア・パルド＝バサン Emilia Pardo-Bazán（1851－1921）

スペインを代表する女性作家。1851年、ガリシア地方ア・コルーニャの貴族の家に生まれる。読書と多岐にわたる（クラウゼ主義者などとの）交際をとおし、ほとんど独学で教養を身につけ、17歳で結婚後に創作とジャーナリズム活動を始める。1879年に初小説『パスクアル・ロペス――ある医学生の自伝』を刊行。女工場労働者をヒロインにした『煽動者』（1883）、代表作とされる『ウリョーアの館』（1886）とその続編『母なる自然』（1887）、スキャンダラスだと非難を浴びた『日射病――愛の物語』（1889）、「新しい女」を描いた『独身男の手記』（1896）、絵画小説ともいえる『幻想』（1905）といった長編のほか、膨大な数の短編を残した。また、パリで知己を得た作家たち（エドモンド・ゴンクール、ゾラ、ドーデなど）との交流と見聞をもとに、「パルド＝バサン女伯爵」という社会的身分への気兼ねもなく、自然主義をはじめとする新しい文学潮流のスペインへの紹介に努めた。そして独自の視点から、フェミニズム問題、キューバ独立戦争、スペインの再生、「黒い伝説」について論じた。さらに、月刊誌の発刊や女性向けの叢書の刊行など啓蒙活動にも励んだ。女性で初めて、マドリード・アテネオの会員、公教育美術省の委員、マドリード祖国の友・経済協会の会員などに選出され、1916年にはマドリード大学教授に任命される。今日、その小説は各国語に翻訳されているが、邦訳は短編6編のみである。

【訳者紹介】

大楠栄三（おおぐす・えいぞう）

1965年福岡県甘木市（現・朝倉市）生まれ。
東京外国語大学大学院地域文化研究科博士後期課程単位取得満期退学。
静岡県立大学国際関係学部を経て、現在、明治大学法学部教授。
19世紀後半から20世紀初頭のスペイン文学、とくにペレス＝ガルドス、パルド＝バサン、クラリンの小説と評論を研究対象とし、主な業績に、*Las novelas de Emilia Pardo-Bazán con escenarios gallegos*〔『ガリシア地方を舞台としたエミリア・パルド＝バサンの小説』〕（Casa-Museo Emilia Pardo-Bazán, 2014）、「誰の〈愛の物語〉？――パルド＝バサン『郷愁』（1889）の始まりと『スペインの女性』」（『明治大学人文科学研究所紀要』第71冊、2012年）、訳書ペレス＝ガルドス『ドニャ・ペルフェクタ――完璧な婦人』（現代企画室、2015年）、共訳書『ホセ・マルティ選集　第1巻：文学篇』（日本経済評論社、1998年）など。

ロス・クラシコス 6
ウリョーアの館

発　行　2016年12月14日初版第1刷　1000部
定　価　3000円＋税
著　者　エミリア・パルド＝バサン
訳　者　大楠栄三
装　丁　本永惠子デザイン室
発行者　北川フラム
発行所　現代企画室
東京都渋谷区桜丘町 15-8-204
Tel. 03-3461-5082 Fax 03-3461-5083
e-mail: gendai@jca.apc.org
http://www.jca.apc.org/gendai/
印刷所　中央精版印刷株式会社

ISBN978-4-7738-1619-8 C0097 Y3000E